무경칠서

下

무경칠서 下

옮긴이 • 이충렬
발행인 • 김윤태
발행처 • 도서출판 선
내지디자인 • 디자인이즈 정승연

등록번호 • 제15-201호
등록일자 • 1995년 3월 27일
초판 1쇄 발행 • 2010년 11월 6일

주소 • 서울시 종로구 낙원동 58-1 종로오피스텔 1409호
전화 • 02-762-3335
전송 • 02-762-3371

값 20,000원
ISBN 978-89-6312-035 5 03890
전2권 978-89-6312-033 1 03890

兵法의 原典

下

강태공 | 손무 | 오기 | 사마양저 | 울료자 | 이정 지음
이충렬 옮김

병법兵法에 대하여

중국 천하를 다스린 통치자들의 기본 목표는 〈백성의 마음을 어떻게 얻을 것이냐〉하는 문제였다. 백성의 마음을 얻기 위하여 통치자들은 병법을 활용했고, 그 실천 방법으로 전쟁을 이용했다. 전쟁이야말로 광대한 중국천하를 얻을 수 있는 유일한 방법이었다. 이런 전쟁에는 두 가지 중요한 측면이 있다. 하나는 백성의 마음을 사로잡는 명분이었고, 다른 하나는 전쟁에서 승리하는 실전적인 기술이었다. 병법은 바로 그 두 가지를 모두 실현시키는 지혜다.

　　일반적인 방법으로 병법이란 군사학軍事學 즉, 전투의 방법이나 용병술用兵術이며, 더 좁은 뜻으로는 검도나 검술, 개인적인 호신술을 말한다. 수천년 전 병법의 실천가로는 강태공 즉 태공망太公望 여상呂尙이다. 그는 기원전 12세기경 주周나라 창건에 큰 역할을 수행한 사람으로 알려져 있다.

　　여상은 가난한 집안에서 태어나 어렵게 살았지만 성품이 조용하고 소리小利를 탐하지 않는 인물이었다. 그는 낚시를 즐기면서 서두르지 않는 끈기를 배웠으며 오랫동안 위수에서 생활해온 탓으로 일기변화에서 물고기의 생태에 이르기까지 오묘한 진리를 터득하고 있었다. 그는 언제나 위수에 낚시를 드리우고 세월을 보냈다.

　　어느 날 주나라 서백西佰이 위수에 사냥을 나왔다가 여상을 만나 인품을 알아보고 크게 감복하여 일거에 스승을 삼게 되었다. 여상은 서백이 죽고 그의 아들 발發이 은殷나라를 정벌하여 주나라를 국력을 반석 위에 올려놓았을 뿐만 아니라 제齊나라의 기틀을 마련한 사람이었다.

　태공의 병법은 〈육도, 삼략〉에서 보았듯이 실천가로서 이후 모든 병법의 모태가 되었다고 할 수 있다. 그 후 중국을 지배하는 통치자들에 의하여 병법은 보안되고 완성되었다. 그것은 중국천하를 다스리는 지혜와 명분으로서의 병법이다. 어떤 사람은 병법을 천하쟁패의 수단으로 보지만, 실제로 중국에서 역사적으로 이루어진 병법의 흐름은 천하를 보는 안목과 경륜의 대상이었고 지배윤리支配倫理를 정당하게 만들어주는 논리이기도 했던 것이다. 오자나 조조, 제갈량 등은 정치와 연결된 병법의 대가들이다. 그들은 병법을 정치에 활용함으로써 성공을 거둔 것은 물론이려니와 병법을 완성시킨 사람들이다.

　중국 병법의 요체는 〈백성의 마음을 어떻게 얻을 것인가〉라는 것으로 집약된다고 말해온다. 그것은 중국의 사회구조에서 비롯된 것으로 춘추전국시대의 배경과 자연재해가 반발한 시기였다.　과로한 전쟁 부담과 폐해로 백성들은 도탄에 빠져 신음을 하고 있었다. 이런 측면에서 병법은 단순한 기술이 아니라 시대에 대한 안목에서 비롯된 경륜과 정치의 요결이었던 것이다.

　병법은 국가를 유지하는 가장 중요한 위치가 되었다. 전쟁에서 이기면 나라가 흥하고 전쟁에서 패하면 나라가 망하는 입장이었으므로 최고 통치자들도 병법에서 통치 이상을 찾을 수밖에 없었던 것이다.

36계計에 대하여

이 책의 마지막 장 〈36계의 저자는 누구인가. 그리고 언제 썼는가.〉는 알 수가 없다. 청淸나라 초에 편찬한 일이 있다고 하는 사람도 있으나 정확한 것이 아니며, 명明나라 말기에 이루어진 것이라고도 한다. 이 36계가 언제 써진 책인지 정확하게 알 수는 없지만 그 내용이 풍부한 처세철학을 포함하고 있어 좋은 책으로 알려져 목판으로 출판되거나 또 많은 사람들이 베껴 써서 널리 유행되어 읽혀져 왔다는 것은 분명하다. 〈삼십육계 줄행랑〉이라고 떠올리는 사람들도 있지만 마지막 계가 〈적의 세勢가 커서 이길 수 없다면, 항복하거나 화해를 하거나 그중 상책으로 후퇴함〉을 말하는 것이다. 손자의 병서 시계편 始計編에 의하면 〈도망가는 것을 상책으로 한다.〉 즉 중과부적이면 피하라는 것이다.

4. 삼략

5. 사마법

6. 울료자

7. 이위공문대

부록-삼십육계

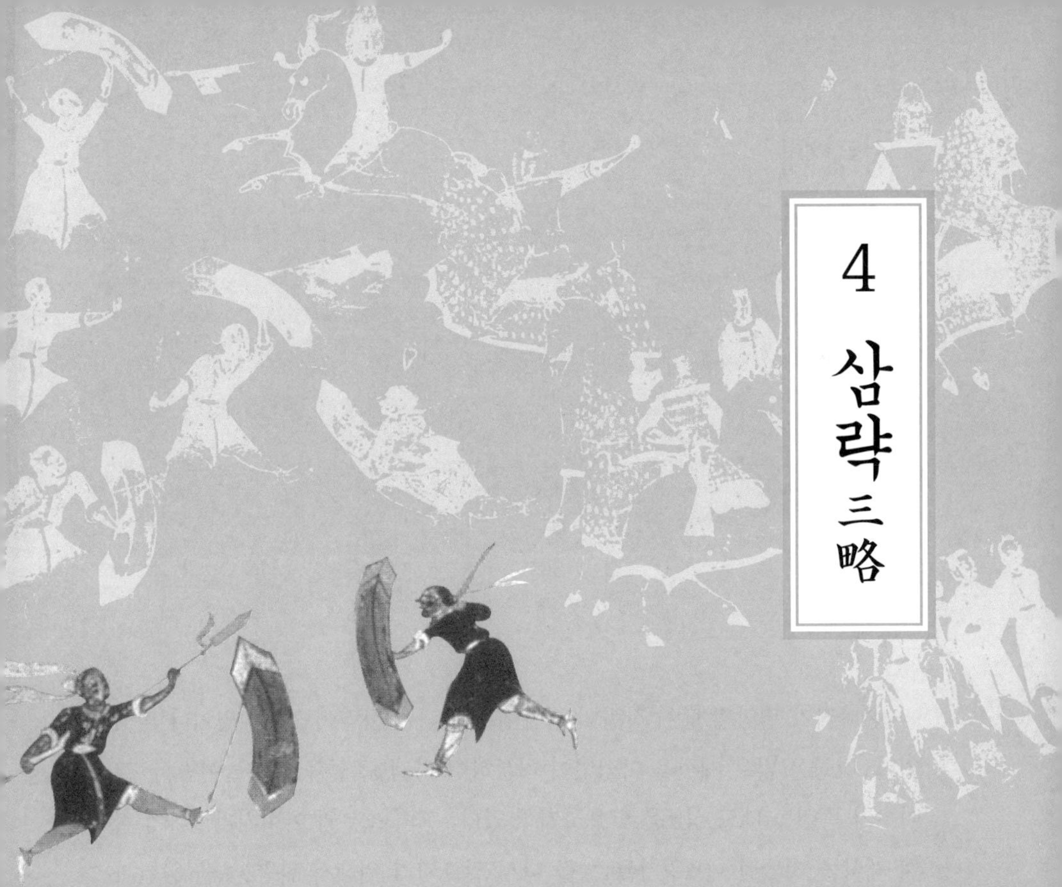

4 삼략 三略

장량에
대하여

 한나라가 멸망할 당시 장량의 집안에는 부리는 사람이 3백여 명이나 되었
었다. 장량은 많은 재산을 아낌없이 처분하여 자객刺客들을 모아들이면서, 그
아우가 죽었을 때도 상喪을 발표하지 않았다. 그의 조부와 아버지가 5대에 걸
쳐 재상을 지냈던 한韓왕가韓王家를 다시 일으키기 위해서 진왕秦王을 암살하
여 원수를 갚으려 한 것이다.

> 留侯長良者, 其先韓人也. 大夫開地, 相韓昭侯, 宣惠王. 襄哀王. 父平,
> 相釐王, 悼惠王, 悼惠王二十三年, 平卒. 卒二十歲, 秦滅韓良年少,
> 未官事韓. 韓破, 良家僮三百人, 弟死不葬. 悉以家財求客刺秦王.
> 爲韓報仇. 以大父, 父五世相韓故.

 장량은 일찍이 회양 땅에서 예禮를 배운 바 있었다. 진의 시황제가 동방을
순회한다는 소식을 듣고 그는 회양 땅으로 달려가서 그 동부지역에 사는 추장
酋長 창해군을 만나, 담력 무쌍한 장사를 구하였다.

> 良嘗學禮淮陽, 秦皇帝東遊, 東見倉海君, 得力士

장량은 이 장사와 함께 무게 1백21근의 쇠몽둥이를 만들어 들고 시황제始
皇帝의 뒤를 밟았다. 순행巡行의 행렬이 박랑사에 다 다랐을 때 잠복하고 있던
두 사람은 쇠몽둥이를 시황제의 수레를 향해 던졌으나 빗나가 수행원의 수레
에 맞았다.

爲鐵椎重百二十斤, 良與客狙, 擊始皇帝博浪沙中, 誤中副車.

시황제는 크게 노하여 범인을 찾아내기 위하여 전국에 대대적인 탐색령을
내렸다. 진의 탄압정책彈壓政策은 이를테면 장량이 그 단서端緒를 제공한 셈이
었다.

秦皇帝大怒, 大索天下. 求賊甚急, 爲長良故也.

장량은 이름도 바꾸고 멀리 하비下邳까지 도망쳤다. 어느 날 하비의 다리를
무료하게 서성거리고 있는데, 초라한 모습의 한 노인이 다리 저쪽에서 걸어오
는 것이었다.

良乃更名姓, 亡匿下邳, 良嘗間從容步遊下邳圯上, 有一老父. 衣褐, 至
良所.

그 노인은 장량이 보는 앞에서 짐짓 신을 벗어 다리 밑으로 떨어뜨리며 그
를 불러 세웠다.
"이봐, 내려가서 저것 좀 주어오게."
화가 치민 장량은 주먹을 불끈 쥐었으나 상대가 노인이므로 꾹 참고 신발
을 주어왔는데, 노인은 또 이렇게 명령하였다.
"신겨라."

直墮其履圯下, 顧謂良曰, 孺子, 下取履. 良愕然欲毆之, 爲其老彊忍,
下取履, 父曰, 履我.

장량은 어차피 참기로 한 이상 별 수 없다고 생각하고 허리를 굽히고 노인의 신발을 신겼다. 노인은 발을 내뻗고 신을 신기게 하더니 빙그레 웃고는 가버렸다.

良業爲取履, 因長跪履之, 父履足受, 笑以去.

장량은 어처구니가 없어 쳐다만 봤다. 백여 발짝 걸어간 노인이 다시 되돌아 왔다.

"보아하니 장래성이 있는 놈이야. 닷새 후 새벽에 이 자리에 다시 오도록......"

良殊大驚, 隨目之. 父去里所, 復還, 曰, 孺子可敎矣. 後五日平明, 與我會此.

영문을 모르는 채 장량은 무릎을 꿇고 "네" 하고 대답하였다. 약속한 날 예의 그 다리에 가자 그 노인이 벌써 와 있다가 고함부터 질렀다.

"늙은이를 기다리게 하다니, 무슨 버르장머리야!"

그리고는 획 돌아서서,

"닷새 후 미명에 다시 와 봐." 하고는 가버렸다.

良因怪之, 跪曰, 諾. 五日平明, 良往. 父已先在, 怒曰, 與老人期, 後, 何也. 去. 曰, 後五日早會.

닷새 후 장량은 첫닭 우는 소리와 동시에 그곳에 갔다. 그러자 노인이 역시 먼저 와 있었다.

"또 늦었어! 닷새 후에 또 한 번 오라구."

이번에도 노인은 그냥 돌아가 버렸다.

五日雞明. 良往, 父又先在, 復怒曰, 後, 何也. 去, 曰, 後五日復早來.

다시 닷새가 지났다. 이번만은 어디 보자 하며 장량은 한밤중에 일어나 그곳으로 갔다. 잠시 후에 나타난 노인은 싱글거리며,

"됐어, 그 마음씨가 중요하다."하고는 품속에서 한 권의 책을 꺼냈다.

"이 책을 공부하면 훗날에 군사를 지휘하는 왕자가 될 수 있어, 13년 후 필경 자네는 한판 벌이고 있을게야. 13년이 지난 후 우리는 다시 만나자구. 제북濟北땅의 곡성산 기슭에 있는 황색바위, 그것이 바로 나이니라."

五日, 良夜未半往, 有頃, 父亦來, 喜曰, 當如是. 出一編書曰,
讀此則爲王者師矣. 後十年與十三年孺子見我. 濟北穀城山下黃石則我矣.

노인은 장량이 반문할 겨를도 없이 그만 자취를 감추고 말았다.

날이 새어 책을 열어본즉 태공망太公望의 병법서였다. 장량은 그 내용에 매혹되어 항상 머리맡에 놓고 송독誦讀했다. 그는 하비에 머물며 임협(任俠-협객)의 무리와 어울렸다. 항우의 숙부 항백項佰이 살인사건을 저질렀을 때 장량이 그를 숨겨 보호해준 것이 이 무렵이었다.

遂去, 無他言, 不復見. 旦日視其書, 乃太公望兵法也. 良因異之,
常習誦讀之. 居下邳, 爲任俠. 項佰常殺人, 從良匿.

그로부터 10년이 지났다. 진승이 거병擧兵하였을 때 장량도 젊은이 백여 명을 거느리고 일어나, 우선 유留에 있는 경구의 지휘하에 들려고 하였다. 경구는 독립하여 군사를 모으고 스스로 초왕楚王이라 칭하고 있었다. 그런데 그 유留로 가는 도중에 장량은 패공(沛公-유방)을 만났다. 패공은 그때 수천 명의 군사로 하비의 서쪽 일대를 공략하는 중이었다.

後十年, 陳涉等起兵, 良亦聚少年百餘人, 景駒自立爲楚假王, 在留.
良欲往從之. 道遇沛公, 沛將數千人略地下邳西,

장량은 그대로 패공의 진영에 가담하기로 작정하고, 패공으로부터 정식으

로 구장廐將에 임명되었다.

장량은 태공망의 병법兵法을 자주 패공에게 헌책獻策하여 그때마다 채택採擇되곤 하였다.

遂屬焉, 沛公拜良爲廐將. 良數以太公兵法說沛公. 沛公善之. 常用其策.

장량이 아무리 좋은 계책을 말해도 아무도 채택해주지 않았던 것이 이제까지의 사례였던 만큼 이로써 장량은 패공이야말로 타고난 영걸임에 틀림없다고 복종하고, 경구의 군에 참여하려던 당초의 생각을 깨끗이 버리고 말았다.

良爲他人言, 皆不省. 良曰, 沛公殆天授. 故遂從之. 不去見景駒.

패공은 설薛에 진군하여 항량의 군과 합류하였다. 항량이 희왕을 옹립하자 이때 장량은 정식으로 항량項梁에게 진언했다.

"초왕楚王의 후계자를 결정하셨으니, 이번에는 한왕韓王에 대해서도 배려가 계시기를 바랍니다. 한나라 제후諸侯 가운데는 횡양군 성成이 걸출한 인물입니다. 그분을 한韓왕에 세우시면 우리의 세력은 보다 강화되리라 믿습니다."

及沛公之薛, 見項梁, 項梁立楚懷王, 良乃說項梁曰, 君已立楚後.
而韓諸公子橫陽君成賢. 可立爲王, 益樹黨. 項梁使良求韓成, 立爲韓王,
以良爲韓申徒.

항량은 이에 장량에게 명하여 성을 찾아오게 하고 그를 한왕에 세운 후 장량을 그 대신으로 임명하였다. 장량은 한왕과 함께 군사 천여 명을 이끌고 서진西進하여 한나라의 옛땅을 공략, 여러 성읍城邑을 함락하였다. 이들 성읍은 즉시 진나라에 도로 빼앗기고 말았지만, 장량은 계속 버티어 영천 일대에서 유격전遊擊戰을 전개하였다.

與韓王將天餘人西略韓地, 得數城. 秦輒復取之. 往來爲遊兵潁川.

그리하여 낙양에서 남진南進한 패공이 황원에 이르렀을 때 이와 합류하여 한나라의 10여 성을 함락하고 진장秦將 양웅의 군대를 격파하였다.

沛公之從洛陽南出轘轅, 良引兵從沛公, 下韓十餘城, 擊破楊能軍.

여기서 패공은 한왕 성에게 양책의 수비를 맡기고 장량과 더불어 다시 남하, 완을 함락하고는 서쪽으로 방향을 바꾸어 무관을 돌파하자, 2만 군사를 몰아 요관 기슭에 포진한 진군을 단숨에 격멸시키려고 하였다. 장량이 이를 만류하였다.

沛公乃令韓王成留守陽翟, 與良俱南攻下宛, 西入武關,
沛公欲以兵二萬人擊秦嶢下軍. 良說曰.

"적은 아직도 강합니다. 절대로 함부로 보실 일이 아닙니다. 들으니 적장은 푸줏간의 아들 녀석이라고 합니다. 장군이란 원래 흥정에 능한 법입니다. 패공은 이대로 진안에 머물러 계십시오. 우선은 선발대를 보내서 근처의 산등성이에다 무수한 깃발과 장대를 세워 대병력을 가장하는 것입니다. 식사도 5만 명분을 준비하여야 합니다. 그 다음에 역이기를 파견하여 적장의 눈치를 엿보게 하십시오."

秦兵尙彊, 未可經. 臣聞, 其將屠者子, 賈豎易動以利, 願沛公且留壁,
使人先行爲五萬人具食, 益爲張旗幟諸山上, 爲疑兵.
令酈食其待重寶啗秦將,

과연 진秦장군은 겁에 질린 모양이었다. 패공과 서진西進하여 손을 잡고 함양을 치고 싶다고 청해왔다. 패공은 이를 받아들이려고 했으나, 이번에도 장량이 말하였다.

秦將果畔, 欲連和俱西襲咸陽. 沛公欲聽之, 良曰,

"진秦을 배반하겠다고 말하는 자는 그쪽의 장군뿐입니다. 부하들은 필경 따라오지 않을 것입니다. 그들이 방심하고 있는 틈을 타서 지금 쳐들어가는 것이 상책입니다." 패공의 군사는 일거에 진군을 공격하여 보기 좋게 이를 격파하고 추격전에 돌입했다.

북쪽 남전에 이르러 다시 한 번 진군을 격파하여 괴멸상태에 빠지게 하였다. 진격을 거듭한 패공은 마침내 함양에 입성入城하였다. 진왕秦王자영子嬰의 항복도 받았다.

此獨其將欲反耳. 恐士卒不從. 不從必危. 不如因其解擊之.
沛公乃引兵擊秦軍, 大破之. 遂北至藍田, 再戰. 秦兵竟敗.
遂至咸陽. 秦王子嬰降沛公.

패공이 진나라의 궁전에 들어가 보니, 궁전은 물론이고 장막, 보물, 개와 말에 이르기까지 모두가 엄청나게 화려하고 또한 풍성했다. 후궁의 미녀들도 수천 명을 헤아려 패공은 마음이 끌려 얼이 빠졌다. 패공은 궁정 안에 머무르고 싶어 하여, 번쾌가 야영하기를 권하는데도 들은 척 하지도 않았다. 옆에서 장량이 충고하였다.

沛公入秦宮, 宮室. 帷帳. 狗馬. 重寶. 婦女以千數. 意欲留居之.
樊噲諫沛公, 出舍. 沛公不聽. 良曰.

"진나라가 무도한 짓을 저질렀기 때문에 우리가 이곳에 올 수 있었던 것입니다. 천하를 위해 잔 적을 소탕코자 생각하신다면 패공께서는 마땅히 검소하게 입고 먹는 것으로 만족하셔야 합니다. 함양을 빼앗았다고 해서 호화로운 생활에 탐욕하고 마신다면 걸왕(桀王-하夏나라 마지막 왕. 폭군)의 포악보다 더한 짓을 했다고 욕할 사람도 생길 것입니다. 충언은 귀에는 거슬리되 실행함에 이를 가져오고, 좋은 약은 입에는 쓰되 병을 고친다고 합니다. 제발 번쾌의 권유대로 하여 주십시오."

패공은 하는 수 없이 패상까지 되돌아와서 야영을 했다.

夫秦爲無道, 故沛公得至此. 夫爲天下除殘賊, 宣縞素爲資. 今始入秦,
則安其樂, 此所謂助桀爲虐. 且忠言逆耳利於行. 毒藥苦口,
利於病願沛公廳樊噲言. 沛公乃環軍覇上.

항우

진秦나라의 학정虐政에 대항하여 최초로 반역의 봉화를 든 것은 가난한 농민이었던 진승陳勝과 오광吳廣이었다.

그들의 봉기는 삽시간에 요원의 불길처럼 천하에 퍼져 절대지배를 자랑하던 진 제국秦 帝國을 멸망의 길로 이끌었다.

"왕후王侯와 장군, 재상의 씨가 따로 있단 말이냐"

하는 진승의 부르짖음에는 농민의 불굴의 기백이 서려있다고 할 것이다. 중국역사는 어지러운 왕조교체王朝交替를 거듭하는데 그 원동력은 언제나 대규모 농민의 반란이었다. 그러나 오광은 부하 전장田藏등에게 죽임을 당하고 마부인 장가莊賈라는 자에게 진승도 역시 죽임을 당하였다. 농민의 봉기로 시작되었던 싸움은 항우와 유방의 전쟁으로 압축되었다.

항우와 유방은 지금의 강소성江蘇省에서 태어났다. 항우는 전국시대戰國時代이래의 대국인 초楚나라 명문가에서 적수인 유방보다 15년 먼저 태어났고 유방은 패현沛縣이라는 이름도 없는 곳의 농민 출신이다. 항우는 24세의 젊은 나이에 궐기하였고 유방은 40세에 일어섰다. 이 귀족과 서민, 이 양자兩者는 농민봉기의 와중에서 일어난 상호의존과 대결을 거듭하여 진秦나라를 멸망시켰다.

두 사람의 차이는 성격에서도 확연하다. 마음먹은 대로 행하는 항우보다 한 수를 더 보는 유연성을 지닌 유방은 항우와 대조적으로 상황에 따라 변화하는 생활방식의 소유자였다. 난세에서 유방은 항우 없이는 존재할 수 없었다. 그러나 항우는 유방이 있음으로 천하를 잃게 되는 것이다.

항우는 아버지처럼 존중하는 범증의 유방을 죽여야 한다는 충언에 귀 기울이지 않았다. 여러 번의 기회가 있었음에도 천하재패의 걸림돌인 유방을 번번이 살려주었던 것이다.

항우의 전략은 오직 항우에게서만 나와야 했고 유방의 전략은 장량長良이나 모든 참모의 머리에서 나와서 그는 그것을 채택하기만 하면 되었다. 범증이나 괴통의 말을 듣지 않고 항우는 유방을 한왕으로 임명하여 멀리 유배시키는 것 같았으나 유방은 장량의 계략으로 잔도를 불태우고, 항우를 위협하지 않는 것처럼 위장하고 아무도 모르는 진창의 길로 촉蜀을 빠져나와 안심하고 있는 항우를 몰아쳤다

천하의 호걸인 항우의 손아귀에 천하가 쥐어질 것 같았으나 전쟁의 양상은 그렇지가 않았다.

그 두 사람의 운명을 결정짓는 최후의 결전決戰은 해하亥下에서 막을 올렸다.

천하장사도
한없이 눈물만

항우의 군사는 해하垓下에 주둔하고 있었으나 이미 전력은 저하되었고 식량도 바닥이 나 있었다.

이런 판국에 성 주위는 한군漢軍과 제후들의 연합군에 의하여 물샐틈없이 포위당하게 되었다.

項王軍壁垓下, 兵少食糧盡. 漢軍及諸侯兵圍之數重

그날 밤 항왕은 적의 야영지에서 흘러나오는 노래 소리를 듣고 가슴이 뜨끔했다. 노래들이 모두 귀에 익은 초나라의 민속이었다.

夜聞漢軍四面皆楚歌, 項王乃大驚曰.

"이거 큰일 났구나. 한군에 투항한 초군이 저렇게 많단 말인가, 저놈의 노래 소리가 또 초군楚軍을 괴롭히고 있구나."

漢皆已得楚乎, 是何楚人之多也.

침소에서 뛰쳐나온 그는 술을 마시기 시작했다.

항왕에게는 한 시도 옆에서 떨어져 있지 않는 애첩이 있었다. 이름은 우희虞姬라고 했다.

또한 추騅라는 애마愛馬도 있었다.

술기운 때문에 마음이 울적해진 항왕은 즉흥시 한 수를 읊으며 마음을 달랬다.

項王則夜起飲帳中, 有美人名虞姬, 常幸從. 駿馬名騅, 常騎之.
於是項王乃悲歌忼慨. 自慰詩曰,

산을 뽑아버릴 힘도 천하를 제압하는 기백도
이제는 쓸모가 없어졌네
추여여 너마저 걷지 않으려니
아, 우희여, 우희여 너를 위해 해줄 것이 없구나

力拔山兮氣蓋世
時不利兮騅不,
逝騅不逝兮可
奈何 虞兮不奈若何

─────

서(逝) 떠나다. 죽다.

혜(兮) 노래후렴.

순(馴) 길 들이다. 순하다.

항왕은 이 노래를 수없이 되풀이했다. 우희도 따라서 불렀다. 항왕의 뺨 위에는 굵은 눈물이 흘렀다. 가까이 모시는 신하들도 그 앞에 엎드려 소리 없이 흐느꼈다.

歌, 數闋. 美人和之. 項王泣數行下, 左右皆泣. 莫能仰視.

하늘이
날 버리다니

항왕은 애마에 올라앉았다. 정예精銳 8백 기가 그를 따라 나섰다. 야음을
틈타 포위망을 돌파하여 남쪽을 향해 질풍같이 내달았다. 새벽녘이 되어서야
한군은 항우가 탈출하였음을 알게 되었다. 기병대장인 관영灌嬰이 기병 5천을
이끌고 추격하기 시작하였다. 항왕은 회수淮水를 건넜다. 여기까지 따라온 기
병도 이제 백 명에 지나지 않았다.

於是項王乃上馬騎, 麾下壯士騎從者八百餘人. 直夜潰圍南出馳走.
平明, 漢軍乃覺之, 令騎將灌嬰以五千騎追之. 項王渡淮,
騎能屬者百餘人耳.

계속 질주하여 음릉陰陵 부근까지 왔는데 거기서부터는 길을 알지 못하여
어느 농부에게 물었다.

"왼쪽으로 가시오."

농부가 거짓말을 했던 것이다. 농부의 말대로 왼쪽 길을 간 항왕項王의 일
행은 대 습지대에 빠지고 말았다. 한군漢軍의 추격대가 일행을 놓치지 않은 것
은 농부의 덕이었다.

項王至陰陵, 迷失道. 問一田父. 田父始曰, 左, 左, 乃陷大澤中.
以故漢追及之.

항왕은 오던 길을 되돌아 나와서 진로를 동쪽으로 정하고 동성東城까지 달아났다. 이때 수행한 자는 불과 28명에 불과했다. 이를 뒤쫓는 한군은 수천 명, 탈출은 이미 절망이었다. 항왕은 부하 기병을 모아놓고 이렇게 말했다.

項王乃復引兵而東, 至東城. 乃有人二十八騎. 漢騎追者數千人,
項王自度不得脫, 謂其騎曰,

"나는 거병擧兵한 지 8년, 70여 회의 전투에 참가했으나 한 번도 져본 적이 없다. 지키면 적은 패주했고 공격하면 적은 투항했다. 그러기에 천하의 패권을 장악할 수 있었던 것이다. 그러던 내가 마지막에는 이 꼴이라니, 믿을 수 없는 일이다. 그러나 이것은 하늘이 날 버린 것이지 내 전술戰術이 서툴렀기 때문은 아니다. 이제 탈출할 가망조차 희박해진 마당이니 한바탕 마지막 결전을 감행해 볼 생각이다. 적의 포위를 뚫고, 적장을 죽이고 군기軍旗를 찢어버림으로써, 내가 망하는 것은 전술이 허술했기 때문이 아니라는 것을 똑똑히 보여줄 것이다."

吾起兵至今八歲矣, 身七十餘戰. 所當者破, 所擊者服. 未嘗敗北.
遂覇有天下. 然今卒困於此. 此天之亡我. 非戰之罪也. 今日固決死.
願爲諸君決戰. 必三勝之. 爲諸君潰圍. 斬將刈旗. 令諸君知天亡我,
非戰之罪也.

▬

예(刈) 베다. 찢다.

그리고는 병력을 넷으로 나누어 사방으로 동시에 쳐들어간다는 작전을 짰다. 한漢군은 더욱더 포위망을 좁혀왔다.

"보라 내가 저 적장을 단칼에 죽이고 말 테다."

4개의 분대는 돌격을 감행한 후에 산 동쪽 3개 지점에 집결하기로 했다.

乃分其騎以爲四隊. 四嚮. 漢軍圍之數重. 項王謂其騎曰
吾爲公取彼一將, 令四面騎馳下. 期山東爲三處.

마침내 항왕은 애마에 채찍을 가하자 벼락같이 고함을 치며 적진으로 내
달았다. 돌풍에 쓰러지는 풀잎처럼 한의 기병들은 차례차례 거꾸러지고 눈 깜
짝할 사이에 대장 한 사람이 나가떨어졌다.

於是項王大呼馳下, 漢軍皆披靡. 遂斬漢一將.

━━

미(靡) 흩어지다. 멸하다

이때 한의 기병대인 양회楊喜가 항우의 배후로 육박했다. 이를 본 항우는
두 눈을 부릅뜨고 호령했다. 그러자 양희는 기겁을 하여 그대로 도망치고 말
았다.

是時, 赤泉侯爲騎將, 追項王. 項王瞋目而叱之. 赤泉後人馬俱驚.
辟易數里.

━━

진(瞋) 눈을 부릅뜨다.
질(叱) 성을 내어 꾸짖다

항우와 부하 기병들은 예정대로 3개 지점에 집결했다. 이들의 소재를 알아
내기 위해 한군漢軍은 3개 부대로 나누어 다시 포위망을 압축했다.

항왕은 다시 돌격전을 감행했다. 그리하여 상대편 지휘관의 목을 치고 이
어서 백 명 가까운 적을 죽였다. 부하를 소집해보니 보이는 자는 겨우 두 사람

뿐이었다.

"어떤가?"

항우가 큰소리치자 부하들은 오직 탄복할 뿐이었다.

"과연 대왕께서 말씀하신 그대로입니다."

與其騎會爲三處. 漢軍不知項王所在. 乃分軍爲三. 復圍之. 項王乃馳.
復斬漢一都尉, 殺數十百人. 復聚其騎, 亡其兩騎耳. 乃謂其騎曰.
何如. 騎皆伏曰, 如大王言.

항우는 장강長江 여안의 오강烏江으로 향했다. 그곳에서 장강을 건너 동쪽
으로 달아날 생각이었다. 도선장渡船場에는 정장亭長이 배를 준비하고 있다가
항우의 얼굴을 알아보고는 이렇게 말했다.

於是項王乃欲東渡烏江, 烏江亭長檥船待, 謂項王曰,

"강동의 땅은 넓지는 못합니다만 그래도 사방이 천 리, 인구도 수십 만을
헤아립니다. 거길 가시면 다시 한 번 거병하실 수도 있을 것입니다. 어서 배에
오르십시오. 배는 이 한 척뿐이니까, 한군이 뒤쫓아 오더라도 강을 건너지 못
합니다."

江東雖小, 地方千里, 衆數十萬人, 亦足王也. 願大王急渡. 今獨臣有船,
漢軍至. 無以渡.

그러나 항우는 웃음지었다.

"아니야. 그만두겠네. 나는 하늘의 버림을 받은 몸이야. 강을 건넌다고 해
서 무슨 수가 있겠나. 강동으로 말하자면 내가 그곳 젊은이 8천 명을 이끌고
처음으로 거사한 곳이 아닌가. 그 8천 명이 다 죽고 나 혼자 살아남아서 여기
까지 온 것이야. 죽은 젊은이들의 가족이 설영 나를 반겨준다 하더라도 나로
서는 그들을 대할 낮이 없어. 그들이 나를 용서한다고 하더라도 나 자신이 나

를 용서할 수 없어."

項王笑曰, 天地亡我, 我何渡爲, 且籍與江東者弟八千人渡江而西,
今無一人還. 縱江東父兄隣而王我, 我何面目見之. 縱彼不信,
籍獨不愧於心乎

항우는 정장에게 부탁했다.
"자네를 사나이로 믿고 부탁하겠네. 이건 내가 5년 동안 애지중지 하며 타
고 다니던 말이야. 이놈이 내닫는 곳에는 적이 없었고 하루에도 능히 천 리를
달렸어. 아무래도 내 손으로는 죽일 수가 없으니 자네가 좀 맡아주게.

乃爲亭長曰, 吾知公長者. 吾騎此馬五歲, 所當無敵, 嘗一行千里,
不忍殺之, 以賜贈公.

항우는 스스로 말에서 내려서고 부하들에게도 각자 말을 버리라고 명령했
다. 전원 칼을 잡고 한 덩어리가 되어 추격해온 한군을 향해 쳐들어갔다.
항우 혼자서 죽인 한군만 해도 수백 명에 이르렀다. 그 자신도 십여 군데
부상을 입었다. 싸우다가 문득 한 곳을 보니 한군의 기병대장 여마동呂馬童이
서 있었다.

乃令騎皆下馬步行. 恃短兵接戰, 獨籍所殺漢軍數百人,
項王身亦被十餘創. 願見漢騎司馬呂馬童曰.

"여보게, 자네는 내 옛 친구가 아닌가."
여마동은 항우와 얼굴을 마주하기 거북했으나 항우가 이렇게 소리치는 것
을 보자 하는 수 없이,
"저게 항우야."
하고 옆에 있던 왕예王翳에게 말했다. 항우는
"한왕이 내게 막대한 상금을 걸어, 나를 잡으면 만호후萬戶侯에 봉한다고

약속했다더군, 이왕 죽을 바에야 옛 친구인 자네에게 공을 세우게 해 주겠네."

그 말과 함께 그의 면전에서 스스로 자기 목을 쳤다.

왕예가 재빨리 달려와 그 목을 움켜쥐었다. 이를 본 다른 기병들도 한꺼번에 밀어닥쳐 엎치락뒤치락 하면서 항우의 시체를 놓고 쟁탈전을 벌렸다. 그 북새통에 수십 명이 깔려 죽었다.

> 若非吾故人乎, 馬童面之, 指王翳曰, 此項王也. 項王乃曰,
> 吾聞漢購我頭千金邑萬戶. 吾爲若德. 乃自剄而死.
> 王翳取其頭. 餘騎相蹂踐爭項王, 相殺者數十人.

문(刎) 목을 베다.

유(蹂) 짓밟다.

천(踐) 밟다.

결국 양희楊喜, 여마동, 여승呂勝, 양무楊武 네 사람이 항우의 사지를 하나씩 손에 넣었다. 왕예가 차지한 목과 맞춰보니 틀림없는 항우였다. 이것이 뒷날 초楚의 영토가 다섯으로 분봉되는 원인이 되었던 것이다.

즉, 여마동은 중수후中水侯, 왕예는 두연후杜衍侯, 양희는 적천후赤泉侯, 양무는 오방후吳防侯, 여승은 열양후涅陽侯로 봉해졌다.

> 最其後, 郎中騎楊喜, 騎司馬呂馬童. 郎中呂勝. 楊武各得其一體.
> 五人共會其體皆是. 故分其地爲五.
> 封呂馬童爲中水侯, 封王翳爲杜衍侯, 封楊喜爲赤泉侯, 封楊武爲五防侯,
> 封呂勝爲涅陽侯.

5년에 걸친 초, 한의 싸움은 한漢의 승리로 끝이 났다. 초의 세력 밑에 있었던 제왕諸王들은 모두 한나라로 귀순했다.

태사공(사마천)은 말한다. 옛날 순임금의 눈에는 동자가 2개씩 있다는 구절이 있다. 언젠가 나는 이런 이야기를 주생周生에게서 들은 적이 있다.

항우의 눈도 동자가 둘이라는 말이 전해진다. 그렇다면 그는 순임금의 자손이란 말인가. 그가 세상에 나와 떨친 세력이 그처럼 격렬했던 것도, 어쩌면 까닭이 있는 말이었는지 모른다.

太史公曰, 吾聞之周生, 曰舜目蓋重瞳子. 又聞項羽亦重瞳子.
羽豈其苗裔邪. 何與之暴也.

───

예(裔) 후손.

진나라가 천하를 통치하는데 실패하여 진승이 반란의 횃불을 들자, 각지에서 호걸들이 봉기하여 패권을 다투었다. 그런 사례는 일일이 열거할 수조차 없을 정도였다.

항우의 경우, 이렇다 할 기반이 따로 있었던 것도 아니다. 그는 시대의 흐름에 편승하여 농민봉기의 와중渦中에서 두각을 나타내었던 것인데, 3년 후에는 연, 조, 한, 위, 제의 5제후를 거느리고 마침내 진나라를 멸망의 구렁으로 몰아넣었다.

夫秦失其政, 陳涉首難, 豪傑蜂起, 相與竝爭. 不可勝數.
然羽非有尺寸, 乘勢起隴畝之中, 三年遂將五諸侯滅秦.

───

병(竝) 견주다.
롱(隴) 언덕.
무(畝) 전답의 면적.

그리하여 천하를 분할, 왕후를 봉하고 자신은 그 우두머리에서 천하에 호령을 하는 패왕의 자리에 오른 것이다. 뜻을 완성하지는 못했다손 치더라도 과거 수백 년에 걸쳐 이만한 인물이 또 없었다고 해도 과언은 아니다.

그러나 이런 항우에게는 치명적인 실패가 있었다. 고향인 초를 그리워한 나머지 관중의 경영을 망각했던 점, 의제를 내쫓고 제위를 찬탈한 일, 자기에게 거역하는 왕후를 용서할 줄 몰랐다는 점, 이런 점들이다.

또한 자기를 지나치게 믿는 마음에 사로잡혀 모든 일을 자기 한 사람의 지혜에 의해서만 처리했고, 교훈으로부터 배우려고 하지 않았다. 패왕이란 무력에 의해서만 천하를 정복하는 자라고 믿고 스스로 그와 같이 행동했다.

分裂天下而封工侯, 政由羽出, 號爲霸王. 位雖不終, 近古以來未嘗有也.
及羽背關懷楚, 放逐義帝而自立, 怒王侯叛己.
難矣, 自矜攻伐, 奮其私智而不師古, 謂霸王之業.

———
긍(矜) 교만하다.

그 결과 5년 후에는 나라를 멸망으로 이끌었고, 자신도 동성에서 최후를 마쳤던 것이다. 그럼에도 불구하고 그는 자기의 실패를 인정하지 않았고, 각성할 줄 몰랐다.

하늘이 날 버렸기 때문이지 전술이 나빴기 때문은 아니라고 죽는 순간까지도 그렇게만 생각하였으니 이 어찌 큰 오류가 아니겠는가.

欲以力政經, 營天下五年, 卒亡其國, 身死東城. 尚不覺寤而不自責過矣,
乃引天亡我, 非用兵之罪也, 豈不謬哉.

———
류(謬) 그릇되다.
오(寤) 깨닫다.

〈항우본기項羽本紀〉

명참모
장량

장량은 한나라로 돌아갔다. 그러나 항우는 패공과 행동을 같이 해왔기 때문에 한漢과 한韓이 연합할까 두려워한 나머지 한韓왕 성成의 귀국을 허락하지 않고 자기 군대에 포함시켜 함께 동쪽으로 끌고 가버렸다.

장량은 항우에게,

"한(漢-유방)왕은 잔도를 모두 불태워 없애버렸습니다. 그가 동쪽으로 회군할 의사는 전혀 없는 것입니다."

이렇게 설명하고 또한 제왕 전영의 모반 사실도 겸하여 알리는 서한을 보내어 한왕에 대한 경계심을 풀고 제나라를 토벌하기 위해 북으로 출병하였지만, 끝내 한왕 성의 귀국은 허락하지 않았을 뿐만 아니라 왕에서 후로 신분을 떨어뜨린 후에 팽성에서 죽여버리기까지 했던 것이다. 장량은 이때 가까스로 몸을 피하여 한漢왕을 찾아가야만 했다. 그 무렵 한漢왕은 동으로 군사를 되돌려 3진을 평정하는 중이었다. 장량은 성신후로 정식 임명되었으며, 한漢왕을 따라 동진하여 초군과 항우項羽의 본거지 팽성을 점령하였다. 그러나 한漢군은 급히 되돌아온 항우의 군사에게 패하여 하읍까지 달아나게 되었다.

良至韓. 韓王城以良從漢王故, 項王不遣成之國, 從與俱東. 良說項王曰,
漢王燒節棧道, 無環心矣. 乃以齊王田榮反書告項王.
項王以此無西憂漢心, 而發兵北擊齊. 項王竟不肯遣韓王, 乃以爲侯.
又殺之彭城. 良亡, 間行歸漢王. 漢王亦已還定三秦矣. 復以良爲成言侯.
從東擊楚之彭城. 漢敗而還, 至下邑.

한왕은 말에서 내려서기는 했으나, 걸터앉을 자리조차 없어 별 수 없이 안
장을 끌어내려 그 위에 걸터앉아 탄식했다.

"이제 함곡관 동쪽의 땅은 포기할 수밖에 도리가 없게 되었군. 이왕 포기
할 바에야 힘을 합쳐 초를 격파한 자에게 양도하고 싶은데, 누가 적당하겠소."

漢王河馬踞鞍而問曰, 吾欲捐關以東, 等棄之, 誰可與共功者

장량이 말했다.

"구강왕九江王경포는 초나라의 맹장입니다만, 항우와 싸움이 그치질 않습
니다. 또한 팽월彭越은 제왕 전영과 호응하여 양나라에서 반란의 깃발을 들었
습니다. 우선 이 두 사람에게 사자를 급히 보내십시오. 우리 군주의 부하 가운
데서 큰일을 맡아 한 몫을 담당할 수 있는 장수를 선발한다면 우선 한신뿐입
니다. 이 세 사람에게 함곡관 동쪽의 땅을 양도하시면 초나라를 격파할 수 있
으리라고 생각합니다."

良進曰, 九江王鯨布, 楚梟將與項王有郄. 彭月與齊王田嬰反梁地.
此兩人可急使. 而漢王之將獨韓信可屬大事當一面. 則欲捐之.
捐之此三人, 則楚可破也.

한왕漢王은 수하를 파견하여 구강왕 경포를 설득하게 하고 팽월에게도 사
자를 보내어 동맹을 체결하였다. 또한 위왕 표가 배반하자 즉시 한신에게 군
사를 주어 이를 치게 하였다.

이렇게 하여 한漢나라는 연燕, 대代, 제齊, 조趙의 네 나라를 장악하였던 것

이다. 결국 한왕漢王이 초나라를 누를 수 있었던 것은 이 세 사람의 힘에 의해서였다. 장량 자신은 병약한 몸이었기 때문에 한 번도 장군이 되어 본 일이 없고, 늘 참모로서 한왕 옆에 붙어 있었을 뿐이었다.

漢王乃遣隨何說九江王鯨布, 以使人連彭月. 及魏王豹反,
使韓信將兵擊之. 因擧燕. 代. 齊. 趙. 然卒破楚者, 此三人力也.
張良多病, 未嘗特將也. 常爲畫策臣, 時時從漢王

개국開國의
공신功臣들

한漢나라 6년 정월, 공로를 따져 상을 주는 행사가 실시되었다. 장량은 도 대체 전공이라고는 세운 것이 없었다. 그러나 고조는 장량의 전공을 이렇게 평가하였다.

"유장(帷帳=帳幕. 陣營)에 처하여 작전을 세우고 능히 천 리 밖의 승리를 결정 한다. 이것이 그대의 공이요, 제나라의 3만 호의 영지를 주리니 희망하는 장 소를 택하시오."

"소신은 하비에서 군사를 일으켰고, 유에서 폐하를 처음 뵈었습니다. 그것 은 하늘이 준 인연이었습니다. 폐하께서는 소신의 작전을 자주 채택해 주었습 니다만, 그것이 성공을 거둔 것은 오로지 시운이었습니다. 소신은 유만으로도 족합니다. 3만호를 주시다니 분에 넘칩니다."

漢六年正月, 封功臣. 良未嘗有戰鬪功. 高帝曰, 運策帷帳中, 決勝千里外, 子房功也. 自擇齊三萬戶. 良曰, 始臣起下邳, 與上會留, 此天以臣授陛下. 陛下用臣計, 辛而時中. 臣願封留足矣, 不敢當三萬戶.

한왕은 소하를 비롯하여 여러 사람에게 상을 내릴 때에 장량을 유후留侯로 봉했다. 같은 해 봄에는 큰 공이 있는 신하 20여 명에게 포상을 했는데, 그밖의 공신들에 대해서는 상호경쟁이 심하여 평정이 끝나지 않아 봉지封地를 결정하지 못하고 있었다. 고조가 낙양洛陽의 남궁南宮에 머물던 어느 날, 2층 회랑에서 문득 내려다보니 장군들이 정원 여기저기에 무리를 지어 앉아 무슨 말인지 쑥덕거리는 것이었다.

乃封張良爲留侯, 與蕭何等俱封. 六年, 上已封大功臣二十餘人.
其餘日夜爭功不決, 未得行封. 上在洛陽南宮,
從復道望見諸將往往相與坐沙中語.

고조(高祖-유방)는 유후(留侯-장량)에게 물었다.
"저 자들은 무슨 이야기를 나누고 있는 거요?"
"모르시겠습니까, 반란을 모의하고 있는 것입니다."
"천하가 안정되었는데 반란은 또 뭐요?"
"폐하께서는 한낱 서민으로부터 일어서서 저 사람들을 부려 천하를 장악하시었습니다. 그런데 폐하께서 천자가 되셨다는 이 마당에 봉지를 받은 사람들은 소하라든가 조삼과 같이 옛날부터 폐하의 마음에 들어온 사람들뿐이고, 한편 주벌을 받은 자는 평소부터 폐하의 미움을 샀던 사람들입니다. 현재 담당자가 각 개인의 공적을 평정하고 있는 중입니다만, 필요한 봉지를 모두 계산하면 천하의 땅덩어리를 다 주어도 오히려 모자랄 지경입니다. 저 사람들은 폐하께서 자기들 모두에게 봉지를 내리시지는 못할 것 같다. 그렇다면 과거의 과실을 들추어내어 오히려 주벌을 도모하시지나 아니할까, 이러한 것을 두려워하여 저렇게 모여 반란을 모의하고 있습니다."

上曰, 此何語. 留侯曰, 陛下不知乎. 此謀反耳. 上曰, 天下屬安定,
何故反乎. 留侯曰, 陛下起布衣, 以此屬取天下. 今陛下爲天子,
而所封皆蕭. 曹. 故人所親愛, 而所誅者皆生平所怨. 今軍吏計功,
而天下不足偏封. 此屬畏陛下不能盡封, 恐又見疑平生過失及誅,

故則相聚謀反耳.

고조는 눈살을 찌푸렸다.

"어떡하면 좋겠소."

"폐하께서 평소에 가장 못마땅해하셨고, 그 사실을 남들이 인정하는 그런 인물이 있는지요."

"그야 옹치지. 옹치에게는 옛날부터 감정이 있어. 그자는 나를 여러 번 골탕을 먹였거든. 지금이라도 죽여버리고 싶은데, 공적이 크기 때문에 참고 있는 중이요."

"그러시다면 우선 옹치에게 봉지를 내리시고 여러 신하가 모인 자리에서 옹치가 봉지를 받았다고 하면 다른 사람들은 저절로 조용해질 것입니다."

上乃憂曰, 爲之奈何. 留侯曰, 上平生所憎, 君臣所共知, 唯最甚者.
上曰, 雍齒與我故, 數嘗窘辱我, 我慾殺之. 爲其功多, 故不忍.
留侯曰, 今急先封雍齒以示群臣. 群臣見雍齒封, 則人人自堅矣.

고조는 술자리를 베풀고 옹치를 십방 후에 봉하는 한편, 승상과 어사를 독촉하여 상을 주는 행사를 조속히 진척시키도록 할 것도 그 자리에서 겸하여 발표하였다. 군신들은 술잔을 내려놓고 환성을 질렀다. "옹치도 후가 됐단 말이야 우리는 기다리기만 하면 돼요."

於是上乃置酒, 封雍齒爲什方侯, 而急趣丞相. 御史定功行封. 群臣罷酒, 皆喜曰, 雍齒尙爲侯, 我屬無患矣

누구에게도
석양은 내린다

    유후 장량은 스스로,

    "우리 집안은 대대로 한나라의 재상 직을 맡아왔다. 한나라가 멸망했을 때 나는 만금을 투입하여 원수인 강적 진나라에 보복을 감행, 천하를 놀라게 한 적도 있었다. 오늘날에는 이 세 치의 혀끝으로 제왕의 군사가 되었으며, 일만 호의 봉지를 받고 제후의 자리에도 앉아있다. 한낱 서민으로까지 떨어져버렸 던 몸으로 이보다 더한 영달이 더 있겠는가. 나는 이것으로 충분하다. 장차 속 세를 버리고 적송자(赤松子-상고시대의 신선)처럼 선계(仙界)에서 살고 싶다."

    留侯乃稱曰, 家世相韓. 及韓滅, 不愛萬金之資, 爲韓報讎彊秦, 天下振動.
    今以三寸舌爲帝者師, 封萬戶, 位列侯. 此布衣之極. 於良足矣.
    願棄人間事, 欲從赤松子遊耳.

    고조가 죽자 태자가 뒤를 잇고, 유후를 은인으로 존대하던 여후(呂后-유방의 처)는 그의 건강을 염려하여 제발 식사를 취하라고 강권했다.

    "인생은 한 번 뿐이오. 그것도 눈 깜박할 때 지나가오. 무엇을 바라기에 그 처럼 당신 스스로를 괴롭히는지 알 수가 없소."

유후는 끝내 거절하지 못하고 식사를 취하기 시작했다.

고조가 죽은 지 8년 후 유후도 세상을 떠났다. 시호는 문성후. 아들인 불의가 유후의 지위를 계승했다.

그 옛날 하비의 다리 위에서 태공망의 병법서를 그에게 준 바 있는 노인이 "13년 후에 다시 만나자고 한" 바로 그 해 장량은 마침 고조를 종군하여 제북을 통과하고 있는데, 곡성산 기슭에 가보니 노인이 말한 대로 과연 황색의 바위가 있었다. 장량은 이를 가지고 돌아와 정성껏 제사를 지냈다.

유후가 세상을 뜨자, 이 바위도 무덤에 합장되었으며 봄, 가을의 제사 때에도 같이 제사를 지내주었다.

그러나 사자(嗣子-후계자)인 장량의 불의(不疑-장량의 아들)는 효문제 5년에 불경죄에 연좌(連坐)되어 봉지(封地)를 몰수당했다.

乃學辟穀道引輕身. 會高帝崩. 呂后德留侯, 乃彊食之, 曰, 人生一世間,
如白駒過隙, 何至自苦如此乎. 留侯不得已, 彊聽而食. 後八年卒.
諡爲文成侯. 子不疑代侯. 子房始所見下邳圯上老父與太公書者,
後十三年, 從高帝過濟北, 果見穀城山下黃石, 取而葆祠之. 留侯死,
幷葬黃石冢. 每上冢伏陵祠黃石. 留侯不疑, 孝文帝五年坐不敬, 國除.

〈유후세가留侯世家〉

01

상략上略

이편 상략에서는 나라를 다스리는 군주의 덕목과 장수된 자의 자질에 대하여
논하였다. 백성의 마음을 얻는 것은 천하를 얻는 것이다. 나라를 이루는 것도
전쟁을 치루는 것도 백성이 없으면 그것 또한 없는 것이다. 백성은 유한 것 같
으나 그 유한 것은 강한 것을 이긴다. 백성은 물이요, 군주는 물 위에 떠있는
배다. 물이 노하여 거센 파도가 치면 아무리 큰 배일지라도 전복되고 만다. 군
주는 사랑으로서 백성을 사고 봉록으로써 현사賢士와 영웅英雄을 산다. 그리고
군주는 천하를 얻는 것이다. 현인으로 간웅을 제거하고 반란의 근원을 없애야
한다. 장수는 자신이 꾀하는 바나 희노애락喜怒哀樂을 경솔하게 표현해서는 안
된다. 사졸들에게 상벌賞罰이 분명하고 어루만져주고 은혜를 베풀면 사졸은
충성을 다할 것이다. 장수는 남의 충고에 귀를 기울여야 한다. 항우는 독단이
심해서 남의 말을 듣지 않아서 패망했다.

❊ 영웅으로 천하를 사라

임금이나 장수된 자의 길은, 힘써 만인 위에 뛰어난 영웅의 마음을 잡아
자기 심복으로 삼는 것이다.

夫主將之法, 務攬英雄之心.

___

주장(主將) 임금과 장수.
람(攬) 끌어 자기 것으로(자기 사람으로) 삼음.

※ 가장 단수 높은 계략

공 있는 자에겐 상을 내리고 녹봉을 주며, 내가 뜻하는 바를 여러 사람에게 통하게 하는 일이 긴요하다.

賞祿有功, 通志於衆.

상(賞) 상을 내림에 돈이나 포목으로써 하였다.
록(錄) 녹을 봉함은 땅으로써 하였다.
통지어중(通之於衆) 자기 뜻을 대중에게 소통함. 뜻하는 바를 대중에게 알리고, 대중의 마음을 내 마음과 한 가지로 하는 것.

※ 덕德으로 위장하라

그러므로 대중과 좋아하는 바가 일치할 때에는 이루지 못할 일이 없다. 대중과 미워한 바가 일치할 때에는 대중은 모두 마음을 기울여 나를 따르게 되는 것이다.

故與衆同好, 靡不成, 與衆同惡, 靡不傾.

여중동오(與衆同好) 대중이 좋아하는 바를 나도 좋아함.
여중동오(與衆同惡) 대중이 미워하는 바를 나도 미워함.
미불경(靡不傾) 대중이 모두 마음을 기울여 나를 따른다는 뜻.

※ 득인得人은 홍업鴻業의 비결

한 나라를 다스리고 한 집안을 편안케 하는 것은 여러 사람의 마음을 얻었기 때문이다. 한 나라를 멸망케 하고 한 집안을 파멸시키는 것은 여러 사람의 마음을 잃었기 때문이다.

治國安家, 得人也, 亡國破家, 失人也.

망국파가(亡國破家) 나라가 망하고 집안도 망함.

득인(得人) 인심을 얻음을 이른다. 그것은 호오(好惡)의 뜻을 통했기 때문이다.

실인(失人) 인심을 잃음을 뜻한다. 그것은 호오(好惡)의 뜻을 통하지 않았기 때문이다. 항우는 사람을 잃었기 때문에 멸망했고, 유방은 사람을 얻어 천하를 얻게 된 것이다.

※ 상대방의 지망하는 바를 충족시켜라

온 생물은 모두 다 자기가 지망하는 것을 이루고자 원하는 것이다.

含氣之類, 咸願得其志.

▬

함기지류(含氣之類) 생물을 말함.

함원(咸願) 하나도 빠짐없이 다 그렇기를 바란다는 뜻.

※ 유柔의 강剛, 그 미묘한 권변權變

군참에서 유柔한 것은 강剛한 것을 능히 제어할 수 있으며, 약한 것은 강한 것을 능히 제어할 수 있다고 하였다.

軍懺曰. 柔能制剛, 弱能制强,

유한 것은 착하고 아름다운 덕이며, 강한 것은 사람이나 사물을 해치는 악덕인 것이다. 약한 자는 사람이 모두 이를 돕는 것이며, 강한 자는 사람이 모두 이를 공격하는 것이다.

柔者德也, 剛者賊也. 弱者人之所助, 强者人之所功.

▬

군참(軍懺) 군대의 장래를 예언하는 책. 여기서는 옛날의 병서인 것처럼 되어 있으나, 실제로는 옛날에 이런 책이 있었던 것이 아니고 역시 핑계대고 꾸며낸 책이다.

각각의 용기容器에 담아라

부드러움도 쓸 곳이 있으며, 굳셈도 쓸 곳이 있고, 약함도 쓸 곳이 있다. 이 네 가지를 겸해서 형편에 알맞게 써라.

柔有所設, 剛有所施, 弱有所用, 强有所加, 兼此四者, 而制其宜.

설(設), 시(施), 용(用), 가(加) 모두 쓴다는 뜻.

사물에 대처하여 변신하라

천하의 일은 그 처음이나 끝이 아직 나타나지 않았을 때는 범인凡人은 그것을 알 도리가 없다. 일의 처음과 끝이 아직 나타나지 않았을 때는 그 기미를 보고 그것을 알 수 있는 것은 다만 지혜 있는 성인뿐이다. 천지자연의 덕은 신묘 영명靈明이며 만물과 함께 차차 변해가는 것이다.

端末未見, 人莫能知. 天地神明, 與物推移. 變動無常.

훌륭한 장수는 이와 마찬가지로 바르게, 혹은 기묘하게 변동하는 것이 무쌍하며, 적의 정세에 따라 변화한다. 적보다 앞서서 이쪽에서 적극적으로 일을 시작하여 건드리지도 않으며, 적이 움직일 때에는 나는 즉시 그에 따라 행동한다.

因敵轉化. 不爲事先, 動而輒隨.

그러므로 능히 무한이 위대한 공을 세우며, 천왕의 위광을 북돋아 성취시키고, 팔방 끝까지 편안케 하며 바로잡고, 오랑캐의 땅까지도 조용하게 평정할 수 있다.

故能圖制無彊, 扶成天威, 康正八極, 密定九夷.

이와같이 도모하는 자는 제왕의 스승도 될 수 있다.

如此謀者, 爲帝王師.

———

단(端) 처음.

말(末) 끝.

현(見) 나타남.

천지신명(天地神明) 여물추이(與物推移) 천지자연의 덕은 신묘 영명(靈明)하여 만물과 함께 차차 변해가는 것이다. 하늘의 도는 봄에서 여름, 여름에서 가을, 가을에서 겨울, 겨울에서 다시 봄이 된다. 땅의 도는 나서 자라고, 자라서 거두고, 거둬서 감추고, 감춰서 다시 낳는다. 천지의 운행에 따라서 만물은 흥망성쇠하고 영고 대사(榮枯代謝) 한다. 이것이 만물과 함께 차차 변하는 것이다.

팔극(八極) 사방(동서남북)사유(四維:東北, 東南, 西南, 西北)의 팔(八)방의 끝나는 곳이다.

구이(九夷) 견이(畎夷), 어이(於夷), 방이(方夷), 황이(荒夷), 풍이(風夷), 백이(白夷), 적이(赤夷), 현이(玄夷), 양이(陽夷)의 여덟 가지 만족을 말한다. 이는 후한서(後漢書)의 말이다.

밀(密) 고요함을 이름(밀(謐).

✵ 핵심을 좇아 응수하라

그러므로 옛사람의 말씀에도 사람은 모두 강한 것을 탐하고 있으며, 미묘한 도를 지킬 수 있는 자는 적다 하였다. 만약 미묘한 도를 지킬 수 있다면 자기의 귀중한 생명을 보전할 수가 있는 것이다.

故日, 莫不貪强. 鮮能守微. 若能守微. 乃保其生.

성인은 미묘한 도를 마음속에 간직하고 있어 일의 고비에 응수하여 이 도를 발휘하는 것이다. 이 도는 넓혀서 펼칠 때에는 4해에까지 펴지고, 이를 말아서 거둘 때에는 작은 잔에도 차지 않는 것이며, 이를 두는 데는 집이 필요치 않으며, 이를 자기 가슴속에 간직해두면 그 도의 감화로 적국은 자연히 복종한다.

聖人存之, 以應事機. 舒之彌四海, 卷之不盈杯. 居之不以室宅,
寸之不以城郭, 藏之胸臆, 而敵國服.

고왈(故曰) 옛말.
미(微) 덕은 미묘한 것이며 미묘한 것이란 도를 말함. 천지자연의 대도(大道)를 이름.
보기생(保其生) 자기 생명을 보전함.
지(之) 앞의 미(微)를 가리킴.
배(杯) 잔. 여기서는 한 잔으로 만든다는 뜻.

❋ 너무 강하면 꺾인다

군참에 이런 말이 있다. 부드러움과 굳음은 때에 따라 적당히 쓸 때에, 그
나라는 점차 빛을 낸다. 약함과 강함은 때에 따라 적당히 쓸 때에 그 나라는
더욱더 이름을 떨친다.

軍讖曰, 能柔能剛, 其國微光. 能弱能强, 其國微彰.

오로지 부드러움과 약함에 치우칠 때에 그 나라는 반드시 쇠하여 국토를
깎인다. 오로지 굳음과 강함에 치우칠 때에 그 나라는 반드시 멸망한다.

純柔純弱, 其國必削. 純剛純强, 其國必亡.

미광(微光) 점점 빛남.
미창(微彰) 점점 이름이 나타남.
칠삭(必削) 국토를 반드시 침략당하여 삭감당한다는 뜻

※ 천도天道를 관철하는 묘계妙計

대저 나라를 다스리는 길은 어진 선비와 일반 백성에게 기대야 한다. 어진 선비를 믿고 의심치 않음을 꼭 자기 심복처럼 하고, 백성들을 부릴 때 꼭 자기 손발처럼 아껴 쓸 때 곧 나라 다스리는 계책은 완전무결하여 조금도 빠짐이 없는 것이다.

夫爲國之道, 恃賢與民. 信賢與腹心, 使民如四肢, 則策無遺.

이러할 때에 우리 군사가 가는 곳은 손발이 서로 따라다니는 것 같으며, 뼈와 마디가 서로 돕는 것과 같은 것이다. 이는 천도의 자연으로서 그 교묘하기가 조금만치도 틈새가 없는 것이다.

所適如肢體相隨, 骨節相救. 天道自然, 其妙無間.

사민여사지(使民如四肢) 백성부리기를 팔다리처럼 하다.
신현여복심(信賢與復心) 어진 선비를 믿고 자기 심복처럼 하다.
위(爲) 다스림.
사지(四肢) 두 손과 두 발.
책(策) 나라를 다스리는 계책.
소적(所適) 가는 곳.
천도(天道) 사람의 힘으로 하지 않는 것.
자연(自然) 사람의 손을 대지 않는 것.

※ 칭찬은 최대의 포상이다

군사를 거느리고 나라를 다스리는 중요한 길은 대중의 심리를 자세히 살피어 백방의 정무를 베푸는 것이다.
위태롭게 기울어져 쓰러지려는 자는 이를 부축하여 안정시킨다.
두려워하는 자는 이를 쓰다듬어 주어 기쁘게 한다.

나를 배반한 자도 그 사정이 용서할만한 자는 이를 용서해 본디의 그로 돌아가도록 한다.

무고하게 죄지은 자는 그 사정을 조사하여 그를 용서해 준다.

어떤 일을 호소하는 자는 그 사정을 자세히 살펴준다.

비천한 자라 할지라도 재능이 있으면 이를 귀하게 써 준다.

자기가 강한 것을 미끼로 다른 사람을 얕보는 자는 이를 눌러 머리를 들지 못하도록 한다.

나를 대적하는 자는 이를 해쳐 없애버린다는 것이다.

軍國之要, 察衆心, 施百務. 危者安止, 懼者歡之, 叛者還之, 冤者原之, 訴者察之, 卑者貴之, 强者抑之, 敵者殘之.

━━

군국(軍國) 군과 나라. 군국이란 정치의 중심이 되어 있는 국가를 이르는 말이지만 여기서는 군을 거느리는 데나 나라를 다스리는 곳을 이름.

원지(原之) 이를 용서함.

잔지(殘之) 이를 해쳐버림. 죽여버림.

✖ 가면법假面法은 득인법得人法이다

몹시 탐하는 자에게는 재화를 주어 이를 넉넉하게 한다.

욕망이 있는 자는 그의 욕심을 이루게 해 준다.

전에 과실 같은 것을 저지르고 남에게 알려질까봐 두려워하는 자는 이를 숨겨주어 그 사실이 폭로되지 않도록 숨겨준다.

꾀 있는 자는 이를 가까이하여 그 꾀를 써 준다.

남을 참하는 자는 이를 뒤집어 엎어서 없애버린다.

남을 헐뜯는 자는 되풀이시켜서 그 사실을 규명한다,

반역하여 나라를 위태케 하려는 자는 그 몸을 패해 버리고 용서치 않는다.

횡포한 자는 그 위세를 꺾어버린다.

지나치게 차서 그 세력이 강성해진 자는 이를 눌러 그 세력을 던다.

귀순코자 하는 자는 그를 초청하여 내게로 오게 한다.

나에게 복종하여 충성이 엿보이는 자는 그의 재주를 살려준다.

나에게 항복한 자는 그 죄과를 용서하고 이를 포섭한다.

貪者豊之, 欲者使之, 畏者隱之, 謀者近之, 讒者覆之, 毁者覆之,
返者廢之, 橫者挫之, 滿者損之, 歸者招之, 服者活之. 降者脫之.

참자(讒者) 참언 하는 자. 즉 거짓으로 꾸며서 남을 참소하는 자.

훼자(毁者) 훼방을 하는 자, 즉 남을 헐뜯는 자.

✻ 지배하기 위해서 인심을 베풀어라

견고한 땅을 얻었을 때는 이를 지켜 다시 빼앗기지 말아야 한다.

좁은 목을 얻거든 이를 막아 적군의 통행을 금하도록 해야 한다.

험난한 곳을 얻거든 아군이 진을 쳐 머물도록 해야 한다.

적의 성을 빼앗았거든 이를 갈라 장수에게 나누어 주어야 한다.

적의 땅을 빼앗았거든 이를 나누어 장수에게 주어야 한다.

적의 재물을 얻었거든 이걸 흩어서 사졸들에게 분배해 주어야 한다.

獲固守之, 獲阨塞之, 獲難屯之, 獲城割之, 獲地裂之, 獲財散之.

고(固) 견고하여 깨치기 어려운 곳.

액(阨) 좁은 목으로써 한두 사람밖에 통행하지 못할 곳.

난(難) 험난하고 적을 방위하기 마땅한 곳.

철두철미하게 비정하라, 냉혹하라

적이 움직이거든 그 동작을 주의하여 살펴야 한다.

적군이 가까운 곳에 있거든 수비를 엄중히 하라.

적이 강하거든 나를 낮추어 겸손히 하여 적을 교만케 하라.

적이 편안하여 고달프지 않거든 싸우지 말고 멀리 피해간다.

적의 세력이 왕성旺盛하여 아군을 능가하거든 서둘지 말고 그 세력勢力이 약화될 때를 기다린다.

적이 난폭하거든 꾀를 써서 이를 편안케 하여 누그러지게 한다.

적의 행패가 심하거든 대의를 밝혀 이를 바른길로 인도한다.

적의 상하가 서로 화목하거든 간첩을 들여보내어 이간시킨다.

敵動伺之, 敵近備之, 敵强下之, 敵佚去之, 敵陵待之, 敵暴綏之,
敵悖義之, 敵睦携之.

일(佚) 편안함.

능(陵) 나보다 더함.

수(綏) 편케 함.

휴지(携之) 첩자를 보내어 적의 한 사람과 제휴하여 이간질하도록 시킨다.

누가 사느냐, 너냐 나냐

민심에 순응하여 거사擧事하여 적의 세력을 꺾는다.

적의 세력을 살피어 그로 인하여 적군을 깨친다.

유언비어를 퍼뜨려 적을 현혹시키고 일을 그르치게 한다.

사방에 그물을 펴 새나 토끼를 잡듯이 적을 사로잡아 새어나가지 못하게 한다.

順擧挫之. 因勢破之. 放言過之. 四網羅之.

순거(順擧) 민심에 순응하여 일을 일으킴. 또는 적의 거동을 보아 일을 일으킴.

방언과지(放言過之) 유언을 퍼뜨려 적을 그르침. 또는 유언을 퍼뜨리는 자는 그 허물을 벌한다고 해석도 함.

사망라지(四網羅之) 사방에 그물을 치듯 적으로 하여금 빠져나가지 못하게 함. 또는 사방에 그물을 쳐 인재를 모은다고도 해석함.

※ 나를 위하여 적을 위하라

적의 재물財物을 얻거든 이것을 자기 소유로 해서는 안 된다. 사졸士卒들에게 나누어 주어야 한다.

적의 땅을 얻었으면 다만 한 때만 점령할 뿐이지 오랫동안 이것을 지켜서 자기 소유로 해서는 안 된다. 장수들에게 나누어 주어야 한다.

적의 성을 뽑았거든 오랫동안 거기 머물러서는 안 된다. 제후를 봉해야 한다.

적국을 격파했을 경우에는 새로운 군주를 세워야 한다. 그 나라를 빼앗으면 안 된다.

得而勿有, 居而勿守, 拔而勿久, 立而勿取.

거이(居而) 적지를 점령해서 거기 머무르는 것을 말함.

물구(勿久) 오랫동안 머물지 말라.

물취(勿取) 빼앗지 말라.

수지(守之) 오랫동안 지켜 머무름.

입이(入而) 적국을 격파하여 아국이 아주 뺏어버리는 게 아니고 그 나라 사람 중에서 마땅한 인물을 구해 군주로 세운다는 뜻.

❈ 재물은 그에게 주고 나는 그를 가지라

적군을 꾀어내어 그 일을 한 자는 곧 자기인데, 쳐서 얻은 땅이나 재물을 차지하는 자는 장수나 사졸들이다.

그리하여 자기에게는 아무런 이득도 없는 것 같지만, 세상 사람들은 참으로 큰 이득이 있는 것을 모르는 것이다. 그들 장수는 제후가 되고 자기는 천자가 되는 것이며, 그들은 각자가 그 성읍城邑을 지켜 보전하며 그 토지를 차지하여 안팎이 편안하고, 자기는 천자로써 그들 위에 군림하는 것이다.

爲者則己, 有者則士, 焉知利之所在. 彼爲諸侯, 己爲天子使城自保,
令土自處.

❈ 위대한 군주는 위대한 가장술사

세상의 많은 임금은 조상을 조상으로서 존경할 줄 알지만, 능히 아래 백성을 아래 백성으로서 사랑할 줄 아는 이는 드물다. 조상을 조상으로서 존경하는 자는 친족이 모두 나를 가까이 따르니 친족을 통솔 하기는 쉽다. 그러나 이것만으로는 임금 됨에 부족하다. 아래 백성을 아래 백성으로 사랑해야만 비로소 일국의 임금이 될 수 있으며 천하의 천자가 될 수 있다.

世能祖祖, 鮮能下下. 祖祖爲親. 下下爲君.

조조(祖祖) 조상을 조상으로서 존경하는 것.
하하(下下) 아래 백성을 백성으로서 애무하는 것.
친(親) 가까이 함. 친족과 친밀히 지내는 것을 말함.

❈ 내치內治는 호국의 초석

아래 백성을 백성으로서 사랑하는 군주는 농사와 양잠에 힘써 장려하여 그 농사나 양잠하는 때를 빼앗기지 말며, 조세를 가볍게 하여 백성들의 재물이 모자라지 않도록 하고, 역사를 일으켜 부역하는 일을 드물게 하여 백성을 고달프게 하지 않는다. 그렇게 하면 나라 안은 부유하게 되고 가정은 즐겁게 된다. 그런 다음에 어진 선비를 골라서 이를 맡아 다스리게 한다.

下下者, 務耕桑, 不奪其時, 薄賦斂, 不匱其財, 罕徭疫. 不使其勞.
則國富而家娛, 然後選士. 以可牧之.

선비라 하는 것은 만인에 뛰어난 영웅을 말하는 것이다. 그러므로 옛말에 전국의 영웅을 망라하여 초청하여 부리게 되면 적국이 궁하게 된다고 하였다.

夫所謂士者英雄也. 故曰, 羅其英雄. 則國敵窮

영웅은 나라의 줄기이며, 서민은 나라의 근본이다. 그 줄기를 얻고 그 근본을 거두면 정치나 교화教化가 널리 행하여져서 원망하는 일이 없게 되는 것이다.

英雄者, 國之幹, 庶民者, 國之本. 得其幹, 收其本, 則政行而無怨.

___

경상(耕桑) 밭 갈고 뽕 따 누에치는것.
부렴(賦斂) 세금을 할당하고 거두어들이는 것.
요역(徭役) 부역. 의무적으로 정부의 공사에 종사시키는 것.
한(罕) 드물다는 뜻.
사목(司牧) 한 지방을 다스리는 것.
기(其) 적국을 가리킴.
라(羅) 망라하여 초청한다는 것.
간(幹) 초목의 줄기.
본(本) 초목의 무리. 초목에 비유하여 간(幹)과 본(本) 두 자를 사용한 것.

⚜️ 현자賢者를 후하게 대접하라

병을 쓰는 요긴한 길은 예절을 융숭히 하고 봉록을 중히 하는 데 있다. 대접을 융숭히 하면 지모 있는 선비가 이르러 오고, 봉록을 중히 하면 절의 있는 선비가 죽음을 가벼이 여긴다.

夫用兵之要, 在崇禮而重祿, 禮崇則智士至, 祿重則義士輕死.

그러므로 어진 이에게 재물을 아끼지 말고 봉록을 주고, 공로 있는 자에게는 때를 넘기지 않고 상 주면 아래 있는 이들이 힘을 모아 힘쓰게 되어 적국은 그 영토를 깎이게 될 것이다.

故祿賢不愛財, 賞功不踰時, 則下力并, 敵國削.

━━

숭예(崇禮) 정중한 예절로써 존중하다. 스승을 대접하는듯함을 뜻함.
하력병(下力并) 아래에 있는 모든 이들이 합심, 협력하다.

⚜️ 충성을 바치게 하는 비결

사람을 쓰는 길은 관작을 주어 이를 존귀케 하여 주고, 재물을 주어 이를 넉넉하게 해주면 재주 있는 선비가 스스로 오게 된다. 정중한 예로써 이를 접대하며, 의로써 이를 격려하게 되면 절의 있는 선비는 나를 위해 죽을힘을 다하게 된다.

夫用人之道, 尊以爵, 贍以財, 則士自來, 接以禮, 勵以義則士死之.

⚜️ 더불어 동고동락하라

장수는 반드시 맛있는 음식을 사졸과 함께 하며, 편안함과 위태함을 함께 해야 한다. 그렇게 하면 사졸들은 모두 감격하고 분발하여 아군의 위력을 적에게 가할 수 있다. 그러므로 우리 병사는 전승을 얻고, 적군은 전패하게 된다.

夫將師者, 必與士卒, 同滋味, 而共安危, 敵乃可加. 故兵有全勝, 敵有全困.

자미(滋味) 맛있는 음식.
적내가가(敵乃可加) 병이 적군을 덮칠 수 있다.
전인(全困) 전패(全敗)의 뜻으로 해석하였다.

✺ 교묘하게 선善을 가장하라

옛날에 어느 훌륭한 장수가 적국과 전쟁을 하고 있는데, 어떤 사람이 소쿠리에 넣은 탁주를 가져왔다. 그것을 장수는 강물에 던지게 하여 자신도 사졸들과 함께 그 강물을 마신 일이 있었다. 물론 한 소쿠리의 탁주로 냇물을 맛들일 수는 없다. 그러나 삼군의 사졸들이 장수를 위하여 죽을힘을 다하겠다는 생각을 한 것은, 그 자미가 자기들에게까지 미친 것에 감격한 것 때문이다.

昔者良將之用兵, 有饋簞醪者. 使投諸河, 與士卒同流而飮. 夫一簞之醪, 不能味一河之水, 而三軍之士, 思爲致死者, 以滋味之及己也.

궤(饋) 먹을 것을 보냄.
단(簞) 소쿠리. 소쿠리에 칠을 하면 술을 담을 수 있다.
료(醪) 탁주.

✺ 지배자는 연기를 잘 해야 한다

군참에 이런 말이 있다. 군중軍中의 우물을 파고 있는데 아직 물줄기가 다

다르지 않을 때는, 장수는 목이 마르다고 하지 않는다. 사졸보다 먼저 마시지 않기 위해서이다. 군중의 천막이 아직 치장되기 전에는 장수는 피로하다 하지 않는다. 겨울에는 갑옷을 입지 않으며, 여름에는 부채를 잡지 않으며, 비가 와도 덮개를 펴지 않는다. 이것을 장수의 예도禮道라 한다.

軍識日, 軍井未達, 將不言渴, 軍幕未辨, 將不言倦, 軍竈未炊, 將不言饑. 冬不服裘, 夏不操扇, 雨不張蓋, 是爲將禮.

━━━

장불언갈(將不言渴) 장수는 목마르다는 말을 하지 않는다.
달(達) 다다르는 것. 우물을 파 물줄기에 다다르다.
판(辨) 설비하여 치장함.
권(倦) 수고로움과 게으름증이 남.
조(竈) 부엌. 부뚜막. 밥 짓는 곳.

※ 하나를 가지고 만을 얻는다

장수는 사졸들과 편안함을 같이 하며, 위험을 같이 하며, 사졸만 위험한 곳에 있게 하고 장수만 혼자 안전한 곳에 있으려고 하지 않는다. 그러므로 부하의 무리들은 장수와 한 몸이 되어 떨어져 나가지 않으며, 그 힘은 아무리 힘을 써도 피로할 줄을 모른다.

與之安, 與之危, 故其衆可合而不可離, 可用而不可波,

이것은 장수의 은덕恩德이 평소부터 축적되고, 꾀하는 바가 평소부터 합치되어 있는 까닭이다. 그러므로 장수가 사졸들에게 은덕을 베풀며, 게을러 태만치 않을 때는 사졸들이 모두 감격하고 분발하여 한 사람의 병사가 적군 만 사람을 취할 수 있다고 한다.

以其恩素蓄, 謀素合也. 故曰, 蓄恩不倦, 以一取萬.

여지안여지위(與之安與之危) 편함과 위태함을 함께 할 것이며, 사졸들에게만 노고를 끼치고 위험한 곳에 있게 하고, 장수 혼자만 편한 곳에 있지 않는다.
이일취만(以一取萬) 아군 한 명이 적군 만 명을 당한다는 뜻.

❈ 호령, 그 엄숙한 용병술

군참에 이런 말이 있다. 장수의 위세가 행해지는 것은 호령이 엄명하기 때문이다. 전쟁에서 온전한 승리를 거두는 것은 군정이 분명히 다스려지기 때문이다. 사졸이 싸움을 가벼이 여기고 분발해서 전진하는 것은 사졸이 장수의 명령을 잘 지켜 쓰기 때문이다.

軍讖曰, 將之所以爲威者, 號令也. 戰之所以全勝者, 軍政也.
士之所以輕戰者, 用命也.

군정(軍政) 군사를 훈련하고, 하늘과 땅을 살피고 상벌을 분명히 하는 것을 말함.

❈ 자신에게 스스로 신적 권위를 준다

그러므로 장수는 일단 내린 명령을 취소하거나 변경이 없으며, 공 있는 자는 반드시 상주고, 죄 있는 자를 반드시 벌주기를, 이를테면 하늘이 준 춘하추동의 그 계절을 그르침이 없고, 땅의 자라며 거두는 때를 그르치지 않는 것처럼 할 때에 인민을 부릴 수가 있는 것이다. 사졸들이 대장의 명령대로 실천 할 때에 국경을 넘어 적과 싸울 수가 있다.

故將無還令, 賞罰必信, 如天如地, 乃可使人, 士卒用命, 乃可越境.

━

환령(還令) 일단 내린 명령을 취소하거나 변경하는 것.

✷ 위세를 잃으면 끝장이다

삼군을 통솔하고 위세를 유지하는 것은 장수의 임무이다. 아군의 승리를 이룩하고 적을 깨치는 것은 대중의 힘이다. 그러므로 호령이 분명치 못한 어지러운 장수에게는 삼군을 보호, 통솔케 할 수가 없다. 호령을 쫓지 않는 어그러진 무리에게는 적을 치게 할 수가 없다.

> 夫統軍持勢者, 將也. 制勝敗敵者, 衆也. 故亂將不可使保軍.
> 乖衆不可使伐人.

어지러운 장수와 어그러진 무리는 적의 성을 공격해도 뽑을 수 없으며, 적의 고을을 포위해도 별할 수가 없다. 이 두 가지의 일에 공이 없으면 사졸들의 힘이 피폐하게 된다. 사졸들의 힘이 피폐하게 되면 장수는 고립되고 무리는 거스르게 된다. 그로써 성을 지키게 되면 반드시 견고하지 못하게 되고, 그로써 싸우게 되면 반드시 패주한다. 이를 일러 늙은 병사라 한다.

> 攻城不可拔, 圖邑則不可廢. 二者無功, 則士力疲敝, 則將孤衆悖.
> 以守則不固, 以戰則奔北. 是爲老兵.

━

난장(亂將) 호령이 분명치 못하고 법도가 바르지 못한 장수.
괴중(乖衆) 명령을 거스르는 사졸.

✷ 사기는 승리의 요결要訣

병사가 늙게 되면 장수의 위령이 행해지지 못한다. 장수의 위령이 행해지지 않게 되면 사졸이 형벌을 가벼이 여긴다. 사졸이 형벌을 가벼이 여기고 두렵지 않게 되면 군중의 대오가 흩어진다. 군중의 대오가 어지러이 정리되지 않게 되면 사졸이 반드시 도망하여 탈주한다.

兵老則將威不行, 將無威則士卒輕刑, 士卒輕刑則軍失伍,
軍失伍則士卒逃亡,

사졸들이 도망치게 되면 적군은 반드시 그 틈을 타서 공격해 온다. 적군이 틈을 타서 공격해 오면 아군은 반드시 패하게 된다.

士卒逃亡則敵乘利, 敵乘利則軍必喪.

❄ 장수는 앞장서라

군참에 이런 말이 있다. 훌륭한 장수가 삼군을 통수하게 되면 자기 마음을 가지고 남의 말을 헤아려서 사람을 다스린다. 어루만져 밀어주며 은혜를 베풀게 되니, 사졸들은 감격하여 그 힘이 날로 새롭게 왕성해진다.

軍讖曰, 良將之統軍也, 恕己而治人. 推惠施恩, 士力日新戰如風發,

전투에 있어서 돌풍처럼 날쌔며, 공격함에 황하黃河 물을 터놓은 것처럼 휩쓴다. 그러므로 그 무리가 전진할 때에는 적군은 그저 보기만 할 따름이며 이를 맞아 싸우지 못한다. 머리를 숙일 뿐이며 이길 도리가 없다.

攻如河決, 故其衆可望而不可當, 可下而不可勝.

장수는 자기 몸으로 솔선하여 사졸들을 이끈다. 그러므로 그 군대는 천하에 가장 웅장한 것이 되는 것이다.

以身先人, 故其兵爲天下雄.

서(恕) 자기 마음으로 미루어서 남을 헤아리는 것.
여풍발(如風發) 갑자기 이른다는 뜻.
여하결(如河決) 감당할 수 없음.

※ 현자를 임용任用, 적을 패퇴시킨다

군참에 이런 말이 있다. 군을 통솔하려면 상으로써 겉으로 하고 벌로써 속으로 한다 하였다. 상벌이 분명하게 되면 장수의 위령이 행해진다. 관직을 주어서 사람을 임용함이 올바로 행해지면 사졸들이 탄복한다. 임용한 사람이 어질 때에는 적국이 두렵게 여긴다.

軍讖曰, 軍以賞爲表, 以罰爲裏, 賞罰明則將威行, 官人得則士卒服, 所任賢則敵國畏.

상명즉장위(賞明則將威) 상벌이 분명하면 장수의 위엄이 선다.
관인즉사졸복(官人則士卒服) 관직이 올바르면 사졸들이 복종함.
표리(表裏) 서로 없어서는 안 될 것을 말함. 다 써야 되며, 그 하나도 없애면 안 된다.
적국외(敵國畏) 적국이 두려워함.

※ 어진 이 앞에는 적이 없다仁者無敵

군참에 이르기를, 어진 이가 가서 있게 된 나라는 그 군대가 전진할 때에 이에 대항할 적이 없다고 하였다. 그러므로 어진 선비에 대해서는 군주는 겸손히 자기를 낮춰야 되며 교만하여서는 안 된다. 장수에 대해서는 임금이 친히 믿고 있다고 기쁘게 하여 즐거이 힘쓰게 해야 되며, 참소에 의하여 언제 어떻게 될까 하고 근심하게 하여서는 안 된다. 꾀하는 것은 깊이 간수해야 하며, 일단 결정된 것은 의심해서는 안 된다.

軍讖曰, 賢者所適, 其前無敵. 故士可下而不可驕, 將可樂而不可憂,

만일 군주가 어진 선비를 접할 때에 교만하게 하면 아랫사람도 군주에게 순종치 않게 된다.

장수가 그러한 근심을 하게 되면 안에 있는 군주와 밖에 나가 있는 장수가 서로 믿지 못하게 된다. 꾀한 것을 의심하고 단행치 못하게 되면 적국은 이 틈을 타서 반드시 분발하여 공격해 오게 된다. 이와같은 상태로 적을 공격하거나 정벌하게 되면, 반드시 어지럽게 된다.

謀可深而不可疑. 士驕則下不順, 將憂則內外不相信, 謀疑敵國奮,
以此攻伐則致亂.

장우즉내외불상신(將憂則內外不相信) 장수가 근심을 하게 되면 안에 있는 군주와 밖에 있는 장수가 서로 믿지 못하게 됨.

적(適) 간다(往)는 뜻.

하(下) 예로써 자기를 낮추는 것.

심(深) 비밀히 간직하고 나타내지 않는 것.

의(疑) 마음을 결정하지 못하는 것.

내외(內外) 군주와 장수를 말한다.

이차공벌즉치란(以此攻伐則治亂) 그러한 상태로 적을 공격하거나 정벌을 하게 되면 반드시 어지럽게 되어 패배한다는 뜻.

❈ 장수는 국가민족의 동량棟樑

대저 장수는 국가의 운명을 맡는 자이며, 국가의 홍망은 장수의 한 몸에 달려 있는 것이다. 장수가 능히 적을 제어하여 승리를 거두게 되면, 국가는 스스로 안정이 되는 것이다.

夫將者國家之命也, 將能制勝, 則國家安定.

—

명(命) 목숨을 맡는다는 뜻이니, 여기서는 국가의 운명을 좌우하는 사명이 있다는 뜻.

�֎ 장수의 열두 가지 능能

군참에 이런 말이 있다. 장수는 능히 청렴해야 한다. 청렴할 때에는 사사로움을 범할 수가 없다. 능히 안정安靜해야 한다. 안정할 때에는 거짓을 가지고 속일 수가 없다. 능히 공정해야 한다. 공평할 때에는 사졸들이 모두 마음속으로 복종하게 된다. 능히 정리해야 한다. 정리할 때에는 부하 사졸들이 혼란하지 않는다. 능히 충고를 받아들여야 한다. 충고를 받아들일 때에는 무리들이 모두 나서서 의견을 제의하게 되어 모든 일에 만전을 기할 수 있다. 능히 송사를 들어주어야 한다. 소송訴訟을 잘 판결할 때에는 옳고 그름이 분명하게 되어 다투는 자가 없어진다. 능히 사람을 받아들여야 한다,

軍讖曰, 將能淸, 能靜, 能平, 能整, 能受諫, 能聽訟, 能納人,

사람을 받아들여 잘 쓸 때에는 어진 무리들이 모여든다. 능히 사람의 말을 채택해야 된다. 옳은 말을 채택하고 그렇지 못함은 채택하지 않는다. 능히 적국의 풍습을 알아야 된다. 적국의 풍습이나 상황을 알 때에는 그에 대비를 잘할 수가 있다. 능히 산천의 형세를 그려야 한다. 산천 형세의 지도를 그릴 때에는 땅의 이로운 점을 알게 되어 싸움에 유익하다. 능히 험난한 곳을 표시해두어야 한다. 험난한 곳을 알 때에는 변에 따라 실수가 없게 된다. 능히 삼군의 권한을 제어해야 한다. 삼군의 권한이 장수의 손아귀에 들 때에는 삼군이 모두 장수의 명령을 따르게 되고, 그 군대가 가는 곳에 반드시 승리가 있다고

하였다.

能探言, 能知國俗, 能圖山川, 能表險亂, 能制軍權.

청(淸) 청렴.

정(靜) 차분히 마음을 가라앉히는 것.

평(平) 공평.

정(整) 정돈.

수간(受諫) 허심탄회하게 충고를 받아들임.

청송(聽訟) 소송을 재판함.

납인(納人) 무리들 가운데서 인재를 사랑하고 받아들여 씀.

채언(探言) 옳은 말을 받아들여 씀.

국속(國俗) 적국의 풍속을 말한다.

도산천(圖山川) 산천의 형세를 그려 지리에 밝음을 말함.

⚜ 민의民意는 천의天意

그러므로 인자한 이와 현명한 이의 지혜도, 성인이나 저명인사의 생각도, 나무꾼의 말도, 조정에 있는 분들의 말도, 지나간 흥망성쇠의 사실도 모두가 장수된 사람이 마땅히 들어야 될 일 들이다. 장수된 자가 선비를 구하기를 목마른 자가 물을 찾듯 할 때에는 어진 선비들이 모여들어 좋은 계책이 따르게 마련이다.

故曰, 人賢之智, 聖明之慮, 負薪之言, 廊廟之語, 與衰之事, 將所宜聞. 將者能思士如渴, 則策從焉.

부신(負薪) 나무를 지는 사람. 즉 천한 사람을 말함.

낭묘(廊廟) 조정.

책종(策從) 책사가 다 따르지 않는 사람이 없다.

※ 남의 충고에 귀 기울여라

장수가 남의 충고를 거절하게 되면 뛰어난 영웅들이 다 흩어져 버린다. 남의 책략을 따르지 않게 되면 지모 있는 선비들은 모두 거스르고 떠나버린다. 선은 상주고 악은 벌주어야 할 터인데도 선과 악을 동등하게 취급을 하면 공신들은 모두 하품을 하게 되고 힘쓰지 않게 된다. 오로지 자기 주장만 내세우게 되면 밑의 사람들은 모두 실패한 허물을 윗사람에게로 돌리게 된다.

夫將拒諫, 則英雄散, 策不從, 則謀士叛, 善惡同, 則功臣倦.
專己則下歸咎,

스스로 자기 공치사를 하게 되면 아래 사람들은 노력하지 않고, 공을 세우는 일이 적어진다. 참언을 믿고 그걸 믿게 되면, 부하 무리들은 모두 마음이 떠나버린다. 재물을 탐내게 되면 간사한 사람들을 금지시킬 수 없게 된다. 자기 집을 생각하는 마음이 있게 되면 사졸들은 모두 처자 생각을 하게 되고, 음란한 마음을 먹게 된다.

自我則下少功, 信讒則衆離心, 貪財則奸不禁, 內顧則卒士淫.

이상 여덟 가지 과실 중에서 장수에게 첫째 것이 있게 되면 부하 무리들이 복종하지 않는다. 둘째 것이 있게 되면 군중에 법식이 없고 질서가 문란해진다. 셋째 것이 있게 되면 부하들이 도망쳐 달아난다. 넷째 것이 있게 되면 자기 일신만이 아니라 그 화가 국가에 미치는 것이다. 다섯째 이하의 것이 있게 되면 그 화가 클 것은 말할 나위가 없는 것이다.

將有一則衆不服, 有二則軍無式, 有三則下奔北, 有四則禍及國.

───

부종(策不從) 나이 세운 책략을 듣지 않고 따르지 않는 것.
선악동(善惡同) 사람의 선과 악을 구별하지 못하는 것.
내고(內顧) 자기 몸이나 집안일을 돌보는 것.

✳ 비밀을 지켜라

군참에 이런 말이 있다. 장수의 꾀하는 일은 비밀히 하여 새지 않게 해야 한다. 부하 사졸들의 마음은 일치단결하여 서로 협력해야 한다. 장수의 꾀하는 일이 비밀을 지켜 밖으로 새어나가지 않게 되면 간사한 마음이 닫혀 움도 트지 못한다. 부하 사졸들의 마음이 협동일치하게 되면 삼군의 마음이 굳게 결속된다.

軍讖曰, 將謀欲密, 士衆欲一, 攻敵欲疾. 將謀密, 則奸心閉, 士衆一, 則軍心結.

적을 공격하는 데 신속히 하게 되면 적이 방어시설을 할 짬을 주지 않는다. 군에 이 세 가지가 갖추어져 있으면 아군의 계책을 적에게 빼앗기는 일이 없다. 만일 장수의 하는 일이 밖으로 누설되면 아군의 위세가 없어진다.

攻敵疾, 則備不及設. 軍有此三者, 則計不奪. 將謀泄, 則軍無勢,

밖에서 아군의 내정을 엿보게 되면 그 화는 억제할 도리가 없다. 적의 뇌물이 아군진영에 뿌려지게 되면, 간사한 무리가 모이게 된다. 장수에게 이 세 가지 일이 있게 되면 그 군대는 반드시 패한다.

外窺內, 則禍不制, 財入營, 則衆奸會, 將有此三者, 軍必敗.

━━━

밀(密) 비밀.
일(一) 오로지 하나. 마음을 함께함을 말함.
질(疾) 급습.
폐(閉) 닫히고 막힘.
결(結) 굳게 결속함.
설(泄) 밖으로 새어나감. 밀(密)의 반대.
재입영(財入營) 적의 뇌물이 아군 진영으로 들어옴.
회(會) 모이는 것.

※ 함부로 노여움을 폭발시키지 말라

장수가 앞날을 염려치 않게 되면 지모 있는 선비는 가버린다. 장수가 용기가 없을 때에는 사졸들은 모두 적을 두려워한다. 장수가 경거망동할 때에는 그 군대는 무게가 없다. 장수가 노여움을 옮겨 아무에게나 분풀이 하면 온 군대가 두려움을 느낀다.

將無慮, 則謀士去, 將無勇, 則士卒恐, 將妄動, 則軍不重, 將遷怒, 則一軍懼.

━━

무려(無慮) 앞날의 염려가 없고, 닥쳐올 환난을 생각하고 미리 방비할 줄 모르는 것.
천노(遷怒) 한 사람 때문에 일어난 노여움을 다른 사람에게 미치게 하는 것.
군구(軍懼) 군이 놀라다.

※ 용기는 가장 위대한 무기다

지혜와 용기는 장수에게 반드시 있어야 될 것이며, 귀중하게 여겨야 될 일이다. 움직이거나 노하는 것은 장수가 때로는 써야 될 것이며, 경솔히 하여서는 안 된다. 이 네 가지는 장수에게 있어서 명백한 경계다.

慮也, 勇也, 將之所重. 動也, 怒也, 將之所用. 此四者, 將之明誡也.

━━

소중(所重) 귀중히 여겨야 될 것.
차사자장지면계(此四者將之明誡) 네 가지는 장수가 분명한 경계다.
소용(所用) 삼가 써야 될 것.
명계(明誡) 명백한 경계.

※ 현인賢人도 재물을 싫어하지 않는다

군중에 재화가 없으면 어진 선비가 오지 않는다. 군중에 상이 없으면 어진 선비가 오지 않는다.

軍無財, 士不來, 軍無賞, 士不往.

군무재사불래(軍無財士不來) 군에 재화가 없으면 선비는 오지 않는다.

래(來) 와서 나에게 귀의하는 것.

왕(往) 가서 그 군중에 귀의하는 것. 래왕(來往)은 이편에서 말하는 것과 저편에서 말하는 것의 차이일 뿐 필경은 마찬가지이다.

※ 예절로써 상을 준다

향기로운 달콤한 미끼로 고기를 낚을 때에는 고기는 반드시 바늘에 걸려 죽게 된다. 후하게 상을 주어 사졸을 고무할 때에는, 용사들이 반드시 목숨을 바친다. 그러므로 두터운 예절로써 맞이할 때에는 어진 선비들이 들어오게 된다. 만약 어진 선비가 들어오는 것을 예절로써 맞이하고, 용사들이 죽음을 무릅쓰는 것을 상으로써 이를 표시할 때에는 내가 구하는 어진 선비와 용사가 모두 오게 된 것이다.

香餌之下, 必有死魚, 重賞之下, 必有勇夫, 故禮者士之所歸,
賞者士之所死. 招其所歸, 示其所死, 則所求者至.

그러므로 처음엔 예절로써 맞이하다가 나중에 이를 후회하는 장수 밑에는 어진 선비가 오래 머물러 있지 않는다. 처음에는 상을 내렸다가 나중에 이를 후회하는 장수는 용사를 사용할 수가 없다. 후한 예절로써 대우하고 후한 상을 내려 그것을 게을리 하지 않으면 어진 선비나 용사들은 앞을 다투어 죽음을 무릅쓰게 된다.

故禮而後悔者, 士不止, 賞而後悔者, 士不使, 禮賞不倦, 則士爭死.

향이(香餌) 향기롭고 달콤한 미끼.
사어(死魚) 바늘에 걸린 고기.
초(招) 들어올린다는 뜻.
후회자(後悔者) 처음은 있고 끝은 없음을 말함.
부지(不止) 머물러 있지 않음.

※ 은혜를 베풀고 백성을 사랑하라

장차 군사를 일으키고자 하는 나라는 힘써 먼저 풍성하게 은혜를 베풀어 사졸과 백성의 마음을 굳게 결속시킨다. 남의 나라를 쳐서 취하고자 하는 나라는 힘써 먼저 자기 나라 백성을 사랑하고 잘 기른다. 적은 병력으로 많은 적병에게 이기는 것은 평소 은혜를 베푼 까닭이다.

與帥之國, 務先隆恩, 攻取之國, 務先養民. 以寡勝衆者, 恩也,

약한 병졸로써 강한 적병을 이길 수 있는 것은 백성의 도움을 받을 수 있기 때문이다. 그런 까닭으로, 어진 장수가 사졸을 사랑하고 기르는 것은, 자기 몸을 사랑하고 기르는 것과 마찬가지이다. 그러므로 삼군 병졸을 모두 한 마음 한 뜻으로 만들 수가 있다. 그리하여 이것을 사용하여 싸우게 되면 온전한 승리를 거둘 수가 있다.

以弱勝强者, 民也. 故良將之養士, 不易於身, 故能使三軍如一心,
則其勝可全.

융(隆) 크게 풍성하게.
공취(攻取) 적국을 쳐 뺏음.
역어신(易於身) 자기의 몸을 기르는 것과 같음.

※ 먼저 적정敵情을 살펴라

군사를 부리는데 요긴한 것은 반드시 먼저 적국의 정상을 상세히 정찰해야 한다는 것이다. 그 창고에 군수품이 차 있는지 여부를 보고 그 양식이 풍부한지 여부를 헤아리고, 그 세력이 강한지 약한지를 엿보고 그 천시天時나 지리地理를 살피며, 그 공격할 만한 빈 틈새가 있는지 여부를 살펴야 한다.

用兵之要, 必先察敵情, 視其倉庫, 度其糧食, 卜其强弱, 察其天地,
何其空隙.

기(其) 다섯 자가 다 같이 적을 가리킨다.

시(視) 있고 없고를 보는 것.

탁(度) 그 많고 적음을 헤아리는 것.

복(卜) 그 세력을 엿보는 것.

찰(察) 그 득실을 살피는 것.

공극(空隙) 탈 만한 틈새. 즉 허점.

※ 빈궁은 최고의 적이다

그러므로 나라에 전쟁의 국난이 없는데도 먼 지방에서 양식을 운반한다는 것은 국내가 공허하며 양식이 부족되어 있기 때문이다. 백성이 채소와 같이 파란 얼굴을 하고 있다는 것은 국내에 양식이 결핍되어 곤궁한 때문이다.

故國無軍旅之亂而運糧者, 虛也, 民菜色者, 窮也.

천 리나 먼 곳에서 양식을 수송하게 되면 양식은 충분치가 못한 법으로 사졸들에게 굶주린 기색이 있다. 땔나무를 베고 풀을 깎아서 그런 연후에 밥을 짓는다면 군사는 충분한 식사를 취할 수가 없고, 이튿날까지 배부른 자가 없게 된다.

千里饋糧, 士有饑色, 樵蘇後, 師不宿飽.

군량을 천리나 먼 곳으로 수송하게 되면 1년 분의 식량이 없어진다. 2천 리나 먼 곳에 수송하게 되면 2년 분의 식량이 없어진다. 3천 리나 먼 곳에 식량을 수송하면 3년 분의 식량이 없어진다. 이것을 나라가 공허하게 되었다고 이른다.

夫運糧千里, 無一年之食, 二千里, 無二年之食, 三千里, 無三年之食.

나라가 공허하게 되면 백성은 무거운 세금에 시달리게 되고 빈궁해진다. 백성이 빈궁해지면, 위에 있는 자와 아래 있는 자가 서로 친밀해질 수가 없다. 그 틈새를 타서 국외로부터 쳐들어오고 백성은 곤궁한 나머지 국내에서 도둑질을 하게된다. 이것을 반드시 궤멸의 나라라고 이른다.

是爲國虛, 國虛則民貧, 民貧則上下不親, 敵攻其外, 民盜其內, 是爲必潰.

채색(彩色) 채소 잎 같은 청황색 얼굴빛.
궁(窮) 허보다 한층 심함.
초(樵) 땔나무를 하는 것.
소(蘇) 풀을 베는 것.
숙포(宿抱) 술을 먹고 이튿날까지 취하는 것을 숙취(宿醉)라고 하듯이 전날 밤에 충분히 밥을 먹고 이튿날 아침까지 배고프지 않은 것을 말한다.

※ 형벌의 남용은 망국의 길

위에 있는 자가 포악한 정치를 하게 되면 아래 있는 신하는 반드시 급박하고 가혹하게 된다. 그리하여 백성들에게 할당되는 조세는 무겁고 또 빈번하게 거둬들이며, 형벌은 끝없이 행해지고, 백성은 서로 해치게 된다. 이것을 장차 멸망의 나라라고 이른다.

上行虐, 則下急刻, 賦重歛數, 刑罰無極, 民相殘賊, 是謂亡國.

급각(急刻) 급박하고 가혹함. 박절하여 너그럽지 못하다.
부렴(賦歛) 백성에게 조세를 할당하여 거둬들임.

❈ 부정부패는 도적을 부른다

속으로 탐욕스러우면서도 겉으로는 청렴결백한 체하며, 거짓말을 하여 공이 없는데도 명예를 얻고, 조정의 관작을 제멋대로 행사하여 생색을 내어 사람들에게 은혜를 느끼게 하며, 위를 속이고 또 아래를 속여 상하가 서로 사정을 통치 못하게 하고, 자기 몸을 꾸미고 정직한 체 하는 낯을 하며, 그렇게 하여 고귀한 관작을 획득한다. 이것을 도적이 일어나는 단서라고 이른다.

內貪外廉, 詐譽取名, 竊公民恩, 令上下昏, 飾窮正顔, 以護高官,
是爲盜端.

내탐(內貪) 탐욕한 마음을 품는 것.
외렴(外廉) 청렴결백한 체 하는 것.
사예(詐譽) 거짓말하여 공이 없는 명예를 얻는 것.
식궁(飾窮) 거짓으로 공손한 체 하는 것.
정안(正顔) 겉으로 정직한 체 하는 것.

❈ 탐관오리는 망국의 근본이다

많은 관리들이 도당을 짜고, 각자가 자기가 친애하는 무리를 승진시키며, 간사하고 왕곡枉曲한 자를 불러서 추천하고, 인덕 있고 어진 선비는 억누르며, 꺾어버리고, 공公을 등지고 사私를 세우며, 동료끼리 서로 비방한다. 이것을 난리가 날 근원根源이라고 한다.

群吏朋黨, 各進所親, 招擧奸枉, 抑挫仁賢, 背公立私, 同位相訕,
是爲亂源.

———

붕당(朋黨) 동지끼리 결당하여 당 외 사람을 배척하는 것.
간왕(奸枉) 간사하고 곧지 못한 자.
인현(仁賢) 어진 선비.
상산(相訕) 서로가 비방하는 것

※ 파벌은 망국의 근본

강대한 종족宗族이 그 세력이 당당함을 믿고 간사한 사람들을 모아 나쁜
일을 하고, 지위도 별것도 없는데 스스로 존대尊大하며, 그 위세가 떨치어서
사람들이 두려워서 떨지 않는 자가 없이 되고,

强宗聚奸, 無位而尊, 威無不震,

그 도당은 수가 많아 칡넝쿨처럼 서로 엉키며, 작은 은덕을 베풀고 사은私
恩을 채우며 고위관리의 권력을 빼앗고 하층인민을 침범하고 얕보며, 이렇기
때문에 국내는 원성이 귀가 아플 지경인데도 조정의 신하들은 그 세력을 두려
워하여 덮어두고 말하지 않는다. 이것을 난리가 날 근본이라고 한다.

葛藟相連, 種德立恩, 奪在位權, 侵侮下民, 國內喧譁, 臣蔽不言, 是謂亂根.

———

강종(强宗) 강대한 종족.
취간(聚奸) 간사한 무리를 모음.
무위(無位) 지위가 없음.
갈류(葛藟) 칡넝쿨. 한 종족이 성하게 번져 엉킨 것을 비유하였다.
종덕(種德) 작은 은덕을 심는 것.
입은(立恩) 사은을 세우는 것.

훤화(喧譁) 시끄러워 귀가 아플 정도로 말한다. 원성이 가는 곳마다 자자하다는 뜻.

폐(蔽) 은폐하는 것. 숨기고 말하지 않는 것.

시위난근(是謂亂根) 난리의 원인.

✳️ 간신을 경계하라

대대로 간사한 짓을 하고, 지방 관리의 권능權能을 침범하여 빼앗고, 진퇴
나 일거일동에 있어 제게 편리한 것을 구하고, 법률을 곡해하여 시비와 선악
을 문란케 하고, 그리하여 그 군주를 위태롭게 한다. 이것을 나라의 간신이라
하는 것이다.

世世作奸, 侵盜縣官, 進退求便, 委曲弄文, 以危其君, 是謂國奸.

세세(世世) 대대.

침도현관(侵盜縣官) 지방 관권을 침탈(侵奪)하는 것.

구편(求便) 자기에게 편리하게 하는 것.

농문(弄文) 법률을 곡해하는 것.

✳️ 분수를 지켜라

나라 인구에 비해 관리가 너무 많고 백성의 숫자는 적으며, 존귀한 것과
천한 것의 등급이 분명치 않고, 강한 자는 약한 자를 모욕하며 침탈하는데도,
위에 있는 자가 이것을 금하고 막지 못하게 되면 그 화는 번져서 군자에게도
미치며, 국가도 그 해를 입게 된다.

吏多民寡, 尊卑相若, 强弱相虜, 莫適禁禦, 延及君子, 國受其咎.

이다(吏多) 관작을 팔기 때문에 그렇게 된다는 뜻이다.

민과(民寡) 국가의 의무를 지키는 백성이 있다는 뜻.
존비상약(尊卑相若) 귀천의 구별 없이 백성이 자기 분수를 지키지 않음을 말함.
강약상로(强弱相虜) 강한 자가 약한 자를 못살게 구는 것을 말함.
군자(君子) 여기서는 지위 높은 사람을 말한다.

✖ 소인小人은 악惡이다

사람이 착한 것은 착한 줄은 알면서도, 이를 승진시켜 중용하지 않고, 사람이 악한 것을 악한 줄을 알면서도, 이를 물리쳐서 멀리하지 않고, 어진 이는 숨어 가려져서 쓰이지 못하고, 못난 이들이 높은 관직에 있어 중용重用되게 된다면, 국가는 반드시 그 해를 입는다.

善善不進, 惡惡不退, 賢者隱蔽, 不肖在位, 國受其害.

✖ 신하의 권세를 제약하라

근본根本되는 군주가 약하고 가지나 잎에 해당되는 신하가 강대强大하며, 신하가 도당을 짜고 세도가 당당한 관직에 있으며, 미천한 자가 귀한 자를 짓밟으며 시일이 경과할수록 그 위세가 더욱더 커짐에도 위에 있는 자가 이를 바로잡지 못하고, 폐지하는 데 강력한 힘을 쓰지 못하면 국가는 반드시 패망한다.

枝葉强大, 比周居勢, 卑賤陵貴, 久而益大, 上不忍廢, 國受其敗.

지엽(枝葉) 임금을 근본으로 치면 신하는 지엽(가지의 잎)이다.
비주(比周) 도당을 짜는 것.
능귀(陵貴) 귀한 이를 짓밟는 것. 능陵은 짓밟는다는 뜻이 있음.
불인(不忍) 견디지 못함. 강력히 행하지 못함. 인(忍)은 강하다는 뜻이 있음.

❊ 먼저 아첨하는 자를 제거하라

아첨하는 신하가 위에 있게 되면, 전 군사가 모두 불평을 호소한다. 그러나 그는 조정의 위세를 믿고 스스로 재능을 뽐내고, 진퇴에 의당치가 않고, 비굴하게 아첨하며, 무슨 일을 행할 때에는 대중의 뜻과 같지 않으며, 오직 군주의 마음에 들면 된다고 생각하며, 오로지 자기 독단으로 일을 처리하고, 일거일동 모두를 공치사하며 성덕 있는 군자를 비방하고, 거짓말로 평범한 사람을 칭찬하고, 선과 악에 대하여 논하지 않으며 모든 것이 자기와 같은 것을 좋아하고, 행해야 할 일을 지체하며, 군주의 명령을 아래에 전하지 않고 또 가혹한 정치를 하며, 옛 도를 바꾸고 상용하는 법을 고친다. 군주가 이러한 아첨하는 신하를 중히 쓸 때에는 반드시 큰 화를 받는다.

佞臣在上, 一軍皆訟, 引位自與, 動遠於衆, 無進無退, 苟然取容,
專任自己, 舉措伐功, 誹訪盛德, 誣述庸庸, 無善無惡, 皆與己同,
稽留行事, 命令不通, 造作苛政, 變古易常, 君用佞人, 必受禍殃.

영신(佞臣) 간교하게 아첨하는 신하.
송(訟) 시끄럽게 호소하여 잠잠하지 않음.
인위(引位) 조정의 위세를 빙자함.
자여(自與) 스스로 재능을 뽐냄.
구연(苟然) 구차하게 영합함.
취용(取容) 임금의 마음에 들면 그만이라고 하는 것.
용용(庸庸) 평범한 사람.

❊ 사람을 경계하여 쓰라

간사한 영웅들은 서로 짜고 칭찬하여 군주의 총명을 가리고, 허물과 명예가 함께 일어나 군주의 총명을 덮어 막아버린다. 각각 자기 사사로운 자를 편들어 군주로 하여금 충신을 잃게한다. 그러므로 군주가 색다른 말을 자세히 살펴 들으면 어떤 일이 일어나기 전에 그 싹을 볼 수 있다.

姦雄相稱, 障蔽主明, 毁譽並與, 擁塞主聰. 各何所私, 令主失忠. 故主察異言, 乃親其萌.

군주가 유자儒者나 현자賢者를 초빙하게 되면, 간웅들은 멀리 도망가 버린다. 군주가 노련한 선비를 임용하게 되면 모든 일이 조리가 서게 되어서 잘 다스려진다. 군주가 산림 속에 묻혀 있는 은사隱士를 초빙하게 되면 진실된 현신을 얻는다. 일을 꾀하는 데 나무꾼 같은 비천한 자의 말까지도 소홀히 여기지 않을 때는 위대한 공적을 이루고 후세에까지 그 이름이 빛나게 된다. 군주가 민심을 잃지 않게 되면 도덕은 양양하여 사해四海에 넘치게 된다.

主聘儒賢, 姦雄乃遷, 主任舊齒, 萬事乃理, 主聘嚴穴, 士乃得實,
謀及負薪, 功乃可述, 不失人心, 德乃洋溢.

02

중략中略

태고 적 삼황三皇은 무위無爲로 나라를 다스렸기 때문에 사람들끼리 서로 양보하고 무장병력이 있어도 사용할 일이 없었다는 것이다. 그러나 시대가 바뀌면서 한 가지 법을 만들면 또 한 가지 보완된 법이 만들어지고 상을 주게 되면 더 높은 상을 주어야 하는 일이 생기며, 무딘 병기兵器에서 예리한 병기로 바뀌고 모든 제도와 형식이 발전되면 될수록 나라를 다스리는 법도法道도 복잡해졌다. 또 일국의 왕에서 여러 제후들의 위에 군림할 수 있는 패자가 되기 위하여 전쟁이라는 방법을 썼다. 따라서 영명한 군주는 간신을 제거하고 지혜 있는 선비를 거용하고, 통솔력이 뛰어난 장수가 필요하게 되었다. 지도자는 용감한 자, 탐욕한 자, 우매한 자까지도 부릴 줄 알아야 하고, 권세의 방패로써 덕과 위엄을 갖추어야 한다는 것을 논하였다. 성공한 군주는 성공하기까지의 과정에서 공을 세운 신하의 권세를 제어해야 한다. 〈개는 사냥이 끝나면 잡아먹는다.〉

※ 자연의 이치를 따르라

태고적太古的의 삼황三皇시대에는 천자天子는 아무 말을 하지 않아도, 덕화는 온 세상에 미치게 되었다. 그렇기 때문에 천하 사람들은 그렇게 잘 다스려지는 것이 누구의 공인 줄을 몰랐다.

夫三黃無言, 而化流四海, 故天下無所歸功, 帝者體天則地, 有言有令, 而天下太平. 君臣讓功,

오제五帝 시대에는 천자는, 하늘과 땅이 만물을 생육生育시키는 것을 본받고, 언어로써 가르치고 법령으로써 다스려 천하는 태평했다. 군신君臣은 서로 공을 양보하고, 천하에 덕화가 널리 행해져서 백성은 어째서 이처럼 천하가 잘 다스려지는지 그 연유를 몰랐다. 그러므로 신하를 부리는데 예禮나 상賞으로써 대우하지 않고도 공을 세웠으며, 아름다운 일만 있고 해로운 일은 없었다.

四海化行, 百姓不知其所以然, 故使臣不待禮賞有功, 美而無害.

___

삼황(三皇) 중국 태고시절의 천자. 혹은 천황(天皇), 지황(地皇), 인황(人皇)이라고도 하며, 또는 복희(伏犧), 신농(神農), 황제(皇帝)라고도 하고, 그밖의 여러 설이 있다.

무언(無言) 묵묵히 말을 하지 않고.

사해(四海) 천하.

류(流) 미친다는 뜻.

제(帝) 5제(五帝)를 말한다. 5제는 혹은 황제(皇帝)·전욱(顓頊)·제곡(帝嚳)·요(堯)·순(舜)이라 하고, 혹은 소호(少昊), 제곡(帝嚳), 요(堯)순(舜)이라고도 하여 구구하다.

※ 왕도王道는 천도天道

왕자는 도로써 백성을 통제하여 그 마음을 겸손케 하고, 그 뜻을 복종케 하며, 법도를 마련하여 후세 정교政敎의 쇠퇴할 세상에 대비하고, 천하 제후들이 조정에 모여 함께 의논하고, 제후들이 천자를 대신하여 행하는 지방의 직무가 황폐되지 않으며, 무장 병력이 준비되어 있더라도 그를 사용하여 전투할 근심이 없고, 군주는 신하를 의심할 일이 없고 신하는 군주를 의심할 것이 없으며, 국가는 안정되고 군주는 편안하며, 신하는 늙으면 의로써 은퇴하였다. 이것은 오제 시대와는 다르지만 역시 아름다움을 다하여 조금도 해로운 일이 없었다.

王者制人以道, 降心服志, 設矩費衰, 四海會同, 王織不廢, 雖有甲兵之備,
而無戰鬪之患, 君無疑於臣, 臣無疑於主, 國定圭安, 臣以義退,
亦能美而無害.

왕(王) 삼왕을 말한다. 하(夏)의 우왕(禹王). 은(殷)의 탕왕(湯王) 주(周)의 문왕(文王) · 무왕(武王)을 말한다. 문왕과 무왕은 부자이므로 한 왕으로 친다.

제(制) 예절등급을 매겨 위와 아래가 문란치 않게 하는 것.

도(道) 여기서는 부자(夫子). 군신(君臣). 부부(夫婦). 장유(長幼). 붕우(朋友)의 도(道)를 말한다.

설구(設矩) 규범을 만듦.

※ 패도覇道는 권도權道

패자覇者는 권도權道로써 선비를 제어하고, 신의로써 그를 결속시키고, 상으로써 사용하였다. 만약 신의가 쇠퇴하면 선비는 멀어지고, 상이 부족하면 군주의 명령을 받들지 않았던 것이다.

覇者制士以權, 結士以信, 使士以賞. 信衰則士流, 賞勵則士不用命.

패자(覇者) 5패로 제(齊)의 환공(桓公), 진(晋)의 문공(文公), 진(秦)의 목공(穆公), 송(宋)의 양공(襄公), 초(楚)의 장공(莊公)을 말하는데, 일설에는 하(夏)의 민오(民吾), 상(商)의 대팽(大彭), 주(周)또는 제(齊)의 환공(桓公), 진(晋)의 문공(文公)이라고도 함.

권(權) 권도(權道). 상도(常道)가 아닌 도(道). 곧 임기응변의 조치를말한다.

※ 장수에게 재량권을 주라

군대를 출동할 때는 장수는 군사행동을 자기 재량껏 해야 한다. 군대의 진퇴에 관하여 조정으로부터 제재를 받아서는 공을 이루기가 어렵다.

出軍行事, 將在自專. 進退內禦, 則功難成.

내어(內禦) 조정에서 제어한다는 뜻.

✖ 그 개성을 살려 사람을 부려라

지휘자는 지모 있는 자도 부리며, 용감한 자도 부리며, 탐욕한 자도 부리며, 우매한 자도 부린다. 지모 있는 자는 그 공을 세우고자 하며, 용감한 자는 자기 뜻을 세우고자 하며, 탐욕한 자는 자기 이익을 얻고자 하며, 우매한 자는 그 죽음을 돌보지 않는다. 그들의 진실한 성품에 따라서 정당히 부린다. 이것이 군사의 미묘한 권도이다.

使智使勇, 使貪使愚. 智者樂立其功, 勇者好行其志, 貪者邀趨其利, 愚者不顧其死. 因其至情而用之. 此軍之微權也.

미권(微權) 미묘한 권도. 군사를 부리는 데 있어서의 미묘한 술법.

✖ 적을 찬양하는 자는 엄계嚴戒하라

변설이 능한 선비로 하여금 적국의 장점을 이야기하지 못하도록 해야 한다. 그것은 부하 군중을 미혹하게 할 염려가 있기 때문이다. 인자한 사람에게 재산을 주관하게 해서는 안 된다. 그것은 재산을 많이 베풀어 주고 부하 군중을 자기편에 붙게 할 염려가 있기 때문이다.

無使辯士談說敵美, 爲其惑衆, 無使仁者主財, 爲其多施而附於下.

변사(辯士) 연설을 잘 하는 사람.
담설(談說) 이야기하는 것.

✖ 미신迷信을 엄계嚴戒하라

무당이나 박수 따위를 금하고, 장교나 사졸들에게 군에 대한 길흉화복을 점치지 못하게 해야 한다.

禁巫祝, 不得爲吏士卜問軍之吉凶.

무축(巫祝) 무당이나 박수.

의사義士는 재물로써 부리지 못한다

의로운 선비를 부릴 경우에는 의로써 해야 하며, 재물로써 부릴 수 없다. 때문에 의로운 사람은 어질지 못한 사람을 위하여 힘을 다하지 않는다. 또 지혜 있는 사람은 우둔한 군주를 위하여 책모를 내지 않는다.

使義士不以財, 故義者不爲不仁者死, 智者不爲闇主謀.

의사(義士) 의를 지키는 사람. 의사는 부귀를 뜬구름 같이 여긴다.
암주(闇主) 어리석고 사리를 분간 못하는 군주.

덕德과 위엄威嚴은 권세의 방패

군주는 덕이 없어서는 안 된다. 덕이 없게 되면 신하가 배반한다. 또 위엄이 없어서는 안 된다. 위엄이 없게 되면 군주로서 권세를 잃어버린다.

主不可以無德. 無德則臣叛. 不可以無威. 無威則失權.

신하의 권세에 제동을 가하라

신하는 덕이 없으면 안 된다. 덕이 없으면 언행을 바로 하여 군주를 섬길 수가 없다. 또 위엄이 없으면 안 된다. 위엄이 없으면 부하를 제어하지 못하며 강적을 누를 수 없어 국력이 약화된다. 그러나 이와 반대로 신하의 위엄이 너무 많으면 도리어 자기가 쓰러져버린다.

臣不可以無德, 無德則無以事君, 不可以無威, 無威則弱, 威多則身蹶.

※ 제도는 치도治道를 돕는다

옛적에 성왕이 세상을 통어할 때는 시운時運에는 성쇠가 없을 수 없음을 보고, 인간에는 득실이 없을 수 없음을 헤아려 때로는 군사를 일으켜 응징할 필요가 있다는 것을 알고, 지위나 등급 등을 참작하여 제도를 만들었다.

故聖王御世, 觀盛衰, 度得失, 而爲之制.

———

성쇠(盛衰) 시운의 성쇠를 말함.
득실(得失) 인간의 득실을 말함.
제(制) 제도.

※ 은택恩澤으로써 반란叛亂을 막아라

그러므로 제후는 2군을 두고, 방백은 3군을 두며, 천자는 6군을 두게 되었다. 세상이 어지러우면 반역자가 생겼다. 왕의 은택이 고갈되면 제후들은 동맹 서약하고, 서로가 멋대로 꾸짖고 정벌한다.

故諸侯二師, 方伯三師, 天子六師. 世亂則叛逆生, 王澤葛則盟誓相誅伐.

———

세란즉반역생(世亂則返逆生) 세상이 어지러우면 반역자가 생겼다.
2사(二師) 2군. 상군과 하군.
방백(方伯) 제후의 장.
3사(三師) 3군. 상, 하, 중군.
6사(六師) 6군. 상, 하, 전, 후, 좌, 우군. 6경(六卿)에게 이를 관장토록 하였다.

세난(世亂) 천자한테 호령이 내리지 않게 됨을 말함. 위에 성왕이 없기 때문이다.

왕택갈(王澤葛) 천자의 은택이 베풀어지지 못하는 것.

맹세(盟誓) 짐승을 잡아 피를 뿌리며 서로 약속하는 것을 말함.

✳ 권변과 계책으로 간사奸邪를 쳐라

덕은 모두가 마찬가지이며 세력은 서로 필적하므로 서로가 상대방을 기울여 엎을 수가 없다. 그래서 영웅의 환심을 사고, 중인과 이해를 같이하도록 하고, 그런 다음에 거기에다 권변을 써서 승리하려고 한다.

德同勢敵, 無以相傾, 乃攬英雄之心, 與衆同好惡, 然後加之以權變.

그러므로 계책이 아니면 의심스러운 일을 해결할 수가 없다. 흉책과 기계奇計가 아니면 간사함을 파하고 침입해온 도적을 없앨 수가 없다. 또 은밀한 계책이 아니면 모든 일을 성공시킬 수 없다.

故非計策, 無以決嫌定疑. 非譎寄, 無以破奸息寇. 非陰計, 無以成功.

──────

경(傾) 기울여 엎는 것.

혐(嫌) 의심하는 것.

휼기(譎奇) 은밀한 계책.

✳ 성聖, 현賢, 지智는 곧 천天, 지地, 인人

하늘의 도는 무위無爲로써 만물을 생육生育한다. 성인은 하늘의 도를 터득하여 무위로써 천하를 다스린다. 땅의 도는 안정하며 만물을 자라게 한다. 현인은 땅의 도를 본받아 백성을 편안하게 다스린다. 지자智者는 옛적 성인군자聖人君子를 거울삼아 행동한다.

聖人體天, 賢人則地, 智者師古.

※ 삼략三略은 경세재생經世濟生의 책策

이렇기 때문에 삼략三略은 성인, 현인, 지자가 없어 세상이 쇠잔할 때를 위해 지은 것이다. 상략上略에는 예도나 상을 성립하는 데 대하여 설명하고, 간웅을 판별하고, 성공과 실패에 대한 것을 분명히 하였다. 그리고 중략中略은 황, 왕, 패覇로 점차 떨어지는 덕행에 대한 등급을 매기고, 권모술수에 대하여 자세히 설명하였다. 또 하략下略은 도덕에 대하여 진술하고, 국가의 안위에 대하여 자세히 살피고, 현인을 헤치는 허물에 대하여 분명히 설명한 것이다.

是故三略爲裏世作. 上略設禮賞, 別奸雄, 箸成敗. 中略差德行, 審機變, 下略陳道德, 察安危, 明賊賢之咎.

설(設) 설립함.

별(別) 판별.

저(著) 분명히 나타냄.

차(差) 등급을 매김.

진(陳) 진술함.

찰(察) 분명히 판별하는 것.

※ 삼략三略에 통효通曉한 군주

그러므로 인군 된 자가 깊이 상략을 깨우치게 되면 현인을 임용하고 적장을 포로로 할 수 있다. 그리고 중략을 깊이 깨닫게 되면, 장수를 제어하고 대중을 통치할 수 있다. 또 하략을 깊이 깨닫게 되면 성쇠의 근원을 분명히 하고 국가를 통치하는 기강을 자상히 할 수 있다.

故人主深曉上略, 則能任賢擒敵, 深曉中略, 則能御將統衆, 深曉下略.
則能明盛衰之源, 審治國之紀.

❊ 중략中略을 통달한 신하

신하된 자가 깊이 중략中略을 깨닫게 되면 온전히 세울 수 있으며, 일신을
보전할 수가 있다.

人臣深曉中略, 則能全功保身.

❊ 이용 후엔 그 권세를 뺏어라

대저 하늘 높이 날으던 새가 죽어버리면 좋은 활은 쓸모가 없어져서 창고
깊숙이 갇혀버린다. 적국이 멸망해버리면 지모 있는 신하는 쓸모가 없어져 망
해버린다.

夫高鳥死, 良弓藏, 敵國威, 謀臣亡.

망해버린다고 하는 것은 그 신체를 망쳐버리는 것이 아니다. 군주가 지모
있는 신하의 위력이나 권세를 빼앗고, 병권을 장악치 못하도록 하는 것을 말
하는 것이다.

亡者非喪其身也, 謂奪其威廢其權也.

그리고 그러한 신하를 조정에서 작위를 봉하고, 인신의 최상급 지위로 하
고 그 공적을 표창하며, 가운데 토막에 해당하는 좋은 나라를 주어 그 영토를
삼게 하여 그 집을 넉넉케 하고, 이에 미인이나 진기한 장난감을 내려 그 마음
을 기쁘게 하는 것이다.

封之朝, 極人臣之位, 以顯其功, 中州善國, 以富其家, 美色珍玩, 以悅其心.

탈기위패기권(奪其威廢其權) 군사권을 장악하지 못하게 함.
부기가(富其家) 공신으로 하여금 그 영토의 부세를 걷도록 함.

❈ 철저히 냉혹하라

대체로 대중이 일단 집합하면 갑자기 해산시킬 수 없다. 권세의 위력이 일단 주어지면 갑자기 그것을 움직일 수 없다. 만일 그렇게 한다면 대중과 함께 불평을 품고 반항할 염려가 있다. 그러므로 개선하여 군대를 해산하는 일은 국가 존망의 갈림길이다. 그러므로 군주는 지모 있는 신하에게 높은 지위를 주어 이것을 약하게 만들고 그에게 나라를 주어 제후에 봉하여 그 권세와 위력을 빼앗는다. 이것을 패자가 신하를 제어하는 책략이라고 한다.

夫人衆一合, 而不可卒離, 權威一與, 而不可卒移. 還師能軍, 存亡之階, 故弱之以位, 奪之以國, 是謂覇者之略.

그러므로 패자가 일어난 것은 그 방법이 순수하지는 않은 것이다. 이와 같이 국가 사직을 보전하고, 영웅의 마음을 망라하는 것이 중략에 기재된 권세이다. 그런 까닭에 권세 있는 군주는 이것을 깊이 비밀로 하고 남에게 누설하지 않는 것이다.

故覇者之作, 其論駁也. 存社稷, 羅英雄者, 中略之勢也, 故勢主秘焉.

략(略) 모략.
박(駁) 잡(雜)숭수치 않은 것.

03

하략下略

이편 하략에서는 국가의 안위安危와 백성의 근심과 환난을 제거하고 덕행으로써 백성을 다스리며 현인賢人을 불러 거용하고 백성을 복종시키는 데 예禮로써 해야 함을 논했다. 그리고 마음으로부터 복종케 하려면 악樂으로 다스려야 한다고 했다. 〈영토를 넓히고자 하는 자는 그 영토가 반드시 황폐화 된다. 은덕을 높이고자 하는 자는 그 나라가 반드시 강성해진다〉라고 했고, 분수에 넘치는 행위를 경계했다. 도덕인의예道德仁義禮를 강조했고 지도자의 명命과 령令과 정政이 천하에 바르게 시행되어야 한다고 했으며, 현인을 해치는 자는 그 죄업이 3대에 미친다고 했다. 관리의 덕목으로 청렴해야함을 논했고, 권신權臣에게 칼을 맡기지 말라고 했다. 오늘날의 정치에 너무도 절실한 말이다.

※ 먼저 백성의 환난을 제거하라

능히 천하 대중의 위태함을 지탱하는 자는 천하에 가장 안전한 위치에 의거할 수 있다. 능히 천하 대중의 근심을 제거하는 자는, 천하의 가장 큰 즐거움을 누릴 수가 있다. 능히 천하의 대중의 환난을 제거하는 자는 천하의 복을 누릴 수가 있다.

夫能扶天下之危者, 則據天下之安, 能制天下之憂者, 則享天下之樂, 能求天下之禍者, 則獲天下之福.

※ 덕德은 현인賢人을 모은다

그러므로 덕택이 멀리 퍼져 백성에게도 미치게 되면 재덕이 뛰어난 현인이 붙좇게 되며, 또 덕택이 멀리 퍼져서 곤충에게까지 미치게 되면 성인이 붙좇게 된다. 성인이 붙좇는 나라는 천하가 하나로 될 것이다.

故澤及於民, 則賢人歸之, 澤及昆蟲, 則聖人歸之. 賢人所歸, 則其國强, 聖人所歸, 則六合同.

현인을 구하는 데는 덕으로써 하고, 성인을 구하는 데는 도로써 한다. 현인이 가버리면 나라가 미약해지며, 성인이 가버리면 나라가 어긋난다. 미약해진다는 것은 나라가 위태하게 된다는 단계이며, 어긋난다는 것은 나라가 망할 징조이다.

求賢以德, 致聖以道, 賢去則國微, 聖去則國乖, 微者危之階, 乖者亡之徵.

택(澤) 덕택.
곤충(昆蟲) 벌레의 총칭.
6합(六合) 상하사방 천하를 말함.
동(同) 하나로 돌아감.
미(微) 미약.
괴(乖) 어긋남.

✳ 먼저 백성의 마음에 호소하라

현인은 예로써 정치를 하며 자기가 직접 시범한다. 이에 사람들은 허리를 굽혀 복종한다. 성인은 덕으로써 정치를 한다. 이에 사람들은 마음속으로부터 복종한다. 허리를 굽혀 복종하는 것은 처음에는 잘 되어 가지만, 끝까지 잘 되리라고는 확언할 수 없다.

賢人之政, 降人以體, 聖人之政, 降人以心, 體降可以圖始,

그러나 마음으로부터 즐겨 복종하는 것은 처음은 말할 것도 없거니와 반드시 끝까지 잘 되어 갈 수가 있는 것이다. 허리를 굽혀 복종하게 하려면 예로써 해야 하고, 마음으로부터 복종하게 하려면 악樂으로써 다스려야 되는 것이다.

心降可以保終, 降體以禮, 降心以樂.

———

항(降) 굴복하는 것. 복종하는 것.
항인이체(降人以體) 사람을 몸을 굽혀 복종케 함.
항이이심(降人以心) 사람이 감동을 하여 마음으로부터 복종을 함.

▨ 사람을 즐겁게 하라

이른바 악樂이라 하는 것은 반드시 종이나, 경쇠나, 거문고나, 퉁소 등의 악기를 가지고 하는 음악을 가지고 말하는 것은 아니다. 사람들의 마음을 화락하게 하는 것이 악의 본질이다. 즉, 그것은 자기 집에 있는 것을 즐겨서 거기서 안주安住함을 이르며, 사람들이 자기 친족과 즐기며 거기서 안주함을 이르며, 사람들이 자기 직업을 즐기며 거기서 만족함을 이르며, 사람들이 자기가 사는 도읍을 즐기며 거기서 안주함을 이르며, 사람들이 자기를 위해서 내리는 정치상의 명령을 즐기며 거기서 안주함을 이르며, 사람들이 자기 도덕을 즐기며 거기서 만족함을 이른다. 사람들의 마음이 이토록 화락할 때는 인군은 음악을 지어 그 악을 조절하고 그 본연의 화락을 잃지 않도록 해야 한다.

所謂樂者, 非金石絲竹也. 謂人樂其家, 謂人樂其族, 謂人樂其業,
謂人樂其都邑, 謂人樂其政令, 謂人樂其道德, 如此君人者, 乃作樂以節之,
使不失其和.

———

비금석사죽야(非金石絲竹也) 쇠나 돌이나 실이나 대가 아니다. 즉 종이나 경쇠나 거문고나 퉁소 등의 악기를 가지고 말하는 것은 아니다.

악(樂) 음악. 사람의 마음을 화락케 하는 것을 음악의 본뜻으로 한다.

금석사죽(金石絲竹) 금은 종, 석은 경쇠, 사는 거문고처럼 줄을 늘인 악기류,

🔆 악樂은 국가의 영원한 보존법

그러므로 덕 있는 군주는 음악으로써 천하 만민을 즐겁게 하고, 덕 없는 군주는 음악으로서 자기 일신을 즐겁게 한다. 음악으로써 천하 만민을 즐겁게 하는 어진 군주는 길이 번창한다. 음악으로써 자기 일신을 즐겁게 하는 어리석은 군주는 오래 가지 못하고 멸망해버린다.

故有德之君, 以樂樂人, 無德之君, 以樂樂身. 樂人者, 久而長, 樂身者, 不久而亡.

이락악인(以樂樂人) 맹자가 말한 사람과 음악하며 즐기는 것.

이락악신(以樂樂人) 맹자가 말한 혼자 음악을 즐기는 것.

🔆 먼저 가까운 것부터 꾀하라

가까운 것을 버리고 먼 곳을 꾀하는 자는 수고롭기만 하고 공적을 이룰 수 없다. 먼 것을 버리고 가까운 것을 꾀하는 자는 편안하면서 좋은 결과를 얻을 수 있다. 편안한 정치를 하는 나라에는 충신이 많고, 고달픈 정치를 하는 나라에는 원망하는 백성이 많다.

釋近謀遠者, 勞而無功, 釋遠謀近者, 佚而有終, 佚政多忠臣, 勞政多怨民.

근(近) 자기 덕을 닦는 것.

원(遠) 타국을 꾀하는 것.

석(釋) 버려두고 하지 않는 것.

일정(佚政) 안락한 정치.

노정(勞政) 피곤한 정치. 안락한 정치에서는 신하의 좋은 말을 듣는다. 그러므로 충신이 많다. 수고로운 정치에서는 백성의 원성을 듣는다.

❋ 영토보다 덕德을 닦아라

그러므로 이렇게 말할 수 있다. 영토를 넓히고자 애쓰는 자는 그 영토가 반드시 황폐화 된다. 은덕을 높이고자 애쓰는 자는 그 나라가 반드시 강성해 진다.

故曰, 務廣地者荒, 務廣德者强,

능히 자기가 가진 것을 가진 자는 그 나라가 편안하고, 남이 가진 것을 갖고자 탐하는 자는 그 나라가 해를 받는다. 나라가 해를 받아 멸망케 하는 정치는, 자손에 이르기까지 환을 당한다.

能有其有者安, 貪人之有者殘, 殘滅之政, 累世受患

일을 하는 데 제도를 넘어서 분에 넘치는 짓을 하면 처음에는 성사하더라도 결국에는 꼭 패하고 만다.

造作過制, 雖成必敗.

━━━

기유(其有) 자기가 본래부터 가진 것.

조작과제(造作過制) 모략을 하고 일을 꾸며 그 땅을 넓히고자 하여 선왕(先王)의 법제를 넘어 섬.

�֍ 나를 바르게 하고 사람을 가르쳐라

나를 버려두어 바르게 하지 않고 사람을 가르쳐 바르게 하려는 것은 거스르는 일이다. 나를 바르게 하고서 사람을 감화하는 것은 순한 것이다. 거스르는 것은 난亂을 가져오는 것이고, 순한 것은 다스리는 요도要道이다.

舍己而教人者逆, 正己而化人者順, 逆者亂之招, 順者治之要.

━

사(舍) 버림.
역(逆) 거스름.

✖ 도道, 덕德, 인仁, 의義, 예禮는 일체

도道와 덕德과 인仁과 의義와 예禮는 이름은 달라도 별개의 것이 아니고 한 몸인 것이다. 도는 사물의 당연한 이치로, 사람이 밟아서 행해야 할 바로 한시도 떨어질 수가 없는 것이다. 덕은 사람이 도를 행하여서 자기 심신이 얻는 바가 있는 것이다. 즉 도를 체득한 것이 덕이다.

道德人義禮, 五者一體也. 道者人之所蹈, 德者人之所得.

덕이 있을 때에는 그것이 자연히 인이 되고, 의가 되고, 예가 되는 것이다. 인은 자애의 이치로서, 친족을 사랑하고, 민간에게 은혜를 베풀고, 만물을 애호할 경우에는 사람들은 모두가 그 사람을 친하게 되는 것이다. 의는 사람이 일을 처리하는 데 각각 그 의당한 방법으로 하는 것이다. 예는 사람의 태도나 동작 등의 절도를 규정한 것이며, 사람이 몸소 행해야 하는 것이다. 이 다섯 가지는 그중 하나도 없어서는 안 된다.

仁者人之所親. 義者人之所宜. 禮者人之所體. 不可無一焉.

❈ 사람으로 하여금 얻는 바가 있게 하라

그러므로 아침에 일어나고 밤에 늦게 자며, 일상동작에 규율이 있는 것은 예의 정제이다. 도적을 치고 임금이나 아버지의 원수를 갚는 것은 의義의 결행이다.

故夙與夜寢, 禮之制也, 討賊報讐, 義之決也,

측은한 마음은 인의 발단이다. 먼저 자기가 도를 닦아 얻는 바가 있고, 그것을 사람에게도 미치게 하여 그 사람으로 하여금 얻는 바가 있게 하는 것은 덕德의 길이다. 사람들로 하여금 고르고 평안하게 그 자리를 잃지 않게 하는 것은 도의 교화의 힘이다.

惻隱之心, 仁之發也, 得己得人, 德之路也, 使人均平, 不失其所,
道之化也.

━━━

측은(惻隱) 불쌍이 여기는 것. 남의 어려움을 보고 동정하는 마음.
득기득인(得己得人) 우선 자기가 도를 행하여 체득한 바가 있고, 그것을 사람들에게 미치게 하여 사람들로 하여금 도를 행하여 얻는 바가 있도록 하는 것.

❈ 명命과 령令과 정政

군주의 입에서 나와 신하에게 내리는 말을 명命이라고 이름한다. 군주의 말을 문자로 발표하여 기록한 것을 영令이라고 한다. 신하가 군주의 말을 받들어 천하에 시행하는 것을 정政이라 한다.

出君下臣, 名曰命, 施於竹帛, 名曰令, 奉而行之, 名曰政.

만일 군주의 입에서 나온 명이 바르지 못할 때는 문서에 기록된 영令은 천하에 시행될 수가 없다. 영이 천하에 행해지지 않을 때에는 정은 확립되지 못한다. 도가 통하지 못하고 막혀버리면 간사한 신하들이 극성을 부린다. 간사한 신하들이 극성을 부리면 군주의 위상이 손상한다.

夫命失則令不行, 令不行則政不立, 政不立則道不通, 道不通則邪臣勝, 邪臣勝則主威傷.

━━

죽백(竹帛) 죽은 댓조각, 백은 천, 옛날 종이가 있기 전 글이나 그림을 그리기 위한 것들이다.

❉ 명군은 현인을 거용舉用한다

천 리 밖의 현인을 맞는 것은 그 길이 매우 멀다. 불초한 자를 초치招致하는 것은 그 길이 가깝다. 이로써 명군은 가까운 것을 버리고 먼 것을 취한다.

千里迎賢, 其路遠, 致不肖, 其路近, 是以明君舍近而取遠.

그러므로 능히 공업을 완성하는 것이다. 군주가 현인을 존중하게 되면 아래에 있는 신민들이 힘을 다 하여 노력한다.

故能全功, 尚人而下盡力.

━━

원(遠) 현인은 초야에 묻혀 있으므로 멀다고 한 것이다. 그와 반대로 불초한 자는 측근에 있으므로 가깝다고 한 것이다.
전공(全功) 공업을 완성한다는 것.
상인(尚人) 현인을 존중하는 것.

❉ 상벌을 분명히 한다

한 선인을 패하게 되면 많은 선인이 쇠퇴해버린다. 한 악인을 상 주게 되면 많은 악인이 모여든다. 착한 자가 착한 데 대한 상을 받고, 악한 자가 악한

데 대한 벌을 받게 되면 나라는 편안하고 많은 선인들이 모여든다.

廢一善則衆善衰, 賞一惡則衆惡歸, 善者得其祐, 惡者受其誅,
則國安而衆善至.

❇ 의혹을 제거하라

무리가 의심 나면 나라가 안정될 수 없고, 무리가 분명하지 못하면 백성을 다스릴 수가 없다. 의심이 가시고 분별심이 돌아와야만 나라가 비로소 안태安泰해진다.

衆疑無定國, 衆惑無治民, 疑定惑還, 國乃可安.

───

정국(定國) 안정된 나라.
치민(治民) 편안하게 다스리는 백성.
환(還) 도로 밝아지는 것.

❇ 권선징악勸善懲惡

하나의 명령이 도리에 어긋나게 되면 백의 명령이 잇따라 잘못되게 된다. 하나의 악정惡政을 베풀게 되면 백의 악정이 연달아 일어난다. 그러므로 순량한 백성에게 상을 주고 흉악한 백성에게 형을 가하게 되면 명령이 잘 행해지고 원망하는 일이 없게 된다.

一令逆則百令失, 一惡施則百惡結, 故善施於順民, 惡可於凶民,
則令行而無怨.

───

선,악(善, 惡) 상과 벌을 뜻한다.
순민(順民) 순종하는 백성.
흉민(凶民) 순종하지 않는 백성.

※ 백성은 무섭다

원망받고 있는 자로 하여금 원망하고 있는 사람을 다스리게 하면 하늘의 이치를 거역하는 짓이라고 한다. 원수로 여겨지고 있는 관리로 하여금 원수로 여기고 있는 인민을 다스리게 하면 그 화는 구할 수 없게 된다.

使怨治怨, 是謂逆天, 使讐治讐, 其禍不求,

백성을 다스리려면 백성을 편케 해야 한다. 백성을 편케 하려면 위에 있는 자가 청백하여 한 점의 사심私心도 없어야 된다. 그렇게 되면 백성은 모두가 그 자리를 얻어 안정되고, 천하는 태평하게 된다.

治民使平, 致平而淸, 則民得其所, 而天下寧.

※ 탐욕한 자의 부富를 막아라

윗사람을 범하는 자가 존대받는 자리에 있게 되고, 탐욕스럽고 비루한 자가 중한 녹봉을 받아 넉넉하게 살게 되면 성덕 있는 왕자라 할지라도 천하를 편안하게 다스릴 수 없다. 윗사람을 범하는 자가 베임을 당하고, 탐욕스럽고 비루한 자가 감옥에 갇히게 되면 교화가 널리 행해지고 온갖 나쁜짓이 자취를 감춘다.

犯上者尊, 貪鄙者富, 雖有聖王, 不能致其治, 犯上者誅,
貪鄙者拘則化行衆惡消.

───

범상(犯上) 윗사람을 범하는 것. 불충, 불효, 부제(不弟)한 자를 말함.
구(拘) 법으로서 구속함.

✳ 의義로써 현신賢臣을 낚아라

청렴결백한 선비는 작위나 녹봉으로는 불러들일 수 없다. 절조가 있고 의로운 선비는 형벌이나 위세를 가지고 협박해서 오게 할 수는 없다. 그러므로 명군이 현군을 구하려면 반드시 그 현인의 평소의 거동을 관찰하며 정당한 방법으로 불러들이는 것이다.

淸白之士, 不可以爵祿得, 節義之士, 可以刑威脅, 明君求賢,
必觀其所以而致焉.

청렴결백한 선비를 불러들이려면 예를 닦고 불러들여야 한다. 절조 있고 의로운 선비를 불러들이려면 도덕을 닦고 불러들여야 한다. 그렇게 하면 현인을 불러들일 수가 있으며, 명성을 길이 보전할 수가 있는 것이다.

致淸致白之士, 修其禮, 致節義之士, 修其道, 後士可致, 而名可保.

▬

청백(淸白) 청렴결백. 흐리지 않음을 청이라 하고, 더럽히지 않은 것을 백이라 함. 지조가 순결함을 이른다.
관(觀) 자세히 살펴보는 것.

✳ 천도天道가 아니면 성인은 오지 않는다

성인군자는 나라의 성쇠의 근원을 분명히 알며, 일의 성공과 실패의 실마리를 잘 알며, 국가가 다스려지고 어지러워짐을 자세히 알며, 자기의 거취의 절도를 잘 알고 있다. 아무리 군색하여도 망하려는 국가의 관작을 받는 일이 없고, 아무리 빈한하여도 어지러운 나라의 녹봉을 받는 일이 없다. 세상에 숨어 명예를 구하지 않으면서도 도덕을 체득하고 있는 성인군자는 때가 이르러 움직이면 인신의 지위의 극치에 도달하며, 군주의 덕이 자기와 맞게 되면 다시없을 공을 세운다. 그러므로 그 도가 지극히 높으며, 그 명성은 천추의 뒤에까지 떨치게 된다.

夫聖人君子, 明盛衰之源, 通成敗之端, 審治亂之機, 知去就之節,
雖窮不處亡國之位, 雖貧不食亂邦之栗. 潛名抱道者, 時至而動,
則極人臣之位, 德合於己, 則建殊絶之功, 故其道高, 而名揚於後世.

▬

성인(聖人) 총명하고 지혜로운 사람.
군자(君子) 재덕(才德)이 출중한 사람.
원(源) 물의 근원과 같다. 국가가 성하고 쇠하는 데는 반드시 그 근원이 있다.
단(端) 단서. 실마리. 국가가 성공하고 실패하는 데는 그 실마리가 보이는 법.
기(機) 고동의 기미. 국가가 어지러워지려 할 때는 그 고동의 기미가 보인다.
수절(殊絶) 다시없음. 수(殊)는 남과 다름을 말하고, 절(絶)은 후에 다시 볼 수 없음을 말함.

✖️ 성인聖人의 권도權道는 하늘의 도道

성덕이 있는 왕이 전쟁을 하는 것은 전쟁을 즐기는 것이 아니다. 이로써 폭군을 주륙하고 난신을 토벌하고자 하는 것이다.

聖王之用兵, 非樂之也, 將以誅暴討亂也.

정의군사로 불의의 나라를 치는 것은 양자강이나 황하黃河를 터서 조그마한 촛불에 대는 것처럼, 또 측량할 수 없이 깊은 골짜기를 향하여 떨어지고자 하는 것을 떠미는 것처럼, 그 승리는 필연적이다.

夫以義誅不義, 若決江河而慨爝火, 臨不測而擠欲墜, 其克必矣.

그런데도 성왕이 서두르거나 욕심내지 않으며 진격을 하지 않는 까닭은 사람이나 물자가 상하는 것을 중히 여기기 때문이다. 원래 병기라는 것은 상서롭지 못한 기물로써 천도天道는 이것을 미워한다. 성인은 때로는 만부득이 하여 이것을 쓰는 수가 있는 데 이것도 하늘의 도이다.

所以優游活淡而不進者, 重傷人物也. 夫兵者不詳之器, 天道惡之, 不得已而用之, 是天道也.

강하(江河) 길고 큰 강. 양자강과 황하.

작화(爝火) 횃불. 작은 불.

개(漑) 물을 대는 것.

불측(不測) 측량할 수 없이 깊은 골짜기.

제(擠) 밀어 떨어뜨림.

우유(優游) 천천히 함. 서두르지 않음.

염담(炎淡) 욕심이 없음. 결백한.

병자불상지기(兵者不詳之器) 병기는 불길한 기물이다.

※ 고기는 물에서 산다

사람에게 도가 있어 거기에서 벗어나지 않는 것은 고기가 물속에 있어 잠시도 떠나지 않는 것과 같은 것으로 물속에 있으면 살 수 있고, 물을 떠나면 죽어버리는 것과 같다. 그러므로 군자는 항시 스스로 삼가며 두렵게 여기며 도에서 벗어나지 않도록 힘쓰는 것이다.

夫人之在道, 若魚之在水, 得水而生, 矢水而死, 故君子常懼, 而不敢失道.

※ 권신權臣에게 칼을 맡기지 마라

권세 있는 호걸이 조정 백관의 벼슬을 좌우하게 되면 국가의 위세가 쇠약해진다. 생살여탈生死與奪의 권한이 호걸에게 있게 되면 국가의 위세가 갈진竭盡해버린다.

豪傑秉職, 國威乃弱, 生殺在豪傑, 國勢乃竭,

호걸이 고개를 숙이고 권력과 세력을 부리지 않으면 국운이 오래 지속될 것이다. 생살여탈의 권한이 군주에게 있게 되면 국가는 안영할 것이다.

豪傑低首, 國乃可久, 生殺在君, 國乃可安.

호걸(豪傑) 여기서는 기개가 높은 사람을 말하는 것이 아니고, 날뛰는 신하를 말한다.
살생(殺生) 사람을 죽이고 살리는 권한.
갈(竭) 갈진(竭盡)하는 것. 말라 없어짐.

✖ 백성의 부는 국가의 부

사농공상士農工商의 4민의 재물이 비게 되면 국가에는 저축이 없게 된다. 4민의 재물이 풍족하면 국가는 안녕하고 화락하게 된다.

四民用虛, 國乃無儲, 四民用足, 國乃安樂.

용(用) 재물.
저(儲) 저축.
4민(四民) 사농(士農), 공상(工商). 이것을 춘추(春秋) 곡량전(穀梁傳)의 설(說)이다.

✖ 간姦은 현신賢臣을 시켜 쳐라

현철한 신하가 조정 안에 있어 정권을 잡게 되면 간사한 신하는 밖으로 내쫓긴다. 간사한 신하가 조정 안에 있어 정권을 잡게 되면 현철한 신하는 사지死地에 빠진다. 안팎으로 의당치 못하면 환난이 대대로 이어가게 된다.

賢臣內, 則邪臣外, 邪臣內, 則賢臣斃, 內外失宜, 禍亂傳世.

내(内) 조정을 말함.

외(外) 조정 밖.

※ 군주는 권병權柄을 장악하라

대신에게 군주를 의심하는 마음이 있게 되면 많은 간사한 자들이 몰려든
다. 신하가 군주의 권력을 휘어잡게 되면 위와 아래가 어둡고 어지러워진다.
군주가 신하가 할 일을 하게 되면 위와 아래의 질서가 없어진다.

大臣疑主, 衆奸集聚, 臣當君尊, 上下乃昏, 君當臣處, 上下失序.

대신의주(大臣疑主) 군신이 서로 믿지 못하고, 서로 의심하는 것.

군당신처(君當臣處) 군주가 신하의 하는 일을 하는 것.

※ 현인賢人은 하늘의 아들이다

현인을 상해한 자는 그 재앙이 자손 3대에까지 미친다. 현인을 은폐한 자
는 그 몸이 해를 입는다. 현인을 질투한 자는 그 자신의 명예를 보전할 수 없
다. 현인을 천거한 자는 그 복록이 그 자손에게까지 미친다. 그러므로 군자는
현인을 천거하는 데 열심이며, 그 자신의 아름다운 이름을 나타낸다.

傷賢者, 殃及三世, 蔽賢者, 身受其害, 嫉賢者, 其名不全, 進賢者,
福流子孫, 故君子急於進賢, 而美名彰焉.

폐(蔽) 숨겨 덮어버림.

급어진현(急於進賢) 현인을 천거하는 데 열심임을 말함. 천하의 환란은 오직 현인만이 능히 평
정할 수 있다. 국가를 편케 하려면 현인을 천거하는 것보다 더 급한 것이 없을 것이다. 그러므
로 현인을 천거하는 데 열심이라는 것이다.

※ 이利는 만인萬人에게 나누어 주라

한 사람에게 이익을 주고 백 사람에게 손해를 끼치게 되면 인민은 성곽城郭에서 떠나버린다. 한 사람에게 이익을 주고 만인에게 손해를 끼치게 되면 국민들이 흩어질 것을 생각하게 된다. 한 사람의 소인小人을 버리고 백 사람에게 이익을 주게 되면 인민이 모두 다 그 은택을 그리워한다. 한 사람의 소인을 버리고 만인에게 이익을 주면 국정國定은 어지러워지지 않는다.

利一害百, 民去城郭, 利一害萬, 國乃思散, 去一利百, 人乃慕澤, 去一利萬, 政乃不亂.

이일(利一) 이익이 한 사람에게 있다는 뜻.
해백(害百) 해로움이 백 사람에 미친다.

사마양저司馬穰苴에 대하여

사마양저는 전완田完의 먼 후손이다. 제齊의 경공景公 때 진晉이 하(읍명)를 공격하고 연燕이 하상下上을 침범하였다. 제의 군사가 패배하였으므로 경공은 자못 근심하였다. 전양저田穰苴는 이때 초야에 묻혀지내고 있었는데, 마침 현대부賢大夫인 안자晏子가 전양저를 추천하여 다음과 같이 말하였다.

"양저는 전田씨의 첩의 몸에서 났으나, 글은 사람의 마음에 감동을 주고, 무武는 적을 놀라게 할 만한 인물입니다. 지난 번 두 차례의 싸움에서 패하여 나라 안이 어지러운 이때에 그를 등용하사 국방의 중책을 맡기심이 옳을까 하오니 임금 스스로 시험하여 보시기를 바라옵니다."

경공은 양저를 불러 군사에 관한 것을 이야기하였는데, 크게 마음에 들어 장군으로 등용하였다. 그러자 양저는 이렇게 말했다.

"신은 근본 신분이 낮습니다. 그러하오나 신이 갑자기 대신의 대우를 받게 되더라도 아직 병졸들과 온 국민이 신을 믿고 따르지 아니할 것입니다. 그러므로 인물에 무게가 없고 권위도 빈약합니다. 바라옵건대 임금께서 총애하시는 국민에게 존경을 받는 신하로 군사를 감독케 하여 주십시오."

경공은 이런 양저의 청을 허락하고 장가莊賈라는 자를 동행토록 하였다.

양저는 경공에게 인사를 드리고 장가와는 〈내일 정오에 군영에서 만나자〉고 약속을 하였다.

이튿날 양저는 먼저 군영으로 가서 해시계를 세우고 물시계를 걸어놓고 장가를 기다렸다. 장가는 평소부터 교만하였는데 이때도 장군이 군영에 있는 이상 감찰격인 자기는 그리 급하게 서두를 것이 없다고 친척과 친구들의 송별을 받으며 머물러 술을 마시고 있었다.

정오가 되어도 장가가 오지 않으므로, 양저는 해시계를 엎어버리고 물시계를 쏟아 치운 다음 군영을 순시하고 군사를 정돈하여 군령軍令을 시달하였다. 이런 일도 다 끝이 나고 저녁나절이 되어서야 겨우 장가가 왔다. 양저가 물었다.

"어째서 늦었는가?"

장가가 대답하기를

"대부와 친척들이 송별회를 해주어서 늦었습니다."

하고 대답하니 양저가 말하였다.

"장군이란 자는 출진의 명령을 받고 그날부터 집을 잊어버리고 군무에 종사하여 군령을 내면 육친을 잊어버리고, 채를 들어 군고軍鼓를 치는 것이 급하면 몸을 잊어버려야 하는 것이다. 지금 적이 깊이 침입하여 국내가 소란하고 사병들은 국경을 지키며 몸을 풍우에 내던지고 있다. 임금은 자리에 누워서 편한 잠을 못자고 음식을 먹어도 맛을 모르고 백성들의 목숨은 모두 임금의 몸에 메어 있다. 이러한 때에 송별이니 하는 것이 무엇인가?"하고 양저는 곧 군정의 법무관을 불러 물었다.

"군법에 기한을 어겼을 때의 죄는 무엇인가?"

"참하는 것입니다."

장가는 겁을 내어 종자에게 명해서 말을 달리게 하여 경공에게 알리고 구원을 청하였다. 양저는 종자가 돌아오기 전에 장가의 목을 베고, 이 사실을 널리 3군에 게시하여 경계를 삼으니 사졸들은 모두가 떨었다.

얼마 후에 경공은 사자의 부절을 보고 장가를 용서하라 하였다. 사자가 말을 달려 군영 안으로 들어 닥치니 양저는 사자에게 말했다.

"장將이 된 자는 진중에 있는 한 임금의 명령이라도 듣지 않을 수 있는 것이 있다."

다시 군정을 향해,

"군영 안으로 말을 달려오는 것은 허락되지 않는 일이다. 지금 사자는 영중으로 말을 달려왔다. 그 죄는 어떤 것인가"

군정이,

"참하는 것입니다."

하고 대답하는 말을 듣자 사자는 크게 겁을 내었다. 그러나 양저는,

"임금의 사자는 죽일 수 없다."

하고, 그 사자를 태워 온 수레의 말몰이 하인과 수레의 왼편 어가가 기대는 나무와 왼편 부마를 베어서 전군에 돌려 보이고, 사자를 돌려보내어 임금께 보고하게 한 뒤에 싸움터로 출전하였다.

양저는 사졸의 숙사, 우물, 아궁이, 음식을 비롯하여 병의 위문, 의약에까지 모두 몸소 마음을 쓰고, 장군에게 주어지는 급비는 모두 사졸들에게 베풀어 주고, 자신은 사졸들과 양식을 같이 하고 그런 중에도 가장 허약한 사졸의 분량과 한 가지로 하였다. 이렇게 한 덕으로 3일 동안 군사를 정비하고 병자까지도 모두 출동을 같이 하기를 원하여 앞을 다투어 분발해서 싸움터로 나아갔다.

진군晋軍은 이 사실을 전해 듣고 싸움을 그쳐 물러가고, 연나라 군사燕軍도 이를 듣고 황하를 건너 해산하였다. 이에 이들을 추격하여 앞서 잃었던 땅을 뺏어 회복하고 군사를 인솔하여 돌아왔다. 아직 도성都城에 닿기 전에 대오를 풀고 군령을 거두어 임금에 대한 충성을 맹세한 다음에 도성으로 들어왔다.

경공은 대부들과 함께 교외로 출영하여 출정의 수고를 위로하고, 개선의 예를 행하였다. 임금은 양저를 높여 대사마(大司馬-지금의 국방장관)로 하였고 전

씨들은 제나라에서 날로 존귀하게 되었다. 그렇게 되니 대부大夫와 고자高子, 국자國子의 무리들이 그를 해치고자 하여 경공에게 참소하였다. 이 때문에 경공은 양저를 물리쳤고, 전표田豹의 무리들이 이 일로 해서 고자, 국자 등을 미워하게 되었다.

그 후, 전상田常이 제齊의 간공簡公을 죽일 적에 고高, 국國의 일족을 죄다 죽여 멸망시켰다. 전상의 증손 전화田和에 이르러 자립의 토대가 굳어지고, 그 손자 전인田因은 제나라의 위왕威王이 되었다. 군사를 움직이고 위력을 보이는 일에는 양저의 방법을 본떴다. 이로써 제齊나라는 강태공에 의하여 이루어졌고, 양저에 의하여 구제되었지만 그 전 씨에 의하여 멸망하는 결과를 가져왔다. 사마 양저는 제나라를 구한 공신이요 도덕가로, 한 귀족에 만족하고 제국齊國에 충성을 다하였다.

그러나 그는 제나라의 폭군 민왕閔王에 이르러 민왕은 양저를 죽여버렸다.

사마양저는 제나라에 충성을 바치고 그 자손은 또 제나라왕齊王을 죽이고 나라를 빼앗은 국적國敵이 되었다.

위왕은 대부에게 명하여 옛날의 사마병법을 연구케 하고, 양저의 법을 더하여 책을 모아 제목을 붙이기를 〈사마양저병법〉이라 하였다.

태사공은 말한다.

"나는 사마양저의 병법을 읽었는데 그 내용은 범위가 넓고 크며, 사상이 심원하여 하, 은, 주 3대의 성왕이 전쟁에서도 이토록 심원한 의의意義를 선양했다고는 말하기 어렵다. 또 문장은 과장된 바도 있다.

양저가 하찮은 소국小國 제齊를 위해 군사를 움직이는데, 어느 겨를에 병법에 예의를 적용할 수 있겠는가.

〈사마양저 열전司馬穰苴 列傳〉

01

인본仁本

✼ 전쟁은 권도權道이다

옛날 성왕聖王들은 인仁을 근본으로 하고 의義에 입각하여 나라를 다스렸으니 이것을 정도正道라 한다. 그런데 이 정도가 막혀 뜻대로 되지 않을 경우에는 한 때의 타개책으로써 권도權道를 행하였다.

古者以仁爲本. 以義治之, 之謂正. 正不獲意

권도란 임기응변의 조치로 인의仁義에 구애되지 않고 적을 정복하는 술책이다. 그것은 전법에서 비롯된 것으로 평범한 사람은 도저히 생각해낼 수 없는 것이다.

則權. 權出於戰, 不出於中人.

그러므로 다수의 사람의 복락을 위해서는 소수의 사람을 살해하는 것도 인정된다. 그 나라를 공략하더라도 그 백성을 사랑하면 반드시 나쁜 일이라고 할 수는 없다. 전쟁으로 미래의 더 큰 전쟁을 막을 수 있다면 전쟁도 긍정된다.

是故, 殺人安人, 殺之可也. 攻其國愛其民攻之可也, 以戰止戰, 雖戰可也.

그러므로 인자仁者는 친밀감을 느끼게 하고, 의義로운 자는 기쁨을 주며, 지자智者는 국민이 존경하고 의지하며, 용자勇者는 뭇사람의 마음을 격려하며, 신의信義있는 자는 믿음직스럽게 여기게 마련이다. 안으로 대중의 지지를 받는 것은 견고한 국방력을 갖고 있기 때문이고, 밖으로는 국위를 떨치는 것은 강력한 전투력을 발휘하기 때문이다.

故仁見親, 義見說, 智見恃, 勇見方, 信見信. 內得愛焉, 所以守也.
外得以焉, 所以戰也.

고자(古者) 옛날에는 하(夏), 은(殷), 주(周) 3대 성왕을 가리킴.

지위정(之謂正) 이것을 정도라 일컬음.

권(權) 권도. 권모술책(權謀術策).

중인(中人) 보통사람.

살인안인(殺人安人) 악한 자를 죽여 백성을 편안히 살게 함.

이전지전(以戰止戰) 작은 싸움으로써 큰 싸움을 방지함.

인견친(仁見親) 인정(仁政)은 백성을 친근하게 함. 견(見)은 당(當)의 뜻.

의견설(義見說) 의(義)는 백성을 기쁘게 함. 설(說)은 열(悅)과 같음.

지견시(智見恃) 지혜는 백성을 믿고 의지하게 함.

용견방(勇見方) 용기는 백성을 따르게 함. 방(方)은 향(向)의 뜻.

신견신(信見信) 공정한 처사는 백성을 믿게 함.

※ 먼저 국민을 사랑하라

전쟁의 도리로써 농번기農繁期에 백성을 동원하여 절기를 그르치지 않게
하고 유행병이 나돌 때 군사를 징집하여 누累를 끼치지 않는다고 한 것은 국민
을 그만큼 사랑하기 때문이다.

戰道, 不違時, 不歷民病, 所以愛吾民也.

그리고 적의 왕실에 초상이 났다거나 흉년이 들어 기아에 허덕일 때에는 침
공해 들어가지 않는 것은 상대국의 백성을 그만큼 사랑하기 때문이라 하겠다.

不加喪, 不因凶, 所以愛夫其民也.

겨울의 극한極寒과 여름의 혹서酷暑에 출병하지 않는 것은 피차에 국민을 아끼기 때문이다.

冬夏不與師, 所以兼愛其民也.

그러므로 나라가 아무리 강대하다 하더라도 전쟁을 좋아하는 국가는 반드시 망하고, 천하가 태평하다 하여 국방을 게을리하면 반드시 위기에 놓이게 된다.

故國雖大, 好戰必亡, 天下雖安, 亡戰必危.

천하가 평정되어 조정에서는 임금이 몸소 개선식凱旋式을 올리고, 가을, 봄으로 한가한 때를 택하여 사냥을 하여 군사훈련을 하고, 제후들도 이때 군사를 점호點呼하고 열병식閱兵式을 올린다. 이러한 군례軍禮들은 모두가 국방을 소홀히 하지 않기 위하여 행하는 것이다.

天下旣平, 天子大愷, 春蒐秋獮, 諸候春振旅, 秋治兵, 所以不忘戰也.

———

전도(戰道) 전쟁의 도리.

불위시(不違時) 때를 어기지 않음. 즉 국가에서 전쟁. 부역 등을 중지하여 농민들의 경작 때를 빼앗지 않음.

불역민병(不歷民病) 백성으로 하여금 질병의 고통을 겪지 않게 함. 즉 유행병으로 앓는 백성들을 징집하여 고생을 겪지 않게 함.

불가상(不可喪) 적국 왕실에 초상이 있을 때 침공하지 않음.

불인흉 (不因凶) 흉년을 틈타 적국에 쳐들어가지 않음.

개(愷) 군악(軍樂)

수선(蒐獮) 사냥. 수(蒐)는 봄 사냥. 선(獮)은 가을 사냥.

진려(振旅) 군사를 정비함. 군사를 훈련함

✳ 군정軍政의 6덕六德

옛날의 성왕들은 첫째, 패주하는 적을 추격하더라도 100보를 넘지 않았으며, 후퇴하는 적을 쫓아가도 90리를 넘지 않았다. 이렇게 해서 싸움에 있어서도 예의를 저버리지 않았다는 것이다.

둘째, 이미 전투 능력을 잃은 자를 끝까지 궁지에 몰아넣어 살해하지 않고 부상을 당했거나 병든 자를 동정하여 보살펴주는 것은 그 인仁을 분명히 보여준 것이다.

셋째, 양군이 행렬을 정비하고 진군의 북을 치는 것은 불의의 습격을 하지 않는다는 신의信義의 표시이다.

넷째, 정의를 위해 싸우고, 이해득실利害得失을 위해 싸우지 않는 것은 그 의로움을 보여주는 것이다.

다섯째, 항복한 자를 용서해주고 죽이지 않는 것은 용기의 발로이다.

여섯째, 추잡스러운 전쟁을 배격하고, 싸움을 시작할 때와 끝날 때를 헤아려 적절한 조치를 취하는 것은 지혜로움을 보여주는 것이다.

이상의 여섯 가지 덕을 훈련할 때 잘 가르쳐서 국민의 기강紀綱으로 삼는 것이 옛날부터 전해온 군대를 다스리는 법이다.

古者, 逐奔不過百步, 縱綏不過三舍, 是以明其禮也.
不窮不能以哀憐傷病, 是以明其仁也. 成列而鼓, 是以明其信也.
爭義不爭利, 是以明其義也. 又能舍服, 是以明其勇也.
知終知始, 是以明其智也. 六德以時合敎, 以爲民其之道也. 自古之政也.

———

축분(逐奔) 패배하여 도망가는 적을 추격함.

종수(縱綏) 퇴각하는 적을 따라감. 수(綏)는 물러감의 뜻.

삼사(三舍) 90리. 1舍는 30리.

불궁불능(不窮不能) 싸울 능력이 없는 적을 궁지에 몰고 가지 않음.

성렬이고(成列而鼓) 적군이 전열을 가다듬은 뒤에 북을 울리고 진격함.

지종지시(知終知始) 공격을 시작할 때와 그칠 때를 헤아림.

민기(民紀) 국민의 기강.

정(政) 정사. 여기서는 군정을 뜻함.

※ 성왕聖王의 도道

옛 성왕聖王들은 신하를 다스림에 있어서 하늘의 자연법칙에 순응하고 땅의 자연의 정세에 따라 다스렸으며, 백성 가운데서 덕망이 있는 자를 가려 그 덕망이 크고 작음에 따라 적재적소의 관직에 배치하고 대의명분大義名分을 세워 각자 맡은 소임을 다하게 했다. 그리고 제후로 하여금 나라를 세워 다스리게 하되, 그 직분을 정하고 작위에 따라 충분한 봉급을 주게 하였다.

先王之治, 順天之道, 設地之宜, 官民之德, 而正名物, 立國辨職,
以爵分祿,

이와같이 인덕仁德으로써 천하를 다스렸기 때문에, 모든 제후는 이에 기꺼이 따랐으며 멀리 해외의 나라에서도 공물貢物을 바쳐 복종했다. 이렇게 천하가 태평세월이었으므로, 일반 국민들까지도 풍속이 순후淳厚하여 죄를 범하는 자가 없어 감옥도 문이 열려 있고, 나라사이의 욕심이 없어 전쟁도 일어나지 않았다. 이는 모두 제왕帝王의 성덕이 지극했기 때문이다.

諸侯說懷, 海外來服, 獄弭而兵寢, 聖德之至也.

──

순천지도(順天之道) 하늘의 도에 순응함. 운행에는 자연의 도.道가 있으며, 옛 성왕들은 자연의 도에 순응하여 정치를 하였다고 함.

설지지의(設地之宜) 세(勢)에는 자연의 의(義)가 있으며 옛 성왕들은 이 땅의 의에 합당하도록 정치를 하였다고 함.

정명(正名) 직위와 명분을 밝힘.

치물(治物) 직분에 따라 맡은 일을 다스림.

설회(設懷) 기꺼이 따르고 복종함. 설(設)은 열(悅)과 같음.

미(弭) 그침. 일이 없음.

병침(兵寢) 군대가 전쟁 할 일이 없어 낮잠을 잠.

지(至) 지극함.

❊ 현왕賢王의 제도

그 다음 후세의 현왕은 옛 성왕에 미치지 못하여 백성들의 성품이 날로 거칠어져서 예악과 법도를 제정하고 다섯 가지 형법을 정하였으며 군사를 일으켜 불의한 자를 치고, 제후들의 나라를 시찰하여 지방 실정을 살피며 제후들을 한 자리에 모아놓고 예약제도의 통일을 기하였다.

其次賢王, 制禮樂法度, 乃作五刑, 與甲兵, 以計不義, 巡狩省方,
會諸候, 考不同.

만일 제후들 중에서 제왕의 명령을 어겨 덕에 위배되고 천시를 거역하며 유공자를 학대하는 그릇된 자가 있으면, 널리 천하의 제후들에게 고하여 그 죄를 밝히기로 하였다.

其有失命, 常悖德, 逆天之時, 而危有功之. 君徧告於諸候, 彰明有罪,

즉 하늘의 신과 일월성진에게 고하여 땅의 신, 사해의 신, 산천의 신에 빌고 종묘에 와서 이를 고하였다.

乃告於皇天上帝, 日月星辰, 禱於后土, 四海神祇山川冢社, 造於先王,

이런 뒤에, 재상은 제왕의 명령을 받아 제후의 군사를 징집한다. 그 명령에 의하면 〈현재 어느 나라가 불의를 저질렀으므로 이를 정벌하여야 한다. 아무 해, 아무 달, 아무 날에 제국의 군은 어떤 나라에 가서 제왕의 군사와 연합하여 나라를 어지럽게 하는 자를 쳐서 형벌하고 그 나라의 정치를 바로 잡으라〉는 것이었다. 재상은 분부를 내리고 여러 관리들과 함께 군사들에게 지시하였다.

然後冢宰徵師於諸候日, 某國爲不道征之. 以某年月日, 師至於某國,
會天子正刑. 冢宰與百官,

"저 유죄한 군주의 나라에 들어가 신묘를 더럽히지 말고 사냥을 하지 말라.

布令於軍曰, 入罪人之地, 無暴神祇, 無行田獵,

건축물을 파손하지 말고 민가를 불사르지 말라. 나무도 베지 말고 곡식 및
기구 같은 것을 탈취하지 말라.

無毁土功, 無燔牆屋, 無伐林木, 無取六畜禾麥器械.

그 나라의 노인과 어린이를 보면 집에 돌려보내라. 그들을 해치는 일이 있
어서는 안 된다. 병사를 만나도 반항하지 않는 한 적대시 하지 말라. 적이 부
상을 입었으면 약으로 치료해 주고 집으로 돌려보내라."

見其老幼, 奉歸勿傷, 雖遇壯者. 不校勿敵, 敵若傷之, 醫藥歸之,

그리고 이미 죄가를 저지른 제후를 처형하고 나서는 황제와 제후는 그 나
라의 그릇된 정치를 바로잡고, 그 나라의 현자를 등용하여 제후로 삼고 관직
을 정상 궤도로 올린다.

旣誅有罪, 王及諸候, 修正其國, 擧賢立明, 正復厥職.

법도(法度) 법(法)은 법률(法律). 도(度)는 제도.
오형(五刑) 다섯 가지 형벌. 1. 문신(文身)을 함(墨刑) / 2. 코를 베어냄(鼻刑) / 3. 다리를
잘라냄(腓刑) / 4. 생식기를 잘라냄(宮刑) / 5. 사형을 시킴(死刑).
숭수(巡狩) 사냥을 하며 순찰함.
성방(省方) 사방을 살핌. 즉 여러 제후국의 정치를 살핌.

고부동(考不同) 한결같지가 않음을 헤아림. 즉 제후국의 예악 제도가 서로 다름을 고찰하여 그 통일을 기함.

실명(失命) 상부의 명령에 어긋남.

난상(亂常) 정상 궤도에서 벗어나 문란케 함.

창명(彰明) 드러내 밝힘.

황천상제(皇天上帝) 광대한 천체를 주제하는 신.

후토(后土) 땅의 신.

신지(神祇) 신묘(神廟)

총사(冢社) 사당.

조(造) 나아감. 지(至)의 뜻.

총재(冢宰) 수상.

회천자(會天子) 제왕의 군사와 연합함.

폭(暴) 마구 짓밟음.

전렵(田獵) 사냥.

토공(土功) 공사 건축.

장옥(牆屋) 백성의 집.

불교(不校) 대항하지 않음.

궐직(獗職) 그 직위.

거현(擧賢) 현명하고 덕이 높은 자를 가려냄.

입명(立明) 명군을 세움.

정복(正復) 본 궤도에 오르게 함.

✖ 제왕의 8도八道

제왕帝王이나 패자霸者가 다스리는 데는 여덟 가지 원칙이 있다. 제후에게 그 다스릴 영토의 한계를 분명히 정해주고,

정령政令으로써 무든 제후를 다스리며,

예의와 신의로써 제후 사이의 화친을 도모하며,

재력으로써 도와 제후를 기쁘게 하고,

지모智謀가 있는 자를 파견하여 제후들 사이를 가깝게 하며,

군사와 무기를 갖추어 무력으로써 모든 제후를 위압해야 하며,

모든 제후와 이해를 같이함으로써 그들을 합일合一하게 하며,

대大 제후는 소小 제후를 도와주고 소 제후는 대 제후를 섬기게 함으로써 모든 제후들이 화친케 한다.

王霸之所以治諸候者八. 以土地形諸候, 以政令平諸候, 以禮信親諸候, 以材力說諸候, 以謀人維諸候, 以兵革服諸候, 同患同利以合諸候, 比小事大以和諸候.

왕패(王霸) 제왕과 패자. 제왕(帝王)은 천자(天子). 패자(霸者)는 제후중의 영도자(領導者).

형(形) 지형을 정함. 경계를 정함.

평(平) 방역을 못하게 함.

재력(材力) 재력(財力).

열(說) 기쁘게 함.

모인(謀人) 지모가 뛰어난 사람.

유(維) 사이를 잇게 함.

병혁(兵革) 무력.

비소(比小) 약한 사람을 도와 줌.

사대(事大) 강대한 것을 섬김.

❈ 금단 9칙禁斷九則

제후들을 한자리에 모아놓고 공포할 금령이 아홉 가지가 있다.

첫째, 약한 나라를 괴롭히고 인구가 적은 나라를 침략할 경우에는 그 나라의 영토를 사면으로 축소시킨다.

둘째, 현명한 신하를 역적으로 몰고 양민良民을 괴롭히는 경우에는 이를 토벌討伐한다.

셋째, 국내의 백성에게 행패와 학대를 일삼고 다른 나라를 억압할 경우에는 그 군주는 수도 이외의 한적한 곳에 귀양 보낸다.

넷째, 전야田野가 황폐하게 만들어 백성들이 뿔뿔이 이웃 나라로 흩어질 경우에는 그 영토의 일부를 몰수한다.

다섯째, 지세地勢가 견고함을 믿고 제후가 천자의 명령에 복종하지 않을 경우에는 군사를 동원하여 정벌한다.

여섯째, 친족을 살해한 자는 엄벌에 처하여 시정한다.

일곱째, 그 본국의 군주를 살해 또는 추방한 자는 극형에 처한다.

여덟째, 법령法令을 위배하고 나라를 잘못 다스리면 교통交通을 막아 이를 고립시킨다.

아홉째, 남녀 모두가 풍기가 문란하여 짐승과 같은 행위를 하면 이를 멸망시킨다.

會之以發禁者九. 憑弱犯寡則眚之. 賊賢害民則伐之, 暴內陵外則檀之, 野荒民散則削之, 負固不服則侵之, 賊殺其親則正之, 放弒其君則殘之, 犯令陵政則杜之, 內外亂禽獸行則滅之.

──

발금(發禁) 금령을 발함.

빙약(憑弱) 약한 자를 업수이 여김. 빙(憑)은 능(凌)의 뜻.

생지(眚之) 덜어냄.

적현(賊賢) 어진 신하를 역적으로 몰아 죽임.

폭내능외(暴內陵外) 안으로 폭정하고 밖으로 억압함.

단지(檀之) 유폐(幽閉)시킴. 귀양 보냄.

야황(野荒) 전야(田野)가 황무지가 됨.

불고불복(不固不服) 지세가 견고함을 믿고 천자의 명령에 복종하지 않음.

적살(賊殺) 역적으로 몰아 죽임.

정지(正之) 바로잡음. 즉 잡아 죽여 그 죄를 바로 다스림.

잔지(殘之) 사형에 처함. 잔(殘)은 죽인 다음 다시 불에 태우는 형벌.

두지(杜之) 이웃 나라와의 내왕을 막아 고립시킴.

방시(方弒) 추방하거나 죽임.

내외란(內外亂) 남녀가 모두 음란하여 풍기가 문란함.

02

천자지의天子之義

※ 먼저 국민을 가르치라

천자의 길은 순전히 천지의 도를 따르고 옛 성왕의 사적事蹟과 견주어 보고 잘못이 없도록 천하를 다스리는 데 있다.

天子之義, 必純取法天地, 而觀於先聖,

국민 대중의 도는 반드시 부모의 가르침을 받들어 봉양하고, 왕과 어른의 교훈을 따라 바르게 행동하는 데 있다.

士庶之義, 必奉於父母, 而正於君長.

그러므로 비록 왕이 현명할지라도 평소에 백성을 잘 가르쳐 훈련시키지 않으면, 유사시에 아무 쓸모도 없게 된다.

故雖有明君, 使不先校不可用也.

옛날의 성왕들은 백성을 가르칠 때에는 반드시 귀천貴賤의 제도를 세워 서로의 사이의 분수를 지키도록 하였다.

古之教民, 必立貴賤之倫經,

덕행으로 정도正道를 지켜 상호의 영역을 침범하지 않고 남의 일에 간섭하지 않으며, 재능이 뛰어난 자는 각자 자기의 실력을 발휘하고 남의 재능을 가로막는 일이 없으며, 용감하고 기력이 강한 자는 자기 자신의 힘에 의지하고 타인을 침범하지 않는다. 그러므로 지향하는 향방이 같고, 마음이 서로 융합

되었던 것이다.

使不相陵德義不相踰, 材技不相掩, 勇不相犯. 故方同而意和也.

옛날에는 조정의 문관들이 무관의 일에 간섭하지 않고, 또 무관들은 조정의 정치에 간여하지 않았다. 이리하여 조정은 조정으로서의 덕의德義가 있고, 군대는 군대로서 덕의가 있어 문무文武는 양립兩立하여 각각 그 영역을 지켜 서로 침해하는 일이 없었던 것이다.

古者, 國容不入軍, 軍容不入國, 故德義不相踰.

의(義) 길. 도리.
취법천지(取法天地) 천지의 법도를 취함.
관어성선(觀於聖先) 선대(先代) 성왕(聖王)의 인정(仁政)에 비추어봄.
사서(士庶) 관리와 서민.
봉(奉) 받들음. 가르침을 받들음.
정(正) 바르게 함. 바르게 따름.
군장(君壯) 왕과 웃어른.
윤경(倫經) 인륜제도(人倫制度).
불상능(不相陵) 서로 침범하지 않음.
유(踰) 넘음. 즉 침범함.
재기(材技) 재능과 기예가 있는 자.
엄(掩) 가림. 엄폐함.
방동(方同) 방향이 같음.
국용(國容) 조정의 용태.
군용(軍容) 군의 용태.

국민교화國民教化의 극치極致

윗자리에 있는 자로서 바탕은 자기의 공로를 자랑하지 않는 것을 소중히 여기는 데 두어야 한다. 이러한 자는 사람의 위에 설 수 있는 귀중한 인재이다.

上貴不伐之士, 不伐之士, 上之器也.

자기의 공적을 자랑하지 않는 자는, 남에게 아무것도 요구하지 않으며, 남에게 아무것도 요구하지 않는 자는 남들과 싸우지 않는다. 조정에서는 반드시 민정을 잘 알아서 적절한 조치를 하고, 군은 반드시 세밀한 보고에 의해 계획을 적절히 집행한다.

苟不伐則無求, 無求則不爭. 國中之聽, 必得其情, 軍與之聽, 必得其宜.

그러므로 재능이 있는 자는 각자 자기의 실력을 발휘하고 남들이 재능을 제대로 발휘하지 못하도록 가로막는 일이 없다. 명령을 어긴 자에게 무거운 형벌을 가하면 남보다 용력이 있는 자도 자기의 강한 힘을 믿고 남을 침해하는 일이 없다.

故材技不相掩. 從命爲士上賞, 犯令爲士上戮. 故勇力不相犯.

진작 그 백성들에게 충분히 가르치고 연후에 쓸 만한 자를 뽑아 일을 맡긴다. 이 백성들에 대한 가르침이 잘 진행되면 유능한 문무백관을 충분히 보유할 수 있다.

旣致敎其民, 然後謹選而使之. 事極修則百官給矣.

백성에 대한 가르침이 간략하고 번잡하지 않으면 백성은 선량한 마음을 갖게 마련이고, 이것이 몸에 배이면 백성들에게 미풍양속이 이루어진다. 이것이 교화의 극치이다.

校極省則民與良矣. 習慣成則民體俗矣. 敎化之至也.

귀(貴) 귀이 여김. 존중함.

불벌(不伐) 자랑하지 않음.

기(器) 그릇. 인재.

종명(從命) 명령에 잘 복종함.

지야(至也) 극치이다. 지극한 것이다.

상상(上賞) 후한 상.

범명(犯命) 명령에 복종하지 않음.

상륙(上戮) 중한 사형을 내림.

급의(給矣) 충분하다.

극성(極省) 아주 간략한.

체속(體俗) 몸에배어 습관이 됨.

※ 인仁으로 이기는 길

옛날 성왕의 군사들은 일선에서 패주하는 적을 멀리까지 추격하려 하지 않고, 후퇴하는 적을 끝까지 뒤쫓아가려고 하지 않았다. 멀리까지 추격하지 않으면 적병에게 말려들 우려가 없고, 뒤쫓아가지 않으면 적의 함정에 빠질 염려가 없다.

古者逐奔不遠, 從綏不及, 不遠則難誘, 不及則難陷.

예의로써 진지를 튼튼히 지키는 도를 삼고 인仁으로써 승리를 거두는 근본을 삼는다. 적과 싸워서 일단 승리한 연후에는 예禮와 인仁의 교화는 전쟁 이전으로 돌아가야 한다. 자고로 군자는 백성을 가르치는 것을 소중히 여기는 것이다. 전쟁이 일어나면 유우(有虞=舜帝)는 국민들에게 일치단결하여 국난을 극복하지 않으면 안 된다고 경고하였다.

以禮爲固, 以仁爲勝, 旣勝之後, 其教可復, 是以, 君者貴之也.

有虞氏戒於國中,

이것은 국민들로 하여금 그 명령을 따르게 하기 위해서였다. 하나라 임금 우遇는 군사를 일으켜 출병할 때에는 휘하의 장병들에게 전쟁에 승리하기 위하여 총 궐기할 것을 다짐했다.

欲民體其命也. 夏后氏誓於軍中, 欲民先成其慮也.

이것은 그들로 하여금 우선 각자 잘 생각하여 스스로 적과 대결하도록 하기 위해서였다. 은殷의 탕湯왕은 군영 문 밖에서 장병들에게 승리를 위하여 목숨을 바칠 것을 다짐하였다.

殷誓軍門之外, 欲民先意以待事也.

이것은 장병들로 하여금 우선 전투에 나설 마음의 준비로 전투의욕을 갖게 하기 위하여서였다. 주周의 무왕은 출병하여 정벌을 개시하기 직전 바야흐로 적과 교전하려고 할 때에 장병들에게 이러한 다짐을 하였다.

周將交刃而誓之, 以治民志也.

이것은 장병들로 하여금 나라를 위해 목숨을 던질 것을 원했기 때문이다. 우왕은 덕을 올바로 세우고 부덕을 공박하는 반면에 무기의 사용을 삼가 하였다.

夏后氏正其德也, 未用兵之刃.

그러므로 그 무기는 단순하여 단지 검과 창 정도였으며, 복잡한 운제雲梯나 병거兵車같은 것을 보유하고 있지 않았던 것이다. 은나라 탕왕은 오직 불의를 치기 위해 무기를 들고 싸웠으며, 주의 무왕은 힘에 의존하여 불의不義를 쳤기 때문에 여러 가지 무기를 사용하게 되었다.

故其兵不難. 殷義也, 始用兵之刃. 周力也, 盡用兵之刃矣,

하夏나라 때에는 공을 세운 자를 모두 궁중에서 시상하였다. 이는 선행을 귀하게 여겼기 때문이다. 은殷나라에서도 큰 죄를 저지른 자를 여러 사람이 모이는 시장에서 사형을 시켰다.

夏賞於朝, 貴善也. 殷戮於市,

이것은 악을 저질러 사회질서를 어지럽히는 자에게 경고하기 위해서였다. 주나라 때에는 하. 은 의 상벌을 겸용하여 나라에 공로 있는 자를 조정에서 시상하는 한편, 큰 죄인은 시장에서 목을 베었다. 이것은 사람들에게 군자의 덕은 권장하고, 악을 행하는 자를 두렵게 하기 위해서였다. 3대의 제왕은 상벌을 다루는 방법은 달랐지만 그 백성을 사랑하는 덕을 드러내기는 마찬가지였다.

威不善也. 周賞於朝, 戮於市, 勸君子懼小人也. 三王彰其德一也.

───

축분(逐奔) 도망가는 적을 추격함. ˋ

불원즉난유(不遠則亂誘) 멀리 추격하지 않으면 적에게 말려들지 않음.

불급즉난함(不及則亂陷) 뒤쫓아가지 않으면 함정에 빠지지 않음.

이인위승(以仁爲勝) 인으로써 승리함.

종수(從綏) 후퇴하는 적을 추격함.

위고(爲固) 굳게 지킴.

유우씨(有虞氏) 중국 고대 전설상의 제왕.

하후씨(夏后氏) 하나라 우왕.

성기려(成其慮) 각자 자기의 생각을 이루게 함. 즉 각자 마음의 태세를 갖추게 함.

대사(待事) 전투를 기다림.

교병(交兵) 싸움이 시작됨.

병지인(兵之刃) 무기. 인(刃)은 칼날. 즉 무기.

귀선(貴善) 선을 존중함.

육어시(戮於市) 죄인을 사람이 많은 시장에서 죽임.

위불선(爲不善) 악을 경계함.

구소인(懼小人) 악을 행하는 소인을 두렵게 함.

3왕(三王) 하(夏)·은(殷)·주(周)의 3대왕.

🎇 병기兵器의 편성編成

병기에는 장단長短과 경중輕重의 차이가 있으며, 그 용도用途가 다르고 다루는 방법도 다르게 마련이다. 이 병기들을 적당히 안배하여 사용하지 않으면 불편하다. 긴 병기와 짧은 병기를 뒤섞어서 수비한다.

兵不雜則不利, 長兵以衛, 短兵以守, 太長則難犯,

병기가 너무 길면 사용하기 어렵고, 너무 짧으면 적을 찌를 때 닿지 않는다. 병기가 가벼우면 날카롭게 휘두를 수는 있지만, 다른 부대와 행동통일이 잘 되지 않아 행동이 산란하기 쉽고, 너무 무거우면 동작이 더디어서 소기의 목적을 달성하기 어렵다.

太短則不及, 太輕則銳, 銳則易亂. 太重則鈍, 鈍則不濟.

병거兵車를 하夏나라에서는 구거鉤車라고 불렀으며 그 구조가 바른 것을 제일로 쳤다. 은나라에서는 인거寅車라고 하며 속도가 빠른 것을 제일로 쳤다. 그리고 주나라에서는 원융元戎이라고 하여 정교한 것을 제일로 쳤다

戎車夏後氏日鉤車, 先正也. 殷日寅車, 先疾也. 周日元戎, 先良也.

병거 위에 세운 깃발은 하나라 우왕은 상부를 검게 물들였는데 이것은 사람의 머리칼을 표시하여 인도人道를 상기하게 한 것이다. 은나라는 흰색으로 이것은 하늘의 의義를 상징한 것이고, 주나라는 황색으로 이것을 땅地의 도道를 표시한 것이다.

旗, 夏後氏玄首. 人之勢也. 殷白, 天地義也. 周黃地之道也.

투구의 휘장揮章은 하나라 시대에는 해와 달의 모양을 나타내었는데 이것은 밝은 빛을 소중히 여긴다는 표시이며, 은나라에서는 호랑이 무늬를 나타내었는데 이것은 무위武威를 표시한 것이고, 주나라는 용龍을 그렸는데 이것은 문덕文德을 숭상한다는 의미이다.

揮章, 夏後氏以日月, 尙明也. 殷以虎, 尙威也. 周以龍, 尙文也.

병부잡(兵不雜) 병기를 고루 갖추지 못함.
장병(長兵) 긴 병기.
단병기(短兵) 짧은 병기.
위(衛) 방위함.
태장(太長) 너무 길다.
난범(難犯) 사용하기 어려움. 범(犯)은 용(用) 의 뜻.
부제(不濟) 이루지 못함.
융거(戎車) 병차(兵車). 융(戎)은 전쟁의 뜻.
선질(先疾) 빠른 것을 제일로 여김. 질(疾)은 속(速)의 뜻.
현수(玄首) 위가 검음.
장(章) 휘장. 투구의 휘장.

위엄威嚴의 중용中庸

군대는 너무 위엄을 내세우면 국민의 사기가 죽어 전투력을 제대로 발휘하지 못하고, 그렇다고 위엄이 너무 적으면 국민의 정신이 해이해져 통솔하기가 어렵다. 지배자가 국민에게 임무를 부과할 때 의義에 따르지 않으면 국민들도 그 분수를 지키지 못하고, 전문가도 그 기술을 발휘하지 못하며, 우마牛馬도 제대로 부리지 못하게 된다.

師多務威, 則民詘. 少威, 則民不勝, 上使民不得其義, 百姓不得其叙,
技用不得其利, 牛馬不得其任,

그리고 관리는 그 위엄을 빌어 백성을 괴롭히는 일이 많다. 이를 가리켜
위엄을 너무 내세운다고 말한다. 위엄을 너무 내세우면 국민은 사기가 위축된
다. 무릇 지배자가 유력한 선비를 존중하여 국사에 등용하지 않고 아첨배의
무리에게 벼슬을 시키며, 도를 숭상하지 않는 자를 존중하여 등용하지 않고
단지 용감하고 기력이 강한 자를 등용하며, 명령에 순종하는 자를 귀히 여기
지 않고 명령을 어기는 자를 귀히 여기며, 선행을 하는 자를 아끼지 않고 폭행
을 하는 자를 아끼는 것을 가리켜 위엄이 적다고 말하며, 위엄이 적으면 백성
을 통제하지 못한다.

有可陵之, 此謂多威, 多威則民詘. 上不尊德, 而任詐慝, 不尊道,
而任勇力, 不貴用命而貴犯命, 不貴善行而貴暴行, 陵之有可, 此謂少威,
少威則民勝.

─

사(師) 군사. 군대.
무위(務威) 위엄을 내세움.
굴(詘) 기가 위축됨.
불승(不勝) 통제하지 못함.
상(上) 천자 또는 위정자.
불득(不得) 할 수 없음.
서(叙) 분수. 직분.
기용(技用) 어떤 일에 뛰어난 재능을 가진 자.
존덕(尊德) 덕이 있는 자를 존중함.
유사(有司) 관리.
이(利) 뛰어난 기능.
사특(詐慝) 덕이 없고 간사한 자.
불귀(不貴) 귀중히 여기지 않음.

용명(用命) 상부의 명령을 존중하지 않는 자.

능지(陵之) 경멸함.

※ 여유있게 행동하라

군대는 모름지기 여유 있게 행동해야 한다. 이렇게 하면 자연히 병사들에게 여력餘力이 생기게 마련이다.

軍旅以舒爲圭, 叙則民力足.

비록 적군과 어울려 전투를 할 때에도 보병은 함부로 뛰지 않고, 수레는 멋대로 달리지 않으며, 패주하는 적을 추격할 때에도 행렬에서 벗어나지 않고, 전군은 끝까지 하나로 뭉쳐 질서를 잃지 말고 행동해야 한다.

雖交兵致刃, 徒不趨, 車不馳, 逐奔不踰列, 是以不難

군의 진영이 견고한 것은 전투대열의 질서를 잃지 않고, 인마人馬의 힘을 탕진하지 않으며, 군령軍令을 어겨서 뒤늦게 행동하거나 또는 지나치게 재빨리 행동하지 않는 데서 나오는 것이다.

軍旅之固, 不失行列之政, 不絶人馬之力, 遲速不過誡命.

군려(軍旅) 군대. 사(師)와 같음.

서(舒) 여유 있게 행동하여 서두르지 않음.

교병치인(交兵致刃) 적과 무기를 맞대고 싸움.

추(趨) 달려감.

거(車) 병차.

축분(逐奔) 패주하는 적을 추격함.

유열(踰列) 대열에서 떠나 앞으로 나아감.

정(政) 정령(政令).

불절(不絶) 다 소모하지 않음.

계명(誡命) 명령.

🧩 문무文武는 좌우左右다

옛날에는 조정의 정치에 참여하는 문관이 국방에 전념하는 무관의 일에 개입하지 않고, 무관이 조정의 정치에 개입하지 않았다.

古者, 國容不入軍, 軍容不入國.

무관이 조정의 정치에 개입하면 병사의 무덕武德이 퇴폐된다. 그리고 조정의 문관이 군에 개입하면 병사의 무력이 약화된다.

軍容入國. 則民德廢, 國容入軍, 則民德弱.

그러므로 관官에서는 강화에 문채文彩가 있어 온화하고, 군중에서는 자기수행에 힘써 사람을 공손히 대하고, 군왕의 부름을 받지 않는 한 앞에 나서지 않고, 군왕의 물음을 받지 않는 한 경솔하게 나라 일에 대하여 진언을 하지 않는다. 좀처럼 나서지 않고 쉽사리 물러나는 것이 국사를 돌보는 자의 예의이다.

故在國言文而語溫, 在朝恭以遜, 修己以待人, 不召不至, 不問不言, 難進易退.

군대에서는 머리를 들고 똑바로 서야 한다. 대열 속에 있을 때에는 남에게 떨어지지 않고 용감하게 앞사람을 뒤쫓아 나서야 한다. 갑옷을 입은 자는 상관 앞에서는 허리를 굽혀 경례할 필요가 없으며, 병거 타고 있을 때에는 경례를 하지 않는다. 성 위에서는 허리 굽혀 가지 않고, 위험한 일에 봉착하였을 때에는 연령을 따져 예의를 갖추지 않는다.

在軍抗而立, 在行逐而果, 介者不拜, 兵車不式. 城上不趨, 危事不齒.

그러므로 적과 법도는 표리일체表裏一體이며, 문관과 무관은 쌍벽을 이뤄 서로 긴밀히 관계를 갖고 한 나라를 이끌어간다.

故禮與法表裏也, 文與武左右也.

――――

언문이어온(言文而語溫) 언어가 품위가 있고 부드러움.
항이입(抗而立) 고개를 똑바로 들고 섬.
재행(在行) 행오(行五)에 있을 때.
축이과(逐而果) 뒤지지 않도록 달려 과감함.
개자(介者) 갑주를 착용한 병사.
불식(不式) 허리 굽히지 않음.
불추(不趨) 상관 앞에서 허리를 굽히고 잰걸음으로 지나감.
위사불치(危事不齒) 위급할 때에는 연령을 따져 예의를 갖추지 않음 치(齒)는 연령.

※ 명민지덕明民之德

옛날의 현명한 군주는 백성의 도덕을 진흥시켜 그 마음속에 자라는 선善을 잘 길러 주었으므로 버려야 할 낡은 덕성德性이 있을 수 없었고, 쓸모없는 국민도 찾아볼 수 없었다. 이리하여 특별히 상을 주어 격려할 자가 없고, 법을 적용할 죄인도 있을 수 없었던 것이다.

古者賢王明民之德, 盡民之善, 故無廢德, 無簡民賞無所生罰無所試.

순임금은 상벌을 주지 않고도 국민을 군사로 징발하여 싸움터에 내보내기에 지장이 없었다. 이것은 덕의 극치이다.
하夏나라는 상만 주고 벌은 주지 않았다. 이것은 교화敎化의 극치이다.

은殷나라는 백성을 처벌만 하고 상을 주지 않았다. 이것은 위엄의 극치이다.

주周나라 때 와서는 상賞도 주고 벌伐도 주었다. 이것은 도덕이 그만큼 쇠퇴기에 접어들었다는 것을 보여주는 것이다.

시기를 놓치지 않고 상을 주는 것은 국민으로 하여금 선을 행하면 유리하다는 것을 빨리 알게 하려 하기 때문이다.

有虞氏不賞不罰而民可用, 至德也. 夏賞而不罰, 至敎也.
殷罰而不賞, 至威也. 周以賞罰德衰也, 賞不踰時. 欲民速得爲善之利也.

그리고 죄지은 자를 따로 조용히 벌하지 않고 병사들 앞에서 즉결에 처하였던 것은, 병사들로 하여금 악을 저지르면 이런 해가 돌아온다는 것을 보여주기 위해서였다.

罰不遷列, 欲民速覩爲不善之害也 .

명덕(明德) 덕을 밝혀 드러냄. 즉 덕을 권장하고 진흥시킴.

폐덕(廢德) 낡아서 쓸모없게 된 덕.

간민(簡民) 간(簡)은 고르다. 골라서 내버린 백성.

시(試) 사용함. 적용함.

불유(不踰) 넘기지 않음. 연기하지 않음.

천열(遷列) 행렬을 옮김. 즉 열에서 따로 끄집어냄.

도(覩) 봄.

※ 겸양謙讓의 극치極致

큰 승리를 거두었을 때에는 상을 주어 표창하지 않았다. 그러므로 대장이나 병졸을 막론하고 그 공로를 자랑하지 않았다. 그렇게 되면 대장은 교만해지지 않고, 병졸들은 모두가 평등해진다. 이것은 겸양의 극치이다.

大捷不賞, 上下皆不伐善. 上筍下伐善, 則不驕矣. 下筍不伐善,
必亡等矣. 上下不伐善若此, 讓之至也.

크게 패했을 때에는 처벌을 가하지 않았다. 그러므로 대장이나 병졸들은
패배에 대한 불찰이 자신에게 있다고 생각하였다. 이렇게 되면 대장은 반드시
그 잘못을 뉘우치고, 병졸들은 반드시 그 잘못을 되풀이하지 않을 것이다.

大敗不誅, 上下皆以善在己. 上筍以不善在己, 必悔其過.

대장과 병졸이 패배에 대한 책임을 분담하면 이것은 겸양의 극치이다. 옛
날에 국경의 수비대원은 1년의 임기를 마치면 3년 동안 세금을 내지 않게 하
였는데, 이것은 백성의 노고를 위로하기 위해서였다. 백성은 제왕을 위하여
노역에 복무하고, 제왕이 백성의 노고를 이와같이 위로함은 피차 보답을 하는
친화親和의 극치이다.

下筍以不善在己, 必遠其罪. 上下分惡若此, 讓之至也. 古者,
戍兵三年不典, 覘民之勞也. 上下相報若此, 和之至也.

전쟁에 승리를 거두어 뜻을 이루면 개가를 부르면서 돌아오는 것은,
기쁨을 표시하기 위함이었다. 그리고 당분간 무기를 들지 않을 것을 영대
靈臺 아래서 선언하고, 연회를 베풀어 장병의 노고를 위로하는 것은 휴식을 의
미하는 것이다.

得意側愷歌, 示喜也. 偃伯靈臺, 答民之勞, 示休也.

───

대첩불상(大捷不賞) 대승에 대해서는 몇몇 유공자만 골라서 시상을 하지 않음.
벌(伐) 자랑함.
순(筍) 진실로.
불교(不驕) 교만하지 않음.

망등(亡等) 등급이 없음.

양지지야(讓之至也) 겸양의 극치이다.

주(誅) 벌을 내림.

불선(不善) 잘못. 여기서는 패전의 책임.

분악(分惡) 패전의 책임을 나눠서 짐.

수병(戍兵) 변경의 수비병. 1년이 복무기간이었음.

부전(不典) 세금징수 대상에 이름을 올리지 않음. 전(典)은 장부.

득의(得意) 뜻을 이룸. 즉 전승의 소원을 성취함.

언백(偃伯) 패자가 전쟁을 안 함.

영대(靈臺) 주나라 문왕이 세운 대의 이름. 기상을 관찰하는 대였음.

03

정작定爵

※ 작은 죄罪를 크게 벌하라

전쟁에는 우선 장군 이하 사병에 이르기까지 그 계급과 지위를 정하고 공적과 범죄에 대한 상벌을 분명히 하여야 한다. 그리고 변설에 능하고 책략策略에 뛰어난 자를 채용하고 천자의 칙령勅令을 되풀이해서 친절히 알리는 동시에 부하들의 의견도 묻고 그 기능을 발휘하게 하여야 한다.

凡戰, 定爵位, 著功罪, 收遊士, 申敎詔, 訊厥衆, 求厥技.

그들의 견해를 비교해 봄으로써 실정을 아는 한편, 또한 전투능력을 기르고, 각자의 재능을 충분히 발휘하도록 해주고 민심의 동향을 참작하여 그때에야 군사를 일으켜야 한다.

方慮極物, 變嫌推疑, 養力索巧, 因心之動.

전쟁에 있어서는 휘하 장병들을 하나로 굳게 뭉치게 하고, 유리한 지세에 따라 움직이며, 명예심을 기르고 법령을 간단하게 하여 형벌의 조항을 줄이며, 조그마한 죄를 지은 자를 즉석에서 극형에 처하면, 사소한 죄를 저지른 다른 병사들은 두려워하여 다시는 범죄를 저지르지 않고, 큰 죄를 저지는 자는 이로 말미암아 스스로 반성하여 자신의 잘못을 뉘우치게 된다.

凡戰, 固衆相利, 治亂進止, 服正成恥, 約法省罰, 小罪乃殺, 小罪勝, 大罪因.

정작위(定爵位) 계급과 직위를 정함. 여기서는 대장부터 사병에 이르는 계급과 직위를 말함.

저공죄(著功罪) 상과 벌을 주어 남의 눈에 나타나게 함.

유사(遊士) 변론과 책략에 뛰어난 모사(謀士)

교조(敎詔) 천자의 칙령.

신(申) 되풀이해서 설명함.

궐중(厥衆) 그 부하 장병. 궐(厥)은 기(其)의 뜻.

궐기(厥技) 그 특기.

방려(方慮) 장병들의 견해를 비교함.

변혐추의(變嫌推疑) 혐의가 있으면 이를 풀어버리다.

극물(極物) 사물의 추이를 잘 파악함.

양력(養力) 병사들을 휴양시켜 전투력을 기름.

색교(索巧) 재능을 연마하고 기술을 깊이 닦음.

인심지동(因心之動) 민심의 움직임을 잘 헤아려 이것을 기초로 하여 군사행동을 함.

✳ 5려五慮

전쟁을 수행함에 있어서는 하늘의 도리에 따르고, 재력을 풍족하게 하며 장병들을 기쁘게 하고, 지세를 잘 이용하며 무기를 존중해야 한다. 이것을 5려五慮 라 한다.

順天, 阜財, 懌衆, 利地, 右兵, 是謂五慮.

하늘의 도리에 따른다는 것은 계절과 기후 등 자연의 시기에 수응함을 말하고, 재물을 풍족하게 함은 적국의 재물을 탈취하여 사용함을 뜻하며, 장병을 기꺼이 따르게 한다는 것은 그들을 자발적인 의사로 따르게 하기 위함이고, 지세를 잘 이용한다는 것은 좁고 험한 곳을 지켜 적은 병력으로 대적을 능히 물리칠 수 있게 함을 말한다. 또 무기를 존중한다는 것은 활과 화살로 적을 방어하고, 팔모창과 삼모창으로 적을 수비하며, 창과 미늘창으로 수비를 보조케 함을 말한다.

順天奉時, 阜財因敵, 懌衆勉若, 利地守隘險阻, 右兵弓矢禦, 殳矛守,
戈戟助.

이 다섯 가지 무기는 각각 특색이 있어 그 사용법이 다르다. 긴 무기는 짧은 무기를 방어하고, 짧은 무기로는 긴 무기를 구호한다.

凡五兵五當, 長以衛短, 短以救長,

그러므로 이 다섯 가지를 잘 배치하여 이용하면 서로 교대하여 나가 싸울 때에는 오랫동안 버틸 수 있으며, 전군이 일제히 출동하여 싸울 때에는 강한 힘을 발휘할 수 있다.

疾戰則久, 皆戰則强,

전투에는 때와 장소에 따라 부대를 교대로 싸우게 할 경우도 있고, 전군을 동원하여 승패를 결정하는 경우도 있다. 만일 적군이 아군이 갖고 있지 않은 병기를 소유하고 있을 때에는 이것을 본받아 그 병기를 제작하여 적어도 적군과 동등한 전투력을 갖고 있어야 한다. 이것을 가리켜 쌍방의 장단점을 겸용한다고 한다.

見物與侔, 是謂兩之. 主固勉若, 視敵而擧.

대장은 모름지기 마음을 굳게 다짐하고 동요해서는 안 되며, 되도록 부하들의 의견도 존중하여, 반드시 적의 허점을 노려서 공격을 가해야 한다. 대장의 마음이나 사병의 마음은 각양각색이다.

將心心也, 衆心心也.

즉 사람의 개성이 다르다. 그러므로 이것을 잘 단합시켜 통솔해 나가야 한다. 말은 잘 길들여 있고 소는 힘이 강하며, 병거는 튼튼하고 병기는 예리하며 병사는 지칠 줄 모르고, 늘 굶주림을 모를 때, 비로소 힘이 솟는 것이다. 그러므로 모름지기 평소에 힘을 기르도록 해야 한다. 따라서 병사에 대한 훈련은 평소에 철저히 하고, 적과 싸울 때에는 절도가 있어야 한다. 장군은 예컨대 인간의 동체와 같은 것이다. 그리고 한 소대는 그 손발에 해당되며, 한 분대는 손가락과 마찬가지라야 한다.

馬牛車兵佚飽力也. 敎惟豫, 戰惟節. 將軍身也, 卒肢也, 五指拇也 .

부재(阜財) 재력이 풍족함. 부(阜)는 다(多)의 뜻.

역중(懌衆) 국민이나 병사의 마음을 기쁘게 함.

우병(右兵) 무기를 존중함. 우(右)는 상(尙)의 뜻.

수(殳) 팔모 창.

이지(利地) 지세를 이용함.

면약(勉若) 따르려고 노력함. 약(若)은 종(從)의 뜻.

오병오당(五兵五當) 다섯 가지 무기가 각각 특장이 있어 쓰이는 곳이 다름.

질전(疾戰) 교대로 나아가 싸움.

견물(見物) 물건을 봄. 즉 적의 새로운 병기를 봄.

모(侔) 같게 함.

양지(兩之) 쌍방의 장점을 겸하여 사용함.

주고(主固) 대장이 마음을 굳게 먹음.

시적이거(視敵而擧) 적의 허점을 노려 공격함.

장심심야(將心心也) 장수의 마음도 개성이 있는 한 인간의 마음이다.

일포(佚飽) 편하고 배불리 먹음.

교유예(敎惟豫) 훈련을 평소에 미리 함.

전유절(戰惟節) 싸움을 절도 있게 함.

✸ 권모權謀와 용맹으로 승리하라

무릇 전쟁이란 권모權謀로써 승리를 거두는 것이며, 전투란 용맹으로써 승리를 거두며, 포진布陣이란 교묘하게 함으로써 승리를 거둘 수 있는 것이다. 그리고 우리 편의 가장 장기인 전투수단을 사용하고 적에 대해서는 큰 타격을 줄 수 있는 전투력을 발휘하며, 결코 장기도 아니고 적에게 타격을 줄 수 없는 전투력은 폐기한다. 그리고 적에 대해서는 이와 반대로 한다. 즉 적의 장기는 되도록 피하거나 적절히 분산시켜, 그 전투력의 약화를 꾀할 것이다.

凡戰權也, 鬪勇也, 陣巧也. 用其所欲, 行其所能, 廢其不欲不能, 於敵反是.

적과 싸우려면 천시天時와 재물과 계획이 있어야 한다. 교전할 좋은 기회를 놓치지 않고 거북점으로 승리할 길조吉兆를 얻어 교묘하게 행동함으로써 남들이 예측할 수 없게 하는 것을 천시를 얻었다고 한다.

凡戰有天, 有財, 有善. 時日不遷, 龜勝微行, 是謂有天.

국민의 소유물이 넉넉하여 의. 식. 주에 부족함이 없어 스스로 충성과 봉사와 그밖의 많은 선행을 하게 되는 것을 재물이 있다고 하며, 국민 각자가 전쟁에 적응할 수 있는 훈련을 쌓고, 모든 정세를 잘 파악하여 만반의 준비를 갖추는 것을 가리켜 계획이 서 있다고 말한다.

衆有有, 因生美, 是謂有財. 人習陣利, 極物以預, 是謂有善.

––––

권(權) 권도.
용기소욕(用其所欲) 아군이 하고 싶은 바를 함. 기(其)는 아군을 가리킴.
행기소능(行其所能) 아군의 잘하는 특기를 사용함.
어적반시(於敵反是) 적에 대해서는 이와 반대로 해야 함. 즉 적이 하려는 작전을 방해하고, 적의 능한 전투력을 행사 못하게 함.
유선(有善) 좋은 계획이 있음.
귀승(龜勝) 거북이 껍질을 불살라 승전의 점괘를 얻음.
미행(微行) 일을 미묘하게 행하여 사람들이 예측하지 못하게 함.

중유유(衆有有) 국민의 각자 소유가 넉넉함.
생미(生美) 미덕과 선행이 생김.
진리(陣利) 진지에 이롭게 적용할 수 있는 방법.
극물(極物) 사물의 사정을 파악함.

임무를 기꺼이 완수케 하라

사람들이 각자 자기 임무를 충실히 수행하여 나라에 충성하는 것을 가리켜 국민을 즐겁게 한다고 말한다.

人勉及任, 是謂樂人.

대군의 병력이 견고하고, 병사들의 기력이 왕성하며, 자주 훈련을 쌓아 번거로운 일을 감당할 수 있고, 사물을 분별하여 처리하며, 갑자기 어떤 일이 벌어져도 이를 잘 처리해 나가는 것을 행예行禮라고 한다.

大軍以固, 多力以, 堪煩物簡治, 見物應卒. 是謂行豫.

성능이 좋은 병거와 행동이 민첩한 보병과 활로써 굳게 진지를 방어하는 것을 대군大軍이라고 말한다.

輕車輕徒, 弓矢固禦, 是謂大軍

포진布陣이 교묘하여 적의 눈에 뜨이지 않고 진중陣中이 조용하고 병사들의 사기가 충만한 것을 고진固陳이라 하고, 이 견고한 진지에 의해 전투하는 것을 다력多力이라고 한다.

密靜多內力. 是謂固陣. 因是進退. 是謂多力.

상관이 한가한 틈을 타서 부하에게 전법을 가르쳐서 이에 익숙케 하는 것을 번진煩陣이라고 한다. 각자의 직책을 완수하는 것을 감물堪物이락 하며, 이렇게 하여 사물에 대하여 정확한 판단을 내려 일을 처리하는 것을 간치簡治라고 한다.

上暇人敎, 是謂煩陣. 然有以職, 是謂堪物. 因是辨物, 是謂簡治.

───

인면급임(人勉及任) 국민 각자가 모두 자기의 임무를 완수함.

락인(樂人) 국민을 즐겁게 함.

다력이번(多力以煩) 훈련을 자주하여 군사력이 강함.

감물간치(堪物簡治) 복잡한 일을 잘 파악하여 간략히 처리함.

졸(卒) 갑자기. 조지에.

행예(行豫) 평소에 미리 준비함.

내력(內力) 사기(士氣).

상가인교(上暇人敎) 상관이 틈 있는 대로 병사를 가르침.

번진(煩陣) 군사 훈련을 자주함.

🎇 불화와 불신을 없애라

아군 병사의 많고 적음을 참작하여 지세를 잘 이용하고, 적의 강약 또는 허실에 따라 진을 치며, 공격과 수비, 전진과 후퇴에 질서가 있고, 병거와 보병이 서로 긴밀한 연락을 취하는 것을 전참戰參이라고 한다.

稱衆因地, 因敵令陣, 攻戰守, 進退止, 前後序, 車徒因, 是謂戰參.

병사가 상관의 명령에 복종하지 않고 그 말을 믿지 않으며, 상하가 서로 협력하지 않고 자기소임을 게을리하며, 매사에 의심을 품고, 싸움을 혐오하고 두려워하고 화목하지 않으며, 목숨에 집착하고 용기가 위축되며, 난잡하고 방자하며, 마음이 산란하고 긴장이 풀리는 것을 전환戰患이라고 한다.

不服, 不信, 不和, 怠, 疑, 厭, 攝, 枝, 柱, 詘, 煩, 肆, 崩, 緩, 是謂戰患.

교만하고 비겁하며, 언쟁이 그치지 않고 두려워하며, 일을 저지르고서는 후회하는 것을 훼절毁折이라고 한다.

驕驕, 攝攝, 吟曠, 虞懼, 事悔, 是謂毁折.

대규모 전투를 해야 할 경우에 대규모의 전투를 하고, 소규모 전투를 해야 할 때에 소규모 전투를 하고, 엄해야 할 때에는 엄하고, 유해야 할 때에는 유하게 행동하며, 병력을 합쳐야 할 때에는 합치고, 나눠야 할 때에는 나누며, 다수의 군사를 동원하여 싸워야 할 때에는 다수의 군사로 소수의 군사를 동원해야 할 때에는 소수의 군사로 싸워 이 양자가 병행되어 한 쪽이 기울어지지 않는 것을 전권戰權이라고 하는 것이다.

大小, 堅柔, 參伍, 衆寡, 凡兩是謂戰權.

▬

칭중(稱衆) 병력을 헤아림.

인지(因地) 지세에 따름.

전후서(前後序) 전군과 후군의 질서가 정연함.

거도인(車徒人) 병차와 보병이 서로 긴밀한 연락을 취함.

섭(攝) 두려워 함.

지(枝) 방자함.

주(柱) 한 가지 일에 빠져 융통성이 없음.

굴(詘) 굽힘. 위축됨.

사(肆) 방자함.

붕(崩) 마음이 산란함.

완(완) 긴장이 풀림.

음광(吟曠) 신음소리와 불평소리.

우구(虞懼) 근심에 쌓여 두려워 함.

사회(事悔) 일이 끝난 다음 후회함.

훼절(毁折) 패전.

삼오(參伍) 변화무쌍함을 뜻함.

양(兩) 양립함.

전권(戰權) 전쟁의 권변.

◈ 부하에게 은혜를 베풀라

먼 곳에 있는 적의 동태에 대해서는 간첩을 보내어 알아오도록 하고, 가까이 있는 적은 그 모습을 보고 실정을 파악해야 한다. 그리고 적과 접전할 때에는 천시天時에 따라 적절한 대처를 강구하고, 아군의 자재정資財政의 다소에 의해 책략을 세우는 동시에 신의를 존중하고 의혹을 배격해야 한다. 정의에 의하여 군사를 일으키면 사기士氣가 오르고 좋은 기회를 포착하여 전투를 개시하면 승리를 거두기 쉬우며, 부하를 은혜恩惠로써 다스리면 잘 복종한다.

凡戰, 間遠觀邇, 因時因財, 貴信惡疑. 作兵義, 作事時, 使人惠.

적을 보고는 조용히 접전할 때를 기다려야 하며, 만일 아군들이 놀라서 소란을 피우면 여유 있게 이를 진정시켜야 하며, 아군의 위기가 닥쳤을 때에는 부하들의 희생을 되도록 적게 내도록 명심하여야 한다. 평시에 조정에서 국사를 살필 때에는 백성을 사랑하여 많은 혜택을 베풀고 신의를 존중해야 하며, 군에 있을 때에는 마음이 너그러워 부하들을 잘 포용하고 무용武勇으로써 적을 위압해야 한다.

見敵靜, 見亂暇, 見危難, 無忘其衆. 居國惠以信, 在軍廣以武,

적과 교전할 때에는 과감하고 민첩해야 한다. 조정에 있을 때에는 유순하고 군에 있을 때는 법을 엄히 세우고, 적과 교전할 때에 피아彼我의 정세를 잘 통찰해야 한다.

刃上果以敏. 居國和在軍法. 刃上察.

이와같이 하면 조정에 있을 때에는 저마다 호감을 갖게 되고, 군에 있을 때는 병사들이 잘 복종하며, 적과 교전할 때는 병사들이 신뢰하게 된다.

居國見好, 在軍見方, 刃上見信.

──

간원(間遠) 적이 멀리 있을 때 간첩을 보냄.
관이(觀邇) 적이 가까이 있을 때는 직접 관찰하여 적정을 알음.
인시(因時) 천시에 의거함.
오의(惡疑) 의심을 미워함.
작병(作兵) 군대를 일으킴.
작사(作事) 전투를 시작함.
사인혜(使人惠) 국민에게 은혜를 베풀음.
견란가(見亂暇) 난동이 있을 때 침묵하여 여유를 가짐.
거국(居國) 평상시.
이무(廣以武) 부하에게 관대하여 용감하게 함.
인상(刃上) 적과 교전함.
견방(見方) 따라옴. 견위(見爲)의 뜻. 방향을 말함.

⁂ 부하를 다스리는 법

포진布陣의 행렬에서 병사와 병사의 사이에 상당한 간격을 두어 병기를 사용하기에 편하도록 하고, 결전決戰을 시도할 때에는 대오隊伍를 좁히어 힘을 더욱 단합시킬 수 있어 이점이 많도록 하며, 병기는 여러 가지를 잘 안배하여 사용하도록 한다.

凡陣行惟疏, 戰惟密, 兵惟雜.

병사들에게는 포로들에게도 인정을 베풀도록 가르쳐야 한다. 어떠한 경우에도 진중陣中이 조용하고 침착하게 행동하면 질서가 잡혀지고, 명령은 분명히 해야 효용이 있다.

人敎厚, 靜乃治, 威利章. 相守義則人勉.

상하가 서로 신의를 지키면 병사들은 자진하여 직무를 완수하기 마련이며, 대장의 책략이 성공을 거두면 병사들은 그 수완에 탄복하여 잘 따르게 되고, 부하들이 진심으로 잘 따르게 되면 규율은 스스로 잡히게 마련이다. 전투목표가 정해져 분명한 기치旗幟를 세우면 병사들의 눈도 하나로 쏠리게 된다.

慮多成則人服. 時中服, 厥次治. 物旣章, 目乃明,

작전에 대한 책략이 결정되면 병사들은 각오를 굳게 하기 마련이다. 모름지기 진격할 때에 진격하고 후퇴할 때 후퇴하며, 망설이지 말아야 한다. 그리고 적군을 보고서 비로소 작전계획을 세워서는 이미 때가 늦게 된다.

慮旣定, 心乃强. 進退無疑, 見敵無謀,

죄를 저지른 자를 징벌할 때에 상대방을 잘 알아보고 당당히 처단해야 한다. 병사들에게 그 명을 숨겨서는 아니 되고 아군의 기치를 변경하여 적을 속이지 말아야 한다. 모든 일에 정도를 향하면 오래 번성할 수 있고, 옛 성인의 도를 따르면 일을 성취하기 쉽다. 병사들과 서약을 분명히 하면 사기가 오르고 전시에 나오는 불길한 징조들을 무시할 수 있다.

聽誅, 無誑其名, 無變其旗. 凡事善則長, 因古則行, 誓作章, 人乃强, 滅厲祥.

유소(惟疏) 섬기게 함.
병유잡(兵惟雜) 무기를 고루 섞어 사용함.
인교후(人敎厚) 병사들에게 돈후와 성실을 가르침.
위이장(威利章) 위엄과 명령은 명료한 것이라야 함.

여다성(慮多成) 장군의 책략이 많이 성공함.

시(時) 시(是)의 뜻.

중복(中服) 진심으로 복종함.

궐(厥) 기(其)의 뜻.

물기장(物旣章) 기치의 빛깔이 뚜렷함.

견적무모(見敵無謀) 적군을 앞에 두고 책략을 세우지 말것.

청주(聽誅) 죄 있는 자를 벌할 때는 반드시 사정을 들어 밝힌 후 처벌할 것.

무광기명(無誆其名) 토벌해야 할 명분을 속이지 말 것.

서작장(誓作章) 국민에게 서고(誓告)함을 명백히 함.

인내강(人乃强) 병사들이 강하여 짐.

여상(厲祥) 불길한 징조.

※ 인인정정人人正正하라

불길한 징조를 일소해 버리는 길에는 두 가지가 있다. 첫째는 정의, 즉 정도이다. 다시 말하면 천자의 신의를 널리 천하에 펼치는 동시에 강력한 대군으로 이들 제국에 대해 제왕의 기업을 성취하고, 혼란한 천하의 정세를 통일하면, 여러 나라 백성들은 저마다 환영할 것이다. 이것을 가리켜 백성의 심신에 아울러 작용한다고 말한다.

滅厲之道, 一曰義, 被之以信, 臨之以强. 成其一天下之形, 人衰不說, 是謂兼用其人.

그리고 또 하나의 방법은 권도이다. 적의 군주가 해이해진 것이 아니라, 스스로 낮추어 무기력한 체 하여 더 교만한 마음이 넘치게 하고, 소중히 하는 것을 뺏은 다음, 밖으로 군사를 동원하여 적을 공격하는 동시에 간첩을 보내어 적의 군신을 이간시켜 승리를 거두는 것이다.

一曰權, 成其溢, 奪其好, 我自其外, 使自其內,

권도에 7정七政이 있다. 7정이란 첫째, 인재를 등용하고, 둘째 정도正道이며, 셋째 언사를 예의 바르게 하는 것이고, 넷째 책략을 잘 세우는 것이며, 다섯째 불火로 공격하는 것이며, 여섯째 물水로 공격하는 것이며, 일곱째 예리한 병기의 소유이다.

一曰人, 二曰正, 三曰辭, 四曰巧, 五曰火, 六曰水, 七曰兵, 是謂七政.

그리고 권도에는 명심해야 할 것이 네 가지가 있다. 그것은 영광과 이득 및 치욕과 죽음이다. 즉 공로 있는 자는 영광이 있고 이득이 있기 마련이며, 공로 없는 자는 치욕과 죽음이 있을 뿐이니, 선을 권장하고 악을 징계하는 소치가 여기에 있다. 그리고 안색을 부드럽게 하고 아랫사람을 대하는 동시에 한편 위엄을 잃지 않는 것은 다른 사람의 마음을 자기가 뜻하는 바로 돌린다는 하나의 방편에 지나지 않는다.

榮, 利, 恥, 死, 是謂四守. 容色積威, 不過改意, 凡此道也.

이 모든 것은 흉조를 제거하는 방도이다. 어진 자仁者는 반드시 사람들에게 친밀감을 준다. 그러나 자애로운 인仁 만 있고 신의가 없으면 오히려 그 몸을 망치게 된다. 군사를 부릴 때에는 하나의 도구로 간주하지 말고 어디까지나 인간으로 대접하며, 정도를 굳게 지켜 인사는 예의 바르게 하며, 불로 공격할 때는 가장 적합한 때를 택해야 한다.

唯仁有親, 唯仁無信, 反敗厥身. 人人, 正正, 辭辭, 火火.

멸려(滅厲) 불길한 징조를 없앰.
피지이신(被之以信) 신의를 온 천하에 폄.
성기(成其) 제왕의 기업을 성취함.
인막불렬(人寞不說) 만천하의 백성이 기뻐하지 않는 자가 없음. 설(說)은 열(悅)과 같음.
겸용기인(兼用其人) 적국의 백성을 이쪽에서 부림.

성기일(成其溢) 적국 왕을 교만심이 넘치게 함.

탈기호(奪其好) 적 왕이 좋아하는 토지나 신하를 뺏음.

아자기외(我自其外) 밖으로는 이쪽에서 공격해 들어감.

사자기내(使自其內) 안으로 간첩을 들여보내 혼란시킴. 사(使)는 간첩을 가리킴.

인(人) 현인을 등용함.

사(辭) 언사(言辭).

용색(容色) 얼굴이 부드러운 빛.

인인(人人) 사람을 적재적소에 씀. 사람을 사람으로 대우함.

✻ 법령은 민중을 기준으로 세워라

전투에 있어서는 장병의 사기를 북돋워 주고 군령을 발표하여 상벌을 공정히 해야 한다. 그리고 병사를 대할 때는 얼굴빛을 부드럽게 하고, 그들을 말로 교도하며, 위협을 주어 경계시키고, 그들의 소망을 존중하여 일을 맡기며,

凡戰之道, 旣作其氣, 因發其政. 假之以色, 道之以使, 因懼而戒, 因欲而事.

적지를 답사하여 그 제세에 따라 적을 제압하고, 장병들에게 각기 직책을 맡겨 군대의 질서를 세워야 한다. 이것이 전법이다. 모든 장병의 행위를 규제하는 법은 일반 사병을 표준으로 하여 정해야 한다. 그 명성과 행실이 일치되는 자를 장군으로 삼아 법령을 행하게 하면 병사들은 그 법령을 잘 따를 것이다.

蹈敵制地, 以職命之, 是謂戰法. 凡人之行, 由衆之求, 試以名行, 必善行之.

만일 법령을 선포해도 병사들이 이를 잘 지키지 않을 때에는 장수가 솔선수범하여 법령을 지켜 모든 장병이 이를 따르도록 해야 한다. 그리고 법령이 잘 행하여지면 장병들로 하여금 이를 잊지 않도록 되풀이하여 지키게 해야 한다. 이렇게 하여 한 법령이 세 차례 거듭 행하여지면 자연이 하나의 법규로 세

워지는 것이다. 요컨대 사람의 천성에 어긋나지 않고, 사람들이 저마다 이에 따라 지키는 규법을 법이라 한다.

若行不行, 身以將之. 若行而行, 因使物忘, 三及成章, 人生之宜謂之法.

기기(其氣) 병사들의 사기.
발기정(發其政) 군대의 법령을 발표함.
가지이색(假之以色) 낯빛을 부드럽게 하고 부하를 대함.
도지이사(道之以辭) 부드러운 말시로 부하를 타이름.
명행(名行) 명성과 행실.
약행불행(若行不行) 법령을 내려도 그대로 행해지지 않음.
신이장지(身以將之) 몸소 실천하여 대중을 이끌어 나감.
성잔(成章) 법규가 됨.
인생지의(人生之宜) 사람의 본성에 합치함.

※ 문란紊亂한 질서를 바로잡는 길

나라의 어지러움을 바로 잡는 길은 첫째로 인애仁愛, 둘째로 신뢰信賴, 셋째로 대도大道, 넷째로 합일合一, 다섯째로 정의正義, 여섯째로 임기응변臨機應變, 일곱째로 전제專制이다. 군법을 세워 질서를 유지해 나가려면 첫째는 관용해야 하고,

凡治亂之道, 一曰仁, 二曰信, 三曰直, 四曰一, 五曰義, 六曰變,
七曰專. 立法, 一曰受,

둘째는 법을 잘 지켜야 하고, 셋째는 법을 굳게 세워 나가야 되고, 넷째는 일을 신속히 처리해야 하며, 다섯째는 복제服制를 정하고, 여섯째는 직위나 등급을 분명히 하며, 일곱째는 관리는 규정 이외의 난잡한 복장을 하지 말아야 한다.

二曰法, 三曰立, 四曰疾, 五曰御其服, 六曰等其色, 七曰百官宜無淫服.

직(直) 곧은 길.
일(一) 한결같음. 하나로 뭉침.
음복(淫服) 난잡한 복장.
변(變) 권변. 변화에 따라 일에 대처함.
전(專) 전제(專制). 전력(戰力)이 분산되지 않음을 가리킴.
수(受) 받아들임.
입(立) 확립. 법을 굳게 세워 나감.
질(疾) 법의 신속한 처리.
어복(御服) 복장을 통일함.
색(色) 등급에 따른 복장. 복장 색깔의 구분.

정당한 명령은 강행하라

군령이 대장에게서 나온 것을 전제專制라고 한다. 상하를 막론하고 법을 두려워하는 것을 가리켜 법이 실시되고 있다고 한다. 대장은 어느 일부의 견해에만 귀를 기울이는 일이 없어야 하고, 전쟁에서 작은 이익을 탐내는 일이 있어서는 안 된다. 책략이 날로 성취되고 일이 교묘히 착착 이루어져 적이 예측하지 못하는 것을 용병의 도라고 한다.

凡軍事法在己曰專, 與下畏法曰法, 軍無小聽, 戰無小利, 日成行微曰道.

전쟁의 명령이 정도에 맞는데도 장병들이 행하지 않는 것은 명령이 한 곳에서만 나오지 않아 어느 것을 따라야 할지 모르기 때문이다. 이런 경우에는 장군은 강권을 발동해야 한다. 명령에 따르지 않는 자는 군법에 따라 엄히 처단해야 하고, 서로 신뢰하지 않는 경우에는 하나로 결속시켜야 한다. 만일 병사들이 태만한 기미가 보이면 이를 격려하여 군무에 충실하도록 하여야 하고,

의혹을 일으키면 곧 이를 풀어주어 믿게 하여야 한다.

凡戰, 正不行則事專, 不服則法, 不相信則一, 若怠則動之, 若疑則變之,

만일 사병이 상관을 신뢰하지 않으면 이것은 위엄이 모자라는 까닭이므로 명령을 단행하여 이를 반복하는 일이 없어야 한다. 이것이 바로 옛날부터의 군법이다.

若人不信上, 則行其不復, 自古之政也.

———

사법재기(使法在己) 대장이 군령을 자기만 내림.

소청(小聽) 일부의 견해만 받아들임.

일성행미(日成行微) 지모가 날마다 이루어지고 전략을 행함. 미묘함.

정불행(正不行) 정당한 군령이 시행되지 않음

불복즉법(不服則法) 복종하지 않는 병사는 군법으로 엄단함.

행기불복(行其不復) 일단 내린 군령은 반복하지 않음.

04

엄위嚴位

※ 전쟁의 도道

전쟁의 도道는 장병의 계급을 엄정히 하고, 군령軍令을 엄격히 하며, 병사들의 행동이 민첩하고, 사기士氣는 충만하고 남음이 있어야 하고, 상하 장병들이 서로 마음이 합하여 전투에 임하도록 해야 한다.

凡戰之道, 位欲嚴, 政欲栗, 力欲窕, 氣欲閑, 心欲一.

전쟁의 도는 그 지위에 따라 도의 있는 자를 임명하여야 하며, 소대와 분대의 편성을 정확히 하고, 행렬의 순위와 지위를 정하여 종횡縱橫의 진열을 가다듬고 명실상부名實相符 하도록 잘 살펴야 한다. 적을 향하여 서서히 전진할때에는 몸을 앞으로 좀 구부리고, 적을 가까이 접근할 때는 무릎걸음을 한다.

凡戰之道, 等道義, 立卒伍, 定行列, 正縱橫, 察名實. 立進俯,

병사들이 적을 두려워하면 대오隊伍를 좁히고, 전세가 위태로우면 병사들을 모두 앉게 한다. 허실을 잘 알고 있으면, 마음이 한결 가라앉아 병사들은 두려워하지 않는다. 적이 가까이 있을 때는, 휘하 병사들로 하여금 적을 바라보지 않도록 하고 오직 돌진하게만 하면, 마음이 적을 섬멸하려는 데만 쏠려딴 생각을 하지 않게 된다.

坐進跪. 畏則密, 危則坐. 遠者視之則不畏, 邇者勿視則不散.

위욕엄(位欲嚴) 지위와 계급이 엄격하여야 함.
정욕율(政欲栗) 정령이 엄해야 함. 민첩함.

한(閑) 안정되어 조용함. 여유가 있음.

항렬(行列) 배열의 차례.

등도의(等道義) 도의(道義) 있는 자를 등급에 따라 임명함.

졸오(卒伍) 졸은 100명, 오는 5명이 1대임.

찰명실(察名實) 진법에 명실상부한가를 살핌

※ 진격하는 법

대열의 위치는 왼쪽이 하위에 속하고, 바른쪽을 존중하여 대장이 자리 잡고, 그 아래 줄에 병사를 계급에 따라 배치한다. 출발에 앞서 대장이 명령을 내리고 서약할 때 병사들은 앉아서 듣고, 끝나면 서서 행진해 나간다.

位下左, 右下甲. 坐誓, 徐行之.

대장에서 갑주를 입은 보병 하졸에 이르기까지 모두 일정한 지위가 있다. 그 경중에 따라 적재적소에 임명한다. 기병을 출동시킬 때는 함성을 질러 기운을 내게 하고, 병사들이 두려워하면 대열의 간격을 좁힌다. 적을 심히 두려워하여 병사들이 앉았다가 엎드리면 무릎걸음으로 전진하게 하며, 대장은 너그럽게 생각하여 병사들에게 경고와 격려를 하고, 너무 엄하게 책망해서는 안 된다.

位逮徒甲, 籌以輕重, 振馬謀, 徒甲畏亦密之. 跪坐, 坐伏則膝行, 而寬誓之,

군사가 서서 진군할 때는 북을 치며 함성을 지르게 하고, 진정시킬 때는 방울을 울려서 신호를 한다. 밤에 적을 급습하거나 그밖에 필요할 때는 병사들로 하여금 입을 다물게 하고, 마른 쌀가루로 요기를 할 때는 앉게 한다. 무릎걸음으로 전진할 때는 대열을 흩트리지 않도록 질서 있게 밀고 나간다.

起戮鼓而進, 則以鐸止之. 銜枚, 誓糗坐膝行而推之.

지나치게 비겁하거나 대열에서 이탈하여, 죽어 마땅한 자는, 망설이지 말고 곧 처치해야 한다. 그리고 대장이 환호성을 지르면서 앞장서 나가는 데도 병사들이 여전히 크게 두려워하고 공포심에 떨고 있으면 병사들을 죽여서는 안 된다. 왜냐하면 죽이면 죽일수록 더욱 공포심을 일으키기 때문이다, 이럴 때는 너그러운 얼굴로 용서하고, 장차 공을 세워 속죄하라고 타이르고 나서 그 직책을 완수케 해야 한다.

執戮禁顧. 諜以先之. 若畏太甚則勿戮殺. 示以顔色, 告之以所生,
循省其職.

―――

위하좌(位下左) 지위는 왼쪽이 아래임. 이것은 문관의 경우와 반대임.

좌하갑(左下甲) 오른쪽은 갑옷 입은 병사를 아래에 세움, 즉 장군이 오른쪽 위에 서고, 그 밑에 계급에 따라 갑사(甲士)를 배열했음.

체(逮) 미침.

도갑(徒甲) 갑옷 입은 보병.

수이경중(籌以輕重) 그 지위의 경중을 따라 임명함.

조(譟) 함성을 지름.

함매(銜枚) 재갈을 물림.

구좌(糗坐) 마른음식을 앉아서 먹음. 구(糗)는 휴대용으로 말린 음식.

집륙금고(執戮禁顧) 죽일 때는 돌아보지 말고 죽임.

순성(筍省) 도로 찾음.

※ 승리의 길

3군을 다스림에 있어서는 병사들에 대한 경계는 한나절이 넘기 전에 철저히 해야 하며, 병졸들의 금기사항은 일순간에 철저하도록 해야 한다. 그리고 한 부대의 병졸들은 분산하여 식사를 하지 못하도록 하고, 대장의 명령에 의혹하는 자가 있으면, 이를 설명하여 납득시켜야 하며, 명령은 변경하지 말고 장병에게 반드시 이에 복종하도록 해야 한다.

凡三軍, 人戒分日, 人禁不息. 不可以分食, 方其疑惑, 可師可服.

전쟁은 힘으로써 오래 감당해나갈 수 있고, 용기로써 승리를 거두기 마련이다. 진지가 견고해야 오래 버틸 수 있고, 위험을 무릅쓰고 싸워야 승리할 수 있다.

凡戰以力久, 以其勝, 以固久, 以危勝.

나라에 대한 충성심이 있어야 진지가 견고해지고, 마음을 새롭게 하고 전투의욕을 북돋아 주어야 승리할 수 있다. 갑주가 튼튼해야 전투력이 강해지고, 병기가 예리해야 승리할 수 있다. 병거는 밀집하여 서로 분산되지 않을 때 강하고, 보병은 앉았을 때 강하다. 갑주는 무거워야 튼튼하고, 병기는 가볍고 예리해야 승리를 거둘 수 있다.

本心固, 新其勝, 以甲固, 以兵勝. 凡車以密固, 徒以坐固, 甲以重固, 兵以輕勝.

────

분일(分日) 한나절.

불식(不息) 잠깐 사이.

분식(分食) 흩어져 식사함.

사(師) 가르쳐 알게 함.

이기승(以其勝) 사기가 왕성해야 이김.

이위승(以危勝) 위험을 무릅써야 이김.

본심(本心) 본마음. 전쟁에 근본이 되는 애국심.

이병승(以兵勝) 병기가 날카로워야 이김.

도이좌고(徒以坐固) 보병은 무릎을 꿇고 앉아 있을 때 강함.

두 장점을 결합시켜라

오로지 승리하려는 마음만 앞세우면 적의 정세만 살펴 적을 얕보게 되며, 이와 반대로 적을 두려워하는 마음이 앞서면 용기가 위축되어 좋은 기회를 놓치게 된다. 승리하려는 마음과 두려워하는 마음에는 각각 이로운 점이 있다. 그러므로 이 두 마음의 이로운 점을 결합시키면, 두 이로운 점이 하나로 결합하게 된다.

人有勝心, 惟敵之視. 人有畏心, 惟畏之視. 兩心交定,

장군 된 자는 모름지기 이 두 가지 마음의 경중을 잘 감안하여 임기응변으로 이용할 줄 알아야 한다. 선先전투에서 경무장한 아군이 역시 경무장한 적과 싸우면 힘이 백중하여 격전이 벌어져 위태롭다. 중무장한 부대끼리 싸우면 쌍방 다 쉬 피로하여 별로 전공을 이루지 못한다.

兩利若一, 兩爲之職, 惟權視之. 凡職, 以輕行輕則危. 以重行重則無功.

또 경무장한 부대가 중무장한 부대와 싸우면 패한다. 반대로 중무장한 부대가 경무장한 부대와 싸우면 싸울 수는 있어도 크게 승리할 수는 없다. 그러므로 전투에서는 양자가 상부상조한 종합적인 힘으로 전개해야 한다.

以輕行重則敗. 以重行輕則戰. 故戰相爲輕重.

승심(勝心) 이기려는 마음.
유적지시(惟敵之視) 오로지 적의 동정만 살펴 공격하려 함.
외심(畏心) 두려워하는 마음. 경계하는 마음.
양심(兩心) 두 가지 마음. 이기려는 마음과 두려워하는 마음.
교정(交定) 서로 섞여 자리잡음.
양리(兩利) 두 가지 이익. 즉 승리하려는 마음의 장점과 삼가는 마음 장점.
약일(若一) 한결같이 됨.
위직(爲職) 직책. 구실.

권시지(權視之) 권도에 밝은 대장을 이를 잘 이용함.

이경행경(以輕行輕) 경무장으로써 경무장한 적과 싸움.

※ 진격의 시기를 놓치지 말라

병사가 숙사로 돌아갈 때는, 유사시 재빨리 출동할 수 있도록 무장을 잘 간수하도록 조심하고, 행군할 때 대열에서 벗어나지 않도록 하고, 진격할 때 진격하지 않고, 후퇴할 때 후퇴하지 않으며, 정지해야 할 때 정지하지 않는 일이 없도록 조심해야 한다. 싸움에는 부하 장병들을 존중히 여기면 그들이 혐오심嫌惡心을 일으키지 않고, 대장이 앞장서서 부하들을 통솔하면 그들은 잘 복종한다. 군령이 번거로우면 병세兵勢는 자연히 약하고, 여유 있게 대처해 나가면 무게가 있다. 마구와 병거가 견고하고, 갑주와 병기가 성능이 좋으면 경병輕兵도 중병重兵의 역할을 할 수 있다.

舍謹兵甲, 行愼行列, 戰謹進止, 凡戰敬則慊, 率則服. 上煩輕, 上暇重. 奏鼓輕, 舒鼓重. 服膚輕, 服美重. 凡馬車堅, 甲兵利, 輕乃重,

대장이 줏대가 없이 부화뇌동附和雷同하면 부하의 신뢰를 얻을 수 없고, 독단에 흐를 경우에는 많은 생죽음을 내게 된다. 대장이 목숨을 아까워하면 의혹을 일으켜 용감히 싸울 수 없고, 대장이 죽기를 결심할 때에는 책략을 세우지 못하여 결국 패배하게 마련이다.

上同無獲, 上專多死, 上生多疑, 上死不勝.

———

사(舍) 숙사에 들음.

병갑(兵甲) 무기와 갑옷.

항렬(行列) 상하의 차례.

경측겸(敬즈則慊) 존경하면 만족스러워 함.

상번경(上煩輕) 장군이 군령을 자주 내리면 병세가 가벼워짐.

가(暇) 여가. 여유가 있음.

주고(奏鼓) 빨리 울리는 북.

부(膚) 얕다. 천박한.

복미중(服美重) 복장의 빛깔이 아름다우면 군용이 무게가 있음.

상동무획(上同無獲) 장군이 뇌동하면 부하들의 신망을 얻지 못함.

상생다의(上生多疑) 장군이 목숨을 아끼면 의혹이 많음.

※ 부하는 이런 때 목숨을 바친다

병사는 대장의 인애로 말미암아 목숨을 던지고, 대장의 격려를 받아 분발해서 목숨을 던지며, 대장의 위엄에 눌려 목숨을 던지고, 국가를 위한 대의로 목숨을 던지며, 이득을 위해 목숨을 던진다. 그러므로 대장은 모름지기 이것을 헤아려 이용하여야 한다. 평소의 교육과 훈련으로 병사들의 마음을 굳게 묶어두면 죽음을 두려워하지 않고, 애국심을 잘 길러 그들을 충성심으로 묶어 놓으면 기꺼이 대도에 죽어간다.

凡人死愛, 死怒, 死威, 死義. 死利. 凡戰之道, 敎約人輕死, 道約人死正.

승리의 의욕이 강할 때 용감히 진격하고, 승리의 의욕이 없을 때는 수비에 힘써야 한다. 그리고 천시에 따르고 의심의 귀추와 동향을 잘 통찰해야 한다. 3 군에 대한 계고戒告는 3일 이내에 주지시켜야 하고, 한 부대에 대한 계고는 반나절 이내에 주지시켜야 하며, 한 병사에 대한 금령禁令은 즉각 시달해야 한다.

凡戰若勝, 若否, 若天, 若人. 凡戰, 三軍之戒, 無過三日, 一卒之警, 無過分日, 一人之禁, 無過瞬息

사애(死愛) 사랑에 죽음.

교약(敎約) 교령으로써 국민의 마음을 묶음.

도약(道約) 도의로서 국민의 마음을 묶음.

약승(約勝) 승리에 따름. 즉 승리할 수 있을 때 진격함. 약은 존중의 뜻.

약부(約否) 그렇지 못할 때는 그에 따름. 즉 승리할 수 없을 때는 진격하지 말아야 됨.

약천(若天) 천시에 순응함.

일졸(一卒) 100명.

분일(分日) 한나절.

순식(瞬息) 한 번 숨 쉴 사이. 순식간.

※ 싸우지 않고 승리하라

가장 이상적인 것은 인의를 베풀어 싸우지 않고 이기는 것이며, 그렇지 못할 경우 무력을 사용한다. 전략을 오묘하게 세워 적이 이를 알지 못하게 하며, 승리를 위한 어떠한 방법을 취하던지 그때의 처지와 형편에 따라 대처하는 것이 곧 전쟁이다.

凡大善用本, 其次用末. 執略守微, 本末惟權, 戰也.

적의 대군을 무찌르는 것은 결국 대장 한 사람의 지모와 용기에 달렸다. 전장에서 북을 치는 것은 군사를 움직이기 위해서이다. 즉 신호의 깃발을 흔들기 위해 북을 치고. 병거를 달리게 하기 위하여 북을 치고, 병기를 정돈시키기 위해 북을 친다. 또 고개를 전후좌우로 돌리게 하기 위하여 북을 치고, 전진, 퇴각, 정지, 등을 위해 북을 친다.

凡勝三軍一人勝. 凡鼓, 鼓旗挺, 鼓車, 鼓馬, 鼓徒, 鼓兵, 鼓首, 鼓足,

이것이 모두 정연하여 어긋남이 없어야 군이 잘 움직인다. 병기나 갑주가 견고하기만 하면 경무장을 한 채 신속하게 행진하여야 한다. 구태여 중무장을 하려고 할 필요가 없다. 중무장을 하고 진격을 할 때는 어느 정도 여유가 있게 행동하라. 전력을 다해 힘이 빠지면 위태롭기 때문이다.

七鼓兼齊. 凡戰, 既固勿重, 重進勿盡, 凡盡危.

―――

대선(大善) 가장 좋은 용병의 방법.

용본(用本) 근본인 인(仁)을 사용함.

용말(用末) 권도(權道). 즉 전쟁의 방법을 씀.

집략수미(執略守美微) 오묘한 모략으로써 비밀을 지킴.

본말(本末) 본(本)을 쓸 때는 본을 쓰고, 말(末)을 써야 할 때는 말을 씀.

승삼군(勝三軍) 적의 삼군에 승리함.

일인승(一人勝) 장군 한 사람 힘으로 이김.

칠고겸재(七鼓兼齊) 일곱 가지 북치는 방법을 함께 사용함.

물진(勿盡) 힘을 다 쓰지 말고 여력을 두어야 함.

✖ 알기는 쉬워도 행行하기는 어렵다

진을 치는 것은 어렵지 않으나, 병사들로 하여금 적절히 포진하게 하도록 이해시키는 것은 어렵다. 또 병사들로 하여금 적절히 포진하게 이해시키는 것은 어렵지 않으나 그 진지를 적절하게 운용하는 것이 어렵다.

凡戰非陣之難, 使人可陣難. 非使可陣難, 使人可用難.

알기는 어렵지 않으나 실천하기가 어려운 것이다. 모든 사람들에게 개성이 있고, 개성은 주州마다 다르다. 한편 가르침은 풍습을 이루게 하는데, 이 풍습이 또한 주마다 다르다. 그러나 대도大道는 하나이므로 이를 종합 통일할 수는 있다.

非知之難, 行之難. 人力有性, 性州異. 敎性俗. 俗州異, 道化俗,

승리는 반드시 병사의 수에 따라 결정되는 것은 아니다. 대군도 패하는 경우가 있고, 소수의 군사로도 능히 이길 수 있다.

凡衆寡, 若勝若否,

만일 병사들이 병기의 성능이 좋다고 생각지 않고, 갑주가 튼튼하다고 생각지 않으며, 병거가 견고하다고 생각지 않으며, 말이 좋다고 생각하지 않고, 군사가 많다고 생각하지 않는다면, 대장이 아직 전쟁의 도를 모르고 있는 소치이다.

兵否告利, 甲不告堅, 車不告固, 馬不告良, 衆不自多, 未獲道.

——

인가진(人可陣) 병사들이 각자 진을 잘 칠 수 있도록 함.
인가용(人可用) 모든 병사들이 능히 진지를 잘 활용함.
비지지난(非知之難) 그 이치를 알기 어려운 것이 아님.
행지난(行之難) 아는 것을 행하기 어려움.
방(方) 사방.
성주이(性州異) 사람의 성품이 고을에 따라 다름.
약승약부(若勝若否) 이길 때도 있고 지기도 함.

❈ 대적大敵을 무찌르는 것은 용기다

전쟁에 승리를 거두면 부하들과 그 공적을 나누어야 한다. 계속해서 적과 싸워야 할 경우에는 상벌을 중히 하여 공과 죄를 분명히 가려냄으로써 부하들을 격려해야 한다. 만일 불행이도 전쟁에 패하였을 경우에는 그 책임을 대장 자신에게 돌려야 한다.

凡戰勝則與衆分善. 若將復戰, 則重賞罰. 若使不勝, 取過在己,

다시 적과 싸울 때는 부하들과 서약을 하여 사기를 올리고, 대장이 진두지휘를 해야 한다. 이때 결코 전에 사용했던 전술을 사용하여서는 안 된다. 승리를 하건 패하건 이 길을 어기지 말라. 이것을 싸움의 정도라고 한다.

復戰則誓, 己居前, 無復先術. 勝否勿反, 是謂正則.

인애仁愛로써 백성을 위난危難에서 구하고 정의에 의하여 싸우며, 지혜로 대결하고, 용기로 싸우고, 오직 신의로 대하며, 이를 내세워 권장하며, 공로 있는 자를 표창하여 승리를 거두게 한다. 그러므로 마음은 인仁을 떠나지 않고, 행동은 의義에 합당하게 된다.

凡民以仁敎, 以義戰, 以智決, 以勇鬪, 以信專, 以利勤, 以功勝. 故心中仁, 行中義,

사물을 깊이 이해하려면 지혜知慧가 있어야 하고, 대적大敵을 무찌르는 것은 용기勇氣이고, 병사들과 오랫동안 고락을 함께 하면서 변함이 없는 것은 신의信義의 힘이다. 겸손하여 부하들과 화친을 도모하면 자연히 사이가 부드러워지기 마련이다. 만일 부하가 의리에 따르지 않을 경우에는 자기의 불찰로 여기어 현자賢者를 임명하여 부하들을 감화시키면 전투의욕을 크게 일으킬 수 있을 것이다.

堪物智也, 堪大勇也, 堪久信也. 讓以和, 人自洽, 自予以不循, 爭賢以爲人, 說其心, 効其力.

———

전승즉여중(戰勝則與衆) 승리를 부하들과.
복전즉경(復戰則誓) 다시 싸울 때는 서약을 함.
분선(分善) 공을 나누어가짐.
효기력(効其力) 용기를 나타냄.
취과재기(取過在己) 과오를 자기에게 돌림. 즉 패전을 부하에게 돌리지 않고 장군인 자기에게 돌림. 기(己)는 장군을 가리킴.
기거전(己居前) 앞서 한 번 사용한 전술.
물반(勿反) 이에 거슬리면 안 된다.

이신전(以信專) 오로지 의를 존중함.

심중인(心中仁) 마음이 인(仁)에 맞음.

감물(堪物) 사물의 이치를 헤아림.

양이화(讓以和) 양보하여 화합함.

인자흡(人自洽) 백성들이 스스로 함.

자여(自予) 스스로 연마함.

불순(不循) 의리에 따르지 않음.

열기심(說其心) 마음을 기쁘게 함.

※ 이런 적은 공격하라

무릇 전투에 있어서는 적병이 조용하고 미약하면 공격하고, 강하고 조용하면 정면대결正面對決을 피해야 한다. 적이 피로하여 권태를 느끼면 공격하고, 여유 있고 자신만만하면 도전하지 말아야 한다.

凡戰擊其微靜, 避其强靜. 擊其倦勞, 避其閑窕.

적이 사기가 떨어져 크게 두려워하면 공격하고, 다소의 두려움을 갖고 경계하고 있으면 부딪치지 말아야 한다. 이것은 옛날부터 명심해 전해 온 전법이다.

擊其大懼, 避其小懼. 自古之政也.

미정(微靜) 약하고 조용함.

강정(强靜) 강하고 조용함.

한조(閑窕) 여유 있고 빠름.

대구(大懼) 크게 두려워함.

05

용중 用衆

※ 적으면 지키고 많으면 정돈하라

싸움의 원칙으로 소수의 군대는 수비를 굳게 하고 다수의 군대는 정돈에 유의해야 한다. 병력이 소수이면 변화무쌍한 전략을 수행하는 데에 유리하고, 다수이면 정정당당히 진을 치고 정면으로 대결하는 것이 유리하다.

凡戰之道, 用寡固, 用衆治. 寡利煩, 衆利正.

다수의 군사를 투입할 경우에는 진격할 때나 정지할 때에 질서정연히 움직이고, 소수로 싸울 때는 재빨리 진격했다가 즉시 후퇴한다. 다수의 군사가 소수의 군사를 만나면 멀리서부터 이를 포위하고 한 쪽을 열어 적의 퇴로를 열어주거나, 또는 아군을 나눠서 교대로 접전하게 하여 아군의 피로를 덜어주어 지구력을 기른다.

用衆進止, 用寡進退. 衆以合寡, 則遠裹以闕之. 若分而迭擊, 寡以待衆.

소수의 군사로 다수의 군사와 싸울 때, 아군이 이를 의아하게 여기면 대장이 스스로 진두지휘해야 한다. 만일 적이 지세地勢의 이점을 독점하여 유리한 입장에 있을 때는 경솔하게 대처하지 말고 군기軍旗를 버리고 도망쳐, 적을 아군이 유리한 지대로 유인하여 반격을 가한다. 적의 병력이 많아 아군이 대결할 수 없을 때는 적이 어느 정도 우세하며, 진지가 어느 정도 견고한지를 탐지하여, 설사 포위되어 있다 하더라도 이를 둔화시킬 수 있거나 또는 그 대열이 다소 흩어져 있을 경우에는 오히려 적에게 포위되어 있는 것이 유리하다고 판단하고, 포위로 말미암아 적의 병력이 분산되거나 부서의 변경으로 혼란을 일으킬 때를 기다려 적을 격파해야 한다.

若衆疑之, 則自用之, 擅利, 則釋旗迎而反之. 敵若衆, 則相衆而受裏.

적이 소수이며 두려움을 갖고 신중히 대결할 기세이면 용감한 정예부대임에 틀림없으므로 충돌을 피하고 적에게 활로를 제공하여 좋은 기회를 노릴 것이다.

敵若寡若畏, 則避之開之.

용과고(用寡固) 적은 수로 수비를 굳게 함.
용중(用衆) 많은 병력을 씀.
번(煩) 번번한 변화.
정(正) 정정당당히 싸움.
원과이궐지(遠寡以闕之) 멀리 포위하고 한 쪽을 열어줌.
질격(迭擊) 교대로 공격함.
과이대중(寡以大衆) 소수로 대군과 대적함.
자용지(自用之) 자신이 지휘함(장군).
천리(擅利) 유리한 지형을 차지하고 있음.
석기(釋旗) 기를 버림.
영이반지(迎而反之) 유인해 반격함.

✻ 바람을 업고 싸워라

싸움터에서는 바람을 등지고 움직여야 하고, 높은 산을 등지고 오른쪽에는 높은 언덕을 끼고 왼쪽에는 험한 벼랑이 있는 것이 바람직하다. 습한 지역은 재빨리 통과하고, 길이 기울어 험한 곳은 신속히 지나가야 한다. 그리고 지형이 사방이 낮고 가운데가 높아 거북등처럼 되어 있는 곳은 버려야 한다.

凡戰背風背高, 左高右險, 歷沛歷圮. 兼舍還龜,

적과 싸울 때는 아군이 진을 치고 적군의 동작을 관찰하여 그 허실을 보아 작전을 펴야 한다. 만일 적이 만반의 대비를 하고 아군을 기다린다면 이에 따라 아군도 북을 치며 진군하여서는 아니 되며, 적의 다음 동작을 기다려야 한다. 적이 공격해오면 아군은 잘 지켜보다가 기회를 봐 공격해야 한다.

凡戰設而觀其作, 視敵而擧, 待則循而勿鼓, 待衆之作, 功則屯而伺之.

배풍(背風) 뒤바람. 바람을 등지고 싸움.

역패(歷沛) 습지를 빨리 지나감.

사환귀(舍還龜) 사방이 편편이 낮고 거북등처럼 볼록한 곳은 버림.

중지작(衆之作) 적의 동작.

대측순(待則循) 적군이 먼저 진지를 정돈하고 준비하고 있으면 공격하지 말고 그대로 내버려둠.

둔이사지(屯而伺之) 진을 굳게 지키고 있다가 적의 허점을 엿보아 공격함.

✳ 적을 알고 공격하라

싸움에 있어서 때로는 많은 병력으로, 또 때로는 적은 병력으로 적에게 대항하면서 적의 움직임을 잘 관찰해야 한다. 때로는 진격하고 때로는 후퇴하여 적의 진지가 얼마나 견고한가를 관찰하고, 또 때로는 적에게 위협을 주어 그 군사들이 얼마나 두려워하는가를 관찰하고, 가만히 내버려두어 적들이 얼마나 태만한가를 관찰해야 한다.

凡戰, 衆寡以觀其變, 進退以觀其固, 危而觀其懼, 靜而觀其怠,

또 계략으로써 적을 움직이게 하여 얼마나 당황하는가를 살피고, 때로는 기습을 하여 적의 군율이 얼마나 잘 잡혀있는가를 살펴야 한다. 이리하여 만일 적군이 몹시 당황하면 공격하고 적의 대열이 흩어져 어지러우면 크게 공격을 가하고, 적의 전투력이 강할 때는 적진을 혼란케 하여 그 사기를 꺾어야 한다.

動而觀其疑, 襲而觀其治, 擊其疑, 加其卒, 致其屈, 襲其規.

만일 적진에 아무 동요됨이 없으면 기습으로 이를 혼란케 해야 한다. 적군이 전투태세가 미비하면 이를 공격해야 한다. 또 적의 작전을 방해하고 적의 전략을 역이용하며, 적이 두려움에 떨고 있을 때 적을 섬멸해야 한다.

因其不備, 阻其圖, 奪其慮, 勝其懼.

――

관기변(觀其變) 적 움직임의 변화를 살핌.
가기졸(加其卒) 경솔히 움직이는 적을 가격함.
치기졸(致其卒) 왕성한 적의 사기를 꺾음.
인기불비(因其不備) 적의 진영이 갖추어지지 않았을 때 공격함.
저기도(阻其圖) 적의 도략을 방해함.
탈기려(奪其慮) 적의 전략을 알아내어 그 허를 찔러 역이용함.

※ 달아나는 적을 쫓을 경우

적이 패주할 때는 추격을 멈추지 말라. 적이 멈춰서면 복병이 있기 쉬우므로 경솔하게 추격해서는 안 된다. 적의 도성都城에 가까이 갔을 때는 반드시 미리 진로를 알아두고, 퇴각할 때는 반드시 그 길을 미리 알아두어야 한다. 전투는 적보다 앞질러 행동을 개시하면 병사들이 피로를 느끼기 쉽고, 적보다 뒤늦게 행동하면 사병들이 두려움에 빠지기 쉽다.

凡從奔勿息, 敵人或止於路, 則慮之. 凡近敵都, 必有進路, 退必有反慮.
凡戰先則弊, 後則懾,

휴식을 자주하면 태만해지고, 너무 휴식을 하지 않아도 안 되며, 너무 오래 휴식하면 오히려 공포심이 생긴다. 고향 사람들과 서신왕래를 끊고, 부모처자와 사랑을 끊는 것을 고려顧慮를 끊는다고 한다.

息則怠, 不息亦弊, 息久亦反其懾, 書親絶, 是謂絶顧之慮,

유능한 자를 등용하고, 병사의 우월에 따라 진급의 순서를 정하여 경쟁심을 일으키면 병사들이 자연히 분발하기 때문에 이를 가리켜 군을 강화强化한다고 말한다. 병사가 짊어질 물건을 경감하고, 심지어 식량까지 줄여 불과 2, 3일 분만 짊어지게 하면 몸이 가벼워 능률을 올리게 되므로 병사의 전투력을 북돋아 준다고 한다. 이것은 옛날부터의 요령이다.

選良次兵, 是謂益人之強. 棄任節食, 是謂開人之意, 自古政也.

분물식(從奔勿息) 쫓을 때는 쉬지 말아야함.

여지(慮之) 염두에 두어 조심함.

반려(反慮) 돌아갈 길을 알아둠.

서친절(書親絶) 서신을 끊음.

지려(顧之慮) 부모처자를 그리워하는 생각.

선량차병(選良次兵) 인재를 뽑아 병사를 그 밑에 둠.

기임절식(棄任節食) 짐을 버리고 휴대하는 음식을 적게 함.

섭(懾) 공포심.

6 울료자 蔚繚子

울료자尉繚子에
대하여

　울료자尉繚子란 사람의 행적에 대해서는 상세히 알려지지 않고 있다. 주周나라 사람이라고도 하고 위魏나라 사람이라고도 하고 위衛나라, 제齊나라 사람이고도 하여 그 사적事跡을 정확히 알 수 없다. 아마도 주나라 또는 위나라나, 제나라로 두루 돌아다니면서 연구도 하고 또 자기 견해를 위정자들에게 진언한 것이 아닌가하는 생각이 든다. 울료자는 맹자와 같은 시대인 기원전 (385-304) 사람으로 보인다. 손자의 저자인 손무보다는 약 100년쯤 후의 사람이다.

　울蔚은 그의 성이고 료繚는 이름이며, 후세 사람들이 그를 존경하여 울료자라고 불렀다는 것이다. 위나라에 머물러 있을 때에는 귀곡자鬼谷子라는 사람을 스승으로 모시고 공부했다는 이야기가 전해지고 있는데, 이 귀곡자라는 사람의 업적도 잘 알려지지 않고 있고, 다만 노자老子의 학설 같은 것을 저술한 것으로 생각된다. 또 어떤 사람은 상앙의 학설을 공부했다고 주장하기도 하는데, 상앙은 한비자와 같은 순자荀子의 제자이다. 그가 진秦나라의 재상으로 법을 엄하게 정하여 나라를 다스린 것으로 유명한 사람이다. 상앙은 학자라고 할 수는 없지만 실천가로서 일가견을 가진 사람으로, 나라를 다스리려면 법에 의해야 한다는 확신에서 매우 엄한 법을 세워 진나라에 번성을 가져오게 했다는데서 울료자가 이 사람에게서도 가르침을 받았으리라 전해지고 있다.

귀곡자는 병법과는 직접 관련이 없는 것으로 생각되지만, 대체로 병법을 공부하는 사람은 황제黃帝 또는 노자老子 사상을 숭상하므로, 이런 점으로 미루어 울료자가 귀곡자에게서 가르침을 받았다는 것과, 병법가로 서게 된 것은 어떤 관계가 있는 것이 아닌가 생각된다.

그러나 상앙의 법은 혹독하여 법을 어긴 자를 매일 수도 없이 처형하니 그 피로 인하여 위수의 강물이 단 하루도 핏빛이 아닌 적이 없었다고 한다. 사람들은 그 법이 좋아 지키는 것이 아니라 그 형벌이 혹독하여 지키지 않을 수 없었다. 그 상앙의 주장, 즉 법률을 무섭게 정하여 나라를 다스리는 것과 병법은 아무리 생각해 보아도 별로 관련이 없으니, 만일 그것이 사실이라면, 울료자라는 사람은 병법도 배우고 그밖의 학문도 깊이 연구한 사람이라고도 볼 수 있다. 울료자의 글을 읽다보면 법가주의 상앙의 잔인한 면이 자주 보이는데 그런 점에서 어느 정도 수긍은 가기는 하지만, 그러나 어떤 것도 상세히 전해지지 않고 있으므로 어디까지 믿어야 될지 알 수 없다.

그리고 이 시대에 양梁나라 혜왕에게 자기의 견해를 피력하고, 혜왕의 물음에 여러 가지로 대답도 하고 있는 것이 이 책의 본문에도 보이므로, 이것은 분명 사실이라고 생각된다. 그렇다면 대체로 맹자와 같은 시대의 사람일 것이다. 맹자도 양나라 혜왕에게 자기의 경륜을 말하고 있기 때문이다. 그러나 어느 쪽이 선배인지는 알 수 없으나 대체로 같은 시대의 사람이라고 보아도 될 것이다. 이 양나라 혜왕시대는 손자孫子의 저자인 손무孫武보다 약 100년쯤 후의 사람인 울료자의 주장은 손자나 오자에 따르고 있는 것 같이 보이며, 이 글에도 손자와 오자의 이름을 들어 병법에 뛰어난 사람이라고 말하고 있다.

그러므로 손자나 오자의 병법을 연구하여, 여기에 자기의 견해를 첨가해서 일가를 이루었다고 보아도 무방할 것 같다. 그의 주장에는 지나치게 잔인한 대목도 보이지만, 손자나 오자의 범주를 벗어나지 않고 있다. 그리고 나라를 다스리는 것이 근본이며, 전쟁의 승리를 거두는 것만이 능사가 아니라고 주장하는 것으로 봐서 옛 병법에 공통된 견해를 갖고 있다는 것을 알 수 있다.

또한 실전에 있어서는 손자, 오자와 마찬가지로 울료자도 매우 무게 있는 말을 하고 있으며, 손, 오에 의거하고 있다고는 해도 결코 손孫子, 오자吳子 그대로가 아니라 그의 독특한 견해를 피력하고 있다. 그리고 이 병법에는 단지 전장戰場에서의 용병의 도道에만 그치고 있지 않기 때문에, 인생의 여러 방면에 비추어 생각해보면, 전쟁에 직접 종사하지 않는 사람에게도 큰 참고가 될 것이다.

본문은 24편으로 되어 있지만 본래는 29편이라고도 하고, 31편이라고도 하며, 일부는 상실되고 지금은 24편만 남은 것이다.

01

천관天官

양나라 혜왕惠王이 울료자에게 물었다.

"황제의 현덕에 의하여 길흉의 방위에 따라서 싸우면 백 번 싸워서 백 번 이길 수 있다고 하는데 과연 그럴 수가 있을까."

울료자가 대답하였다.

"형刑과 덕德의 본뜻은, 형은 의롭지 못한 적을 치는 것을 말하고, 덕은 스스로 자기 나라를 지키는 것을 말합니다. 후세의 음양가들이 말하는 천관의 시일이나 음양, 향배向背의 길흉을 말하는 것이 아닙니다. 황제가 말한 것은 오로지 사람의 할 일을 다하라는 것일 따름입니다.

> 梁惠王問尉繚子曰, 黃帝刑德, 可以百勝, 有之乎. 尉繚子對曰, 刑以伐之,
> 德以守之, 非所謂天官時日, 陰陽向背也, 黃帝者人事而已矣.

혜왕(惠王) 위왕(魏王). 이름은 앵(罃). 대량에 도읍하고 자칭 왕이라 했다.

황제(黃帝) 삼황(三皇)의 한 사람.

형덕(刑德) 혜왕이 물은 형덕은 음양가들이 말하는 세형(歲刑). 세덕(歲德).

시일(時日) 일시의 길흉을 말하는 것이다. 시(時)는 적과 싸우면 승리하고 어느 날에는 적과 싸우면 패한다는 따위.

음양(陰陽) 병법에서의 음양은 어느 방향이 길하고 또는 흉하다는 따위.

향배(向背) 향하는 것과 등지는 것. 어느 쪽을 향하면 길하고 어느 쪽을 등지면 흉하다는 따위.

지금 여기 성 하나가 있다고 칩시다. 동서에서 공격해도 성을 뺏을 수 없고 남북으로 쳐도 성을 취할 수 없다고 할 때, 음양설에 따른다면 이치에 맞지 않습니다. 사방인 만큼 그중에는 음양가들이 말하는 승리할 수 있는 때에 따라 그 시운을 탄 자가 어찌 하나도 없을 리 있겠습니까.

何者, 今有城, 東西攻不能取, 南北攻不能取, 四方豈無隨時乘之者耶,

그런데도 성을 취하지 못하는 것은 그 성이 높고, 못이 깊으며 무기가 구비되었고, 재물이나 곡식이 많이 쌓여 있으며, 거기에 호걸이 있어 그 꾀를 전단專斷하고 있기 때문입니다. 만약 성이 낮고, 못이 얕으며 수비가 약하다면 반드시 그 성을 뺏을 수 있을 것입니다. 이로써 볼 때 천관의 시일의 길흉이라는 것은, 사람의 하는 일만 같지 못하다는 게 분명합니다.

然不能取者, 城高池深, 兵器備具, 財穀多積, 豪士一謀者也. 若城下, 池淺守弱, 則取之矣. 繇是觀之, 天官時日, 不若人事也.

생각건대 천관이란 책에 이르기를, 〈물은 등 뒤에 두고 진 치는 것은 이것을 이롭게 끊긴 곳이라 하고, 산비탈을 향하고 진을 치는 것은 이것을 쓸모없이 된 군사〉라고 하였습니다.

按天官曰, 背水陳爲絶地, 向阪陳爲廢軍.

옛날 주나라 무왕이 은나라 주왕을 칠 때에, 제수를 등 뒤에 두고 산비탈을 향하여 진을 치고서도 불과 2만2천9백 명의 군사로 억만이나 되는 주왕의 군사를 쳐서 상(商-은나라의 다른 이름) 나라를 멸망시켰습니다. 주왕이 어찌 천관의 진을 몰랐겠습니까. 그렇지만 그런 것은 아무런 힘도 없었습니다.

武王伐紂, 背齊水, 向山阪而陳, 以二萬二千五百人, 擊紂之億萬, 而滅商, 豈紂不得天官之陳哉.

───

배수진(背水陣) 적은 앞에 있고 물이 뒤에 있는 진. 즉 후퇴가 불가한 진.
절(絶) 외로이 고립된 곳.
향판진(向阪陣) 적은 높은데 있고 아군은 낮은 데 있음을 말함.

무왕(武王) 주(周)나라 문(文)왕의 아들.

주(紂) 은(殷)나라의 마지막 왕. 폭군으로 유명.

초나라 장수 공자심이 제나라 군사와 싸울 때 마침 혜성이 나타났는데, 그 자루가 제나라 쪽을 향하고 있었습니다. 한 사람이 이것을 보고, 〈천관의 설에 따르면 자루 있는 쪽의 나라가 반드시 이긴다고 하였는데, 지금 그 자루가 제나라 쪽을 향하고 있으니 쳐서는 안 됩니다.〉고 하였습니다.

楚將公子心, 與齊人戰, 時有慧星出, 柄在齊, 柄所在勝, 不可擊,

그런데 공자심이 말하기를, 〈지상에서의 싸움을 어찌 혜성이 알 수 있겠는가. 만약에 그렇다 하더라도 빗자루를 들고 사람과 싸울 때, 빗자루를 거꾸로 들고 사람을 쳐야 이기는 법이다.〉 하고 그 말을 일축해버리고, 그 이튿날 제나라 군사와 싸워 이를 크게 파했다고 합니다.

公子心曰, 慧星何知, 以慧鬪者, 固倒而勝焉. 明日與齊戰, 大破之.

황제도 말하기를, 천신이나 귀신에게 물어보는 것보다는 먼저 나의 지혜를 생각해야 된다고 하였습니다. 이 말은 천관은 사람의 할 일을 다하는 데 있다는 말입니다."

黃帝曰, 先神先鬼, 先稽我智, 爲之天官人事而已.

───

병(柄) 손잡이.

02

병담 兵談

옛날에는 땅이 기름졌는가. 또는 메말랐는가를 헤아려서 도읍을 정했다. 성의 크기에 따라 주민의 다과를 정하여 수용하여야 하고, 성내의 주민의 다과에 의해 식량을 안배했다.

量土地肥磽而立邑, 建城稱地, 以城稱人, 以人稱粟

이 세 가지 즉 성과 주민과 식량이 서로 알맞게 유지되어 나가면 안으로는 나라를 굳게 지킬 수 있고 밖으로는 적과 싸워 승리를 거둘 수 있는 것이다. 싸움은 밖에서 하여 이기고, 방비는 안을 위주로 한다. 방비가 완전하면 반드시 승리한다는 것은 마치 할부割符가 서로 꼭 맞는 것과 같다. 싸워서 이기는 것과 완전히 방비한다는 것은 다를 바가 없기 때문이다.

三相稱, 則內可以固守, 外可以戰勝, 戰勝於外, 備主於內, 勝備相應, 猶合符節, 無異故也.

━

비(肥) 비옥한 땅.

교(磽) 여윈 땅. 돌이 많고 토질이 단단하여 메마른 땅.

칭(稱) 헤아리다.

속(粟) 식량.

상칭(相稱) 서로 적합함.

부절(符節) 문자로 아로새겨 양분하여 두 사람이 각각 나눠 갖고 있다가 나중에 이걸 맞춰보고 그 증거를 삼는다.

군사를 다스리는 자는 마치 비밀을 품은 대지大地처럼 은밀해야 하늘, 높이 구천九天위에서 움직이듯 하여, 능히 무無에서 유有를 창조하듯 해야 한다.

治兵者, 若秘於地, 若邃於天, 生於無.

그러므로 이 무無를 열어 쓰게 되면, 그 힘은 큰일을 하여도 결코 부족함이 없고, 작은 일을 하여도 지나치는 법이 없다. 그리고 악을 금지하고 작은 죄를 풀어주며, 좋은 일을 열어주고 나쁜 일을 막아버리는 것을 분명히 하고, 안주할 수 없어 유랑하는 자는 이것을 친밀히 해주며, 곡식을 산출하지 못하는 땅이 있으면 이를 경작 지도를 하여 충분히 수확을 올릴 수 있도록 해야 한다.

故開之大不窕, 小不恢, 明乎禁舍開塞, 民流者親之, 地不往者任之.

토지가 많아 수확이 많으면 나라가 부유하게 되며, 국민의 수가 많고 법제法制가 정돈되어 있으면 나라가 잘 다스려진다. 나라가 부유하고 정치를 잘하면, 병마를 징발하여 다른 나라에 쳐들어가거나, 군사에게 무장을 시켜 나가서 비바람에 시달리게 하지 않아도 그 나라의 위세가 스스로 천하를 제압하게 된다.

夫土廣而任, 則國富, 民衆而制, 則國治. 富治者, 民不發軔, 甲不出暴, 而威制天下.

그러므로 전쟁은 조정에서 정치를 잘 함으로써 승리를 거둘 수 있다고 하는 것이다. 구태여 병사들이 싸움터에 무장을 하고 나가서 비바람에 시달리지 않고서도 승리를 거두는 것은 군주가 승리를 거두는 것이며, 병사들이 진지에서 나아가 싸워서 이기는 것은 장수가 승리를 거두는 것이다. 그러므로 군주가 거두는 승리는 장수의 그것보다 훨씬 더 훌륭한 것이다.

故曰, 兵勝干朝廷, 不暴甲而勝者, 主勝也, 陳而勝者, 將勝也.

수(邃) 깊고 멀음.

개(開) 힘을 씀.

조(窕) 가볍고 작음.

회(恢) 크게 넓힘.

금(禁) 나쁜 일을 금지함.

사(舍) 작은 죄를 용서함.

색(塞) 나쁜 일을 못하게 막는다는 뜻.

지불임자(地不任者) 곡식을 생산할 수 없는 땅.

제(制) 법이 엄하여 절제가 있음.

인(軔) 수래의 제어장치.

갑(甲) 갑주를 입은 병사.

주승(主勝) 군주가 선정을 베풀어 싸우지 않고도 승리함을 말함.

장승(將勝) 무력에 의한 승리. 울료자는 장승보다 주승을 강조하고 있다.

　•

군사를 일으킬 때 사사로운 분노가 그 동기가 되어서는 안 된다. 승산이 있으면 즉시 군사를 일으키고, 승산이 없으면 일으키지 말아야 할 것이다.

　兵起非可以忿地. 見勝則興, 不見勝則止

백 리 이내에 환란이 있을 때는 하루씩 걸리는 싸움을 할 것 없이 순식간에 쳐부셔야 한다. 설사 환난이 온 누리에 퍼져 있더라도 1년 이내에 정복을 끝내야 한다. 환난이 천 리 이내에 있을 때에는 한 달 이내에 평정해야 한다.

　患在百里之內, 不起一日之師, 患在千里之內, 不起一月之師.
　患在四海之內, 不起一歲之師.

훌륭한 장수는 위로 하늘의 제약을 받지 아니하고, 아래로 땅의 제약을 받지 아니한다. 그리고 그 중간으로는 사람의 제약을 받지 아니한다. 모름지기 마음이 너그러워야 한다. 그 누구도 자극을 주어 격노를 일으킬 수 없는 자라야 한다.

將者上不制於天, 下不制於地, 中不制於人. 寬不可激而怒,

또한 청렴하여, 뇌물로 그 마음을 움직일 수 없는 자라야 한다. 마음은 미친놈 같고, 눈은 있어도 제대로 꿰뚫어 볼 줄 모르며, 귀는 있어도 올바로 듣지 못하는 이 세 가지 어긋남을 가진 자가 군사를 거느린다는 것은 어려운 일이다.

淸不可事以財. 夫心狂目盲耳聾, 以三悖率人者難矣.

지장智將이 거느리는 군사라면 험한 길목에서도 잘 싸워 능히 승리를 거둘 수 있으며, 가파른 산길에서도 패하지 않는다. 그는 산꼭대기에 올라가서 싸워도 이기고, 골짜기에 들어가서 싸워도 이긴다. 사방형의 대열을 취해도 이기고, 원형의 대열로서도 이긴다.

兵之所及, 羊腸亦勝, 鋸齒亦勝, 緣山亦勝, 入谷亦勝, 方亦勝, 圓亦勝.

무겁게 무장한 자는 거동이 산과 같고, 숲과 같고, 강과 같으며, 가볍게 무장한 자는 마치 불이 고기를 굽듯이, 불이 물건을 태우듯이, 담장이 억누르듯이, 구름이 뒤엎듯이, 기민하게 움직인다.

重者如山如林, 如江如河. 輕者如炮如燔, 汝垣壓之, 如雲覆之,

적으로 하여금 일단 집합되면 좀처럼 흩어지지 못하도록 급히 서둘러 무찌르고, 한번 흩어지면 다시 모이지 못하도록 신속히 소탕해 버린다. 왼쪽에 있는 자가 자유롭게 바른쪽으로 옮기지 못하게 하고, 바른쪽에 있는 자는 왼쪽으로 이동하지 못하도록 기동성 있게 싸운다. 아군의 병기는 단으로 묶은 나무처럼 위력을 발휘해야 하며, 활은 회오리바람처럼 씽씽 날아야 한다. 아군은 용약 분투하고, 필승의 신념을 갖고, 당당하게 적을 제압하여 승리를 거둔다.

令人聚不得以散, 散不得以聚, 左不得以右, 右不得以左. 兵如總木, 弩如羊角, 人人無不騰陵張膽, 絕乎疑慮, 堂堂快而去.

분(忿) 사사로운 분개.

일세(一歲) 일 년.

부제어인(不制於人) 일군의 장수는 일단 전쟁에 나서면 설사 군주의 명이라 할지라도 순종치 않고 절대 재량권을 갖고 전투에 임함을 말함.

청(淸) 청렴결백.

재(財) 여기서는 뇌물.

양장(羊腸) 양의 창자. 꼬불꼬불 험한 길.

거치(鋸齒) 험난한 고산준령.

방(方) 네모진 진.

원(圓) 원형의 진.

병(兵) 병기. 무기.

총목(總木) 묶은 나무 단.

노(弩) 활.

양각(羊角) 선풍. 회오리바람이 양의 뿔처럼 꼬불꼬불 휘말아 오르는 데서 나온 말.

등능(騰陵) 용약하여 침입함.

의려(疑慮) 의혹.

03

제담制談

무릇 용병에 있어서는 반드시 일정한 제도를 필요로 하고 있다. 이와같은 제도가 미리 확립되어 있으면, 군의 질서가 문란해지는 일이 없고, 또 군의 제도가 문난해지지 않을 때, 비로소 명령 계통이 분명히 서게 마련이다.

凡兵制必先定, 制先定, 則士不亂, 士不亂, 則刑乃明

북을 치거나 징을 울려 신호를 하면, 백 명의 전사가 모조리 전진하여 싸워서 적의 대열을 무찌르고 적진을 교란시킨다. 그리고 적의 진영이 혼란 상태에 빠지게 되면, 천명의 병사가 모조리 전투에 임하여 적군을 공략하여 적장을 살해하게 되며, 이럴 경우에는 만 명의 병사, 즉 전군이 일치단결하여 칼날을 가지런히 하여 싸우게 되어, 천하의 어떠한 군대도 이를 당할 자가 없다.

金鼓所指, 則百人盡鬪, 陷行亂陳, 則千人盡鬪, 覆軍殺將, 則萬人齊刃, 天下莫能當其戰矣.

옛날의 군제를 보면 전투에 나서는 병사들은 십오什伍라 하여, 각각 오 명을 오伍로 하고 열 명을 십什으로 하였으며, 병거는 편열偏列이라 하여 15대를 편偏으로 하고, 오대를 열列이라 하였다.

古者士有什伍, 車有偏列

신호의 북을 치고 깃발을 휘날릴 때, 앞장서서 적의 성벽을 오르는 자는 으레 힘이 센 장사였다. 그러므로 먼저 죽는 자도 힘이 센 장사였다.

鼓鳴旗麾, 先登者, 未嘗非多力國士也, 先死者, 亦未嘗多力國士也.

적 한 사람을 죽이기 위해 아군이 백 명이나 손실을 볼 때도 가끔 있을 수 있다. 이것은 적을 이롭게 하고 아군에게 큰 피해를 가져 오는 것이다. 그러나 평범한 장수는 이것을 막지 못한다.

損敵一人, 而損我百人, 此資敵而傷我甚焉, 世將不能禁.

적을 백 보 밖에서 사살할 수 있는 것은 활이요, 적을 오십 보 밖에서 사살할 수 있는 것은 미늘창이다. 그런데 장수가 미리 북을 치며 진군을 재촉하는데 병졸들은 서로 흩어져 아우성만 치고 활을 버리고 미늘창을 꺾고, 창을 쥐고 주저하면서 되도록 남의 뒤를 따르는 것이 상책이라고 하는 자가 많으면 내부에서 스스로 패할 수밖에 없는데, 평범한 장수는 이를 막지 못한다.

殺人於百步之外者, 弓矢也, 殺人於五十步之內者, 矛戟也, 將已鼓, 而士卒相囂, 抝矢折矛抱戟, 利後發, 戰有此數者, 內自敗也, 世將不能禁.

군사는 대오를 잃고, 병거도 대열을 잃었으며, 기병은 장수를 버리고 도망치고, 많은 병사들도 따라서 패주하는데도, 평범한 장수는 이를 막지 못한다.

士失什伍, 車失偏列, 奇兵損將而走, 大衆亦走, 世將不能禁.

정벌하는 전투에서 군대를 나눠서 진격할 경우 자기의 부서를 지키지 않고 도망치는 자가 있거나, 교전 중 스스로 도망하는 자 있으면, 그로 인하여 아군의 손해가 큰데도, 장수는 이것을 막지 못한다.

征役分軍, 而逃歸, 或臨戰自北, 則逃償甚焉, 世將不能禁.

장수가 능히 이 네 가지 폐단을 미리 막을 수 있으면, 병사들을 이끌고 높은 산도 오를 수 있고, 깊은 강물도 건널 수 있으며, 견고한 적진도 격파할 수 있다. 그러나 이 네 가지 금물을 미리 막을 수 없으면, 마치 배가 키를 잃고 강을 건너는 것과 같아, 적과 싸워도 도저히 승리할 수 없다.

夫將能禁此四者, 則高山陵之, 深水絶之, 堅陳犯之, 不能禁此四者,
猶亡舟楫, 絶江河, 不可得也.

―

형(刑) 전투에 있어서의 명령, 지령 등을 가리킴.
금고(金鼓) 징과 북.
항(行) 행 오. 행 열. 여기서 행(行)과 진(陳)은 모두 적을 가리킴.
복군(覆軍) 적군을 무찌름. 여기서는 장(將)도 적군을 가리킴.
제인(齊刃) 칼날을 나란히 함. 즉 전군이 합심함.
국사(國士) 나라에서 뽑힌 힘이 센 장사.
자적상아(資敵傷我) 적에게 도움을 주고 아군에게 해가 됨.
세장(世將) 평범한 장수. 무능한 장수.
정역(征役) 정벌과 전역(戰役).
모극(矛戟) 미늘창. 창끝이 갈라진 창.
상효(相囂) 떠들며 소란을 피움.
요시(拗矢) 화살을 꺾음.
주즙(舟楫) 배와 노.
강하(江河) 강은 양자강을 가리키고, 하는 황하를 가리킴.

백성들은 죽는 것을 즐기고 사는 것을 싫어하는 것이 아니다. 군령이 엄하고 법제가 세밀하기 때문에 국민으로 하여금 분기하여 적진에 진격해 나가게 할 수 있는 것이다. 사전에 상벌의 규정을 분명히 하고, 사후에 상벌을 어김없이 실시하고, 이와같이 하여 군사를 발동하면 능히 승리를 얻어 적중할 것이며, 움직이면 반드시 성공할 수 있다.

民非樂死而惡生也. 號令明, 法制審, 故能使之前, 明賞於前, 決罰於後,

是以發能中利, 動則有功.

주나라 군제에 의하면 백 명을 한 졸로 하고, 거기에 졸장을 두고, 천 명에 한 사람의 사마를 두고, 만 명에 한 사람의 장수를 두고 있었으며, 만일 부하 병사가 군법을 어기면 이를 엄히 다스려 소수이며 체력도 반드시 건장하다고 볼 수 없는 졸장, 사마는 장수가 백 명, 천 명, 만 명에 이르는 다수의 건장한 병사를 꾸짖을 수 있도록 하는 것이다. 이것이 법제의 요령이다.

令百人一卒, 千人一司馬, 萬人一將, 以少誅衆, 以弱誅强. 是聽臣言其術,
足使三軍之衆,

만일 내가 말하는 법술을 신하가 잘 듣고서 그대로 실천하면 3군의 많은 병사들을 처벌할 경우에 한 사람도 형벌을 잘못 적용하는 자가 없게 될 것이다. 잘못을 범한 자를 벌할 때에는 부친이 그 자식을 용서할 수 없고, 그 자식이 부친을 용서할 수 없는 법이다.

誅一人, 無失形. 父不敢舍者, 子不敢舍父,

하물며 백성들이야 더 말할 나위가 없다. 가령 한 사람이 칼을 들고 시중으로 들어와 사람을 마구 친다고 하자, 주변에 만인이 있어 이를 피하지 않을 자가 없을 것이다. 나는 그 칼 든 자에게만 용기가 있고 만인이 다 얼간이라고 생각하지 않는다. 다만 그 자는 죽음을 각오한 반면에 다른 사람은 목숨이 아까워 살려고 버둥거리는 마음의 자세가 본디 다르다는 것이다.

況國人乎. 一夫仗劍擊於市, 萬人無不避之者, 臣爲非一人之獨勇,
萬人皆不肖也. 何則必死與必生, 固不侔也.

만일 내 병술을 들으면 3군으로 하여금 저마다 필사의 각오를 한 한 사람의 적처럼 만들어 아군이 진격할 때 감히 그 앞에 대항할 자가 없을 것이며,

설사 후퇴를 한다 하더라도 추격할 자가 없을 것이며, 홀로 나가고 홀로 들어옴에 족할 것이니, 이렇게 무인지경을 치달리는 것처럼 하는 군사를 가리켜 〈왕패王覇의 병兵〉이라 한다.

聽臣之術, 足使三軍之衆, 爲一死賊, 莫敢當其前, 莫敢隨其後,
而能獨出獨入焉. 獨出獨入者, 王覇之兵也.

리(利) 승리.

공(功) 성공.

령(令) 법령과 법제. 여기서는 주(周)의 군제를 가리킴.

신(臣) 울료자 자신을 가리킴.

실형(失刑) 형벌을 잘못 가하는 것. 즉 처벌해서는 안 되는 자를 처벌함을 가리킴. 그러므로 무실형(無失刑)이란 형벌을 잘못 적용하는 일이 없다는 것.

사(舍) 용서함. 즉 죄가 있는 자도 벌을 주지 않음.

국인(國人) 일반 백성.

장(仗) 의지함.

불초(不肖) 변변치 못함.

모(侔) 같음. 동등함.

사적(死賊) 죽음을 각오한 도적.

독출독입(獨出獨入) 그 기세가 매우 강하여 당할 자가 없이 마치 무인지경을 가는 것과 같다는 뜻.

왕패지병(王覇之兵) 왕자(王者)나 패자(覇者)의 군대.

불과 10만의 군대를 이끌고 싸울 때 천하에 당할 자가 없으니 그것이 누군가 하면 바로 환桓公공이며, 7만의 군대를 이끌고 나가 싸울 때 당할 자가 없으니 바로 오기吳起이며, 3만의 군사를 이끌고 나가 싸워 당할 자가 없으니 바로 손무孫武이다.

有提十萬之衆, 而天下莫當者誰, 曰桓公也. 有提七萬之衆,

而天下莫當者誰, 曰吳起也. 有提三萬之衆, 而天下莫當者誰, 曰, 武子也.

오늘날 천하의 제후국이 거느리고 있는 병사의 수는 각각 20만에 미달하는 것이 없다. 이와 같은 많은 병사를 거느리고 있으면서도 큰 공적을 세우지 못하는 것은 법령과 금제禁制가 분명히 서 있지 못하기 때문이다. 만일 법령과 금제가 분명히 서 있어 한 사람의 적을 제어할 때 이를 본받아 능히 열 사람의 적을 제어할 수 있고, 열 사람의 적을 제어할 때 백 명, 천 명, 만 명의 많은 적도 제어할 수 있다.

今天下諸國士, 所率無不及二十萬之衆, 然不能濟功名者,
不明乎禁舍開塞也. 明其制, 一人勝之, 則十人亦以勝之也, 十人勝之,
則百千萬亦以勝之也

그러므로 아군의 병기를 잘 만들어 사용하기 편리하게 하고, 병사에게 무용지심武勇之心을 길러 주었을 때 비로소 이들을 동원하여 전투에 임하면 예컨대 솔개가 하늘에서 작은 새를 채어가는 것과 같고, 적을 향해 천 길이나 되는 계곡을 쏟아져 내려가듯 할 것이다. 오늘날 남의 나라의 공격을 받아 외환에 시달리는 나라는 제후들의 원조를 받으려고 사자를 파견하여 후한 선물을 보내기도 하고, 사랑하는 아들을 인질로 보내기도 하며, 자기 영내의 토지를 떼어내 주기도 하고, 제후의 구원병을 얻게 되는데 흔히 명색은 10만이라고 하지만 사실은 몇 만 명에 불과한 것이다.

故曰, 便吾器用, 養吾武勇, 發之如鳥擊, 如赴千仞之谿. 今國被患者,
以重幣出聘, 以愛子出質, 以地界出割, 得天下助, 卒名爲十萬,
其實不過數萬爾.

그리고 이웃 나라에서 아군을 돕기 위해 온 구원병치고 그 장수에게 말하기를 남에게 지지 않고 다투어 앞장서서 싸우겠다고 장담하는 자가 없지만,

입으로는 그럴 듯이 말하지만 실재로 목숨을 내걸고 싸우지는 않는 것이다. 자기 영내의 군사들에 비하여 생각해 보건데, 항오行伍의 법이 없고 대오편제법隊伍編制法이 잘 정해져있지 않을 경우에는 이를 올바로 통솔할 수가 없다. 만일 10만의 군사를 일정한 제도를 정하여 통솔할 경우에는 군주는 이 군사를 자유로이 구사할 수 있을 것이다.

其兵來者, 無不謂其將, 日無爲人下, 先戰, 其實不可得而戰也.
量吾境內之民, 無伍莫能正矣. 經制十萬之衆,

만일 자기 병사가 군주에게서 받은 군복을 입고, 군주가 준 군량을 먹으면서 적과 싸워 승리를 거두지 못하고, 나라를 견고히 지키지 못한다면, 이것은 그 군사의 죄가 아니며, 또 적국이 강하기 때문도 아니다. 오직 국내에 일정한 제도를 마련하여 군사를 다스리는 데 실패하였기 때문이다,

而王必能使之衣吾衣, 食吾食, 戰不勝, 守不固者, 非吾民之罪, 內自致也.

천하의 여러 나라에서 원병을 보내어 자기를 도와 싸우는 것은 마치 준마駿馬가 질주하는데 폐마廢馬가 갈기를 세우고 겨루는 것처럼 그들은 무용지물이다. 다만 우리는 그 치다꺼리에 숨을 돌릴 수 없이 분주하기만 할 뿐, 실제로 우리나라를 위해서는 아무런 도움도 주지 못하는 것이다.

天下諸國助我戰, 猶良驥駃騠之駛, 彼駑馬髻興角逐, 何能紹吾氣哉.

제(提) 거느리다. 이끌다.
막(莫) 없음.
오기(吳起) 오자. 병법가. 오자병법의 저자.
무자(武子) 손무. 손자병법의 저자.
제국사(諸國士) 제후(諸侯)나라의 병사.
금사개색(禁舍開塞) 법령과 금령.

양기녹이(良驥騄駬) 말 이름. 준마를 가리킴.

사(駛) 말이 빨리 달림.

노마(駑馬) 쓸모없는 말.

기흥(鬐興) 갈기가 일어남. 갈기를 세우고 힘껏 달림.

소기(紹氣) 숨을 쉼. 짧은 시간의 휴식.

다른 나라와 싸워 능히 이길 수만 있으면 천하의 여러 나라의 재화를 자기 나라의 재화로 만들 수 있으며, 천하의 법제를 참고로 하여 자기 나라의 것으로 삼을 수 있다. 또한 자기 나라의 법령을 정비하고 자기 나라의 상벌을 밝혀 선포하여 천하의 국민으로 하여금 농사에 힘쓰지 않으면 식량을 얻을 수 없고, 전장에 나아가 공을 세우지 않으면 작위나 그밖의 높은 지위를 얻을 수 없게 해야 한다. 이러한 제도가 확립되면 국민은 앞을 다투어 평소에는 농사에 힘쓰고 유사시에는 전쟁에 나가 몸을 바치게 되어 천하에 당할 적이 없게될 것이다. 그러므로 호령이 한 번 내리게 되면 온 국민이 믿고 이에 따르게 되는 것이다.

吾用天下之用爲用, 吾制天下之制爲制, 修吾號令, 明吾刑賞,
使天下非農無所得食, 非戰無所得爵, 使民揚臂爭出農戰, 而天下無敵矣.
故曰, 發號出令, 信行國內.

만일 국민 가운데 싸우면 반드시 승리할 것이라고 말하는 자가 있더라도 그 의견을 받아들여 즉시 그것을 허용하는 일이 있어서는 안 된다.

民言有可以勝敵者, 毋詐其空言,

이 경우에는 그 장본인이 싸움터에 나가 그 실천여부를 시험해보게 한 연후에 실제로 유용하다고 판명된 후 비로소 이를 채택할 일이다. 남의 나라 땅을 보고 이를 점령하고 남의 나라 백성을 나누어 자기 나라 국민으로 삼는다는 것은 반드시 그 나라의 그럴만한 현자가 있어야 가능하다.

必試其能戰也. 視人之地有而有之, 分人之民而畜之, 必能內有其賢者也.

그렇지 못하고 욕심만 앞서 천하를 손에 넣으려고 무리를 하면 반드시 많은 군사를 뒤엎고 장수를 잃게 되는 결과밖에 가져오지 않을 것이다. 이렇게 되면 설사 싸움에 이기더라도 국력은 점점 쇠퇴하고 국토를 얻어도 이를 다스릴 힘이 없고 나라는 점점 가난하게 될 것이다. 왜냐하면 나라 안의 기강과 제도가 근본적으로 피폐되어 있기 때문이다.

不能內有其賢, 而欲有天下. 必覆軍殺將. 如此雖戰勝而國益弱,
得地而國益貧, 由國中之制弊矣.

─────

용(用) 재용(財用). 재화(財貨).

호령(號令) 명령. 법령. 본래는 큰소리를 내어 명령하는 것을 뜻하였다. 고대에는 이 글을 아는 자가 드물어 백성에게 법령을 시달하려면 흔히 전호(傳呼)의 방법을 취하였으므로 호령이라 하였다.

양비(揚臂) 분기(憤起)하는 모습을 뜻함.

복군살장(覆軍殺將) 군사가 침략을 당하고 장수가 피살됨.

04

전위戰威

무릇 전투에 있어서는 도道로써 승리하는 자가 있고 위威로써 승리하는 자도 있으며, 힘力으로써 승리하는 자도 있다. 국방에 만전을 기하고 적의 강약허실强弱虛實을 잘 헤아려 전군으로 하여금 사기를 잃지 않게 하여 군대가 산란하고, 비록 진용陣容의 대형이 온전타 해도 실제로 아무 힘도 쓰지 못하게 하여 승리를 거두는 것을 가리켜 도道에 의한 것이라 한다.

凡兵有以道勝, 有以威勝, 有以力勝. 講武料敵, 使敵之氣, 失而師散, 雖刑全而不爲之用, 此道勝也.

아군의 호령이나 법도를 자세히 하고, 상벌을 분명히 하며, 성능이 좋은 무기를 만들어 사용하기 편리하게 하고, 백성들로 하여금 용감히 싸우겠다는 마음을 불러일으키는 것은 위력威力에 의한 승리라고 한다.

審法制, 明賞罰, 便器用, 使民有必戰之心, 此威勝也.

적군을 격파하고 적장을 살해하며, 적의 성문에 올라가 그 기회를 타서 적을 무찔러 땅을 빼앗고, 전공을 세워 개선하는 것은 힘力에 의한 승리인 것이다. 장수가 싸울수 있게 하는 것은 백성이며, 백성을 싸우게 하는 것은 사기이다. 사기가 충만하여 잘 싸우고, 사기를 상실하면 도망치기 마련이다.

破軍殺將, 乘闉發機, 潰衆奪地, 成功乃返, 此力勝也. 王侯, 知此所以三勝者, 畢矣. 夫將之所以戰者, 民也, 民之所以戰者, 氣也, 氣實則鬪, 氣奪則走.

아직 적과 대진하지 않고, 접전도 하기 전에 적군의 사기를 뺏을 수 있는 것에 다섯 가지가 있다. 첫째는 조정에서의 모의謀議에서 승산이 있어야 하고, 둘째는 장수에게 군대를 통솔할 수 있는 실력이 있어야 하고, 셋째는 적군의 국경을 넘을 수 있는 각오가 서야 하며, 넷째는 아군의 참호가 깊고 성벽이 높아야 하고, 다섯째는 전투 진용이 잘 갖추어져야 한다.

刑未加, 兵未接, 而所以奪敵者五, 一曰廟勝之論, 二曰受命之論, 三曰踰垠之論, 四曰深溝高壘之論, 五曰擧陳加刑之論.

이 다섯 가지에 유의하여 적을 헤아린 다음에 적절히 움직인다면 그것으로써 적의 허점을 쳐서 사기를 빼앗을 수 있다.

此五者, 先料敵而後動, 是以擊虛奪之也.

강무(講武) 무력의 충실을 강구함.

도승(道勝) 도로써 승리함. 요컨대 국방을 튼튼히 하여 적을 위압함으로써 승리를 거두는 것을 말함.

위승(威勝) 위엄으로 승리를 거둠, 즉 법제. 상벌. 병기. 전투 정신의 충실을 기함으로 승리를 거둠.

력승(力勝) 무력에 의한 승리.

인(闉) 성의 이중문 또는 벽.

묘승(廟勝) 종묘에서 적과 아군의 우열을 비교하여 작전을 의논할 때, 적보다 아군이 우세하여 승산이 있음을 말함.

수명(受命) 장수가 명을 받아 군사를 통솔함을 말함.

유은(踰垠) 은(垠)은 한(限) 경계. 국경을 넘고, 강을 건너며, 참호를 지나 적진에 침입함을 말함.

용병에 능한 장수는 적의 마음을 빼앗기를 잘하며, 마음을 빼앗기지 않는다. 여기서 마음을 빼앗는다는 말은 즉 마음의 기묘한 움직임을 앗아간다는 뜻이다.

善用兵者, 能奪人, 而不奪於人, 奪者心之機也

명령은 군사의 마음을 하나로 만든다. 한 나라의 장수가 만일 군사의 마음을 잘 알지 못한다면 갈피를 잡을 수 없어 명령이 자주 변경될 수밖에 없고, 명령이 자주 바뀌면 위신이 떨어져 병사들이 그 명령을 잘 듣지 않게 된다.

令者一衆心也, 衆不心則數變, 數變則令雖出, 衆不信矣.

그러므로 명령을 내렸을 때, 설사 병사들의 작은 과실이 있다손치더라도 일단 내린 명령은 변경하지 말고 그대로 시행해야 하며, 병사들에게 다소의 의심을 품게 하는 경우에도 마찬가지로 명령을 중지하는 일이 있어서는 안 된다. 그러므로 상부에서 반신반의의 명령이 내리지 않는 한 사졸들은 의아스럽게 듣지 않는 법이다.

故令之之法, 小過無更, 小疑無中. 故上無疑令, 則衆不二聽,

그리고 망설이면서 행동하지 않는 한 병사들은 뜻을 같이하여 두 마음을 품지 않는다. 병사들이 마음속으로 대장을 믿지 못하면서도 대장을 위해 힘쓴 예가 아직 없으며, 대장을 위해 힘을 쓰지 않으면서도 목숨을 내걸고 싸운 예가 아직 없는 것이다.

動無疑事, 則衆不二志. 未有不信其心, 而能得其力者也, 未有不得其力, 而能治其死戰者也.

나라 안에 예절을 지키고 신의를 존중하는 기풍이 있고, 서로 친애하는 미풍이 있으면, 백성은 나라를 위해 포식하기를 원치 않고, 굶주리는 것도 감수하게 된다. 또한 국민에게 효도와 자애가 있고 염치를 알면, 목숨을 걸고 죽도록 충성을 하게 마련이다.

故國必有禮信親愛之義, 則可以飢易飽, 國必有孝慈廉恥之俗, 則可以死易生

옛날의 명군들은 백성을 통솔하는 데 반드시 예의와 신의를 앞세우고 작위나 지체를 뒤로 돌리고, 염치를 앞세우고 형벌을 뒤로 돌렸으며, 친애를 앞세우고 법의 적용을 뒤로 돌렸다. 따라서 용병은 반드시 상관이 솔선수범하여 병사들을 격려하는 것을 원칙으로 한다.

古者率民, 必先禮信, 而後爵祿, 先廉恥, 而後刑罰, 先親愛, 而後律其身. 故戰者, 必本乎率身以勵衆士,

이렇게 하면 마치 마음이 손발을 움직이게 하듯이 병사들을 통솔할 수 있는 것이다. 마음이 내키지 않으면 사관이 절개와 의리에 죽으려하지 않을 것이며, 사관이 절개와 의리에 죽으려고 하지 않으면 병사는 피를 흘려 싸우려고 하지 않는다.

如心之使四肢也. 志不勵, 則士不死節, 士不死節, 則衆不戰.

능탈인(能奪人) 능히 사람의 마음을 빼앗음. 적의 전투의욕을 상실하게 함.
의령(疑令) 의혹에서 내린 명령.
이청(二聽) 두 귀로 들음.
의사(疑事) 의혹에서 일으키는 행동.
절(節) 절의(節義).

군사를 격려하는 길은 첫째로, 민생民生을 후하게 잘 살게 해야 한다. 둘째로, 작위爵位나 반열班列의 등급을 매기고, 상고喪故가 있을 때 친소에 따라 복상服喪이 다름은 백성들이 알아서 하는 일이니 이것을 밝혀주어야 한다. 그리고 모든 제도는 위정자의 비위에 맞게 정할 것이 아니라 백성의 생활을 토대로 하여 정해야 하며, 백성들이 알아서 하는 바에 따라서 그 예의범절을 분명히 밝혀야 한다.

勵士之道, 民之生, 不可不厚也. 爵列之等, 死喪之親, 民之所營,
不可不顯也. 必也因民所生而制之, 因民所營而顯之.

땅을 나누고 녹을 정하는 데도 백성의 생활에 충실을 기하도록 하고, 가까운 사람끼리 때때로 회식하여 친목을 도모하고, 동향 사람끼리 서로 격려하고 선을 권장하며, 초상이나 장례 때에는 서로 돕고, 군에도 같이 입대하여 같은 대오에 근무하다가 같이 제대하는 것이 바람직스럽다.

田祿之賓, 飲食之親, 鄕里相勤, 死喪相救, 兵役相從,

이러한 일들이 모두 백성들을 위하는 것이다. 십오什伍같은 소대원은 피차에 친척처럼 지내고, 졸백卒伯같은 부대원들은 서로 친구처럼 사귀며, 한번 자중하면 담벽처럼 요동치 않고, 행동하면 바람처럼 거침이 없이 진격하며, 병거는 후퇴하지 않고, 사병은 발꿈치를 돌리지 않는 것이 싸움의 근본 원칙이다. 토지라는 것은 국민을 양육하는 것이다. 성이라는 것은 국토를 지켜주는 것이다. 싸움이라는 것은 성을 지켜주는 것이다.

此民之所勵也. 使什伍如親戚, 卒伯如朋友, 此如堵牆, 勤如風雨,
車不結轍, 士不施踵, 此本戰之道也. 地所以養民也, 城所以守地也,
戰所以守城也.

그러므로 땅을 갈아 부지런히 농사를 지으면 백성이 굶주리지 않고, 국방에 힘쓰면 국토가 위태롭지 않으며, 싸움에 주력하면 성이 포위되지 않는다. 이 세 가지는 선왕들이 근본적인 임무로 생각하는 것이다.

故務耕者民不饑, 務守者地不危, 務戰者城不圍, 三者先王之本務也.

사상지친(死喪之親) 사망과 장례에도 친소(親疎)에 따라 후하고 박한 차이가 있었음.

십오졸백(什伍卒伯) 울료자는 군제에서 오 명을 15로하고 오장(伍長)을 두고, 열 명을 십(什)으로하여 십장(什長)을 두며, 오십(五什) 즉 50명을 졸로 하여 졸장을 두고, 2졸 즉 백명을 백(伯)으로하고 백장(伯長)을 두었다. 그런데 다른 여러 편에서 보면 백 명을 졸이라 하였다. 여기서 십오졸백(什伍卒伯)은 인원수라는 극히 형식적인 의미로 해석되며, 따라서 십오(什伍)는 작은 부대의 뜻이다.

도장(堵牆) 담장. 울타리.

결철(結轍) 철은 수레바퀴의 자국. 결철(結轍)은 병거(兵車)를 뒤로 돌려 후퇴할 경우에는 그 바퀴의 자국이 겹으로 결합됨을 가리킴.

군주의 본무 가운데서 가장 급한 것은 군사문제이다. 그리하여 선왕들이 군사에 전념하는 데에 다섯 가지 조건이 있었다. 첫째 군량의 비축이 충분하지 않으면 군사가 적진에 진격해 들어가려고 하지 않으며, 둘째 상여와 봉록이 충분하지 않으면 병사들이 애써 싸우려고 하지 않고, 셋째 정예군을 선발하지 않으면 전군이 강화되지 않으며, 넷째 병기가 충분히 갖추어져 있지 않으면 강한 전투력을 소유할 수 없고, 다섯째 상벌이 공정하지 않으면 병사들이 두려워하지 않는다.

本務者, 兵最急, 故先王專於兵有五焉. 委積不多, 則士不行, 賞祿不厚, 則民不勤, 武士不選, 則衆不强, 器用不備, 則力不壯, 刑賞不中, 則衆不畏.

이 다섯 가지에 힘쓰면, 조용할 때에는 견고한 것을 능히 지킬 수 있고 움직일 때에는 그 목적하는 바를 능히 달성할 수 있다. 안에서 지키고 밖에서 싸우려면 다음과 같은 조건을 갖추어야 한다. 즉 방비는 신중히 하여야 하고, 진지는 견고해야 하며, 출병할 때는 총동원해야 하며, 싸울 때는 한 마음 한 뜻이 되어야 한다.

務此五者, 靜能守其所固, 動能成其所欲. 夫以居攻出, 則居欲重, 陳欲堅, 發欲畢, 鬭欲齊.

위적(委積) 쌓아둔 군량.

무사(武士) 여기서는 용감한 전사.

소욕(所欲) 요구하는 바. 여기서는 전쟁에 승리하는 것을 가리킴.

정(靜) 평화롭고 무사한 때.

이거공출(以居攻出) 거는 거수(居守). 출(出)은 출격(出擊). 여기서 공(攻)은 이(以)로 봐야함.

05

공권攻權

병사는 언제나 조용한 가운데서 승리를 거두는 것이며, 전 국민이 한 마음 한 뜻이 되어 상부의 명령을 잘 준행해야만 그 나라는 승리를 거둘 수 있다. 단합이 되지 않으면 나라는 약해지고, 장수의 마음이 흔들리면 부하들이 배신을 하게 된다. 힘이 약하면 진퇴의 호기를 찾을 수 없고, 적을 놓쳐 사로잡지 못한다.

兵以靜勝, 國以專勝, 力分者弱, 心疑者背. 夫力弱, 故進退不豪, 縱敵不擒.

장수나 장병들은 동정動靜이 같아야 한다. 그렇지 않고 상하가 서로 불신한다면 작전계획은 이미 계획되어 있더라도 아래서 그대로 움직여주지 않으며, 또 부하들의 움직임이 결정되더라도 윗사람이 이를 금지시키지 못한다. 병사들의 말이 각각 다르며 유언비어가 나돌아 대장은 갈피를 잡지 못해 갈팡질팡하며, 병사는 병사대로 일정한 임무가 없다.

將吏士卒, 動靜一身, 心旣疑背, 則計決而不動, 動決而不禁. 異口虛言, 將無修容, 卒無常試,

이런 군사를 이끌고 공격한다면 반드시 패배할 것은 뻔한 노릇이다. 이것을 가리켜 질능疾陵의 군사라 한다. 더불어 싸울만한 군사가 못된다.

發攻必衄, 是爲疾陵之兵. 無足與鬪.

장수를 마음이라고 한다면 부하들은 그 지체肢體와 마디나 마찬가지다. 그 마음이 언제나 성실하게 움직이면, 지체나 마디는 반드시 이에 따르기 마련이다. 그 마음이 확고하지 못하여 흔들리면, 지체나 마디는 반드시 위배違背하게 마련이다.

將帥者心也, 群下者之節也, 其心動以誠, 則支節必力, 其心動以疑則支節必背.

대장이 마음을 제어치 못하고 사졸들이 그 명령에 움직이지 않으면, 설사 싸워서 승리한다 하더라도 그것은 하나의 요행에 불과하며, 결코 실력으로 이기는 것이 아니다.

夫將不心制, 卒不節動, 雖勝, 幸勝也, 非攻權也.

전(專) 하나로 뭉쳐 있음.

종적(縱敵) 적병을 놓아줌. 즉 사로잡을 수 있는데도 불구하고 적을 놓치는 것을 뜻함

수용(受容) 위엄 있는 태도.

장리(將吏) 대장과 장교.

상시(常試) 일정한 임무.

질능(疾陵) 급속히 적을 무찌름. 즉 자기 힘만 의지하고 적의 실력을 알지 못한 채 성급히 행동함을 말함.

군하(群下) 부하.

지절(支節) 사지백절(四支百節). 손발과 뼈마디.

절동(節動) 대장의 명령에 따라 움직임.

행승(幸勝) 운이 좋아 이김.

육(衄) 패배하다.

국민과 병사들은 적과 자기 나라 장수를 함께 두려워하는 일은 없다. 즉 자기의 장수가 권위가 있어 이를 두려워하면 적을 멸시하고, 적을 두려워하면 자기 장수를 멸시하기 마련이다. 멸시를 당하는 자는 패배하고 위엄이 있는 자는 승리하게 마련이다.

夫民無兩畏也, 畏我侮敵, 外敵侮我, 見侮者敗, 立威者勝.

장수가 위엄을 지킬 줄 알면 부하인 장교들은 그 장수를 두려워하고, 장교들이 그 장수를 두려워하면 백성들은 그 장교를 두려워한다.

凡將能其道者, 吏畏其將也, 吏畏其將者, 民畏其吏也.

그리고 백성과 병사들이 그 장교를 두려워하면, 적은 이들 백성과 병사를 두려워하게 되는 것이다. 그래서 승패의 도를 아는 자라면 반드시 두려워하고 경멸하는 이치를 아는 것이다.

民畏其吏者, 敵畏其民也. 是故, 知勝敗之道者,

장수가 부하를 사랑하고 그 마음을 즐겁게 하지 않으면 장수를 위해 쓸모가 없는 존재가 되어 버리며, 위엄을 세워 그 마음을 두렵게 하지 못하면 그 장수를 위해 아무 힘도 되지 못한다.

必先知畏侮之權. 夫不愛說其心者, 不我用也. 不威嚴其心者, 不我舉也.

사랑은 부하를 순종케 하고, 위엄은 상관의 체통을 세워 준다. 부하는 상관이 사랑하기 때문에 두 마음을 품지 않고, 대장이 위엄이 있기 때문에 그 명령을 어기려 하지 않는다. 그러므로 일국의 장수된 자는 사랑과 위엄을 겸비하여야 한다.

愛在下順, 威在上立, 愛故不二, 威故不犯. 故善將者, 愛與威而已.

기도(其道) 위엄을 지키는 길.
이(吏) 부하장교를 가리킴. 춘추시대에는 상군(上軍)의 대부(大夫), 중군(中軍)의 대부, 하군(下軍)의 대부, 사마(司馬) 등을 이라 하였다.
애열(愛說) 사랑하여 즐겁게 함.
불아거(不我舉) 나를 위해 힘이 되지 못함.

전쟁을 하여 승리할 자신이 없으면 전쟁이라는 말은 입 밖에도 내지 말아야한다. 또 적을 공격할 경우 반드시 적의 성을 함락시킬 자신이 없으면 공격이라는 말은 입 밖에 내지 말 일이다.

戰不必勝, 不可以言戰, 攻不必拔, 不可以言攻,

만일 그렇지 않고 함부로 입 밖에 낼 경우에는, 부하에게 상벌을 주어도 신임을 받을 수 없다. 신임을 얻으려면 군사를 일으키기 전에 평소에 이에 대한 대비가 있어야한다. 어쨌든 전쟁이 아직 일어나기 전에 충분한 대비책이 있어야 하는 것이다.

不然刑賞不足信也, 信在期前, 事在未兆.

그러므로 병사들이 동원되었으면 헛되이 흩어져 버리지 않고, 또 일단 출정하였으면 이기기 전에는 고향에 돌아가지 않는다. 적을 탐색하기를 마치 도망친 자식을 찾듯이 하며, 적을 격퇴시키기를 마치 물에 빠진 사람을 건져내듯이 성의를 다하는 것이다.

故衆已聚, 不虛敢, 兵已出, 不徒歸, 求敵若求亡子, 擊敵若求溺人.

만일 적이 험준한 곳에만 군사를 분산시켜 도전을 막으려고 할 때는, 그들에게 전투의욕이 없다는 것을 의미하며, 또 적이 경솔하게 도전해오는 것은 전체적인 통솔이 잘되지 않는다는 증거이고, 싸우는 것만을 능사로 삼는 자는 참으로 승리를 거둘 자신이 없는 자이다. 이러한 자들은 계략을 세워 무찔러야한다.

分險者無戰心, 挑戰者無全氣, 鬪戰者無勝兵.

예의로써 적을 치는 자는 뚜렷한 명분이 섬으로 남보다 먼저 군사를 일으킬 일이고, 그렇지 않고 사사로운 감정으로 남의 나라와 원한을 맺을 경우에는 의병이 나설 일이 아니므로 스스로 군대를 일으키지 말고, 상대편이 쳐들어오거든 부득이 이를 맞아 싸울 일이다. 원한을 맺었을 때에는 설사 군사를 일으킬지라도 이편에서 먼저 일으킬 것이 아니라 상대방이 쳐들어오는 것을 기다려, 남보다 뒤늦게하는 것이 바람직하다.

凡俠義而戰者, 貴從我起, 爭私結怨, 應不得已, 怨結雖起, 待之貴後.

그러므로 이럴 경우에 다른 나라와 싸울 때 반드시 상대방이 싸움을 걸어오기를 기다려야 하며, 싸움이 끝났다고 해서 방심하지 말고 적절한 대비가 있어야 한다.

故爭必當待之,息必當備之.

전쟁은 조정에서 먼저 국방을 튼튼히 해서 싸우기 전에 적의 항복을 받음으로써 승리를 거두는 것도 있고, 평원광야에서 싸우는 경우도 있으며, 적국 깊이 들어가 시가지에서 교전하여 싸우는 경우도 있다.

兵有勝干朝廷, 有勝於原野, 有勝於市井.

어느 경우에 있어서나 적과 용감히 싸워서 승리를 하면 이롭고 굴복하면 해롭기 마련이다. 혹시 운이 좋아 패배를 면하는 경우도 있는데, 이것은 이쪽에서 승산이 없었는데 적이 뜻밖에 놀라서 두려워하기 때문에 부분적으로 승리를 거둔 데 불과하다.

鬪則得, 服則失, 幸以不敗, 此不意彼驚懼, 而曲勝之也,

부분적인 승리란 완전한 승리를 거두지 못한 것을 말한다. 완전한 승리를 못하게 되면 권위가 없다. 그러므로 명군은 적과 접전할 때 북을 치고 호각을 불어서 질서정연하게 움직이며, 접전하는 데도 절도가 있어 어지럽지 않으면 적을 이기려고 하지 않아도 스스로 이기기 마련이다.

曲勝言非戰也. 非戰勝者, 無權名, 故明主戰攻之日, 合鼓合角, 節以兵刃, 不求勝而勝也.

발(拔) 쟁취함.
식(息) 전쟁을 그침.
곡승(曲勝) 부분적인 승리. 전승(全勝)의 반대.
권명(權名) 권위(權威)에서 오는 명성
절(節) 절도(節度).

굳이 적에 대한 전쟁준비를 하지 않고, 위력을 보이지 않아도 승리를 거두는 경우가 있다. 이것은 가장 훌륭한 병법으로써, 법도가 바르게 잡혀있기 때문이며, 또 군대에 필요한 기구가 평소에 바르게 갖추어져 있기 때문이다. 이리하여 적과 대결할 때는 작전계획이 주밀하고, 3군을 통솔함에 있어 지극한 도를 얻고 있기 때문이다.

兵有去備撤威而勝者, 以其有法故也, 有器用之蚤定也, 其應敵周也,

병사 5명을 오伍로 하고, 10명을 십什으로 하며, 백 명을 졸卒로 하고 천 명을 솔率, 그리고 만 명에 장將을 두는 것은 그 제도가 매우 주밀하다. 만일 아침에 그 장수가 전사하면, 그 즉시 아침에 다른 사람을 대치하고 저녁에 전사하면 저녁에 대치함으로써 잠시도 빈틈이 없이하며, 적의 허실과 강약을 헤아리고, 적장의 지모와 용기를 자세히 살핀 다음에 거병한다. 군사를 집결시키는데 천 리 떨어져있는 자는 10일 사이로, 백 리 밖에 있는 자는 하루 사이에 반드시 국경까지 집합할 일이다.

其總率也極. 故五人而伍, 十人而什, 百人而卒, 千人而率, 萬人而將, 已周已極, 其朝死則朝代, 暮死則暮代, 權敵審將, 而後擧兵. 故凡集兵, 千里者旬日, 百里者一日, 必集敵境.

이처럼 하여 사졸들이 모이고 장수가 도착하면, 국경을 넘어 깊숙이 적지에 들어가서 적의 교통을 차단함으로써 다른 데서 구원을 받지 못하도록 하면, 이에 그 성을 올라 위험을 무릅쓰고 적을 공략하면, 적은 남녀를 막론하고 큰 소동을 일으킬 것이다.

卒聚將至, 深入其地, 錯節其道, 接其大城大邑, 使之登城逼危, 男女數重,

이때 각각 요소에 진출하여 요새를 공격하면, 적군은 한 성 또는 한 읍에 농성하여, 몇 개의 길이 모두 차단되어 고립될 것이다. 그리고 이 기세를 몰아 대공세를 취하면 적의 장수는 부하에게 적절한 명령을 내려 이를 믿고 따를 수가 없을 것이다. 그리고 장졸이 서로 일치단결하여 대적할 여유가 없게 된다.

各逼地形, 而攻要塞. 據一城邑, 而數道絕, 從而攻之, 敵將帥不能信, 士卒不能和,

이와같이 적의 군기가 문란하여 형벌을 행하여도 명령에 따르지 않는 자가 있을 때 진격해 들어가면 반드시 이를 격파할 수 있을 것이다. 그리하여 적의 구원병이 도착하기 전에 적의 성 하나쯤은 쉽게 함락할 수 있을 것이다. 만일 적군의 나루나 교량시설이 아직 되어있지 않고, 요새도 수리되지 않았으며, 적의 험준한 설비도 아직 되어있지 않고, 적군의 침입을 막을 장애물도 마련되지 않았을 때엔 성이 있다 할지라도 수비가 없는 것과 마찬가지다.

形有所不從者, 則我敗之矣. 敵救未至, 而一城已降, 津梁未發. 要塞未修, 城險未設, 渠答未張, 則雖有城, 無守矣.

먼 곳에 있는 보루에 파견한 연락병도 아직 돌아오지 않고 국경 수비대도 돌아오지 않는다면, 그것은 훈련이 불충분한 때문이니, 설사 많은 병력을 갖고 있어도 한 사람도 없는 것과 마찬가지이므로, 이를 격파하기 쉬운 것이다.

遠堡未入, 戍客未歸, 則雖有人. 無人矣.

들에 있는 가축들을 아직 모으지 못하고 곡식은 아직 거둬들이지 못했으며, 밖에 있는 재물들을 들여놓지 못했을 때는, 자재가 있다 할지라도 없는 것과 마찬가지이다.

六畜未聚, 五穀未收, 財用未斂, 則雖有資, 無資矣.

이와같이 성읍城邑은 속이 비어 있고, 그 자재가 충분치 않다는 것을 알게 되면, 아군은 그 허점을 찔러 이를 공격할 일이다. 그러므로 병법에 이르기를 〈홀로 나가고 홀로 들어와, 마치 무인지경을 달리듯이 하여 적군과 칼날을 부딪치지 않고서도 능히 적군을 복종 시킨다〉고 한 말은 이것을 가리키는 것이다.

未城邑空虛而資盡者, 我因其虛而攻之. 法曰, 獨出獨入,
敵人不接刃而攻之, 此之爲也.

철(撤) 제거함.

조(蚤) 빠름.

총솔(總率) 통솔.

장(將) 적의 대장.

순일(旬日) 10일.

수중(數重) 혼잡을 일으키는 현상을 말함.

진량(津梁) 건널목과 다리.

거답(渠答) 함정. 또는 철책 등으로 적의 진군을 막는 시설.

수객(戍客) 변경지역의 수비병.

독출독입(獨出獨入) 마치 무인지경을 드나들듯이 활보함의 뜻.

06

수권守權

성을 수비하는 데는 멀리 날아가서는 변경의 수비를 튼튼히 하고, 가까이는 곳곳에 담을 쌓아 만전을 기해야 한다. 그렇지 않고 단지 고성孤城을 지키는 데에만 안간힘을 쓰는 것은 잘하는 일이 못된다.

凡守者, 進不郭圍, 退不亭障, 以禦戰, 非善者也.

지용智勇이 뛰어난 자나 견고한 갑주, 예리한 병기, 성능이 좋은 활과 강한 화살 등이 모조리 성 안에 갖추어져 있고, 민간의 양곡을 성 안에 수용하고, 성 밖의 집들을 파괴하여 모두가 성 안에 들어와 방위에 임하면, 외관상으로는 견고한 것처럼 보이지만, 사실은 적군은 아군의 무능함을 간파하고, 적의 사기는 십 배, 백 배나 앙양되고, 아군의 전투의욕은 침체되고 반감하기 마련이다. 따라서 적군이 쳐들어오면, 아군은 큰 손실을 입게 된다. 그런데 평범한 장수는 이 이치를 모르고 있는 것이다.

豪傑英俊, 堅甲利兵, 勁弩强矢, 盡在郭中, 及收窖廩, 毁折而入保,
令客氣十百倍, 而主之氣不半焉, 敵攻者傷之甚也, 然而世將弗能知.

성을 지킨다는 것은 그 험준한 요소를 상실하지 않는다는 것이다. 지키는 방법은 성의 일장一丈마다 10명의 병사를 배치하여 적의 공격에 대비하도록 한다. 이 10명 중에는 공병이나 식사당번 같은 병사는 포함되지 않는다. 성 밖에서 싸우는 자는 성 안에서 수비하지 않고, 성 안에서 싸우는 자는 성 밖에서 싸우지 않도록 양자의 임무를 구별한다.

夫守者, 不矢其險者也. 守法, 城一丈, 十人守之, 工食不與焉. 出者不守, 守者不出,

성 안에서 수비하는 자는 지세의 리地利를 얻고 있으므로 한 명이 열 명의 적을 당해낼 수 있으며, 열 명이 백 명을, 백 명이 천 명을, 천 명이 만 명의 적을 당해낼 수 있다. 그러므로 성곽을 쌓는다는 것은 다만 백성의 힘을 소비하여 홀로 높이 쌓는 것만이 능사가 아니라 적을 물리치기 위한 것이라야 한다.

一而當十, 十而當百, 百而當千, 千而當萬. 故爲城郭者, 非特非於民, 聚土壤也, 誠爲守也.

천장千丈의 성을 수비하려면 만 명의 군사를 필요로 한다. 못은 깊고 넓으며, 성벽은 견고하고 두터우며 국민이 각각 자기 임무를 다하고, 땔감이나 식량도 넉넉하고, 활은 견고하며 화살이 강하고, 창도 충분히 준비하여야 한다. 이것이 성을 수비하는 정법正法이다.

千丈之城, 則萬人之守也, 池深而廣, 城堅而厚, 士民備, 薪食給, 弩堅矢强, 矛戟稱之, 此守法也.

곽어(郭圉) 곽(郭)은 성외(城外). 어(圉)는 변경(邊境).

정장(亭障) 성을 쌓거나 망루를 짓는 것.

진토(進退) 원근(遠近)을 의미하는 것임.

호걸영준(豪傑英俊) 재지(才智)와 무용이 뛰어난 자를 가리킴. 진남자(進南子)에 지(智)가 만인(萬人)보다 나은 자를 영(英)이라 하고 천 명보다 나은 자를 준(俊)이라 하며, 백 명보다 나은 자를 호(豪)라고 하고, 10명보다 나은 자를 걸(傑)이라고 기록되어 있다.

름(廩) 식량창고.

객(客) 적군.

주(主) 아군.

교(窖) 땅을 파서 만든 곡간.

예컨대 10만쯤은 족히 되어 보이는 적이 쳐들어올 경우에도 그 병력이 많다고 하여 두려워할 필요는 없다. 아군이 성을 지키고 있는 동안에 반드시 밖으로부터 이를 성심껏 도와주는 야전군野戰軍이 있기만 하면 반드시 그 성은 지켜나갈 수 있다.

攻者不下十餘萬之衆, 其有必救之軍者, 則有必守之城.

이와 반대로 지켜 줄 야전군이 없을 경우에는 고립되어 있으므로 성은 언제까지나 지킬 수 없는 것이다. 성이 견고하고 도와줄 야전군이 있다는 것을 알게 되면 아무리 어리석은 자일지라도 성을 지키기 위하여 자신의 재물과 피를 아끼는 자는 없을 것이며, 이렇게 성을 지키는 한 1년이란 긴 기간이라도 지켜나갈 수 있을 것이다.

無必救之軍者, 則無必守之城. 若彼城堅, 而救誠, 則愚夫蠢婦,
無不蔽城資血, 城者朞年之城,

성을 수비하는 전투 능력이 공격해오는 적보다 우세하고, 성의 수비 병력보다 구원병이 더 강하기 때문이다. 만일 성이 견고하더라도 성실한 구원병의 도움을 받을 가망이 없으면, 의지할 곳이 없는 실망으로 싸울 의사를 상실하고 그 누구도 성을 지키면서 눈물을 흘리지 않을 자 없을 것이다. 이것은 인간의 상정常情이다.

守餘於攻者, 救餘於守者. 若彼城堅, 而救不誠, 則愚夫蠢婦,
無不守陴而泣下, 此人之常情也.

이와같이 국민이 실망하고 있는 것을 보고 이를 격려하기 위해 창고를 열어 비축한 곡식을 꺼내 주며, 그들을 무마하려고 해도 그들의 흐르는 눈물을 멈추게 할 수 는 없는 것이다. 이럴 때는 반드시 지모가 있고 용기가 뛰어난 자들을 고무하고, 예리한 병기며 갑주와 성능이 강한 활등을 갖추어 일치단결하여 적과 대전하게 하는 동시에, 어린이나 허약자 또는 병든 자는 후방에서 협력하도록 해야 한다.

逐發其窖廩救撫, 則亦不能矣. 必鼓其豪傑英俊, 堅甲利兵, 勁弩强矢, 井於前, 幺幺毁瘠者, 井於後.

십만의 적병이 성 밖에 와서 패하는 것은 바로 구원병이 길을 열어주고 성안의 수비병이 출격하여 분투하기 때문이다. 수비병의 일부는 성 밖으로 나가 요새에 의거하고, 구원병은 성을 포위하고 공격하는 적병과 싸우지 말고, 다만 성을 나와 요새에 의거하고 있는 수비병의 뒤를 돌보아주고, 적이 식량수송로를 끊지 못하도록 하고, 성 안 수비병과 구원병이 안팎으로 긴밀한 연락을 취하도록 해야 한다. 그것은 이편 구원병이 수비병을 구원하면서도, 적에게는 짐짓 진실이 아닌 듯이 보이기 위한 것이다.

十萬之兵, 頓於城下, 救必開之, 守必出之. 出據要塞, 但救其後, 無節其糧道, 中外相應, 此救而示之不誠, 示之不誠

이처럼 적에게 거짓으로 성 안 수비병을 구원하는 것이 성실치 않은 듯이 보이는 것은, 적군으로 하여금 거꾸로 해석해서 의혹하게 하여 그들이 어떻게 나오는 것인가를 기다리는 것이다. 이렇게 하고나서, 우리 구원병은 건강한 병사를 뒤로 돌리고 노약한 병사를 앞으로 내세워 분전하게 하면, 적군은 감히 전진해오지 못할 것이며, 성 안 수비병도 출격하여 성 안팎이 협격하는 그 기세가 왕성하여 이것을 제지하려고 해도 제지할 수가 없을 것이다. 이것을 성을 수비하는 임기응변의 법이라 한다.

則倒敵而待之者也. 後其壯前其老, 彼敵無前, 守不得而止矣, 此守權之謂也.

구성(救誠) 원병이 분명히 와서 구해줌.

준부(蠢婦) 어리석은 부녀자.

자혈(資血) 재물과 피.

기년(朞年) 만 일 년.

비(陴) 담.

요마(幺麼) 매우 작고 어린 것.

훼척(毁瘠) 여윈 자.

돈(頓) 패함.

도적(倒敵) 적이 전투의욕을 잃게 함.

무전(無前) 진격해오지 못함.

07

이릉二陵

장수의 위엄은 일단 내린 명령은 경솔히 변경하지 않는다.

부하에 대한 은혜는 적절한 시기에 베푸는 데 그 의의가 있다.

좋은 기회는 임기응변으로 적절히 대처해나가는 데 그 효험이 있다.

싸우는 데 있어서는 장병들의 사기를 잘 북돋아 주는데 그 길이 있다.

威在於不變. 惠在於因時. 機在於應事. 戰在於治氣.

적을 공격하는 데는 그 불의를 치는 데 성과가 클 수가 있다.

수비를 하는 데는 외양을 꾸미면 적으로 하여금 헤아리지 못하게 할 수 있다.

과오를 범하지 않음은 세밀하게 계산하는 데에 있다.

곤경에 빠지지 않음은 평소에 충분한 대비를 하는 데에 있다.

攻在於意表. 守在於外飾. 無過在於度數. 無因在於豫備.

신중을 기한다는 것은 아무리 작은 것이라도 두렵게 여기는 데에 있다.

지모는 대국을 잘 파악하는 데에 있다.

피폐를 제거하는 것은 과단성 있게 행동하는 데에 있다.

병사들의 신망을 얻는 것은 자기를 낮추어 겸손해 하는 데에 있다.

愼在於畏小. 智在於治大. 除害在於敢斷. 得衆在於下人.

후해하게 되는 것은 의심스러운 계책을 사용하는 데에 있다.

재앙의 원인은 무자비하게 살육하는 데에 있다.

편파적인 행동을 하는 것은 사심이 많은 데에 있다.

불상사는 자기의 잘못을 충고하는 소리에 귀기울이지 않는 데에 있다.

悔在於任疑. 孼在於屠戮, 偏在於多私. 不祥在於惡聞己過.

낭비는 백성의 재물을 탕진하는 데에 있다.
명철하지 못한 것은 적의 첩자의 허언에 귀 기울이는 데에 있다.
병력이 충분치 못한 것은 경솔한 출병에 있다.
옹고집이며 어리석은 것은 현명한 자를 멀리하는 데에 있다.

不度在於竭民財. 不明在於受間. 不實在於輕發. 固陋在於離賢.

화근의 원인은 이익을 탐하는 것이다.
해독害毒은 소인을 가까이 하는 데에 있다.
국가의 멸망은 국방력의 마비에 있다.
위태로운 것은 명령시달이 되지 않아서이다.

禍在於好利. 害在於親小人. 亡在於無所守. 危在於無號令

외식(外飾) 외면을 어마어마하게 꾸밈. 적이 아군의 허실을 탐지하지 못하게 하기 위하여.
도수(度數) 계산. 즉 인원의 적고 많음, 군량의 유무, 거리의 멀고 가까움, 성곽의 크고 작음을 세밀히 계산함을 말함.
얼(孼) 재앙.
부도(不度) 무절제.
불명(不明) 지혜가 밝지 못함.
무호령(無號令) 명령이 있으나 마나 함.

08

무의 武義

용병에 있어서는 잘못이 없는 나라를 공격하거나, 죄 없는 사람을 살해하거나 하지 않는다. 남의 부형을 살해하거나, 남의 재화를 탐내어 취하거나 또는 남의 자녀를 생포하여 비첩으로 삼는 등등의 일은 모두가 도둑 행위이다. 따라서 군사는 난폭한 자를 살육하고 불의를 막기 위해 일으키는 것이다.

凡兵不攻無過之城, 不殺無罪之人, 夫殺人之父兄, 利人之財貨,
臣妾人之子女, 此皆盜也. 故兵者所以誅暴亂禁不義也.

군사를 몰아 진격해 들어간 그 나라의 농민은 그 전답을 떠나지 않고, 상인은 그 상점을 떠나지 않으며, 관리는 그 관청을 떠나지 않아야 한다. 왜냐하면 군사를 일으킨 것은 불의를 치는 사람의 뜻에 의해 결정되기 때문이다. 그러므로 군사가 칼에 피를 묻히지 않으면 만민이 모두 친밀감을 갖게 된다.

兵之所加者, 農不離其田業, 賈不離其肆宅, 士大夫不離其官府,
申其武議在於一人, 故兵不血刃, 而天下親焉.

전업(田業) 농사일.

고(賈) 상인.

사택(肆宅) 상점.

사대부(士大夫) 벼슬아치. 본래 주(周)의 봉건제도 시대에 왕, 제후 아래서 벼슬을 하여 정치의 실무를 장악하고, 세습적 채읍(采邑)을 가진 계급으로 서민과 구별되는 특권층이다. 후에 현직, 퇴직관료를 중심으로 한 유교적 지식계급.

무의(武議) 용병 가부를 결정하는 군사회의. 〈무의재어일인(武議在於一人)〉이란 군사를 일으키는 뜻이 불의를 치려는 한 사람에 의해 결정된다. 예컨대 무왕이 은나라를 치고, 탕왕이 하 나라를 치는 경우가 그것이다. 즉 명이 불의를 치기 위해 군사를 일으키는 것이다.

만승의 나라 즉 천자의 나라는 평상시에 농사에 힘쓰고 유사시에는 전쟁을 하며, 천승의 나라 즉 제후의 나라는 이웃을 돕고 자국을 방위하며, 백승의 나라는 사업에 힘써 백성을 부양한다. 태평시절엔 농사에 힘쓰고 유사시에 전쟁을 하면 권위는 스스로 구비되는 것이므로 남의 권위를 구할 필요가 없으며, 이웃을 돕고 자국을 방위하게 되면 남의 구원을 받을 필요가 없으며, 사업에 힘써서 백성을 부양하게 되면 재화가 스스로 족하게 되므로 남의 자산을 필요로 하지 않는다.

萬乘農戰, 千乘救守, 百乘事養, 農戰不外素權, 救守不外素助,
事養不外素資.

나가서도 군자금이나 기물 부족으로 싸우기에 족하지 못하고, 들어와서도 군자금이나 기물 부족으로 스스로 방위하기에 부족한 자는 시장을 열어 조세를 거두어서 군자금이나 기물을 구비한다. 시장은 재화를 거두어서 전쟁과 방위에 필요한 물자를 공급하는 곳이다. 만승국이 천승국의 도움을 받지 못할 때는 반드시 백승국의 전쟁 물자를 징수할 만한 시장이 있을 것이다.

夫出不足戰, 入不足守者, 治之以市, 市者所給戰守也. 萬乘無千之乘助,
必有百乘之市.

▬

농전(農戰) 평시에는 밭을 갈아 농사를 짓고, 유사시에는 창검을 들고 전쟁을 함. 따라서 이것은 국민개병(國民皆兵)을 뜻하고 있다.
구수(救守) 이웃 나라를 불의에서 구하고, 자기 나라를 적으로부터 수호함.
사양(사양) 일에 힘써 백성을 양육함.
시(市) 시장. 시장을 열어 이득을 올리게 하고, 시세를 징수하여 군자금을 조달한다. 백승지시(百乘之市)란, 〈백승의 나라 수입에 해당하는 시세를 징수할 만한 시장〉을 가리킨다.

극형은 군의 위세와 무력을 밝히기 위한 것으로, 한 사람을 사형하여 3군이 다 두려워하게 된다면 사형에 처해도 무방한 것이다. 또 한 사람을 사형에 처하여 만인이 기뻐한다면 역시 죽인다. 죄 있는 자를 사형에 처한다는 것은 귀중한 인물도 용서 없음을 귀히 여기고, 공 있어 시상하는 것은 미천한 인물까지도 빠지지 않음을 귀히 여긴다.

凡誅者所以明武也, 殺一人而三軍震者, 殺之, 殺一人而萬人喜者, 殺之. 殺之貴大, 賞之貴小,

마땅히 죽여야 하면 귀중한 인물일지라도 반드시 그를 사형에 처하는 것은 형벌이 꼭대기까지 미치는 것이다. 상을 주는데 소먹이는 목동이나 말 기르는 미천한 사람에게까지 미치는 것은 상이 아래 끝까지 미치는 것이다.

當殺衆雖貴重, 必殺之, 是刑上究也, 賞及牛童馬圉者, 是賞下流也.

대저 형벌이 능히 꼭대기까지 이르고 상이 아래 끝까지 미칠 수 있는 것은 장수의 무위이다. 그렇기 때문에 군주는 장수를 중히 여기는 것이다.

夫能刑上究, 賞下流, 此將之武也, 故人主重將.

▬▬

우동(牛童) 소치는 아이.
마어(馬圉) 말 기르는 사나이.
무(武) 군의 위세와 무력.

대장은 북을 치며, 국난에 즈음하여 승패를 걸고 장병들로 하여금 적과 접전하여 겨루게 한다. 이와같이 북을 치며 진군하여 승리를 거두면, 그 공적에 대한 상이 있고 이름을 세상에 떨치게 된다.

夫將制鼓揮枹, 臨難決戰, 接兵角刃, 鼓之而當, 則賞攻立名,

그러나 만일 진군하여 패배하면 몸을 망칠뿐더러 나라도 멸망한다. 실로 국가의 흥망과 안위가 대장의 북채 끝에 달렸다. 그러니 어찌 대장을 존중하지 않을 수 있는가.

鼓之而不當, 則身死國亡, 是與亡安危, 應在枹端, 奈何無重將也.

　　군주가 대장으로 하여금 북을 치면서 군대를 지휘하여 적과 접전하게 하여 전쟁으로 성공을 거두는 것은 어려운 일이 아닌 줄로 안다. 훌륭한 대장만 얻으면 되므로 옛사람들은 〈전함의 준비 없이 적을 공격하고 장애물 없이 지키려고 하는 것은 보잘것없는 군대〉라고 말하였다.

夫在鼓揮枹, 接兵角刃, 君以武事成功者, 臣以爲非難也. 古人日, 無蒙衝而攻, 無渠答而守, 是謂無善之軍.

━━━

부(枹) 북채.

각(角) 겨룸.

당(當) 적중함. 고지이당(鼓之而當)은 북을 치면서 지휘하는 용병의 법이 적중한다는 뜻.

몽충(蒙衝) 전함(戰艦). 소가죽으로 외면을 덮고 양쪽에 노를 젓는 구멍이 뚫리고, 전후와 좌우에 활을 쏘는 창(窓)이 달려 있어 옛날에는 대표적인 공격무기로 간주하였다.

무선지군(無善之軍) 공(攻)·수(守)에 다 쓸모가 없는 군사.

　　세상의 움직임에 대하여 볼 수도 들을 수도 없는 것은 국내에 큰 시장이 없어서이다. 시장은 여러 가지 물건을 취급하는 관서에서 관리할 일이다. 싼 물건은 사들이고, 비싼 물건은 팔아서 물가를 조절하여 백성들의 폭리행위가 없도록 해야 한다.

視無見, 聽無聞, 由國無市也. 夫市也者, 百貨之官也, 市賤賣貴,

　　사람들은 하루에 조 한 말을 먹고, 말은 하루에 콩 서 말을 먹는다고 하지만, 이 말은 우리나라의 그것과는 분량이 다르다 사람의 안색에 굶주림이 나타나 있고 말은 여윈 꼴을 하고 있으니 어찌된 까닭인가. 시장에서는 국가에 세금을 바치지만, 물자를 주관하는 관서가 없어 상인이 말을 속이기 때문이다.

以限士人. 人食栗一斗, 馬食菽三斗, 人有饑色, 馬有瘠形, 何也.
市有所出, 而官無主也.

천하의 만민을 절제하게 할 만한 지위에 있는 군주가 여러 가지 물자를 취급하는 관서를 설치하지 않음은 잘 싸우는 자의 소행이라고는 할 수 없다.

夫提天下之節制, 而無百貨之官, 無謂其能戰也.

▬

숙(菽) 콩.
천(賤) 싼 물건.
귀(貴) 값이 비쌈.
출(出) 세금을 냄.

군사를 일으켜 출정한 후 갑주 속에 이가 우글거리게 되는 것은 병사들이 이 따위에 신경을 쓰지 않고 다만 전투에만 전념하기 때문인 것으로 바람직한 일이다.

起兵直使甲冑生蟣蝨者, 必爲吾所効用也,

사나운 새가 참새를 쫓았을 때 다급하여 사람의 품속으로 뛰어들기도 하고, 또 방으로 날아들기도 한다. 이것은 삶을 등지고 사지에 들기 위해서가 아니라 등 뒤에 꺼리는 사나운 새가 뒤쫓고 있기 때문이다.

鷙鳥逐雀, 有襲人之懷, 入人之至者, 非出生也, 後有憚也.

▬

기슬(蟣蝨) 이. 기(蟣)는 이의 알.

태공망은 나이 70에 조가朝歌에서 소를 도살하는 것을 업으로 삼고, 맹진孟

津에서는 음식점을 경영하고 있었다. 70이 지나도록 그의 주장을 들어주는 군주가 없을뿐더러 사람들은 그를 가리켜 미친 영감이라고까지 하였다.

太公望年七十, 屠牛朝歌, 賣食孟津, 過七十餘, 而主不聽,
人人謂之狂夫也.

그런데 문왕文王을 만나게 되어 3만의 군사를 거느리고 한 번 싸워서 천하를 평정시켰으니, 그가 전략에 능하지 못했던들 어찌 이와같은 인연을 맺을 수 있었겠는가. 예부터 〈좋은 말은 채찍질을 하면 먼 길을 달릴 수 있고, 현자는 명군을 만나면 정치의 대도를 밝힐 수 있다〉고 일러온다.

乃遇文王, 則提三萬之衆, 一戰而天下定, 非武議, 安能得此合也. 故曰,
良馬有策, 遠道可致, 賢士有合, 大道可明.

무왕이 은나라 주왕을 칠 때, 주나라 군사가 맹진을 건넜다. 무왕은 오른손에 깃발을 들고, 왼손에는 큰 도끼를 들고 앞장섰다. 목숨을 걸고 싸울 군사는 겨우 300명이고 총 병력은 불과 3만에 불과했다.

武王伐紂, 師渡盟津, 右旄左鉞, 死士三百, 戰士三萬.

한편 주왕의 진지에는 총 병력이 억만의 대군이었고, 비렴飛廉과 그의 아들 악래惡來의 두 장수가 스스로 창과 도끼를 들고 진두에 서고, 진을 백 리에 걸쳐 전개시켰다. 그러나 무왕은 병사들을 전투에 피로하게 하지도 않았고, 무기에 피를 묻히지도 않고 쉽게 은나라와 싸워서 승리하고 주왕을 멸하였다.

紂之陳億萬, 飛廉惡來, 身先戟斧, 陳開百里. 武王不能士民, 兵不血刃,
而克商誅紂,

여기에는 무슨 상서로운 징조도, 불길한 전조도 없었다. 오직 인간의 할 일을 닦았느냐, 닦지 못하였느냐, 하는 것이 그렇게 만든 것이다. 그런데 평범한 장수들은 흔히 일수日數를 생각하고, 흉성凶星의 방향을 살피고, 거북의 등을 불살라 길흉을 내다보며, 성진풍운星辰風雲의 변화를 보고 승리를 거두어 공을 세우고자 하는데 내가 보기에는 그것은 매우 어려운 일이다.

無祥異也, 人事修不修而然也. 今世將, 考孤虛, 占咸池, 合龜兆, 視吉凶, 觀星辰風運之變, 欲以成勝立功, 臣以爲難,

명장은 위로는 천시에 제약을 받지 아니하고, 아래로는 지세에 구애를 받지 않으며, 그 중간으로는 인간에게도 제어되지 않는 법이다. 군대란 사람을 잡는 흉기요, 전쟁은 덕을 거스르며, 장수는 죽음을 등에 업고 있는 관리이다. 그러므로 전쟁은 부득이한 경우에만 하는 것이다.

夫將者, 上不制於天, 下不制於地, 中不制於人. 故兵者凶器也, 爭者逆德也, 將者死官也. 故不得以用之.

그러나 일단 전쟁을 하게 되면 위로는 하늘의 제재가 없고, 아래로는 땅의 제재가 없으며, 앞으로 꺼릴 것이 없다. 한 사람의 장수가 잘 통솔하는 군사는 사납기가 마치 저 늑대와 같고 호랑이 같으며, 저 비바람과 같고 번개와 같아 기동성이 있고 그 전략은 헤아릴 길이 없어, 천하가 다 놀라게 되는 것이다.

無天於上, 無地於下, 無主於後, 無敵於前, 一人之兵, 如狼如虎, 如風如雨, 如雷如霆, 震震冥冥, 天下皆驚.

조가(朝歌) 지명. 주(周)왕이 도읍함. 오늘날 하남성 기현.

맹진(孟津) 오늘의 하남성 맹현의 남쪽에 있음.

합(合) 만남.

무의(武議) 용병에 대한 의론.

책(策) 채찍.

모(旄) 기. 소의 꼬리털을 긴 대 끝에 맨 기(旗)

월(鉞) 큰 도끼.

사사(死士) 결사대.

억만(億萬) 수가 많음을 가리킴.

상이(祥異) 하늘에서 내리는 반가운 길조와 괴상하기 짝이 없는 불길한 징조.

수(修) 닦음. 여기서는 인력을 다함의 뜻.

귀조(龜兆) 거북의 등을 태워 길흉을 가림.

사관(死官) 죽음을 각오한 자.

무주어후무적어전(無主於後無敵於前) 군주도 전시에는 대장에게 모든 것을 맡기고 관여할 수 없으므로 그 명령을 받아들이지 않고, 적의 병력에 구애되지 않고 자유롭게 작전계획을 세워서 싸우는 특권이 부여된다.

진진명명(震震冥冥) 진진은 기민하게 움직여 아무도 가로막지 못함. 명명은 계략이 심오하여 누구도 측량을 할 수 없음.

승리한 군사는 마치 물과 같은 것이다. 물은 매우 유약한 것이다. 그러나 그 물이 닿은 언덕은 반드시 그 때문에 무너지기 마련이다. 그것은 다른 이유에서가 아니라 물은 성질이 단순하여 오직 한 쪽으로만 흐르고, 또 힘이 성실하게 한 곳으로 몰리기 때문이다.

勝兵似水, 夫水至柔弱者也. 然所觸, 丘陵必爲之崩, 無異也,
性專而觸誠也.

지금 막사莫邪와 같은 예리한 검과 물소가죽으로 만든 튼튼한 갑주로 무장한 3군의 군사를 이끌고 기병奇兵과 정병으로써 변화무쌍한 전법을 사용한다면, 천하에 당할 자가 없을 것이다.

今以莫邪之利, 犀兕之堅, 三軍之衆, 有所奇正, 則天下莫當其戰矣.

그러므로 현명한 자를 거용하고 유능한 자를 채용하면, 시와 일수의 운이 아니라도 이를 성취하여 이득이 나타날 것이다. 그리고 법을 분명히 하고 명령을 자세히 하면, 구태여 복술을 의지하지 않고라도 길조를 얻게 된다.

故曰, 擧賢用能, 不時日而事利, 明法審令, 不卜筮而獲吉,

　공로가 있는 자를 존중하고 수고한 자를 잘 대접하면, 신에게 빌지 않아도 복을 받을 것이다. 그러므로 〈천시天時는 지리地利만 못하고, 지리는 인화人和만 못하다〉라고 말한 것이다. 옛날의 성인들은 오직 사람의 할 일을 삼가 실천했을 따름이다.

貴功養勞, 不禱祠而得福. 又曰, 天時不如地利, 地利不如人和. 古之聖人, 謹人事而已.

승병(勝兵) 승리한 군대. 즉 천하무적의 군대.
전(專) 단일성을 가리킴.
막사(莫邪) 명검(名劍)의 이름.
복서(卜筮) 점을 침.
서(犀) 물소.
시(兕) 암 물소.

　오자가 진나라와 싸울 때, 밭고랑을 평평히 하지 않고 자기 숙사를 짓고, 작은 나뭇가지로 숙사를 덮어 겨우 서리와 이슬을 가릴 정도였다. 그것은 남에게 스스로 자기를 낮추기 위해서였다. 남들이 자기를 위해 목숨을 던지기를 요구하는 마당에서 자기의 존귀함을 내세워서는 안 되며, 남들이 전력을 다해 주기를 바라면서 예절에 어긋났다고 꾸짖어서는 안 된다.

吳起與秦戰, 舍不平隴畝, 樸樕蓋之, 以蔽霜露, 如此何也. 不自高人故也. 乞人之死, 不索尊, 竭人之力, 不責禮.

　그러므로 옛날에는 갑주를 걸친 무사들은 상관에게 경례를 하는 법이 없었다. 왜냐하면 장수가 부하를 귀찮게 하지 않으려는 성심을 보여주기 위해서였다. 대저 사람을 귀찮게 굴면서 죽음을 무릅쓰고 힘을 다하여 싸워주기를 바란다는 일은 옛날부터 오늘에 이르기까지 아직 듣지 못하였다.

故古者介冑之士不拜, 示人無己以煩也. 夫煩人而乞其死, 竭氣力,
自古至今, 未嘗聞矣.

농묘(隴畝) 밭고랑.
박속(樸樕) 작은 나무.
개주(介冑) 갑옷과 투구. 갑주를 입고 무장을 함.
기(己) 자신을 가리킴.

대장이 일단 출동명령을 받게 되면 집안 일은 잊어버리고, 군사를 거느리고 야영하게 되면 그 부모를 잊으며, 북채를 잡고 북을 쳐서 진군을 할 때에는 자기 자신을 잊는 법이다. 오자가 전투에 임할 때 좌우의 부하들이 검을 들라고 권하였다.

將帥命之日, 忘其家, 張軍宿野, 忘其親, 援枹而鼓, 忘其身. 吳起臨戰,
左右進劍,

그러나 오자는 〈장수는 깃발과 북으로 지휘를 주관하면 그만이다. 난국에 처하여 어려운 일을 해결하고, 많은 군사를 이끌고 승리를 하는 것은 장수의 임무이다. 검을 들고 적과 싸우는 것은 장수가 할 일이 아니다.〉 라고 말하였다. 3군이 행렬을 지어 행군을 할 때는 30리쯤 가서야 행렬이 정돈되어 틀이 잡히고, 90리쯤 가서야 사기가 오르는 것이 상례이다.

起日, 將軍主旗鼓爾, 臨難決疑, 揮兵指刃, 此將事也. 一劍之任,
非將事也. 三軍成行, 一舍而後成三舍, 三舍之餘,

그 후부터는 강이 수원을 터트려 흐르듯이 행군을 한다. 적이 앞에 있을 경우에는 이를 잘 살펴보고, 그 장기長技에 따라 적에 대처해야 한다. 즉 적이 흰 기를 사용하면 아군의 깃발은 백악을 발라 희게 하고, 적의 깃발이 붉으면 아군도 붉은 흙으로 붉게 물들여 속임으로써 적으로 하여금 분간하기 어렵게 해야 한다.

如決川源, 望敵在前, 因其所長而用之, 赤白者惡之, 赤者赭之.

오기가 진나라와 싸울 때, 미처 전투태세를 갖추기 전에 한 용사가 자기 용기를 참지 못하고 단신으로 적진으로 뛰어들어가 적의 목을 두 개나 베고 돌아왔다.

吳起與秦戰, 末合, 一夫不勝其勇, 前獲雙首而還,

이것을 본 오자는 즉석에서 그 자의 목을 베려고 하였다. 그때 부하인 장교가 오자를 말리면서 〈이 사람은 용사입니다. 목을 베어서는 안 됩니다.〉라고 하였다 그러자 오자는 〈나도 드물게 보는 용사임을 알고 있다. 그러나 내 명령을 어기고 행동하는 것은 옳지 못하다.〉하고 그 병사의 목을 치고 말았다.

吳起立斬之. 軍使諫曰, 此材士也, 不可斬. 起曰, 材士則是也, 非吾令也, 斬之.

━━

주(主) 주관함.

의(疑) 의혹. 애로.

휘병지인(揮兵之刃) 군대의 지휘.

일검지임(一劍之任) 검을 들고 적과 싸우는 임무.

1사(一舍) 30리.

악(惡) 백토(白土).

자(赭) 적토(赤土).

재사(材士) 여기서는 용사를 가리킴

09

장리將理

대장은 사물을 처리하는 관리이며, 모든 일을 주재한다. 그러므로 어느 한 사람에게 치우쳐서는 안 된다. 장수된 자는 한 사람에게만 치우치는 일이 없고 공평무사하기 때문에 무슨 일이 일어나든지 그것을 제어할 수 있고, 모든 일에 대하여 명령을 내릴 수 있는 것이다.

凡將理官也, 萬物之主也, 不私於一人, 夫能無私於一人, 故萬物至而制之, 萬物至而命之.

리관(理官) 다스리는 사람. 재판관.
사어일인(私於一人) 한 사람에게 기울어짐. 일을 편파적으로 처리함.

군자는 죄인을 다섯 발자국 이내로 두고 그 정상을 잘 살펴 구제한다. 비록 그에게 화살을 받은 원한이 있다 하더라도 죄 없는 자라면 추궁하지 않는다.

君子不救因於五步之外, 雖鉤矢射之, 弗追也.

이렇게 하여 죄수를 사정을 자세히 살피면, 회초리로 고문을 하지 않더라도 그 사유를 낱낱이 잘 알 수 있을 것이다. 사람의 등을 회초리 치고, 옆구리를 쇠붙이로 달구어 지지며, 손가락을 묶어 고문한다면, 설사 일국의 장수라 하더라도 그 혹독한 고문에 못 이겨 스스로 무고한 죄상에 복종하는 자도 있을 것이다.

故善審因之情, 不待箠楚, 而因之情可畢矣. 笞人之背, 灼人之脅, 束人之指, 而訊因之情, 雖國士, 有不勝其酷, 而自誣矣.

요즈음에 〈천 냥을 바치면 사형을 면하고, 백 냥을 바치면 형을 받지 않는 다〉는 말이 있다. 그러나 만일 내말을 듣고 내 방책을 실현한다면, 요순의 지혜가 있을지라도 한 마디도 통할 수가 없고, 만 냥의 돈이 있을지라도 한 푼어치의 뇌물을 쓸 수 없을 것이다.

今世諺云, 千金不死, 百金不刑, 試聽臣之言, 行臣之術, 雖有曉舜之智, 不能關一言, 雖有萬金, 不能用一銖.

오보지외(五步之外) 다섯 걸음 밖이란 가까운 거리를 말한다. 즉 죄수를 가까이 두고 그 정상을 상세히 조사하여 되도록 구제한다는 것이다.
구시(鉤矢) 혁대의 갈고리 같은 장식을 쓴 화살.
불추(弗追) 추궁하지 않음.
추초(箠楚) 채찍.
필(畢) 모조리 알다.

죄인을 옥에 넣을 경우에는, 작은 감옥에는 적어도 열 명을 수용하고, 중간 정도의 감옥에는 적어도 백 명을 수용하며, 큰 감옥에는 적어도 천 명을 수용한다. 그리고 죄수 열 명은 백 명의 일에 관련되고, 백 명은 천 명의 일에 관련되었으며, 천 명은 만 명의 일에 관련되어 있는 것이다.

今夫決獄, 小圉不下十數, 中圉不下百數, 大圉不下千數. 十人聯百人之事, 百人聯千人之事, 千人聯萬人之事.

이러한 관련자들은 첫째로 친척과 형제이고, 다음은 인척간이며, 그 다음은 친구나 동료이다. 그리하여 농부는 전답에서 떠나지 않을 수 없게 되고, 상인은 상점에서 떠나지 않을 수 없게 되며, 사대부는 관청에서 떠나지 않을 수 없게 된다. 이와같이 양민을 관련시키는 것은 죄인의 상정常情이다.

所聯之者, 親戚兄弟也, 其次婚姻也, 其次知識故人也. 是農無不離田業,買無不離肆宅, 士大夫無不離官府, 如此關聯良民, 皆因之情也.

병법에 기록되기를 십만 군사를 출동시키려면 하루에 천 금의 비용이 든다고 하였다. 지금 양민 십만 명이 연루자로 감옥에 갇히게 되었는데도 위에 있는 군주가 이를 살피지 못할 때는 백성들이 견딜 수 없어 국가는 위태로움에 빠지지 않을 수 없을 것이다.

兵法曰, 十萬之師出, 日費千金, 今良民十萬, 而聯於囹圄, 上不能者, 臣以爲危也.

결옥(決獄) 소송에서 판결을 내려 감옥에 넣음.

어(圄) 감옥.

연(聯) 관련됨. 연루됨.

친척(親戚) 친이란 내친, 육친을 말하며, 척이란 외척(外戚)을 말하고 있다. 즉 친(親)은 부친이며, 척(戚)이란 어머니 쪽 외족(外族)이라는 것이다.

10

원관原官

관官은 나라 일을 주관하는 곳으로 정치의 근본을 이루고 있다. 그리고 제도는 직업에 따라 사士. 농農. 공工. 상商의 넷으로 구분하는 바, 이것은 정치를 분담하는 것이 된다.

官者事所主, 爲治之本也. 制者職分四民治之分也.

작위를 주어 귀한 신분으로 하고, 녹을 주어 생활을 윤택하게 하여, 공적에 알맞게 하는 것은 존비尊卑의 체제를 분명히 하기 위해서이다. 선한 자를 좋아하고 악한 자를 장계하며, 법령을 바로잡고 분명히 하는 것은 백성의 행위를 평가하는 데 필요한 것이다.

貴爵富祿必稱, 尊卑之體也. 好善罰惡, 正此法令, 計民之具也.

___

호선벌악(好善罰惡) 선을 권장하고 악을 벌함. 권선징악(勸善懲惡)과 같음.
계민(計民) 백성의 행위를 헤아림.

백성들에게 전답을 공평하게 나눠주고 세금을 적게 받는 것은 국민으로부터 거둬들이고 나눠주는 것을 알맞게 조절하는 것이다. 공인工人들에게 공정工程을 정해주어 능률을 올리게 하여 국가에 필요한 기구器具를 준비하는 것은 공인의 공적을 이루게 하는 것이다. 그리고 징역을 구분하고 요소를 막고 검문하는 것은 수상한 것을 근절시키고, 풍기를 문란하게 하는 자를 단속하기 위해서이다.

均井地, 節賦斂, 取與之度也, 程工人, 備器用, 匠工之功也. 分地塞要, 殄怪禁淫之事也.

──

정지(井地) 정전(井田). 보통 900묘(畝)를 일정(一井)으로 하여 정자형(井字形)으로 9등분함.
부렴(賦斂) 국민에게 세금을 배정하여 거둬들임.
취여(取與) 국민으로부터 거둬들이고 국민에게 나눠줌.
공인(工人) 물건을 만드는 금속공이나 목공.
정(程) 일정을 정함.
장공(匠工) 기술자.
괴(怪) 수상한 일. 예컨대 나라에 반기를 들거나 간첩행위 등.

법을 지키고 각자가 실행해야 할 일을 생각하며, 이를 수행해야 할 것을 생각하는 것은 신하된 자의 절도이다. 법을 분명히 세우고 그 효험이 어떠한가를 생각하는 것은 군주가 해야 할 일이다. 각자가 지켜야할 일을 분명히 하고 백관의 경중을 비등하게 하고 한결같이 수행하도록 하는 것이 군주와 신하의 권리이다. 시상을 분명히 하고, 책벌責罰을 엄중히 하는 것은 간악奸惡한 행동을 저지하는 방법이다.

守法稽斷, 臣下之節也, 明主稽驗, 主上之操也. 明主守, 等輕重, 臣主之權也. 明賞賚, 嚴誅責, 此奸之術也.

옳은 길을 열어주고, 옳지 못한 길을 닫으면서 일정한 노선을 지키는 것이 정치의 요도要道이다. 백성들의 사정이 군주에게 잘 시달되고, 군주의 뜻이 백성들에게 잘 전달되고, 군주의 뜻이 백성들에게 잘 하달되는 것은 군주가 총명하게 듣는 까닭이다. 나라의 저택이나 자원의 유무를 상세히 알려면, 그 일할세一割稅로 추산한다.

審開塞, 守一道, 爲政之要也, 下達上通, 至聽之聽也. 知國有無之數, 用其仂也.

계(稽) 생각.

조(操) 지켜야할 일.

상로(賞賚) 상을 줌.

륵(仂) 나머지 10분의 1.

주책(誅責) 책임을 물어 사형함.

적의 약함을 알 수 있는 것은, 아군이 강하기 때문이다. 적의 동태를 알 수 있는 것은, 아군이 조용히 할 것을 결정했기 때문이다. 관직을 문관과 무관의 둘로 나누는 것은, 군주가 나라를 다스리는 두 가지 방법이다.

知彼弱者, 强之體也, 知彼動者, 靜之決也, 官分文武, 惟王之二術也.

피(彼) 적.

지피동자정지결야(知彼動者靜之決也) 이 대목은 아군이 조용할 때, 적의 움직임을 알 수 있다고 풀이하는 학자도 있으나, 전체의 문장으로보아 타당성이 적다고 본다.

2술(二術) 두 가지 술법. 정치의 두 가지 방법.

조組나 두豆의 예기禮器의 제도가 마찬가지인 것은, 천자가 제후와 화합하는 예이다. 천자는 제후에게 공정 무사함을 말하는 것이다. 유세遊說하는 이나 간첩이 스스로 들어오지 못하는 것은 올바른 의논을 하는 방법을 가지고 있기 때문이다. 제후가 삼가 천자의 예법을 지킴이 있고, 한 나라 백성의 군주가 되어 선대先代의 업을 계승하는 것은 천자의 예법을 받아 순종하고 있기 때문이다.

俎豆同制, 天子之會也. 遊說間諜無自入, 正義之術也,
諸候有謹天子之禮,

제후가 국호를 변경하거나 일상의 법을 개정함은 임금의 밝은 덕에 위배되는 일이다.

君民繼世, 承王之命也. 更號易常, 違王明德,

그러므로 이런 자는 예의 이름으로 정벌할 수 있는 것이다. 천하가 태평하여 관청이 할 일이 없고, 군주가 백성에게 상을 주어 장려할 필요도 없으며, 백성들에게 소송할 일도 없고, 나라에 부당한 이익을 취하는 상인이 없는 것은 왕도王道의 극치라 할 수 있다.

故禮得以伐也. 官無事治, 上無慶賞, 民無獄訟, 國無商買, 何王之至也.

현자를 앞세워 백성의 뜻이 군주에게 상달上達되게 할 수 있는 것은, 군주가 아랫사람의 좋은 진언을 잘 받아들이기 때문이다.

明舉上達, 在王垂聽也.

조두(俎豆) 조(俎)는 제사나 연회 때 음식을 얹는 대(臺). 두(豆)는 제사 때 음식을 담아놓는 나무로 된 기(器).

유세(遊說) 전시에 제후를 설득하러 돌아다니면서 자기의 경륜을 진언하는 것을 말함.

호(號) 국호. 제후가 스스로 왕이라고 칭하고 국호를 달리하여 독립함을 의미.

역상(易常) 법도를 고침.

왕지지(王之至) 왕도의 이상적인 경지.

명거(明舉) 현자를 추천함.

수정(垂聽) 아랫사람의 좋은 의견을 잘 받아들임.

11

치본治本

국민을 다스리는 것은 무엇을 뜻하는가. 오곡이 아니고서는 배를 채울 수 없고, 명주와 배가 아니면 몸을 가릴 수 없다.

凡治人者何. 曰, 非五穀, 無以充服, 非絲麻, 無以蓋形,

그러므로 배불리 먹을 수 있는 곡식이 있고, 몸을 가릴 수 있는 옷감이 있으며, 남편은 밭에 있고 아내는 베틀에 있으며, 국민이 다른 일에 종사하지 않으면 곡식과 의류를 저축할 수 있다.

故充腹有粒, 蓋形有縷, 夫在芸耨, 妻在機杼, 民無二事, 則有儲畜.

사마(絲麻) 명주실로 짠 명주와 삼으로 짠 배.
운누(芸耨) 땅을 경작함. 운(芸)은 잡초 제거를 말하고, 누(耨)는 씨 뿌리는 것을 말함.
기(機) 옛날의 베틀.
저(杼) 베틀의 북.
누(縷) 실.
민무이사(民無二事) 백성이 두 가지 일이 없음. 국민이 베 짜는 일과 경작하기에만 전념하면 나라의 다른 부역에 종사하지 않음.

남편은 글을 새기거나 금속을 세공하여 사치품을 만드는 일이 없고, 아내는 수를 놓거나 옷을 꾸미지 않는다.

夫無雕文刻鏤之事, 女無繡飾纂組之作.

나무 그릇은 진이 나오고, 쇠그릇은 냄새가 난다. 그러므로 성인은 토기에 받아 마시고 토기에 담아 먹는다. 그러므로 찰흙을 이겨 토기를 만들어 쓴다. 그리하여 천하에 낭비가 없었다.

木器液, 金器腥, 聖人飮於土, 食於土. 故埏埴以爲器, 天下無費.

그런데 오늘날에는 쇠붙이나 나무 등속은 추위를 느끼는 성질의 것이 아닌데도 수를 놓은 보자기를 씌우고, 소나 말은 풀을 먹고 물을 마시는 성질의 것인데도 콩이나 좁쌀을 먹인다. 이것은 정치의 근본을 상실한 것이니, 마땅히 제도를 정하여 금해야 한다.

今也金木之性不寒, 而衣繡飾, 馬牛之性, 食草飮水, 而給菽栗,
是治失其本, 而宜設之制也.

봄과 여름에는 남편은 남쪽의 전답으로 나가 경작에 힘쓰고, 가을과 겨울에 아내는 명주나 베를 손질하게 되면 백성들은 곤궁하지 않을 것이다.

春夏夫出於南畝, 秋冬女練於布帛, 則民不因,

그런데 오늘날 국민들은 짧은 값싼 옷으로도 몸을 가리지 못하며, 조강이나 겨로도 배를 채우지 못하는데, 이것은 정치의 근본을 잃었기 때문이다.

今短褐不蔽形, 糟糠不充腹, 失其治也.

조문(雕文) 조각을 하여 아름다운 무늬를 만듦.
각루(刻鏤) 금속세공을 함.
수식(繡飾) 자수를 놓음.
찬조(纂組) 실로 옷을 장식함.
성(腥) 쇠붙이의 냄새가 남.
식(埴) 진흙.

연(埏) 흙으로 빚음.

포백(布帛) 배와 명주.

갈(褐) 천민의 옷감.

조강(糟糠) 쌀겨.

옛날에는 기름진 땅과 메마른 땅의 구별이 없이 소출이 많았으며, 부지런한 사람과 게으른 사람의 구별이 없어 모두가 군색한 줄 모르고 살았다.

古者土無肥磽, 人無勤惰,

옛날 사람들은 어째서 의식에 부족함이 없었고, 오늘날 사람들은 어째서 의식衣食에 곤궁함을 느끼는 것일까. 백성들이 부역 때문에 농사철을 잃어 미처 다 갈지 못하고, 옷감을 짜다가도 중단하는 일이 있기 때문이다.

古人何得, 而今人何失耶, 耕有不終畝, 織有日斷機,

이래서 굶주림과 추위는 어쩔 수 없다. 이것은 모두가 옛날에는 정치가 잘되었는데 오늘날에는 장치가 잘 되고 있지 않기 때문이다, 이른바 정치란 국민으로 하여금 사사로운 마음과 사사로운 일이 없도록 하는 일이다. 국민들이 사욕을 채우려고 하지 않으면 천하는 한 집안이 되어 자기만을 위해 땅을 갖고 자기만을 위해 옷감을 짜는 일이 없고, 그 추위를 같이 추위하고, 그 굶주림을 같이 굶주리게 되는 것이다.

而奈何饑寒. 蓋古治之行, 今治之止也. 夫謂治者, 使民無私也. 民無私, 則天下爲一家, 而無私耕私織, 共寒饑寒,

그러므로 만일 자녀가 열이라고 하여 한 그릇을 더 짓지도 않고 자녀가 하나밖에 없다 해서 한 그릇을 덜 짓는 일이 없이 알뜰히 한다. 이렇게 하면 어찌 혼자서 떠들며 술에 취해서 선량한 자를 해칠 사람이 있겠는가.

共饑其饑. 故如有子十人, 不可一飯, 有子一人, 不損一飯,
焉有喧呼酗酒, 以敗善類乎.

─────

비(肥) 기름진 땅.
교(磽) 메마른 땅.
사(私) 사리사욕.
선류(善類) 선한 자들의 무리.
공한기한(共寒饑寒) 추위와 배고픔을 함께 함.

민심이 경박하면, 욕심이 일어나고 서로 쟁탈하는 폐단이 생기기 마련이
다. 횡포한 마음이 한 사람에게 생기면 백성들이 자기 혼자 배불리 먹고 남은
것을 쌓아두는 자가 생길 것이며, 자기 혼자 재화를 쓰고 남은 것은 쌓아두는
자도 있을 것이다.

民相輕佻, 則欲心與, 爭奪之患起矣. 橫生於一夫, 則民私飯有儲食,
私用有儲財,

국민이 한 번 법을 어기면 잡아다가 벌로 다스리게 되는데, 이런 것이 어
찌 군주로서의 도리이겠는가. 선정을 베푸는 자는 그 법제를 집행하여 백성으
로 하여금 사사로운 일이 없도록 한다. 백성들이 감히 사리사욕을 취하지 않
는다면, 불법행위를 하는 자가 없을 것이다.

民一犯禁, 而拘以刑治, 烏在貴爲人上也. 善政執其制, 使民無私,
爲下不敢私, 則無爲非者矣.

정치의 근본으로 돌아가고 정당한 이치에 따라서 일정한 대도로 나아가
면, 욕심이 사라지고 쟁탈 행위가 없어지며, 감옥이 비게 되고 들에는 일꾼이
가득하여 곡물수확이 많아지며, 백성은 편안하고 먼 나라 백성도 회유하여 밖
으로는 천하의 환난이 없고, 안으로는 폭동이나 난동함이 없을 것이니, 이것

이 정치의 극치인 것이다.

反本祿理, 出乎一道, 則欲心去, 爭奪止. 囹圄空, 野充粟多, 安民懷遠,
外無天下之難, 內無暴亂之事, 治之至也.

경조(輕佻) 안정되지 못하고 경솔함.
횡(橫) 횡포함.
일부(一夫) 사나이.
저(儲) 모아둠.
오(烏) 어찌.
일도(一道) 일정한 바른길.

푸른 하늘은 그 끝을 알 수 없다. 삼황오제三皇五帝중 누구의 법칙을 취할
것인가. 옛 성현들의 일을 미칠 수가 없고, 미래의 성현은 기다릴 수가 없다.

蒼蒼之天, 莫知其極, 帝王之君, 誰爲法則, 往世不可及, 來世不可待,

그러므로 오직 현재의 나에게 주어진 것을 구하여 최선을 다 하는 것이다.
이른바 천자의 소임에는 네 가지 요건이 있다. 첫째는 지극히 밝은 지혜요, 둘
째는 넓은 인덕仁德이요, 셋째는 경륜經綸이요, 넷째는 대적할 사람이 없을만
한 위력威力이다.

救己者也. 所爲天子者四焉, 一曰神明, 二曰垂光, 三曰洪敍, 四曰無敵.

이 네 가지가 천자의 할 일이다. 야수는 아무리 탐스러워도 이것을 재물로
사용하지 않고, 속된 학자는 박식하다 할지라도 사물의 이치에 통달한 학자로
서 등용하지 않는다. 오늘날 속담에 사방 백 리나 되는 바닷물은 한 사람의 목
도 축일 수 없지만, 사방 삼 척의 샘물은 삼군의 목을 축이기에 넉넉하다고 한
다. 나 울료자는 욕심은 절도 없는 데서 생기고, 사악한 일을 저지르게 되는

것은 금령禁令이 없기 때문이라고 생각 한다.

此天子之事也. 野物不爲犧牲, 雜學不爲通儒. 今說者曰, 百里之海,
不能飮一夫, 三尺之泉, 足止三軍之竭. 臣爲欲生於無度, 邪生於無禁.

가장 훌륭한 군주는 신묘한 덕으로 자연히 교화시키고, 다음 가는 군주는
사물의 정세나 풍습에 따라 다스리며, 그 아래의 군주는 백성으로부터 농사의
시기를 빼앗지 않고 백성의 재물을 손상하는 일이 없다. 천하의 악을 금지하
는 것은 반드시 무위武威로써 이룰 수 있고, 선행의 권장은 반드시 문덕으로써
이루 수가 있는 것이다.

太上神化, 其次因物, 其下在於無奪民時, 無損民財. 夫禁必以武而成,
賞必以文而成.

창창(蒼蒼) 끝없는 하늘의 빛깔.

제왕(帝王) 오제(五帝)와 3황(三皇).

왕세(往世) 과거의 세상. 법칙(法則) 사법(師法). 스승으로 삼아 그 본을 받아서 배움.

신명(神明) 지혜가 분명함.

수광(垂光) 인덕(仁德)의 빛이 사방을 비춤.

홍서(洪敍) 사물의 순서와 절차를 정함. 즉 큰 경륜을 가리킴.

무적(無敵) 그 위력으로 당할 자가 없음.

야물(野物) 들짐승.

잡학(雜學) 잡다한 학문.

통유(通儒) 사리에 정통한 학자.

태상(太上) 초상.

인물(因物) 사물의 형편. 즉 풍습, 제도 등에 의해 다스림.

12

전권戰權

병서兵書에 말하기를, 천 명의 병사가 있으면 전략戰略의 묘妙를 살릴 수 있고, 만 명의 병사가 있으면 무위武威를 이룰 수 있다고 하였다.

兵法曰, 千人而成權, 萬人而成武.

적절한 전략을 먼저 행사하면, 적은 감히 병력으로써 아군과 교전할 수 없고, 아군의 위무가 적을 누를 때는, 적은 위세로써 아군을 대적할 수 없다.

權先加人者, 敵不力交, 武先加人者, 敵無威接.

그러므로 용병의 도道에 있어서는 접전하기에 앞서 승리를 거두는 것을 귀중히 여긴다. 이렇게 할 때에 적과 싸워서 승리할 수 있는 것이다.

故兵貴先勝於此, 則勝欲矣,

만일 이 전략에서 이기지 못하면 적과 싸워서 승리를 거둘 수 없다. 아군이 진격하면 적군도 공격해 들어오고, 적군이 공격해 오면 아군도 진격하여, 서로 승리하기도 하고 패배하기도 한다. 이것은 전쟁의 이치가 그렇게 되어 있는 것이다.

弗勝於此, 則弗勝彼矣. 凡我往則彼來, 彼來則我往, 相爲勝敗,
此戰之理然也.

──

병법(兵法) 옛 병법의 책.
권(權) 권모술수. 전략.
병(兵) 용병의 도(道).

대장의 지성至誠은 신명神明에 통하고, 권변權變은 용병用兵의 극치에 깃든다. 아군에게 있는 것은 적에게 없어 보이고, 아군에게 없는 것은 적에게 있는 듯이 보여줘야 한다. 그렇게 하면, 적은 아군에게 그것이 있는지 없는지 믿을 수 없게 된다. 옛날의 성왕聖王들이 한 일 중에서 오늘까지 전해진 바에 의하면, 정의의 인사를 등용하여 국사를 맡기고 간사한 자를 배척하였으며, 항상 자비로운 마음으로 백성을 사랑하지만, 죄인을 즉시 처단하여 형벌을 지연시키지 않았다고 한다. 그러므로 용병의 도道를 아는 장수는, 반드시 멈출 줄 모르는 맹목적인 진격을 삼간다. 어찌 진격한다고 모두 성공할 수 있겠는가. 경솔히 진격하여 싸움을 구하면 적은 또 아군의 진격을 저지함을 꾀하여, 적이 승리를 거두게 될 것이다. 그러므로 병법에 이르기를, 적이 싸움을 구하면 그에 따르고, 적의 허점을 보기만하면 경솔히 공격하며, 적군이 감히 당하지 못하리라 업신여기고 그를 공격하면 반드시 아군은 그 권위를 상실하게 될 것이라고 하였다.

夫精誠在乎神明, 戰權在乎道之所極有者無之, 無者有之, 安所信之,
先王之所傳聞者, 任正去許, 存其慈順, 決無留刑, 故知道者,
必先圖不知止敗, 惡在乎必往有功, 輕進而求戰, 敵復圖止, 我往而敵制勝矣.
故兵法曰, 求而從之, 見而加之, 主人不敢當而陵之, 必喪其權.

▬

신명(神明) 신령스럽게 능통함.
안(安) 어찌.
부지지지패(不知止之敗) 정지할 줄 몰라 당하는 패배.

적에게 승리를 빼앗긴다는 것은 전투의욕이 없기 때문이다. 또한 적을 두려워하면 수비를 할 수 없을 것이다. 전쟁에 지는 자는 있으나 마나 한 자들이다. 이들에게서 용병의 도를 찾을 수는 없다. 싸울 의욕이 앞서고, 승리할 것을 믿어 의심치 않는다면 이에 따라 움직일 것이다. 적의 사기를 빼앗아 적이 진격해올 엄두를 내지 못하면 그때 아군을 투입해야 한다. 그리고 양군의 형세를 분명히 제압할 수 있고, 높은 지대에 위치하여 지형이 유리하다고 판단되면 적을 위압해야 한다. 이것이 용병의 도이다.

凡奪者無氣, 恐者不可守, 敗者無人, 兵無道也. 意往而不疑, 則徒之, 奪敵而無前, 則加之, 明視而高居, 則威之, 道兵極矣.

───
의(意) 전투의욕.
불의(不疑) 승리할 것을 믿어 의심치 않음.

장졸들이 그 말을 조심하지 않으면 비밀이 샌다. 그리고 적을 무찌르는 데 있어서 절도가 없으면 패한다. 둑이 무너지고 천둥이 요란하게 울리듯이 떠들썩하면 반드시 3군이 무질서하게 된다. 반드시 그 위태로움을 편안케 하고, 그 환란은 제거하려면 지혜로써 결단해야 한다.

其言無謹, 偷矣, 其能犯無節, 破矣, 水潰雷擊, 三軍亂矣. 心安其危, 去其患, 以智決之.

조정에서 작전계획을 원대하게 세워 장병들의 사기를 높이고, 장수의 임명을 신중히 하여 그 권위를 무겁게 세워주며, 국경을 넘어 적진에 돌입하여 장병들의 예기를 북돋아 주면, 적군은 싸우지도 않고 항복할 것이다.

高之以廊廟之論, 重之以受命之論, 銳之以蹄垠之論, 則敵可不戰而服.

───
투(偷) 기밀이 누설됨.
능범(陵犯) 적을 무찔러 버림.
낭묘지론(廊廟之論) 종묘에서의 작전모의.
수명지론(受命之論) 장수로 임명할 때의 주장.
유은지론(蹄垠之論) 적국에 침입할 계획.

13

중형령重刑令

    천 명부터 그 이상 되는 병사의 지휘관으로써, 전쟁에서 패하여 도망하고, 성을 지키다가 적에게 투항하며, 진지를 떠나 부하들을 버리고 도피하는 자를 가리켜 국적國賊이라 부른다. 그 몸을 주륙誅戮하고 그 집을 부수어 버리며, 국적國籍에서 제명하며, 그 조상의 무덤을 파서 백골을 시중에 드러내고, 그 자녀는 관에서 몰수하여 노비로 삼는다.

    將自千人以上, 有戰以亡, 守而降, 離地逃衆, 命曰國賊, 身戮家殘,
    去其籍, 發其墳墓, 暴其骨於市, 男女公於官.

    백 명 이상 되는 군사의 지휘관으로써, 싸우다 패하여 도망치고, 성을 지키다가 항복하며, 진지를 떠나 부하를 버리고 도망하는 자를 가리켜 군적軍敵이라 부른다. 그 몸을 죽이고 그 집을 부수어 버리며, 그 자녀는 관에서 몰수하여 노비로 삼는다.

    自百人以上, 有戰而北, 守而降, 離地逃衆, 命曰軍賊, 身死家殘,
    男女公於官.

    이처럼 형벌을 엄히 하여 백성으로 하여금 안으로 무거운 형벌을 두렵게 여기게 하면, 밖으로 적을 두려워하지 않을 것이다. 그러므로 선왕先王은 먼저 제도를 밝게 세워두고, 범하는 자가 있으면 엄중히 처벌하였다. 형벌이 무거우면 안으로 백성이 두려워할 것이며, 국민들이 법을 두려워하면, 밖으로 나라의 방비가 튼튼해질 것이다.

使民內畏重刑, 則外輕敵. 故先王明制度於前, 重威刑後, 刑重則內畏,
內畏則外堅矣.

잔(殘) 멸망시킴.

폭골(暴骨) 뼈를 드러내 놓아 구경거리로 삼음.

공어관(公於官) 관처에 잡혀가 종이 됨.

외견(外堅) 적과의 전쟁에 강함.

14

오제령伍制令

군제는 5명을 오伍로 하고 이 오伍에 속하는 자는 서로 돕고 공동의 책임을 진다. 10명을 십什으로 하고 이 십什에 속하는 자는 서로 돕고 공동의 책임을 진다. 50명을 속屬으로 하여 여기 소속된 병사들은 서로 돕고 공동의 책임을 진다. 그리고 100명을 여閭로 하여 이에 속한 병사들은 서로 돕고 공동의 책임을 진다. 오伍에 법령을 어기고 금령禁令을 범하는 자가 있으면, 그 중의 한 사람이 관에 고발하면 그 오의 다른 병사들은 모두 면죄된다.

軍中之制, 五人爲伍, 伍相保也, 十人爲什, 什相保也, 五十人爲屬, 屬相保也, 百人爲閭, 閭相保也. 伍有干令犯禁者, 揭之免於罪,

그러나 만일 그런 범죄를 범한 자가 있음을 알면서도 관에 고발하지 않으면 오의 전원이 처형을 당한다. 십에 군령을 어기고 금령을 범한 자가 있을 때, 이를 고발하면 그 십에 속하는 다른 전원이 면죄되지만, 그러한 사실을 알면서도 고발하는 자가 없으면 그 전원이 처형을 당한다. 속屬과 여閭에도 이러한 경우에 형벌이 똑같이 적용된다. 장교 중에서도 십장什長이상 좌우 부장副將에 이르기까지 상하가 서로 돕고 공동으로 책임을 져야 한다.

知而弗揭, 全伍有誅, 什有干令犯禁者, 揭之免於罪, 知而弗揭, 全什有誅, 屬有干令犯禁者, 揭之免於罪, 知而弗揭, 全屬有誅, 閭有干令犯禁者, 揭之免於罪, 知而弗揭, 全閭有誅. 吏自十長已上, 至左右將, 上下皆相保也,

이들 중에 군령을 어기거나 금령을 범한 자가 있으면, 고발을 하면 면죄되고, 죄를 범한 줄 알면서도 고발하지 않으면 모두가 같은 죄를 받게 된다.

有干令犯禁者, 揭之免於罪, 知而弗揭者, 皆與同罪.

십오什伍가 서로 결합되고 상하를 서로 관련지으면 잔악을 저지른 자가 곧 발각되지 않을 수가 없고, 즉시 고발되지 않는 죄가 없으며, 부친이이라도 그 자식이라 해서 사정私情을 들 수 없고, 형 되는 사람도 그 아우라 해서 사정을 들 수가 없다. 하물며 낯선 백성들끼리 우연히 숙사를 같이하고 한솥밥을 먹는다고 해서 어찌 법령을 어긴 자에게 사사로운 인정으로 눈을 감을 수 있겠는가.

夫什伍相結, 上下相聯, 無有不得之奸, 無有不揭之罪, 父不得以私其子, 兄不得以私其弟, 而況國人, 聚舍同食, 鳥能以干令相私者哉.

상보(相保) 서로 보증함. 여기서는 서로 돕고 공동보조를 취한다는 뜻.

간(干) 침범함. 범함.

게(揭) 관에 고발함.

이(吏) 군의 장교.

장(將) 장군.

취(聚) 모여들음.

15

분색령分塞令

중군中軍이란 총대장이 있는 곳으로 여기를 중심으로 전후와 좌우에 군사를 분리하여 진을 치게 되며, 각 편대가 주둔하는 지역이 따로 있다. 그리하여 사방의 둘레를 울타리로 둘러치고 함부로 내왕하는 일이 없도록 금한다.

中軍左右前後軍, 皆有分地, 方之以行垣, 而無通其交往.

그리고 대장이나 여장閭長 및 백인 장에게도 각각 소관所管하는 지역이 있으며, 모두가 그 둘레에 구덩이를 파고 홈을 파서 경계를 분명히 하고, 함부로 내왕하지 못하도록 통행금지의 명령을 분명히 해야 한다.

將有分地, 師有分地, 伯有分地, 皆營其溝洫, 而彰明其塞令,

백伯 아래 백 명의 군사가 있는데, 이 아닌 자로 하여금 내왕하지 못하도록 하고, 만일 백 명이 아닌 자가 함부로 들어오면 백伯은 곧 이를 벌해야 한다. 백이 만일 벌하지 않으면 그도 그와 더불어 같은 죄로 형을 받는다.

使非百人, 無得通, 非其百人而入者, 伯誅之, 伯不誅, 與之同罪.

군중에 있는 종횡의 길에는 120보마다 하나의 기둥을 세워 인원수와 땅의 넓이를 헤아려 조절하고, 기 기둥과 도로가 서로 바라보도록 하여 함부로 내왕하는 것을 금하고 도로를 깨끗이 한다. 그리고 장교나 상급자의 통행권이 없이는 통행을 금한다.

軍中縱橫之道, 百有二十步, 而立一府柱, 量人與地, 柱道相望, 禁行清道, 非將吏之府節, 不得通行.

군에 필요한 나무를 하거나 목초를 베는 자는 모두 출입할 때 행렬을 짓는다. 행렬을 짓지 않는 사병은 모두 군문 밖에서 극형에 처하여 본보기로 삼는다.

采薪芻牧者, 皆成行伍, 不成行伍者, 不得通行, 吏屬無節, 士無伍者, 橫門誅之,

자기의 지경地境을 넘어 남의 지경을 침범하는 자도 극형에 처한다. 이리하여 안으로 법을 어기고 금령을 범하는 자가 있으면 밖에서 아군의 동태를 살피러 들어오는 간악한 자를 잡아내지 못함이 없을 것이다.

踰分干地者, 誅之, 者故內無干令犯禁, 則外無不獲之奸.

분지(分地) 분담하여 지키는 지역.

방(方) 사방을 에워쌈.

수(帥) 1,000인의 장.

백(伯) 100인의 장.

구혁(溝洫) 논밭 사이의 홈. 여기서는 통행금지를 하기 위하여 파놓은 구덩이를 말함.

창명(彰明) 밝힘.

부주(府柱) 표지의 말뚝.

부절(府節) 통행증.

채신(采薪) 땔 나무를 함.

추목(芻牧) 마소가 먹을 풀을 벰.

16

속오령束伍令

대오의 규정에는 사병 오 명을 오伍로 하고, 그 5명에 대해 할부 하나를 주어 같이 쓰게 하고, 그 할부는 장교나 상급자가 맡아 두도록 되어 있다. 적과 싸워서 오伍의 한 사람이나 몇 사람을 잃어도 적 오伍의 한 사람 또는 몇 사람을 해치면 공죄功罪는 상쇄相殺된다.

束伍之令曰, 五人爲伍, 共一符, 收於將吏之所. 亡伍而得伍當之,

적 오伍의 한 사람 또는 몇 사람을 살해하고 아군의 손실이 없으면 그 공적으로 상을 타게 된다. 그러나 아군 오伍의 병사를 잃고 적의 오는 한 사람도 해치지 못하면 그는 사형을 당하고 그의 가재는 몰수된다.

得伍而不亡有賞, 亡伍不得伍, 身死家殘.

아군의 장교를 잃어도 적의 장교를 살해하면 공죄가 상쇄된다. 적의 장교를 살해하고, 아군의 장교를 잃지 않으면 상을 받고, 아군의 장교를 잃고도 적 장교를 살해하지 못하면 사형을 당하고 가재는 몰수된다.

亡長得長當之, 得長不亡有賞, 亡長不得長, 身死家殘.

그러나 적과 계속해서 싸워서 적 우두머리 대장의 목을 베면 처형을 면하게 된다. 대장을 잃어도 적 대장의 목을 베면 공죄가 상쇄된다. 그런데 적의 대장 목을 베고 아군 대장을 잃지 않으면 상이 있고, 아군의 대장을 잃고 적 대장의 목을 베지 못하면 진지를 떠나 도망친 자의 범죄에 해당되는 법의 처벌을 받게 된다.

得戰得首長除之. 亡長得將當之, 得長不亡有賞, 亡長不得將,
坐離地遁逃之法.

전시의 즉결 처벌법에는 십장什長은 사병 10명까지 처형할 수 있고, 백인
의 장 십장은 백 인의 장을 처형할 수 있고, 만인의 장은 천인의 장을 처형할
수 있으며, 좌우 장군은 만인의 장을 처형할 수 있다. 그러나 대장은 처형하지
못할 자가 없이 누구든 다 처형할 수 있게 되어 있다.

戰誅之法曰, 什長得誅十人, 伯長得誅什長, 千人之將, 得誅百人之將,
萬人之將, 得誅千人之將, 左右將軍, 得誅萬人之將, 大將軍無不得誅.

일부(一符) 하나의 할부.

장리(將吏) 장교와 군리(軍吏). 여기서는 오장(伍長)을 가리킴.

득(得) 여기서는 적을 사살 또는 생포하는 것.

당(當) 공죄가 상쇄되어 죄도 공로도 없어짐.

17

경졸령經卒令

군사의 대열을 정돈하려면 경졸령經卒令에 의해 3등분한다. 즉 그 좌군左軍은 푸른 깃발을 세우고, 그 사졸들은 저마다 푸른 깃羽毛의 장식을 투구에 꽂고, 우군右軍은 흰 기를 세우고 사졸들은 흰 깃을 투구에 꽂으며, 중군中軍은 황색 깃발을 세우고, 사졸들은 황색 깃을 투구에 꽂는다.

經卒者, 以經令分之, 爲三分焉, 左軍蒼旗, 卒載蒼羽, 右軍白旗,
卒載白羽, 中軍黃旗, 卒載黃羽.

이밖에 다섯 가지 휘장이 정해져 있다. 즉 제일 앞줄에 선 사병은 푸른색 휘장, 다음 둘째 줄은 붉은색 휘장, 다음 다섯째 줄은 검은색 휘장을 사용하여, 이런 순차로 사졸의 대열을 정돈한다. 만일 이 후장을 잃어버린 자는 벌을 받는다.

卒有五章, 前一行蒼章, 次二行赤章, 次三行黃章, 次四行白章,
次五行黑章, 次以經卒, 亡章者有誅.

앞에서 말한 첫째 번의 다섯줄은 휘장을 머리에 달고, 둘째 번의 다섯줄은 이 휘장을 가슴에, 셋째 번 다섯줄은 복부에 다섯 번째 다섯줄은 허리에 단다. 이렇게 하면 사병은 자기의 직속상관이 아닌 다른 장교의 부하 측에 끼는 일이 없고, 장교도 자기 부하가 아닌 다른 사병을 통솔하는 일이 없다. 장교가 만일 부하의 비행을 보고도 문책하지 않고, 그 문란됨을 보고도 금하지 않으면 그 죄는 다른 부대로 끼어들어간 사병의 죄와 같다.

前一五行, 置章於首, 次二五行, 置章於項, 次三五行, 置章於胸,
次四五行, 置章於腹. 次五五行, 置章於腰, 如此卒無非其吏, 吏無非其卒,
見非而不詰, 見亂而不禁, 其罪如之.

북을 치며 전진하여 접전할 때 대오의 앞장서서 나가는 것을 용감하다고
하며, 대오에 뒤지는 것은 우리 군대를 욕되게 하는 것으로 한다. 다섯줄을 넘
어서 진격하는 자에게는 상이 있고, 다섯줄을 넘어서 뒤로 물러서는 자에게는
벌이 있다.

鼓行交鬪, 則前行進爲犯難, 後行退爲辱衆, 踰五行而後者有賞,
踰五行以進者有賞, 踰五行而後者有誅,

이것은 사병의 진퇴와 선후를 헤아릴 수 있는 것이며, 따라서 사병들의 공
과 죄를 헤아릴 수 있는 것이다. 그러므로 북을 치면 번개처럼 진격하고 비바
람처럼 활동하게 되니 감히 그 앞에 대적할 자가 없고, 그 뒤를 쫓을 자가 없
다고 한다. 이것은 사졸에게 경졸령이 있다는 것을 말해주는 것이다.

所以知進退先後, 吏卒之功也. 故曰, 鼓之, 前如雷霆, 動如風雨,
莫敢當其前, 莫敢躡其後, 言有經也.

고행(鼓行) 북을 치며 진격함.

장(章) 휘장.

경졸(經卒) 사졸을 다스림.

범난(犯難) 위험을 무릅쓰고 용감히 진격함.

섭(躡) 밟음.

18

륵졸령勒卒令

군대에서는 징, 북, 방울, 기의 네 가지를 사용하는데 각 규정이 있다. 즉 북을 한 번 치면 진군하고, 징을 울리면 정지하고, 다시 징을 울리면 후퇴한다. 방울은 대장의 명령에 복종할 때 사용하고, 기는 왼쪽으로 흔들면 왼쪽으로 행하고, 오른쪽으로 흔들면 전군이 오른쪽으로 향한다.

> 金鼓鈴旗四者, 各有法, 鼓之則進, 重鼓則擊, 金之則止, 重金則退,
> 鈴傳令也, 旗麾之左則左, 麾之右則右,

그러나 기병은 이에 따르지 않는다. 한번 북을 쳤을 때는 일격을 가하고 왼쪽 또는 오른쪽으로 진격한다. 한 발짝마다 북을 치는 것은 걸어가라는 것이고, 열 발짝마다 북을 치는 것은 달리라는 북소리이다. 끊지 않고 계속 치는 것은 치달리라는 소리이다. 상商의 소리는 대장이 명령하는 북소리이고, 각角의 소리는 부장部將이 명령하는 소리이며, 작은 북은 백伯, 즉 백인장이 명령하는 북소리이다.

> 奇兵則反是. 一鼓一擊而右, 一鼓一擊而左, 一步一鼓步鼓也,
> 十步一鼓趨鼓也, 音不絕鶩鼓也. 商將鼓也, 角帥鼓也, 小鼓伯鼓也,

이 세 북을 한꺼번에 치는 것은 대장과 부장, 백인장이 한 마음 한 뜻이라는 것이다. 그러나 기병奇兵은 이에 따르지 않는다. 북을 치는 자가 이러한 규정을 어기면 처벌한다. 또 사병이 북소리에 따르지 않고 떠들어도 처벌한다. 그리고 위에서 말한 징, 북, 방울, 기의 신호에 따르지 않고 자기 마음대로 움직이는 자도 처벌한다.

三鼓同, 則將帥伯其心一也, 奇兵則反是. 鼓失次者有誅, 誼譁者有誅, 不聽金鈴旗, 而動者有誅.

법(法) 법도. 규칙.

금(金) 징. 종.

령(鈴) 방울.

기병(奇兵) 돌격대.

반(反) 반대의 뜻이 아니라 반대일수도 있다는 뜻.

보고(步鼓) 시행하라는 북소리.

추고(趨鼓) 빨리 가라는 북소리.

무고(驚鼓) 달리라는 북소리.

상(商) 큰 북의 이름.

각(角) 오음의 하나.

우선 백 명의 군사에게 전투 훈련을 시키고, 그 교육을 마치면 천 명의 대대에 합친다. 그리하여 이 천 명에 대한 교육을 마치면 만 명의 부대에 합친다. 여기서 다시 만 명의 교육을 마치면 3군으로 모은다. 3군의 군대는 이것을 분산시키기도 하고 통합하기도 하여 천변만화의 훈련을 시킨다.

百人而教戰, 教成合之千人, 千人教成, 合之萬人, 萬人教成, 會之於三軍. 三軍之衆, 有分有合, 爲大戰之法.

훈련이 끝나면 이를 시험하여 사열식을 갖는다. 이 정도의 군사라면 방형 方形의 진을 쳐도 승리하고, 원형의 진을 쳐도 승리할 수 있으며, 또 착잡한 진을 쳐도 승리할 수 있으며, 험한 지역에 임하여도 승리할 수 있다, 적이 산에 있으면 기어 올라가서 이를 공략하고, 적이 심연에 있으면 물속에 들어가 공략한다. 적을 찾기를 잃은 자식 찾듯이 하고, 진을 칠 때는 필승의 신념을 갖고 조금도 의구치 않는다. 그러므로 능히 적을 격파하여 적의 목숨을 제어할 수 있는 것이다.

教成試之以閱. 方亦勝, 圓亦勝, 錯斜亦勝, 臨險亦勝, 敵在山, 緣而從之, 敵在淵, 沒而從之, 救敵如救亡子, 從之無疑, 故能敗敵而制其命.

방(方) 방진(方陣) 방형을 이룬 진형.
원(圓) 원형의 진지.
착사(錯斜) 들쭉날쭉한 진지.
연(緣) 기어오름.
몰(沒) 물속에 잠김.

용병用兵에 있어서 재빨리 생각하고 재빨리 결정하고 전략을 정해야 한다. 만일 먼저 전략을 확정치 못하고 생각이 재빨리 결정되지 못하면 진퇴의 방향이 정해지지 않고 의구심이 생겨 반드시 패하게 될 것이다.

夫蚤決先定, 若計不先定, 廬不蚤決, 則進退不定, 疑生必敗.

그러므로 정병正兵은 먼저 사용함을 귀히 여기고, 기병奇兵은 나중에 사용함을 귀히 여긴다. 그러나 정병과 기병은 먼저 사용하기도 하고 혹은 나중에 사용하기도 하는 것은 모두가 적을 제압하기 위한 전법이다.

故定正貴先, 奇兵貴後, 或先或後, 制敵者也.

용병은 방법을 잘 모르는 평범한 장수는 자기 독단적으로 명령을 내리고 일을 행하며, 무작정 적을 성급히 공격하여 자기의 용기에만 의지한다. 그렇기 때문에 패배하지 않는 자가 없는 것이다.

世將不知法者, 專命而行, 先擊而勇, 無不敗者也.

그 거동함에 있어 본래가 의심스러운 점이 있는데도 의심하지 않고, 그가

가는데 대하여 본래 믿을 수 있는데도 믿지 않으며, 적과 싸움에 있어서 신속히 할 것과 서서히 할 것이 있는데도 신속하거나 서서히 하지 않는다. 이 세 가지는 전투에 있어서의 화근이 되는 것이다.

> 其擊有疑而不疑, 其往有信而不信, 其治有遲疾而不遲疾,
> 是三者戰之累也.

조(蚤) 신속히.

선정(先定) 미리 정함.

정병(正兵) 적의 정면으로 공격하는 군사.

기병(奇兵) 적을 기습하는 병사.

제적자(制敵者) 적을 제압하는 방법.

지질(遲疾) 느리게 함과 빠르게 함.

누(累) 화근.

19

장령將令

장군이 출정 법령을 받는 날에는 군주는 반드시 종묘에 들어가서 모의를 하고 명령을 조정에서 한다. 군주는 손수 부월을 장군에게 내리며 다음과 같이 말한다.

將軍受命, 君必先謀於廟, 行令於廷, 君身以斧鉞授將曰,

"좌우 중군에는 각자가 지켜야할 임무가 있노라. 만약에 자기 직분을 초월해서 위로 청탁을 하는 자는 사형에 처하라. 군대에는 두 갈래로 나오는 명령은 없는 것이니, 두 갈래로 명령을 내리는 자는 사형에 처하라. 또 명령을 보류하고 하달치 않는 자는 사형에 처하라. 장군의 명령을 준수하지 않는 자도 사형에 처하라. 삼갈지어다."

左右中軍, 皆有分職, 若踰分而上請者死. 軍無二令, 二令者誅, 留令者誅, 失令者誅,

장군은 출전 명령을 받은 다음 부하 장졸들에게 이렇게 말한다. "성문 밖에 나가서는 일정日程을 정하여 진영을 표시하는 푯말을 군문에 세워 둘 것이다. 이를 기약하되 만일 때에 늦는 일이 있으면 법에 의해 처단할 것이다."

將軍故曰, 出國門之外, 期日中, 設營表, 置轅門, 期之如過時, 則坐法.

장군은 진영에 들어가면 군문을 달고 잡인의 통행을 금지한다. 감히 가는 자가 있으면 처형하고, 감히 명령에 따르지 않는 자가 있으면 처형한다.

將軍入營, 則閉門淸道, 有敢行者誅, 有敢高言者誅, 有敢不從者誅,

상청(上淸) 자기의 상관을 무시하고 군주에게 청원함.

군무이령(軍無二令) 군에 두 가지 명령이 있을 수 없음. 즉 명령은 대장에서만 나오며, 군주도 입을 열 수 없음.

유령(留令) 대장의 명령을 장교가 부하에게 전달하지 않고 보류함.

실령(失令) 명령을 이행하지 않음.

국문(國門) 나라 도시의 문.

원문(轅門) 군대의 문.

20

종군령踵軍令

종군은 대군에서 떨어지기를 백 리쯤 하여 앞서 가서 적과 회전할 곳에서 대군이 오기로 기약한 날을 기다리는 것이다. 종군은 사흘 양식으로 익힌 음식을 만들어 대군보다 앞서 가서 회합할 표를 만든다. 이 표가 대군의 것과 일치하면 대군을 따른다. 이에 앞서 종군은 군사들을 잘 먹여 군가들의 전투 기세를 일으키게 한다. 이른바 추전이라는 법이다.

所謂踵軍者, 去大軍百里, 期於會地, 爲三日熟食, 前軍而行, 爲戰合地表, 合表乃起, 踵軍饗士, 使爲之戰勢, 是謂趨戰者也.

흥군은 종군보다 앞서 가서 표가 종군의 것과 맞으면 종군을 따른다. 대군과 거리를 종군과 대군과의 거리를 2배로 한다. 종군과의 사이를 백 리쯤으로 하여 앞서가서 적과 회전할 곳에서 종군이 오기로 된 날을 기다린다. 6일 양식을 익힌 것으로 만들어 가지고 전투 준비를 하고 그 병졸들을 나누어 요지에 지키고 있다가 병사들을 잘 단속하여 도주하는 적이 있으면 그들을 쫓도록 한다. 종군이 아군 병사들 중에서 도망쳐 돌아가는 병사를 만나면 그들을 처벌한다. 이것은 옛 병법에서 말하는 열 장수의 병사가 네 가지 기병의 진중 안에서 있게 되면 승리한다는 것이다.

興軍者, 前踵軍而行, 合表而起, 去大軍一倍其道, 去踵軍百里, 期於會地, 爲六日熟食, 使爲戰備, 分卒據要害, 戰利則追北, 接兵而趨之, 踵軍遇有還者, 誅之, 所謂諸將之兵, 在四奇之內者勝也.

군대에는 십오什伍의 편제 단위가 있는 것이 원칙이지만 그것을 혹은 나누는 것이 있으며 혹은 합하는 것이 있는데 이것은 변법이다. 이렇게 하여 미리 각자가 맡아서 할 직무를 주어 요새나 관문 또는 교량을 지키도록 하고 분산시켜 거기에 있도록 한다.

兵有什伍, 有分有合, 豫爲之職, 守要塞關梁, 而分居之.

만약 싸움이 붙고 표가 일어나면 여러 군사가 모두 싸움터로 모여드는 것이다. 대군은 일수를 계산하여 식량을 준비하고 출발한다. 이때는 전쟁 기구는 모두 준비되어야 하고, 장수의 명령이 떨어지면 출동하는 것이다.

戰合表起, 則皆會也. 大軍爲計日之食起, 戰具無不及也, 令行而起,

만약 명령과 같이 하지 않으면 처벌한다. 무릇 분색分塞이라 일컫는 것은 사방의 국경 안을 구역 담당별로 통행을 금지하는 것이다. 그리하여 일단 후군과 중군이 이에 출동하여 행군을 하게 되면 사방 국경지대의 백성은 함부로 통행할 수 없도록 한다.

不如令者有誅. 凡稱分塞者, 四境之內, 當與軍踵軍旣行, 則四境之民, 無得行者,

임금의 명령을 받들어 부절을 인수하여 가진 자를 순직順職의 관리라고 부른다. 이 순직의 관리가 아닌 자가 함부로 통행하면 그를 처벌한다. 싸움이 붙고 표가 일어나면 순직의 관리가 왕래하여 부절을 사용하여 서로 전쟁에 참여케 한다. 그러므로 전쟁을 하고자 하면 먼저 국내를 안정시켜야 한다.

奉王之命, 授持符節者, 名爲順職之吏, 非順職之吏, 而行者誅之.
戰合表起, 順職之吏乃行, 用以相參, 故欲戰先安內也

━━

관(關) 국경의 경비소.
량(梁) 다리.

개회(皆會) 모든 군사가 전지에서 합침.

계일지식(計日之食) 날자를 계산하여 필요한 군량을 준비함.

전구(戰具) 전쟁에 필요한 병기와 도구.

부절(符節) 나무 따위로 만든 부신. 여기서는 통행증.

순직지리(순직지리(順職之吏) 왕명에 의해 부절을 지닌 자. 오늘날의 연락병.

21

병교兵敎 상上

병사를 훈련시키는 법으로 말하면, 우선 진영을 나눠서 각각 부서를 맡긴다. 만일 이때 명령을 어기고, 자기 마음대로 진군하거나 퇴각하는 자가 있으면, 교령敎令을 어긴 죄로 처벌한다.

兵之敎令, 分營居陳, 有罪令而進退者, 加犯敎之罪,

전열前列에 있는 자는 전열의 장이 가르치고, 후열에 있는 자는 후열의 장이 가르치며, 우열에 있는 자는 우열의 장이 각각 가르친다. 이리하여 5명의 군사를 훈련하면, 그 5명의 장은 상을 받게 된다. 그러나 이와같이 가르치지 않으면 역시 교령을 어긴 죄와 같다.

前行者前行敎之, 後行者後行敎之, 左行者左行敎之, 右行者右行敎之, 敎擧五人, 其甲首有賞. 弗敎如犯敎之罪,

만일 오伍 중의 한 사병이 병을 핑계로 땅바닥에 누워 전투를 회피하려고 했을 경우에는, 오伍 중의 병사가 모두 고발해야 한다. 오伍 중의 사람이 서로 이를 고발하면 그 죄를 면할 수 있다. 오가 전투에 임하여 그중 한 사람이라도 목숨을 던지려고 하지 않는 자가 있다면, 가르친 자는 법을 어긴 죄와 같다.

羅地者自揭其伍, 伍內瓦揭之, 免其罪. 凡伍臨陳, 若一人有不進死於敵, 則敎者如犯法者之罪.

한 십什에 해당하는 열 명의 대원은 대원끼리 서로 보증해야 한다. 만일 이 열 명 중에서 한 사람이 전사하고, 9명이 전부 적과 싸워 목숨을 던지지 않으면 가르친 자는 법을 어긴 죄와 같다. 십什에서 부장에 이르기까지 법대로 시행치 않는 자가 있으면 가르친 자는 법을 어긴 죄와 같다. 형벌을 분명히 하고 선행을 권장하여 상을 올바로 주는 것은 병사를 훈련하는 법에 있는 것이다.

自什以上至於裨將, 有不若法者, 則敎者如犯法者之罪. 凡明刑罰正勤賞, 必在乎兵敎之法.

갑수(甲首) 각 행(行)의 장.
게(揭) 고발함.
비장(裨將) 총 대장을 보필하는 부장.
나지자(羅地者) 땅에 엎드린 자. 꾀병으로 전투를 회피하려는 자.

장수마다 그 기를 달리하고, 병사마다 휘장을 달리 한다. 좌군의 휘장은 왼쪽 어깨에 달고, 우군의 휘장은 오른쪽 어깨에 달며, 중군의 휘장은 가슴에 단다.

將異其旗, 卒異其章, 右軍章右肩, 左軍章左肩, 中軍章胸前,

그리고 그 휘장에는 어느 부대의 누구라고 한다. 전후 다섯 행렬마다 휘장 색깔이 다르다. 또 계급이 존귀한 자의 휘장은 머리 위에 달고, 그 아래는 등급에 따라 차츰 그 휘장을 내려 단다. 오장伍長은 부하인 4명을 훈련시킬 경우, 판자로 북을 삼고, 기왕으로 징을 대신하며, 막대기로써 깃발을 대신한다.

書其章曰某甲士. 前後章各五行, 尊章置首上, 其次差降之.
伍長敎其四人, 以板爲鼓, 以瓦爲金, 以木爲旗,

이와같이 하여 대용 북을 치면 진군하고, 깃발을 아래로 내려 흔들면 달려 가고, 징을 치면 후퇴하고, 깃발을 왼쪽으로 내려 흔들면 왼쪽으로 이동하고, 오른쪽으로 내려 흔들면 왼쪽으로 이동한다. 그리고 징과 북과 함께 치면 앉도록 한다.

擊鼓以進, 底旗則趨, 擊金而退, 麾而左之, 麾而右之, 金鼓俱擊而坐.

이와같은 오장의 훈련이 끝나면 이것을 십장에게 합치고, 십장의 훈련이 끝나면 이것을 졸장에게 합치고, 졸장의 훈련이 끝나면 이를 백장에 합치고, 백장의 훈련이 끝나면 이를 병위兵尉 즉 천 명의 장에게 합친다.

伍長敎成, 合之什長, 什長敎成, 合之卒長, 卒長敎成, 合之伯長,
伯長敎成, 合之兵尉,

병위의 훈련이 끝나면 이를 비장, 즉 총 대장을 보필하는 부장에게 합치고, 부장의 훈련이 끝나면 이것을 대장에게 합친다.

兵尉敎成, 合之裨將, 裨將敎成, 合之大將.

대장은 이를 훈련시켜 넓은 광야에 진을 치게 한다. 큰 푯말을 300보마다 하나씩 세우고, 이미 진이 다 쳐졌으면 푯말에서 떨어지기를 백 발짝씩 하여 활을 쏘아 결전케 하고, 백 발짝씩 하여 달려나가고, 백 발짝씩 하여 말을 달리게 한다.

大將敎之, 陳於中野, 置大表三百步而一, 旣陳, 去表百步而決, 百步而趨,

이와같은 전투 훈련으로 그 절제를 이루게 하고, 이것의 공과功過에 따라 상벌을 내린다. 위리尉吏 즉 부장 이하의 각 지휘관 이하는 모두가 각각 다른 기를 갖고 있다. 그러므로 적과 싸워서 이겨 적장을 죽이고, 그 기를 빼앗는 자는 각각 그 적장의 지위에 따르는 상을 주어 권장하는 마음을 분명히 한다.

百步而鶩, 習戰以成其節, 爲之賞罰. 自尉吏而下, 盡有旗, 戰勝得旗者,
名視其所得之爵, 以明賞勸之心.

존장(尊章) 지위 높은 자의 휘장.

차강(差降) 등급에 의해 점차 아래로 내려옴.

무(鶩) 달림.

싸워서 이기는 것은 군의 위엄을 세우는 데 있고, 군의 위엄을 세우는 것은 사병들의 힘을 합치는 데 있으며, 힘을 합치는 것은 형벌의 공정에 있고, 형벌의 공정함은 시상施賞을 분명히 하는 데 있다.

戰勝在乎立威, 立威在乎戮力, 戮力在乎正罰, 正罰者所以明賞也.

위(威) 위엄.

육(戮) 합침. 일치. 협력함.

정벌(正罰) 죄 다스리는 형벌을 공정히 함.

병사들로 하여금 자기 나라 국경을 등지고, 사생결단을 하며 죽음을 내걸고도 의혹을 느끼지 않게 하는 것은 그러할 만한 까닭이 있어서이다. 성을 지키는 자로 하여금 굳게 성을 지키게 하고, 적과 싸우는 자는 용감히 싸우게 하며, 간악한 모략이 일어나지 않게 하고, 명령을 일단 내리면 변경하지 않으며, 군사가 일선에 나가서 필승 불패의 신념을 갖고, 기동성 있는 병사들이 번개처럼 활약하고, 적을 격멸하여 혼비백산케 하는 것은 공로 있는 자를 등용하고 유력한 자를 가려내며, 그 명백함이 흑백을 가리듯이 하며, 백성이 군주의 명령을 따르기를 사지가 마음에 따르듯이 하기 때문이다.

令民背國門之限, 決死生之分, 敎之死而不疑者, 有以也. 令守者以固, 戰者必鬪, 姦謀不作, 姦民不語. 令行無變, 兵行無猜, 輕者若霆, 奪敵若鶩, 擧功別德, 明如白黑, 令民從上令, 如四肢應心也.

전위대가 적의 대오를 끊고, 적의 진지를 교란하며 강적을 무찌르기를 큰

둑이 무너져 범람하는 물이 휩쓸듯이 하는 데는 까닭이 있다. 이것을 곧 병교
兵校라 이르며, 국토를 확대하고 국가를 지키며 환란을 제거하고, 무덕武德을
이루게 하는 것이다.

前軍絶行亂陳, 破堅如潰者, 有以也. 此之謂兵敎, 所以開封彊, 守社稷,
除患害, 成武德也.

▬▬

이(以) 소이(所以). 까닭.
간민(姦民) 간악한 백성.
무시(無猜) 의심하지 않음.
봉강(封彊) 국경. 영토를 가리킴.

22

병교兵教 하下

나는 이렇게 들었다. 군주에게는 필승의 도가 있다. 그런 까닭에 광대한 영토를 병합하고, 그 제도를 통일하여 그 위세가 천하에 미치게 되는데, 그 방도에는 다음의 열두 가지가 있다.

臣聞, 人君有必勝之道, 故能幷廉廣大, 以一其制度, 則威加天下, 有十二焉.

1. 연형連刑이다. 같은 오伍 중의 한 사람이 죄를 범했을 때 그들 중 아무도 고발을 하지 않으면 모두 같은 죄를 주는 것이다.
2. 지금地禁이다. 내왕을 금지하여 밖으로부터 침투하는 간첩을 빠짐없이 체포하는 것이다.
3. 전군全軍이다. 대장이 서로 친밀하고, 3군 5행三軍五行이 모두 단합하여 긴밀히 연결되어 있음을 말한다.
4. 개색開塞이다. 전투지역을 나눠서 각각 그 한계를 가지며, 각각 그 직무를 완수하기 위해 목숨을 내던지고 굳게 지키는 것을 말한다.
5. 분한分限이다. 좌우에 서로 금지구역이 있어 서로 넘나듦이 없고, 앞뒤에서 서로 도우며 병거를 둘러막고 견고히 하고, 적군이 침입하면 이를 맞아 싸우며 아군의 진영을 안전케 하는 것을 말한다.

一曰連刑, 謂同罪保伍也. 二曰地禁, 謂禁止行道, 以網外奸也.
三曰全軍, 謂甲首相附, 三五相同, 以結其聯也.
四曰開塞, 謂分地以限, 各死其職而堅守也.
五曰分限, 謂左右上禁, 前後上待, 垣車爲固, 以逆以止也.

6. 호별號別이다. 전열前列의 군사가 나가 싸우기에 힘쓰고, 후열의 군사는 그 뒤를 따르도록 구분하여, 먼저 오를 것을 다투어 순차를 어기는 데서 오는 혼란이 없도록 하는 것을 말한다.

7. 오장五章이다. 전, 후의 행렬을 분명히 하여 처음과 끝의 질서가 문란해지는 것이 없도록 하는 것이다.

8. 전곡全曲이다. 각 부대는 변화에 따라 유기적으로 움직여야 한다. 모두 분담된 부서가 있어 각자가 그 임무를 완수하면서도 변화에 보도를 맞추어 전체적인 통일을 이뤄야함을 말한다.

9. 금고金鼓이다. 징을 치면 멈추고 북을 치면 진격한다. 이런 약속 하에 진퇴를 바로잡고, 공로 있는 자를 등용하며 덕이 있는 자를 초빙하는 것을 말한다.

10. 진거陳車이다. 병거의 창을 가지런히 하여 단절됨이 없이 이어놓고, 병거를 이끄는 말의 눈을 가려 놀라지 않게 함을 말한다.

六曰號別, 謂前列務進, 以別其後者, 不得爭先登不次也.
七曰五章, 謂彰明行列, 始卒不亂也. 八曰全曲, 謂曲折相從, 皆有分部也.
九曰金鼓, 謂與有功, 致有德也.
十曰陳車, 謂接連前矛, 馬冒其目也.

11. 사사死士이다. 군사 가운데 특히 재능과 지능이 있는 자는 병거를 타게 하고, 종횡무진으로 기책奇策을 발휘하여 적을 제압케 하는 것을 말한다.

12. 역졸力卒이다. 군 전체에 있어 잘 다스려서 상부의 지시가 없이는 움직이지 못함을 뜻한다.

十一曰死士. 謂衆軍之中, 有材智者, 乘於戰車, 前後從橫, 出奇制敵也.
十二曰力卒, 謂經其全曲, 不麾不動也.

이 열두 가지의 것이 훈련이 다 된 연후에, 명령을 어긴 자는 용서치 않는다. 이렇게 되면 약한 군사를 능히 강하게 할 수 있고, 낮았던 군주의 세력을 능히 높일 수 있으며, 명령이 시달되지 않던 것을 능히 일으켜 잘 시달될 수 있고, 유리방황流離方徨하던 백성을 능히 친근감을 갖게 할 수 있으며, 많은 백성도 능히 다스릴 수 있고, 영토가 광대하여도 능히 지켜나갈 수 있고, 나라 안의 병거는 성문 밖으로 나가지 않고, 갑옷은 자루에서 나오지 않아도, 즉 전쟁을 하지 않고도 위엄은 천하를 굴복시킬 수 있는 것이다.

此十二者敎成, 犯令不舍, 兵弱能强之, 主卑能尊之, 令弊能起之,
民流能親之, 人衆能治之, 地大能治之, 地大能守之, 國車不出於閫,
組甲不出於橐, 而威服天下矣.

연형(連刑) 연대적 책임에 의한 형벌.

외간(外奸) 외부의 간첩. 간악한 자.

망(網) 체포 망. 포위망.

갑수(甲首) 대장.

상부(相符) 서로 친함,

3오(三五) 삼군(三軍), 오행(五行) 중 모든 군사의 대열을 가리킴.

호별(號別) 호령의 구별.

전곡(全曲) 전체적인 통일.

곡절(曲折) 군의 전후좌우 진퇴가 자유제적으로 변화함을 뜻함.

전모(前矛) 병차 앞의 창.

사사(死死) 죽음을 각오한 병사.

사(舍) 용서함.

곤(閫) 문지방.

탁(橐) 전대. 자루.

용병에는 다섯 가지 중요한 도가 있다. 장수로 임명되었을 때 자기 집을 잊어버려야 한다.

국경을 넘어 적지에 진격하였을 때는 부모를 잊어야 한다.

적과 가까이 대진하였을 때는 자기의 몸을 잊는다.

군사는 죽음을 각오하면 살 수 있다.

승리를 서두르는 것은 하책下策이다.

兵有五致, 爲將亡家, 踰垠亡親, 指敵望身, 必死則生, 急勝爲下.

이렇게 될 때 백 명의 병사가 칼날을 무릅쓰고 적과 싸우면, 적의 행렬을 문란케 하고 적진을 함락시킬 수 있고, 천 명의 군사가 칼날을 무릅쓰고 싸우면, 적을 사로잡고 적장을 살해할 수 있으며, 만 명의 군사가 이와같이 싸우면 천하를 횡행하여 당할 자가 없다.

百人被刃, 陷行亂陳, 千人被刃, 擒敵殺將, 萬人被刃, 橫行天下.

치(致) 극치.

은(垠) 경계.

피인(被刃) 칼날을 무릅쓰다.

금(擒) 사로잡음.

옛날 주周나라 무왕이 태공에게 물었다. "나는 좀 한가하여 사람을 부리는 요령을 연구하려고 하는데 어떠하오."

武王問太公望曰, 吾欲少間而極用人之要.

태공이 대답하기를 "상은 산처럼 커서 움직일 수 없고, 벌은 골짜기처럼 깊어 구제할 길이 없어야 합니다. 가장 이상적인 것은 과오를 저지르지 않는 것이지만, 다음은 과오는 있되 그 과오를 시정하는 일입니다. 그리고 백성으로 하여금 군주의 명령에 대하여 사사로이 비평하지 못하게 하는 일입니다. 여러 가지 처벌에 대하여 면죄할 것을 요청하는 자는 처형해야 하고, 여러 가지 시상을 할 때, 주지 말라고 요청하는 자도 처형해야 합니다."

望對日, 賞如山, 罰如谿, 太上無過, 其次補過, 使人無得私語,
諸罰而請不罪者死, 諸賞而請不賞者死.

소간(小間) 얼마간의 시간적 여유.
요(要) 여령.
태상(太上) 가장 으뜸가는 것.

한 나라를 치려면 반드시 그 나라에 이변이 생겼을 때 그 기회를 이용해야
한다. 때로는 적에게 이편의 풍족한 재화財貨를 보여주고, 상대방이 얼마나 궁
핍해 있는가를 살피고, 때로는 이편의 곤궁을 보여주고, 그 나라의 병폐를 관
찰한다. 위에서 하는 일이 아래서 원하는 일과 어긋나 백성들이 흩어지는 것
따위는, 그 나라를 정벌할 이유가 된다.

我國必因其變, 示之財, 以觀其窮, 示之弊, 以觀其病, 上乖下離,
若此之類, 是伐之因也.

군사를 일으키려면 반드시 나라 안팎으로 피아彼我의 권세의 우열을 상세
히 검토하고, 그 방법을 헤아린다. 병기는 충분히 준비되어 있는가. 식량은
넉넉한가 부족한가. 또한 군사의 출입할 길의 사정은 어떤가를 비교검토한
연후에 군사를 일으켜 적의 문란함을 치면 반드시 적국에 쳐들어가 승리할
수 있다.

凡與師, 必審內外之權, 以計其法, 兵有備闕, 糧食有餘不足,
校所出入之路, 然後與師伐亂, 必能入之.

폐(弊) 피폐하다.
상(上) 군주.
하(下) 백성.

괴(乖) 어긋남.

비궐(備闕) 갖춤과 갖추지 못함.

교(校) 헤아림.

땅이 넓고, 성이 작을 경우에는 우선 그 땅을 점령하기로 하고 만일 성이 크고 땅이 좁을 때에는, 우선 그 성을 공격하도록 한다. 그리고 땅이 넓고 백성의 수가 많을 때에는, 우선 그 고장의 가장 중요한 요지를 공략하여 다른 지역과 연락을 끊도록 한다. 그리고 땅이 좁고 백성이 많을 경우에는, 망대를 쌓아 높은 데서 적을 살핀다.

地大而城小者, 必先收其地, 城大而地窄者, 必先攻其城, 地廣而人寡者, 則絶其阨, 地窄而人衆者, 則築大堙,

그 편리한 지점을 잃지 않게 하고, 그 농사철을 놓치지 않도록 해야 하며, 정령政令을 너그럽게 하고, 백성들의 직업을 고르게 해 주며 백성들의 어려움을 구제해 주면, 은혜를 천하에 베푸는데 손색이 없는 것이다.

以臨之. 無喪其利, 無奪其時, 寬其政, 夷其業, 救其弊, 則足以施天下.

━━

척(窄) 비좁음.

인(堙) 막힘.

이(夷) 고르게 함.

시(施) 은혜를 베풀다.

오늘날 전국戰國의 제후諸侯들은 서로 공격을 일삼고, 자기 세력의 강대함을 믿고 덕이 있는 나라를 정벌하고, 5명의 오伍에서 양兩, 양에서 2천 5백 명의 사師에 이르기까지 군령이 통일치 않고 있으며, 백성들의 마음을 안정시키지 못하고, 헛되이 교만하고 사치 풍조를 숭상하며, 나라에 환란이 일어날 일

을 꾀하고,

今戰國相攻, 大伐有德, 自伍而兩, 自兩而師, 不一其令, 率俾民心不定, 徒尙驕佚, 謀患辯訟,

소송을 변론하고, 군관은 자기 하는 일이 번잡하여 여념이 없게 되면, 이러한 일들은 군무에 환난이 있게 되고, 또 패배하게 되는 것이다. 날은 저물고 길은 멀며 군사가 돌아갈 때 이미 의기가 상실되어 있고, 군사가 오래되어 늙고, 장군은 탐욕스러우며 사졸들이 다투어 약탈한다면, 그 군대는 쉽사리 패배한다. 만약 장수가 경솔하고 보루堡壘가 낮으며 사졸들의 마음이 동요하면 공격할 일이다. 그러나 적장이 무게 있고, 보루가 높으며 백성들이 그 장수를 두려워하면 이를 포위해야 한다.

吏究其事, 累且敗也. 日暮路遠, 還有到氣, 師老將貪爭掠, 易敗.
凡將輕, 壘卑, 衆動可攻也, 將重, 壘高, 衆懼可圍也.

무릇 적을 포위할 때는 적에게 반드시 이익을 제시하여 유인하여 그에 말려들게 해야 한다. 이렇게 하여 적국의 세력이 차츰 약해지도록 하면, 적은 궁핍하여 군수물자를 절약하게 되고, 병사들 중에는 배를 주리는 자도 있어 난동을 부리게 될 것이다.

凡圍必開其小利, 使漸夷弱, 則節吝有不食者矣.

만일 병사들이 동요되어 밤에 치고받는 자가 있는 것은, 놀라운 일이 있기 때문이다. 병사가 임무를 회피하는 것은 마음이 군무에 떠나있기 때문이다. 다른 나라의 구원을 기다리며, 함께 싸우려고 하여 전투의욕이 부진함은 모든 장병들이 모두 본심을 잃고 사기가 좌절되어 있기 때문이다. 사기가 좌절되어 있으면 반드시 그 군사가 패하고, 전략이 바로서지 못하면 나라가 망한다.

衆夜擊者驚也, 衆避事者離也. 待人之救, 其戰而蹙, 皆心失而傷氣也.
傷氣敗軍, 曲謀敗國.

유덕(有德) 덕치(德治)가 이루어지고 있는 나라.

양(兩) 오오(五伍). 즉 25명.

좌기(剉氣) 의기가 상실됨.

약(掠) 노략질.

비(卑) 낮음.

축(蹙) 쭈그러들음. 전투의욕의 상실.

사(師) 사단. 즉 2,500명. 주(周)의 병제(兵制)에 의하면 5명을 오(伍). 오오(五伍)를 양(兩). 4
양을 졸(卒). 오졸(五卒)을 여(旅). 5여(五旅)를 사(師). 5사를 군(軍)으로 하였다.

23

병령兵令 상上

병兵은 곧 흉기이며, 전쟁 자체는 덕에 거스르는 짓이다. 모든 일에는 반드시 본분이 있다. 그러므로 옛 성군은 난폭한 나라를 치는 데는 반드시 인의의 근본으로 하였다.

兵者凶器也, 爭者逆德也. 事必有本, 故王者伐暴亂, 本仁義焉.

그런데 전국戰國의 제후들은 오직 자신의 위세를 내세워 적과 대항하고, 서로 적을 멸망시키는 것을 도모하여 전쟁을 폐지할 수가 없다. 군사에 있어서는 무武는 나무를 심는 것이며, 문文은 씨앗을 뿌리는 것이다.

戰國則以立威抗敵, 相圖而不能廢兵也. 兵者以武爲植, 以文爲種.

무武는 밖이고 문文은 안이다. 이 두 가지 것을 상세히 보면 승패를 알 수 있다. 문은 이해를 살펴보고, 안위를 분간하는 것이며, 무는 강적을 무찔러 공격과 방어에 힘쓰는 것이다. 뜻이 하나로 뭉쳐지면 승리하고, 뜻이 여럿으로 흩어지면 패배한다.

武爲表, 文以裏, 能審此二者, 知勝敗矣. 文所以視利害, 辨安危, 武所以犯强敵, 力攻守也. 專一則勝, 離散則敗.

진지는 면밀하게 결속되어 있으면 견고하고, 칼날 사이는 적당한 거리를 두었을 때 자유롭게 쓸 수 있다. 병사들이 장수를 적보다 더 두려워하면 승리하고, 사졸들이 적을 장수보다 더 두려워하면 패배한다. 승패를 미리 알려면 아군의 장수와 적의 경중을 계량해보면 된다.

陳以密則固, 鋒以疏則達. 卒畏將甚於敵者勝, 卒畏敵甚於將者敗, 所以知勝敗者, 稱將於敵也,

적과 아군의 장수는 저울과 같다. 장수의 마음이 안정되어 있으면, 사졸들이 잘 다스려지고, 장수가 난폭해지고 성급하면 사졸들은 문란해진다.

敵與將, 猶權衡焉, 安靜則治, 暴疾則亂.

본(本) 근본. 본분.

도(圖) 도모함. 즉 적의 멸망을 도모함.

심(審) 세밀히 살펴봄.

봉(鋒) 칼 끝. 여기서는 창과 검을 가리킴.

소(疏) 사이가 떨어져 있음.

권형(權衡) 경중을 재는 저울. 권(權)은 추를 가리킴.

군사를 일으켜 진을 칠 때 일정한 군령軍令이 있다. 대오를 든든히 하는 데 일정한 법령法令이 있다. 선후의 순차에 합당合當한 것이 있다.

出卒陳兵, 有常令, 行伍疏數, 有常法, 先後之次, 有常宣.

일정한 군령은 패주하는 적을 추격하거나 성읍城邑을 습격할 때에 사용하는 것이 아니다. 전후의 순차가 없으면 행군의 길을 잃게 된다. 그러므로 선후의 순차를 문란케 하는 자는 처형해야 한다. 진을 치는 일정한 법칙은 모두가 적을 향해야 한다. 그 중에는 안으로 향하는 진이 있고, 밖으로 향하는 진이 있으며, 또는 서는 진이 있고 앉은 진이 있다.

常令者, 非追北襲邑不用也, 前後不次則失也, 亂先後斬之. 常陳皆向敵, 有內向, 有外向, 有立陳, 有坐陳.

안으로 향하는 진은 자기 군중軍中을 돌아다보기 위한 것이고, 밖으로 향한 진은 적을 대비한 것이고, 서 있는 진은 공격하기 위한 진이며 앉아 있는 진은 방위하기 위한 것이다.

夫內向所以顧中也, 外向所以備外也, 立陳所以行也, 坐陳所以止也.

서 있는 진과 앉아 있는 진은 공격과 수비를 서로 교대로 하며, 장수는 그 가운데 있어 지휘한다. 앉아 있는 병사는 검과 도끼를 사용하고, 서 있는 군사는 창과 큰 활을 사용하며, 장수는 역시 그 가운데 있어 전군을 지휘한다.

立坐之陳, 相參進止, 將在其中, 坐之兵劍斧, 立之兵戟弩, 將亦居中.

적을 잘 제어하는 자는 우선 정병正兵으로 맞아 싸우고, 그 후에 기병奇兵으로 적의 급소를 찌른다. 이것이 필승의 도이다. 도끼를 나란히 하여 적을 위협하고 깃발을 장식하여 군사를 인솔하며, 공을 세운 자는 반드시 상을 주고, 명령을 어긴 자는 반드시 처형한다.

善禦敵者, 正兵先合, 而後扼之, 此必勝之道也. 陳之斧鉞, 飾之旗章, 有功必賞, 犯令必死,

나라의 존망과 군사들의 생사는 대장의 북채 끝에 달린 것이다. 이렇게 되면, 천하에 용병에 능한 자가 있다 하더라도 이를 막아낼 수가 없는 것이다.

存亡死生, 在枹之端. 雖天下有善兵者, 莫能於此矣.

활 싸움이 아직 벌어지지 않고, 장검이 아직 접하지 않고 있는데, 전열이 떠들썩한 것은 허한 것이라고 이르고, 후열의 병사가 떠들썩한 것은 실實이라고 부른다. 그리고 전후 열이 모두 조용한 것은 비밀한 것이라 이른다. 허와 실과 비밀은 용병에 있어서의 근본이다.

矢射未交, 長刃未接, 前譟者謂之虛, 後譟者謂之實, 不譟者謂之秘, 虛實秘者, 兵之體也.

상령(常令) 일정한 군령.

소삭(疏數) 성기고 빽빽함.

차(次) 순서.

배(北) 패배.

고(顧) 돌아봄.

어(御) 제어. 막음.

합(合) 적과 대적함.

조(譟) 시끄러움. 떠들다.

24

병령兵令 하下

대군大軍과 떨어져서 전방의 방어 군비를 하는 것은 국경 고을의 군주로서 각각 30리 또는 50리쯤 서로 떨어져 있어서, 대군이 출동함을 들으면 전방 방어 준비를 한다. 싸움이 벌어지면 모든 국경 지방의 통행을 금지한다.

諸去大軍, 爲前禦之備者, 邊縣列侯, 各上去三五里, 聞大軍, 爲前禦之備, 戰則皆禁行,

이것은 국경지방을 안정시키기 위함이다. 국내의 병사들이 변경을 수비할 때에는, 주장主張이 전군에 기와 북, 창, 갑옷 등을 준다. 출발하는 날에, 만일 주장이나 대장보다 뒤늦게 현縣의 경계에 이르는 자는, 변경의 수비에 뒤진 대가로 다스린다.

所以安內也. 乃卒出戍, 令將吏授旗鼓戈甲, 發日後將吏, 乃出縣封界者, 以坐後戍法,

사졸의 변경 수비 복무 기간은 1년이다. 그런데 도망하여 교대할 자를 기다리지 못한 자는 도망병에 해당하는 형을 받는다. 부모처자가 이를 알았으면 같은 죄를 받고, 몰랐으면 이를 용서한다. 사졸이 주장이나 대장隊長 산하에 하루 늦게 도착하면 부모처자가 모조리 죄를 같이 한다.

兵戍變一歲, 遁亡不候代者, 法比亡軍, 父母妻子知之, 與同罪, 弗知赦之. 卒後將吏, 而至大將所一日, 父母妻子盡同罪,

사졸이 도망쳐 돌아와 하루가 지나도 부모처자가 붙잡지 않고 고발하지 않아도 역시 같은 죄에 해당한다. 여러 전투에서 사졸이 주장이나 대장을 버리고 도망친 자 또는 주장이나 대장이 사졸을 버리고 혼자 도망하는 자는 모조리 이를 사형에 처한다.

卒逃歸至家一日, 父母妻子弗捕執, 乃不言, 亦同罪.

전열에 있는 대장이 그 사졸을 버리고 도망쳤을 때, 후열에 있는 대장이 능히 그의 목을 베고 그 사졸을 자기 부하로 삼아 상을 준다. 군대에서 공을 세우지 못한 자는 변경 수비로 3년 동안 복무해야 한다.

諸戰而亡其將吏者, 乃將吏棄卒獨北者, 盡斬之. 前吏棄其卒而北,
後吏能斬之, 而奪其卒者賞. 軍無功者, 戍三歲.

3군이 크게 싸워 만일 대장이 전사하였는데도, 그에 따른 장교가 5백 명 이상이며, 적과 싸워 죽지 못한 자는 사형에 처한다. 그리고 대장의 좌우나 측근에 있던 사졸로서 그때 진중에 있던 자는 다 사형에 처한다.

三軍大戰, 若大將死, 吏從吏五百人以上, 不能死敵者斬, 大將左右近卒,
左陳中者皆斬,

나머지 사졸들은 공로 있는 자는 한 계급 내리고, 공로 없는 자는 변경수비에 3년 동안 복무한다. 전투에 같은 오伍에 속한 사졸이 도망했거나 또는 같은 오에 속한 사졸이 전사 했는데도 그 시체를 얻지 못했을 때는 같은 오의 사졸들은 모조리 그 공을 빼앗으며, 그 시체를 얻었을 경우에는 모두 죄를 용서한다.

餘士卒, 有軍功者奪一級, 無軍功者, 戍三歲. 戰亡伍人, 乃伍人戰死,
不得其屍, 同伍盡奪其功, 得其屍, 罪皆赦.

거(去) 사라짐.

전어지비(前禦之備) 전방방어를 위한 대비.

변현(邊縣) 변경의 소읍.

내졸(內卒) 국내에서 파견된 변경의 수비병.

수(戍) 변경을 수비함.

과갑(戈甲) 갑옷과 창.

후(候) 기다림.

배(北) 도망침.

포집(捕執) 체포함.

전이(前吏) 전열의 장교.

진(盡) 모조리.

일4급(日級) 한 계급.

탈공(奪功) 공로를 빼앗음. 즉 한 계급 내림을 말함.

군의 이해 즉 승리와 패배는 국가가 이름뿐이냐 명실이 상부하느냐와 깊은 관련이 있다. 지금 이름이 관청에 적혀 있지만 그 실은 가정에 있다면 관청은 그 군사의 실을 얻지 못하고 가정은 그 군사의 이름을 얻을 수 없다. 사졸을 모아 삼군을 만든다고는 하지만 다만 장부상의 이름뿐이고, 그 군사의 실효는 거둘 수 없다. 이렇게 되면 밖으로는 적을 방어하기에 부족하고, 안으로는 나라를 수비하기에 부족하다. 이것은 군대의 보급이 없는 것이며, 장수의 위세를 빼앗는 일이 되는 것이다.

軍之利害, 在國之名實, 令名在官, 而實在家, 官不得其實, 家不得其名, 聚卒爲軍, 有空名而無實, 外不足以禦敵, 內不足以守國, 此軍之所以不給,

내가 알기로는 사졸이 도망쳐 돌아가는 자가 있다면, 같은 병사兵舍에 있던 같은 오伍에 속하는 이와 그 대장隊長은 별로 양곡을 바치게 하여, 관의 양곡을 풍부케 하며 군비의 충실을 기한다고들 한다.

將之所以奪威也. 臣以謂卒逃歸者, 同舍伍人及吏, 罰人糧爲饒, 名爲軍實,

이것은 일군의 이름은 있어도 백성은 2군의 비용을 지출하는 셈이 된다. 이렇게 되어서는 국내를 공허하게 하여 스스로 군민軍民의 1년 분의 양식을 없애는 것이 된다. 이래서야 어찌 패배하는 화를 면할 수 있겠는가.

是有一軍之名, 而有二實之出. 國內空虛, 自竭民歲, 曷以免奔北之禍乎.

──

군지이해(軍之利害) 군의 이해. 즉 승리와 패배.

어(禦) 방어.

급(給) 넉넉함.

동사(同舍) 같은 숙사.

요(饒) 넉넉함.

갈(曷) 어찌.

분배(奔北) 싸워서 패배함.

지금 법으로써 도망쳐 돌아가는 것을 막아 도망병을 금지하는 것은 군대의 승리하는 첫째 길이다. 대오가 서로 연속하여 전투에 참가하며, 사졸과 장교가 서로 돕고 구해주는 것은 군대가 승리하는 둘째 길이다. 그리고 장수가 위엄을 세우고, 사졸이 절제하며 호령이 바르고 적절하여 믿음직스러우며, 공격과 방위가 모두 적합함은 군대가 승리하는 셋째 길이다.

令以法止逃歸, 禁亡軍, 是兵之一勝也, 什伍相連, 乃戰鬪, 則卒吏相敎, 是兵之二勝也. 將能立威, 卒能節制, 號令明信, 攻守皆得, 是兵之三勝也.

옛날의 용병을 잘하는 자는 능히 그 부하 사졸의 절반을 목숨을 바치게 할 수 있고, 그 다음은 10분의 3을 바치게 할 수 있으며, 그 다음은 10분의1을 바치게 할 수 있는데, 능히 그 절반의 목숨을 바치게 할 수 있는 자는 천하에 위세를 떨칠 수 있고, 그 10분의 3을 바치게 할 수 있는 자는 그 세력이 제후를 제압할 수 있으며, 10분의 1을 바치게 할 수 있는 자는 그 호령이 사졸에게 행해진다고 하였다.

臣聞, 古之善用兵者, 能殺士卒之半, 其次殺其什三, 其下殺其十一, 能殺卒半者, 威加海內, 殺十三者, 力加諸侯, 殺十一者, 令行士卒.

그러므로 백만 대병도 목숨을 내걸고 싸우지 않으면, 만 명의 싸움만 같지 못하고, 만 명이 싸우는 것은 백 명이 분전하는 것만 못하다고 한다. 상은 해와 달과 같이 밝게 하며, 신망은 사시四時와 같이 변함이 없으며, 명령은 도끼처럼 서슬이 서고, 군제는 명검 간장(干將, 옛날 오나라 명검)의 이름 간장처럼 예리한데도 사졸이 대장의 명령을 받들지 않았다는 말은 아직 들은 적이 없다.

故曰, 百萬之衆, 不用命, 不如萬人之鬪也, 萬人之鬪, 不如百人之奮也. 賞如日月, 信如四時, 令如斧鉞, 制如干將, 士卒不用命者, 米之聞也.

———

십오(什伍) 옛날 군대의 단위.
망군(亡軍) 도망병.
졸리(卒吏) 사졸과 장교.

7

이위공문대 李衛公問對

당唐 태종과 이정의 병법문답

연개소문 淵蓋蘇文

고구려 말기의 장군(?-665)으로 개금이라고도 한다. 증조할아버지 연광淵廣, 할아버지 자유子遊, 아버지 연태조淵太祚가 대대代代로 모두 막리지를 지낸 명문가였다. 동부대인東部大人이었던 아버지가 죽자 귀족들의 반대에도 불구하고 그 직을 계승하였다. 당시 고구려는 대외적으로 어려운 처지에 놓여 있었는데, 당나라의 팽창책으로 압력이 컸다. 이에, 고구려는 부여성에서 발해만 입구에 이르는 서부 국경에 천리장성千里長成을 쌓았다. 연개소문이 이 일의 감독자로 세력을 확장해 나가자 이를 두려워한 대신들과 영류왕榮留王은 그를 제거하려고 했다. 이러한 기미를 사전에 눈치 챈 연개소문은 642년 10월 반대파 대신들 100여 명을 열병식에 초대한 다음 모두 살해하고, 이어 궁중으로 달려가 영류왕을 죽인 다음 보장왕寶藏王을 세웠으며, 그 스스로 대막리지가 되어 대권을 장악하였다. 그 후 세력기반을 다지기 위하여 전통적으로 왕실과 연결되었던 불교, 유교를 탄압하고, 새로이 도교道敎를 육성하였다. 또 신라에게 빼앗긴 한강 유역의 실지失地를 회복하려고 하였을 때 신라의 김춘추金春秋가 찾아와서 제안한 화평和平도, 신라와의 관계를 개선하라는 당唐나라의 압력도 거부하고, 백제와 함께 당항성黨項城을 점령하는 등 강경책을 고수하였다.

이에 당唐나라 태종 이세민李世民은 보장왕 4년(645) 고구려 정벌의 총 동원령을 내렸다. 정관 정요에 보면 당 태종은 〈수나라 양제가 기어이 고구려를 정벌하고자 하여 매년 수많은 백성을 동원하여 싸움터로 몰아넣어 각지에서 반란이 발발하였고, 마지막에는 대수롭지 않은 신하에게 피살되었다.〉〈隋主亦欲必取高麗, 每年勞役, 人不勝怨, 逐死於匹夫之手〉

고 했었다. 또 방현령이라는 신하는 이세민에게 "지금 천하가 평화롭고 모든 것이 잘 되어가고 있습니다. 다만 태종께서 동쪽에 있는 고구려를 정벌하고자 하십니다. 이것을 그만두지 않으면 반드시 국가의 해가 될 것입니다"라고 상소를 올려 극구 말렸으나 이세민은 "저들의 내란에 의하여 막리지가 군주인 고무(高武-영류왕)를 죽이고 국정을 전단하고 있는 것은 옛 왕을 위하여 한을 풀어주고, 신라를 침략한 것에 대한 복수를 해 준다." 하여 고구려를 정벌하려고 당나라군 70만을 일으켜 수도 장안을 출발하여 낙양에 들어온 후 5월에 국경을 넘었다.

　　제1군은 이세적李世勣 총사령관의 지휘 아래 고구려의 회원진으로 향하였다. 다음 제2군은 장험으로, 제4군은 장량의 해군海軍이었다. 장량의 제4군은 군함 800척에 수병 7만5천이었다. 이세민은 이세적과 함께 안시성을 함락하지 못하고 오히려 고구려군이 쏜 화살에 오른쪽 눈을 잃고 군軍은 참패를 당하였다. 중국을 통일한 당 태종은 고구려에게 치욕적인 참패를 안고 철수해야만 하였다. 당군唐軍의 비참한 퇴각은 시작되었으나 추위와 굶주림에 지친 당나라군의 꼴은 말이 아니었다. 당 태종은 이정李靖이 군사 3만이면 연개소문을 사로잡을 수 있다고 큰소리쳤던 고구려 군에게 한 쪽 눈까지 잃고, 더군다나 17만의 위풍당당했던 대 병력을 거의 죽이고 늪지대를 걸어서 도망을 쳐야 했던 것이다.

　　고구려군의 게릴라식 공격은 늪지대에서도 달아나는 당군唐軍을 도마뱀 꼬리를 잘라내듯 도처에 출몰하여 수 없는 당군唐軍의 목을 베었다. 연개소문은 이후 4차례에 걸친 당나라의 침입도 모두 막아내었다. 고구려와의 싸움에 이렇듯 비참한 패배를 한 당태종은 죽으면서 "고구려를 침략하지 말라."고 하였다. 그러나 고구려는 당나라와의 대결을 앞두고 신라와의 관계가 악화된 데다 남북으로부터의 협공 가능성을 적절히 대응하지 못한 것은 실책이었다. 연개소문의 사후死後 아들들의 권력분쟁으로 고구려는 내분에 휩싸여 멸망의 길을 치닫게 되었다.

당 태종 唐太宗

당나라 태종(太宗−李世民)은 서기 600년 중국 대륙에서 한漢나라 이래 5백여 년에 걸친 혼란을 수습하여 중국을 통일하고 당나라 300년의 기초를 수립한 인물이다.

수나라 양제隋煬帝는 남북으로 분열된 중국대륙을 통일시킨 사람이다. 그러나 그는 웅장한 궁전을 짓고 별궁別宮과 이궁離宮을 세우며, 대운하大運河를 건설하는 대토목공사를 벌이는 등 국민을 동원하여 부역하고 한편으로는 정벌에 전념하여 극도로 민심이 흉흉하던 차에 세 번에 걸친 고구려 원정이 실패로 끝났을 뿐만 아니라 각지에서 반란이 계속되어 수나라 정국의 혼란은 걷잡을 수 없이 되어버렸다.

대륙은 다시 분열의 위기를 맞게 되었는데 이때 이연李淵의 둘째아들 세민世民은 18세의 소년으로 아버지 이연으로 하여금 진양晉陽에서 거병舉兵토록 하여 각지의 반란군을 격파하였다.

이세민은 뛰어난 용병술에 출중한 지략智略으로써 군웅할거群雄割據하던 혼란의 시대를 수습하여 일약 영웅으로 부각, 감히 필적할 상대가 없었다. 결국 수나라 황제에게서 제위帝位를 양보 받아 이연은 당나라 고조高祖가 되었고 큰아들 건성이 황태자가 되고 세민은 진왕秦王이 되었다. 이렇게 천하통일의 대공을 세운 세민은 형제간의 불화로 급기야 자기를 질투하여 죽이려던 황태자皇太子인 형(건성建成)과 아우를 죽이게 된다.

세민이 즉위하고 당나라가 번성했을 때는 중국 고유의 문화를 꽃피웠을 뿐만 아니라 세계적 대제국으로서 널리 외래문화를 흡수, 동화시켜 국제적인 종합문화를 형성했다. 이는 동양 제국(諸國-특히 新羅, 日本)의 문화 전반에 걸쳐 깊은 영향을 끼쳤다.

당태종은 제위기간 24년 동안 뛰어난 관리官吏제도 확립과 인재등용 정책, 특히 스스로 철저한 유교정신에 입각하여 치국의 방침을 정하고, 높은 학문을 소유하고 정치의 본질을 아는 자로 하여금 국사를 맡도록 했다. 그는 많은 궁녀(宮女-3000 궁녀들이라 했다.)들을 각자 집으로 돌려보내고 무고한 백성들이 벌 받는 일을 금했다.

절대군주인 그는 절대권력絶對權力을 휘두를 수 있는 천자의 모습에서 잘못된 일을 언제든지 개선할 줄 아는 지도자상이 나오는데 태종은 정치를 민중이 원하는 방향으로 바로잡아 나갔으며, 신하들은 누구나 기탄없이 진언할 수 있도록 하였고 현명한 신하를 등용하고 궁궐 안에서의 사치를 일소해 버리는 등 세계적으로 손꼽을 만한 대정치가였다.

그러한 태종이 대군을 일으켜 고구려를 침공했으나 쓰라린 참패를 당하고 영도자로서 오점을 남겼다. 이 사건으로 누구보다 신뢰했던 신하 위징의 묘비를 철거시키기까지 했다.

이위공문대李衛公問對는 당태종과 병법의 대가로서 이론에 밝고 실전實戰에서도 많은 전공戰功을 세운 신하 이정李靖과의 병법문답兵法問答이다.

01

문대問對 상上

이위공문대李衛公問對는 당태종과 이위공 이정李靖의 병법에 대한 물음과 답이다. 당 태종은 24년간 제위帝位에 있었는데. 이때가 당나라의 기틀을 잡은 시기였다. 당태종은 수나라 말기 혼란의 와중에서 군웅할거群雄割據하던 때 이를 평정한 군사적 전략軍事的戰略이 뛰어난 인물이었다. 당태종이 신하들과 이정의 기탄없는 간언諫言을 서슴없이 수렴하는 등 절대적 군주시대絕對的君主時代에 드물게 보는 영명한 자도자로 평가 받고 있다. 당태종은 우리나라와 고구려 정벌이라는 역사적인 사건으로 만나게 되는데. 당태종은 대군을 이끌고 고구려 정벌에 나섰으나 참패를 당했다. 당시 그는 이 고구려 정벌의 실패로 깊은 회오悔悟에 빠졌었다. 이편에서는 정병正兵과 기병奇兵이 원래부터 구분이 되어있는 것이 아니고 전쟁의 상황에 따라 정병이 기병이 될 수 있고 기병이 정병이 될 수 있다는 것을 논했다.

고구려 공략攻略 작전모의作戰謀議

태종이 말하였다. "고구려가 때때로 신라를 침범하고 있소. 내가 사신을 보내어 타일렀지만, 내말을 듣지 않으므로 이를 치려고 하는데 경은 어떻게 생각하오."

太宗曰, 高麗數侵新羅, 朕遣使諭不奉詔, 將討之, 如何.

이정이 대답하였다. "신이 연개소문에 대하여 탐지한 바에 의하면 자기가 병법에 능통하다고 자처하고, 중국은 감히 고구려를 정벌하러 나서지 못할 것이라고 장담한다는 것입니다. 그 때문에 폐하의 조명을 받지 않는 것입니다.

신에게 군사 3만을 주신다면, 그를 사로잡을 수 있으리라 생각합니다."

靖曰, 深知蓋蘇文, 自恃之兵, 謂中國無能討, 故違命. 臣靖三萬擒之.

태종이 말하기를, "3만의 군사는 너무 적지 않겠소. 게다가 고구려는 너무 멀리 떨어져 있소. 그러니 경은 어떤 전술로 이에 당하려 하오."

太宗曰, 兵少地遙, 以何術臨之.

이정이 대답하였다. "신은 정병正兵으로 공략하려고 합니다."

靖曰, 臣以正兵.

태종이 말하기를. "돌궐을 평정할 때에는 기병奇兵을 사용하지 않았소. 그런데 어찌하여 정병을 사용한다고 하오."

太宗曰, 平突厥時, 用奇兵, 今言正兵, 何也.

하니, 이정이 말하였다. "제갈량이 맹 획을 일곱 번이나 놓아주었다가 일곱 번째 사로잡았을 때, 다른 방도는 없었고 다만 이 정병을 사용했을 뿐입니다."

靖曰, 諸葛亮七擒孟獲. 無他道也. 正兵而已矣.

고려(高麗) 고구려를 가리킴.

개소문(蓋蘇文) 고구려 보장왕 때의 권신.

태종(太宗) 당나라 제2대 황제. 재위 626-49 이름은 세민. 현무왕의 변란을 거쳐 즉위. 영명한 군주로 알려짐. 문무명신(文武明臣)을 등용, 율령을 정비, 문화발전, 국가 안태, 치세의 모범이라 일컬어짐.

요(遙) 멀다 아득하다.

술(術) 전술.

돌궐(突厥) 터키족에 속하는 인종의 명칭.

※ 마륭馬隆의 전법

태종이 말하였다. "진晉의 마륭馬隆이 양주凉州를 칠 때에도 팔진도八陳圖에 의해 편상거偏箱車를 만들어 적과 싸웠소. 만일 지세가 넓고 평평하면 녹각거鹿角車 안에 병사들을 머물게 하고, 길이 비좁을 때에는 수레 위에 판자지붕을 만들어 한 편으로 싸우며 한 편으로 진군하였소. 그리고 보니 사실 정병正兵은 옛사람들도 중요시하였던 것이요."

太宗曰, 晋馬隆討凉州, 亦是依八陳圖, 作偏箱車, 地廣則用鹿角車營, 路狹則爲木屋, 施於車上, 且戰且前. 信乎正兵, 古人所重也.

이정이 말하였다. "신이 돌궐을 칠 때 서쪽으로 몇 천 리나 쳐들어갔습니다. 만일 그때 정병이 아니었던들 어찌 그와 같이 멀리 원정을 할 수 있었겠습니까. 편상거와 녹각거의 사용은 전투에 큰 구실을 합니다. 병사들의 전투력을 절약하고, 전진하면서 방위할 수 있고, 대오隊伍를 정돈할 수 있습니다. 이세 가지는 서로 밀접한 관련을 갖고 있습니다.

靖曰, 臣討突厥, 西行數千里, 若非正兵, 安能致遠. 偏箱鹿角, 兵之大要. 一則治力, 一則前拒, 一則束部伍, 三者迭相爲用.

이것은 마륭이 제갈량의 옛 전법에서 배운 바가 많았기 때문입니다."

斯馬隆所得古法深也.

———

팔진도(八陳圖) 제갈량이 위나라를 공격할 때 만든 작전 도표이다. 8궤에 의하여 천, 지, 풍, 운, 용, 호, 조, 사의 여덟 진지로 나누고 복판에 중군을 배치하여 태극(太極)의 위치로 삼는다. 사방과 사유(四維. 동남, 서남, 서북, 동북)에 견고한 진을 치고 중군을 호위하며 수비와 공격에 대비하면 이상적인 진지가 된다는 것이다.

질(迭) 서로.

✸ 정병正兵과 기병奇兵의 전략

태종이 말하기를 "짐이 수나라 송노생宋老生을 격파하였을 때, 접전 초기에는 정의正義의 편에선 아군은 약간 후퇴하였소. 그래서 짐이 직접 갑주를 입힌 기병을 몰아 남원南原에서 달려와 측면에서 적의 진지를 공격하였소.

太宗曰, 朕破宋老生, 初交鋒, 義師少卻, 朕親以鐵騎, 自南原馳下, 橫突之

이리하여 노생의 군사는 후면이 차단되어 크게 패하고, 드디어 노생을 사로잡고 말았소. 이것은 정병이요 기병이오."

老生兵斷後, 大潰, 遂擒之. 此正兵乎, 奇兵乎,

하니 이정이 대답하였다. "폐하는 하늘로부터 타고난 성무聖武의 자질을 갖고 계시며, 배워서 능한 것이 아닙니다.

靖曰, 陛下天從聖武, 非學非能.

신이 생각건대 병법은 황제黃帝이후로 우선 정병을 사용하고, 나중에 이를 엄습하는 기병을 사용하였으며, 인의仁義를 앞세우고, 나중에 권모술수權謀術數를 행사하였던 것입니다.

臣接兵法, 自黃帝以來, 先正以後奇, 先仁義而後權謫.

그리고 곽읍에서 송노생과 싸웠을 때, 아군이 대의大義로써 기병起兵하였으니 이는 정병正兵입니다. 그리고 건성(建成-당나라 고조의 장남)이 말에서 떨어져, 그 결과 우리 군사가 약간 후퇴한 것이니 이것은 기병입니다."

且霍邑之戰, 師以義擧者, 正也. 建成墜馬, 右軍少卻者, 奇也.

태종이 반문하기를 "그때 아군이 후퇴함으로써 통일 대업이 무너질 지경이었는데, 이것을 기병의 전법이라 함은 무슨 뜻이요."

太宗曰, 彼時少卻, 幾敗大事, 曷謂奇耶.

이정이 대답하기를 "용병에 있어서 적의 전방을 향하여 진격하는 군사를 정병이라 하며, 후퇴하는 군사를 기병이라 합니다. 그때 아군이 약간 후퇴하지 않았던들 어떻게 노생의 군사를 우리 쪽으로 유인할 수 있었겠습니까.

靖曰, 凡兵以前向爲正, 後卻爲奇. 且右軍不卻則老生安致之來哉.

손자의 병법에 말하기를 〈적에게 이로운 듯이 보여 유인하고, 혼란한 틈을 타서 취하라〉고 하였습니다. 노생은 병법을 모르는 사람이었습니다.

法曰, 利以誘之, 亂而取之, 老生不知兵.

자기의 용기만 믿고, 서둘러 진격하여 뜻밖에 뒤가 차단되어 폐하에게 사로잡히게 된 것입니다. 이것이 이른바 병법에서 말하는 기병을 가지고 정병으로 변하게 하는 것입니다."

恃勇急進, 於陛下. 此所謂以奇爲正也.

초교봉(初交鋒) 접전 초기에.

비학비능(非學非能) 배워서 능한 것이 아님.

선정이후기(先正以後奇) 전방의 진격하는 부대는 정병이고 후퇴하는 것은 기병

의사(義師) 당나라 태종이 수나라 양제의 폭정을 치기위해 군사를 일으키고, 불의를 치는 군사라 하여 의사(義師)라 칭하였다.

철기(鐵騎) 갑주를 입은 기병(騎兵).

종(縱) 허용하다.

권휼(權譎) 권모와 속임수.

각(卻) 물러섬.

기(幾) 거의.

태종이 말하였다. "당나라 곽거병郭去病의 용병도 우연히도 손자나 오자의 병법에 부합되었소. 그것은 있을 수 있는 일이요. 그때 우군右軍이 후퇴하자 고조高組는 아연 실색하였소.

太宗曰, 郭去病暗與孫吳合, 誠有是夫. 當右軍之卻也, 高組失色,

짐이 분전하여 적을 격퇴하여 아군에게 이롭게 된 것이 손자나 오자의 병법에 우연히 부합되었다는 경의 말이 옳았소. 그런데 후퇴한 군사는 다 기병이라 할 수 있소."

乃朕奪擊, 反爲我利, 孫吳暗合, 卿實知言. 凡兵卻, 皆謂之奇乎.

이정이 대답하였다. "아니올시다. 군사가 후퇴할 때 치켜든 깃발이 높기도 하고 낮기도 하여 고르지 못하고, 북소리는 크기도 하고 작기도 하여 장단이 맞지 않으니, 호령이 떠들썩하여 통일이 되지 않는 것은 완전한 패자의 움직임으로 결코 기병이라고 할 수 없습니다.

靖曰, 不然, 夫兵卻, 旗參差而不齊, 鼓大小而不應, 令喧囂而不一,
此眞敗者也, 非奇之.

만일 깃발의 높이가 가지런하고, 북소리의 장단이 맞으며 호령이 통일되어 있는 듯하면서도 혼란을 일으키고 있을 때에는, 후퇴하고 있다고 해서 패배하여 도망치고 있는 것이라고 볼 수 없습니다. 거기에 반드시 기계奇計가 숨어 있는 것입니다. 병법에 말하기를 〈위계僞計로 패한 체하는 군사를 뒤쫓지 말라〉고 했으며, 〈전투가 유리하게 진행되어도 적에게 불리하게 진행되는 듯이 보여야한다〉고 했는데, 이는 모두 기병의 움직임을 두고 하는 말입니다."

若旗齊鼓應, 號令如一, 紛紛紜紜, 雖退走, 非敗也, 必有奇也.
法曰, 佯北勿追, 又曰, 能而示之不能, 皆奇之謂也.

태종이 물었다. "곽읍에서의 싸움에서, 우군右軍이 약간 후퇴한 것은 하늘의 뜻인가. 그리고 노생이 잡힌 것은 인력에 의한 것인가."

太宗曰, 藿邑之戰, 右軍少卻, 欺天乎. 老生被擒, 其人乎.

이정이 대답하였다. "만일 정병에 의하여 기병이 되고, 기병이 변하여 정병이 되지 않는다면, 어찌 능히 승리를 거둘 수 있겠습니까. 그러므로 용병에 능한 장수는 정병正兵과 기병奇兵을 구별하여 사용하는데, 그것은 전혀 사람에 달린 것입니다.

靖曰, 若非正兵變爲奇, 奇兵變爲正, 則安能勝哉. 故善用兵者,
奇正在人而已.

그러나 변화무쌍하여 신묘하게 여겨지는 것은 하늘의 조화로 돌릴 수밖에 없는 것입니다." 태종은 이 말에 고개를 끄덕였다.

變而神之, 所以推乎天也. 太宗俛首.

곽거병(郭去病) 전한(前漢) 무제(武帝) 때의 명장.
암합(暗合) 우연히 부합됨.
참차(參差) 높고 낮음이 고르지 못함.
불응(不應) 장단이 맞지 않음.
훤효(喧譁) 떠들썩함.
분분운운(紛紛紜紜) 산만함.

✳ 손자孫子와 기奇, 정正

태종이 물었다. "기병과 정병은 평소에 이를 구분하는가, 아니면 적과 싸울 때에 이를 가르치는가."

太宗曰, 奇正所分之歟. 臨時制之歟.

이정이 대답하였다. "조조曹操의 병서에 의하면 아군의 병력이 2이고 적의 병력이 1이면, 그 1군을 정병으로 하고 나머지 1군을 기병으로 하며, 아군의 병력이 5이고 적의 병력이 1이면 그 3군을 정병으로 하고 나머지 2군을 기병으로 한다고 하였습니다. 그러니 이것은 극히 일반적인 이야기입니다.

靖曰, 按曹公新書曰, 己二而敵一, 則一術爲正, 一術爲奇, 己五而敵一, 則三術爲正, 二術爲奇, 此言大略耳.

그런데 손자는〈전투는 단지 기병과 정병의 전술로 수행된다. 그런데 기병이 정병으로 변하고 정병이 기병으로 변하는 경우는 이를 헤아릴 수 없이 많다. 이와같이 기병과 정병이 서로 상대편을 낳게 되는 것은 마치 돌아가는 고리에 끝이 없는 것과 같다. 누가 이것을 헤아릴 수 있겠는가.〉하고 말했습니다. 이 말은 기병과 정병의 오묘한 뜻을 나타내고 있습니다.

唯孫武云, 戰勢不過奇正, 奇正之變, 不可勝窮. 奇正相生, 如循還之無端, 孰能窮之.

기병과 정병을 평소에 나눌 필요가 어디 있겠습니까. 또한 조조는〈사졸도 아직 나의 전법을 모르고 부장部將들도 내 명령에 익숙하지 않으면 이를 두 부대로 나누어 전법을 가르쳐야 하며, 이때 깃발에 의해 또는 북소리를 따라 두 부대가 합쳐지기도 하고 나눠지기도 하므로, 산개散開또는 집결하여 변화를 가져온다.〉고 했는데 이것 또한 전투 교련의 한 방식에 지나지 않습니다.

斯得之矣, 安有素分之耶. 若士卒未習吾法, 篇裨未熟吾令, 則必爲之二術, 敎戰時, 各認旗鼓, 迭相分合. 故曰, 分合爲變, 此敎戰之術耳.

이에 병사에 대한 훈련을 마치고 사열이 끝나 병사들이 나의 전법을 알게 되면, 양의 무리를 몰듯이 장군의 지휘에 따르게 됩니다.

教閱旣成, 衆知吾法, 然後如驅群羊, 由將所指,

그런데 누가 정병과 기병의 구분을 하려고 하겠습니까. 손자가〈정병과 기병의 형태를 적에게 보일 수는 있지만, 나에게 그런 형태가 있을 수 없다.〉고 한 것은 역시 기병과 정병의 전술에 대한 극치를 말한 것이라 할 수 있습니다.

孰分奇正之別哉. 孫武所謂形人而我無形, 此乃奇正之極致,

그러므로 정병과 기병을 굳이 구분하는 것은, 평소에 교열教閱을 할 때의 일이니 그 때에 따라 그 변화를 이루는 것은 일일이 밝힐 수 없이 다양합니다."

是以素分者敎閱也. 臨時制變者不可勝窮也.

———

소(素) 평소.
조공(曹公) 위(魏)나라 무제. 조조(曹操)를 가리킴. 자기 자신을 주(周)나라 무제에 비유했음.
신서(新書) 조조(曹操)가 저술한 병서. 오늘날 전해져 있지 않음.
1술(一術) 1군.
편비(篇裨) 부장(部將).
질(迭) 서로.
군양(群羊) 양의 무리

※ **조조**曹操**의 병법**兵法

태종이 말하기를, "그 병법은 깊고도 깊구려. 조조는 필시 그것을 알았을 것이요. 단지 신서는 여러 장수들에게만 전수한 병서로 기. 정의 본법本法은 아니요. 조조는 〈기병은 측면에서 공략하는 것〉이라고 말했소. 경은 이것을 어찌 생각하오."

太宗曰, 深乎深乎. 曹公必知之矣, 但新書所以授諸將而已, 非奇正本法. 曹公云, 奇兵旁擊, 卿謂若何.

이정이 말하기를. "신이 알기로 조조는 손자병법에 주를 달아 말하기를 먼저 진격하여 적과 정면으로 대결하는 군사를 정병이라 하고 뒤에서 나와 기습을 하는 군사를 기병이라 하였습니다. 이것은 측면 공략과는 다른 것입니다.

靖曰, 臣接曹公註孫子曰, 先出合戰爲正, 後出爲奇. 此與旁擊之說異焉.

신의 어리석은 소견으로는, 대병이 적과 당당히 대결하는 것은 정병이고, 대장이 자기 재량으로 출병하는 것을 기병이라고 생각됩니다. 어찌 먼저 출격하고, 뒤에서 공략하고 측면으로 공격하는 것들에 구애될 수 있겠습니까."

臣遇謂, 大衆所合爲正, 將所自出爲奇. 烏有先後旁擊之拘哉.

조공필지지의(曹公必知之矣) 조조는 필시 그것을 알았을 것.
비기정본법(非奇正本法) 기와 정의 본법은 아님.
본법(本法) 근본적인 주장을 한 병법.
합(合) 적과 부딪쳐 대결함.
오(烏) 어찌.
구(拘) 구애됨.

기奇를 정正으로 함은 무형無形인가

태종이 말하였다. "나의 정병을 적으로 하여금 기병으로 여기게 하고 나의 정병을 기병으로 여기게 하는 이것이, 손자가 말한 형태를 볼 수 있게 하는 것인가. 또 기병으로써 정병을 삼고 정병으로써 기병을 삼는 등 수시로 변화하여 남이 이것을 측량할 수 없게 하는 것이 손자가 말한 형태가 없는 것이란 말인가."

太宗曰, 吾之正, 使敵視以爲奇, 吾之奇, 使敵視以爲正, 斯所謂形人者歟.
以奇爲正, 以正爲奇, 變化莫測, 斯所謂無形者歟.

이정이 재배하고 말하였다. "폐하께서는 신성하시어, 옛사람을 훨씬 능가
하십니다. 신이 도리어 미치지 못하겠습니다."

靖再拜曰, 陛下神聖, 迥出古人, 非臣所及.

형출(迥出) 걸출함.

🎆 손자孫子와 오자吳子

태종이 물었다. "분열했다가 합치고, 합쳤다가 분열하면서 서로 변하는 경
우에 어느 것을 기병이라 하고, 어느 것을 정병이라 하는가."

太宗曰, 分合爲變者, 奇正安在.

이정이 대답하였다. "용병에 능한 자는 정병의 전술을 사용하지 않는 경우
가 없고, 또한 기병의 전술을 사용하지 않는 경우가 없어, 적으로 하여금 예측
을 할 수 없게 합니다. 그리하여 정병을 사용해도 승리하고, 기병을 사용해도
이기는 것입니다.

靖曰, 善用兵者, 無不正, 無不奇, 使敵莫測. 故正亦勝, 奇亦勝.

그리고 3군의 병사들은 오직 승리할 줄만 알고, 승리할 방법 같은 것은 알
지 못합니다. 변화무쌍한 용병의 도에 능하지 않고서 어찌 여기에 이를 수 있
겠습니까. 군사의 분합의 변화를 이루어내는 것은 오직 손자가 능하였으며,

오자로부터 그 이하의 병가들은 여기에 이르지 못하였습니다."

三軍之士, 止知其勝, 莫之其所以勝, 非變而能通, 安能至是哉. 分合所出, 唯孫無能之, 吳起而下, 莫可及焉.

태종이 묻기를 "오자의 전술은 어떻소."

太宗曰, 吳術若何.

이정이 대답하였다. "신이 이에 대하여 대략 말씀드리고자 합니다. 위魏나라 무후武侯가 오자에게 만일 적과 아군이 서로 대진하게 되었을 때 적을 무찌르는 방법에 대하여 물었더니 오자는 〈신분이 천하면서 용감한 자를 앞장세워 적을 치게 하고, 교전이 시작하자 도주하도록 합니다. 도주하더라도 이들을 처벌하지 말고 적의 동기를 살펴야 합니다.

靖曰, 臣請略言之, 魏武侯問吳起, 兩軍相向, 起曰, 使賤而勇者前擊. 鋒始交而北, 北而不罰, 觀敵進取,

만일 적병들의 진퇴에 절도가 있어 패주하는 아군을 뒤쫓지 않으면, 적장에게 지모가 있기 때문입니다. 만일 병사들이 모조리 패주하는 아군을 추격하면서 전진하고 정지함에 있어 종횡으로 산만하여 절도가 없으면, 이것은 적장에게 재능이 없음을 보여주는 것입니다. 그러므로 서슴치 말고 이를 격파할 일입니다.〉하고 대답하였습니다.

一坐一起, 奔北不追, 則敵有謀矣. 若悉衆追北行之縱橫, 此敵人不才, 擊人勿疑.

신의 생각으로는 전술은 대체로 이런 종류인 것으로 압니다. 이것은 손자가 말하는 이른바 정병으로 적과 대결하는 전술이 아닙니다."

臣謂, 吳術大率多類此, 非孫武所謂以正合也.

태종이 말하기를 "경의 외숙이 되는 한금호韓擒虎가 경과는 더불어 손, 오의 병법에 대해 논할 만하다고 말한 적이 있는데, 이것도 역시 기奇, 정正의 전술을 말하는 것인가."

太宗曰, 卿舅韓擒虎嘗言, 卿可與論孫吳, 亦奇正之謂乎.

하자 이정이 대답하였다. "금호와 같은 사람이 어찌 기정의 전술을 알았겠습니까. 다만 그는 기병을 기병으로 알고, 정병을 정병으로 알고 있을 정도이고, 아직 기병과 정병이 서로 변하여 순환 무궁한 것을 모르고 있었던 것입니다."

靖曰, 金虎安知奇正之極, 但以奇爲奇, 以正爲正耳, 曾未知奇正相變, 循環窮者也.

▬

안(安) 어찌.

술(術) 병술. 군사를 부리는 기술.

이좌일기(一座一起) 한 번 일어나고 한 번 앉음. 군의 움직임에 절도가 있음을 말함.

부재(不才) 지혜가 없음.

대솔(大率) 대강. 대체로.

구(舅) 어머니의 형제. 외숙.

🔆 소술小術은 무술無術을 이긴다

태종이 묻기를 "옛사람들은 적과 대진하였을 때 기병을 사용해서 불의의 기습을 감행하였다고 하는데, 이것도 기병과 정병의 변화무쌍한 전법인가."

太宗曰, 古人臨陳出奇, 攻人不意, 斯亦相變之法乎,

이정이 대답하였다. "전대前代의 전투는 대체로 소선小善으로 무선無善을 물리친 것에 지나지 않습니다. 그러니 어찌 병법에 대하여 논할 수 있겠습니까. 사현謝玄이 부견符堅을 격파한 것 같은 것은, 사현이 용병을 잘하였기 때문이 아닙니다. 부견이 용병을 잘못했기 때문입니다."

靖曰, 前代戰鬪, 多是以小術而勝無術, 以片善而勝無善,
斯安族以論兵法也. 若謝玄之破符堅, 非謝玄之善也, 蓋符堅之不善也.

이때 태종은 신하들을 돌아보고 사현의 전기를 찾아내라 하여 그것을 보고 이정에게 물었다. "부견의 어디가 용병을 잘못한 것이요,"

太宗顧侍臣, 檢射玄傳, 閱之曰, 符堅甚處是不善.

이정이 대답하였다. "신이 부견에 대하여 기록한 것을 보건데 진秦나라 군사들은 모두 궤멸되고, 다만 모용수慕容垂의 군대만 온전하였습니다. 부견은 패잔한 기병 겨우 천여 명을 거느리고 용수의 진영으로 달려갔습니다.

靖曰, 臣觀符堅載記, 曰, 秦諸軍皆潰敗, 唯慕容垂一軍獨全,
堅以千餘騎赴之,

그러자 용수의 아들 보寶가 부친에게 부견을 죽이라고 하였으나 끝내 부친은 죽이지 않았습니다. 이것으로 보면 진나라 군사가 패망하여 혼란을 일으킨 가운데 모용수의 군사가 온전하다는 것을 알 수 있습니다.

垂子寶勸垂殺堅, 不果. 此有以見秦軍之亂, 慕容垂獨全,

즉 부견은 모용수의 손아귀에 완전히 들게 된 것입니다. 남의 손아귀에 놀지 않을 수 없다는 처지에 있으면서 적과 싸워서 이기려는 것은 얼마나 어려

운 일이겠습니까. 그러므로 신은 무술無術한 자란 부견과 같은 따위가 그것이
라고 생각합니다."

蓋堅爲垂所陷明矣, 夫爲人所陷, 而欲勝敵, 不亦難乎. 臣故曰, 無術焉,
符堅之類是也.

태종이 말하였다. "손자가 말하기를 승산이 많은 자는 승산이 적은 자를
이긴다고 하였소. 그러니 승산이 적어도 승산이 전혀 없는 자와 싸우면 이긴
다는 것을 알 수 있소. 모든 일이 다 이런 거요."

太宗曰, 孫子謂, 多算勝小算, 有以之小算勝無算, 凡事皆然.

━━

고인(古人) 옛사람. 여기서는 주로 한(漢), 위(魏) 이후의 사람들을 가리킨다.
다산승소산(多算勝小算) 승산이 많은 자는 승산이 적은 자를 이긴다.
범사개연(凡事皆然) 모든 일이 다 이렇다.
편선(片善) 작은 선. 즉 용병에 다소 능함을 가리킴.
무선(無善) 용병에 있어서 무능함을 가리킴.
산(算) 묘산(廟算). 술책. 손자병법의 시계 편에 나오는 말이다.

❈ 기奇는 장수의 재량에서 나온다

태종의 묻는 말이 "황제黃帝의 병법은 세상에 전해져 악기경握奇經 또는 악
기경握機經이라고도 하는데 握奇와 握機는 어떻게 다른가."

太宗曰, 黃帝兵法, 世傳握奇文, 或謂爲握機文, 何謂也.

이정이 대답하였다. "기奇는 그 음이 기機이기도 합니다. 그러므로 혹은 기
機로 전해지기도 하지만. 그 뜻은 같습니다. 그 글에 보면 4진四陳을 정병正兵
으로 하고, 4진을 기병奇兵으로 하여 이 여덟 진에 속하지 않는 여기餘奇 즉 나

머지 군사, 중군中軍을 악기握機라고 말했습니다. 여기餘奇의 기는 여령餘零 즉 〈나머지〉라는 뜻입니다.

靖曰, 奇音機, 故或傳爲機, 其義則一. 考其辭云, 四爲正, 四爲奇, 餘奇爲握機, 奇餘零也.

기奇의 음이 기機이기도 하므로 악기握奇를 악기握機라고 부르는 자가 있습니다. 신이 생각으로는, 용병에 있어서의 기략機略을 사용하지 않는 경우가 없습니다. 따라서 중군中軍인 악기握奇에 있어서만 기략을 운운할 수는 없습니다. 그러므로 이 중군인 악기握機는 여기餘奇의 기자奇字를 사용하여 악기握奇라고 하는 것이 옳습니다.

因此音機. 臣愚謂, 兵無不是機, 安在乎握而言也. 當爲餘奇, 則是.

정병은 중군으로부터 위임받은 것이며, 기병奇兵은 장수의 재량으로 나오는 것입니다. 옛 병법에, 명령이 평소부터 잘 이행되어 그 백성을 가르쳐 훈육할 때, 백성들은 믿고 따르게 됩니다. 이것이 곧 신이 말하는 군주로부터 위임받은 정병인 것입니다.

夫正兵受之於君, 奇兵將所自出. 法曰, 令素行人敎其民者, 則民服, 此受之於君者也,

또한 옛 병서에 말하기를, 용병에 있어서는 미리 이러니 저러니 말할 성질의 것이 못되며, 군주의 명령도 무시하는 경우도 있다고 했는데, 이것이 곧 신이 말하는 장수가 자기 재량껏 꾀하게 하는 것입니다. 장수로서 정병만을 사용할 줄 알고 기병을 사용할 줄 모르는 것을 수장守將이라고 부르고, 기병만을 사용할 줄 알고 정병을 사용할 줄 모르는 것을 투장鬪將이라고 합니다.

又曰, 兵不豫言, 君命有所不受, 此將所自出者也. 凡將正而無奇, 則守將也. 奇而無正, 則鬪將也.

기병과 정병을 모두 사용할 줄 알면, 국가를 보장할 수 있는 장수라고 할 수 있습니다. 그러므로 악기握機와 악기握奇라고 해서 두 가지 전법을 가리키는 것이 아닙니다. 용병의 도를 배우려는 자는 오직 정병과 기병의 용법을 겸하여 정통해야만 한다는 것입니다."

奇正皆得, 國之輔也. 是故握機, 握奇, 本無二法. 在學者兼通而已.

────

악기문(握奇文) 오늘날 전해지고 있는 〈악기경(握奇經)〉 책은 황제 때 풍후(風后)가 찬(撰-지음)한 것이라고 하지만 한(漢)나라나 수(隨), 당(唐) 나라의 책에는 기록에 없고, 다만 송(宋)나라 때에 와서 비로소 기록에 남아 세상에 전해지고 있다. 그러므로 당나라 태종이나 이정이 이것을 보았을 리 만무하다. 이것이 이 문답서를 후세(後世)의 사람이 쓴 것이라고 주장하는 이유인 것이다.
의(義) 의미.
사(辭) 말(言).
소(素) 본디. 두말할 것도 없이.

✦ 제갈량諸葛亮의 방진方陳

태종이 물었다. "병법에 진지의 수는 아홉 개가 있고, 주위에 여덟이 있으며 중심의 나머지 중진中陳은 대장이 장악하고, 사면 팔면의 진은 모두 중군中軍을 중심으로 진을 친다.

太宗曰, 陳數有九, 中心零者, 大將握之, 四面八向,

큰 진지 사이에는 작은 진지를 투입하고, 때로는 전진前陳을 뒤로 돌리기도 하고 후진을 앞세우기도 하며, 진격하는데 조급히 서두르지 말고, 후퇴하는 데는 급히 달리지 않는다, 사면이 다 전위前衛가 될 수 있고, 팔방이 다 후미後尾가 될 수 있으며, 적과 접하는 곳이면 모두 전위대가 되고, 적이 아군의 중간을 충격하면, 모두 전위와 후미가 모두 이를 구제한다. 그런데 진지의 수는 5진에서 시작하여 8진으로 끝난다고 하였는데 이것은 무슨 말인가."

皆取準焉. 陳間容陳, 隊間容隊, 以前爲後, 以後爲前, 進無速奔,
退無遽走. 四頭八尾, 觸處爲首, 敵衝其中, 兩頭皆救. 數起於五,
而從於八, 此何爲也.

이정이 대답하였다. "옛날 재갈량은 돌을 종횡으로 포진하여 팔행방진八行
方陳의 법을 세웠습니다. 그것이 악기握機의 도본圖本에 의한 것입니다. 신이
전에 군사를 훈련시킬 때에는 반드시 먼저 이 진을 사용하였습니다. 세상에
전해지고 있는 악기경은 그 대강을 보여줄 뿐입니다."

靖曰, 諸葛亮以石終橫, 布爲八行方陳之法, 則此圖也. 臣嘗敎閱,
必先此陳, 世所傳握機文, 蓋得其粗也.

———

영(零) 조용히 오는 비. 기영. 나머지.

거(遽) 급히.

수(首) 여기서는 전진(前陳). 즉 전위대를 가리킴.

사두(四頭) 사정사기(四正四奇), 모두 전위대가 될 수 있음.

8미(八尾) 9군 중에서 어느 일진이 적과 교전하면 전진이 되고 다른 8진은 후미를 이룬다.

※ 비장의 진법

태종이 물었다. "8진에는 천天, 지地, 풍風, 운雲, 용龍, 호虎, 조鳥, 사蛇로 구
분되는데, 그것은 무슨 의미를 갖고 있는가."

太宗曰, 天地風雲龍虎鳥蛇, 斯八陳何義也.

이정이 대답하였다. "이것은 잘못 전하여진 것입니다. 옛사람들이 이 병법
을 비장秘藏하고 있었기 때문에 여덟 가지로 잘못 전한 것입니다. 8진은 본디
천진天陳, 지진地陳, 같은 그 진陳의 기旗 이름이었고, 용진龍陳, 호진虎陳, 조진

鳥陳, 사진蛇陳과 같은 것은, 대오隊伍를 구별하는 것이었습니다.

靖曰, 傳之者誤也. 古人秘藏此法, 故詭說八名耳, 八陳本一也, 分爲八焉.
若天之者, 本乎旗號, 風雲者, 本乎旛名, 龍虎鳥蛇者, 本乎隊伍之別,

그것이 후세 사람이 잘못 전하여, 엉뚱하게 사물의 형상을 따게 된 것입니다. 만일 그렇다면 어찌 여덟 가지 형상뿐이겠습니까."

後世誤傳, 詭說物象, 何之八而已乎.

태종이 말하였다. "진영의 수가 다섯에서 시작하여 여덟에서 끝나는 것은, 물상의 이름을 붙인 것이 아니라 실로 옛날의 진법이요. 경은 시험 삼아 나에게 이야기하여 주었으면 하오."

太宗曰, 數起於五而終於八, 則非設象, 實古陳也. 卿試陳之.

이정이 대답하였다. "신이 생각건대 황제黃帝가 처음으로 구정의 법九井之法을 세우고 이에 병법을 제정한 것으로 압니다. 한 정井에는 종횡으로 네 갈래 길을 내어 구획하고, 중 안의 한 구區는 공전公田으로 하고, 나머지는 여덟 가구가 이를 경작하도록 하였습니다.

靖曰, 臣接, 黃帝始立丘井之法, 因以制兵. 故井分四道, 八家處之.

그 모양은 정井자와 같으며, 아홉 개의 네모꼴로 구획됩니다. 네 구획은 진을 치지 않는 것으로 합니다. 이것이 진지의 수가 다섯에서 비롯된다는 것입니다. 그 복판을 비워 두었다가 대장이 이것을 차지하고, 그 사면을 에워싸고 여러 부대가 진을 칩니다. 이것이 곧 여덟 진지로 끝난다는 것입니다.

其形井字, 開方九焉. 五爲陳法, 四爲閑地, 此所爲數起於五也. 虛其中,
大將居之, 環其四面, 諸部連繞, 此所爲終於八也.

포진布陣이 변화하여 실재로 적을 제압해야 될 때에는, 서로 얽혀 혼전을 벌이더라도 그 대오는 흩어지지 않고, 혼돈을 일으켜 네모진 진형은 원형으로 변화되지만, 그 병력은 분산되지 않습니다.

及乎變化制敵, 則粉粉紜紜, 鬪亂而法不亂, 混混沌沌, 形圓而勢不散,

이것이 이른바 분산되어 나뉘면 여덟 개의 작은 진지를 형성하며, 이를 다시 합치면 하나의 큰 진지가 된다는 것입니다."

此所謂散而成八, 復而爲一者也.

궤(詭) 그릇됨. 거짓.

번(旛) 깃발의 일종.

구병지법(丘兵之法) 정전법(井田法). 여덟 가구를 정(井)으로 하고 16정을 구(丘)로 함. 그리고 사방 10리 즉 900묘(27,000평)의 땅을 9등분하여 종횡으로 각각 두 갈래의 길을 내어 정(井)자 모양으로 하고, 중앙의 한 구획을 공전(公田)으로 하고 주위의 여덟 구획을 여덟 가구에 나누어주어 경작시킨다. 이것을 한 정(井)이라고 한다. 군사의 포진도 이 정전법에 준한다는 것이다.

오위진법(五爲陳法) 전후좌우 중에서 다섯 군데에 포진하는 방법을 말한다.

사위진법(四爲陳法) 네 곳 구석진 땅을 비워 진을 치지 않는 땅으로 함.

❈ 황제黃帝 이후의 병가兵家들

태종이 묻기를 "황제黃帝의 병법 제정은 정말 심오하구려. 후세에 비록 하늘과 같은 지혜와 산과 같은 지략이 있을지라도, 그 범위를 벗어날 수가 없을 줄 아오. 그 후로 능히 그것을 이어받을만한 사람은 누가 있소."

太宗曰, 深乎, 黃帝之制兵也. 後世雖有天智神略, 莫能出其閫閾.
降此孰有繼之者乎.

이정이 대답하였다. "주周나라가 처음으로 일어날 때 태공망이 실제로 그 병법을 닦아 처음으로 기도綺都에서 정전제도井田制度를 세우고, 병거兵車 300

량과 용맹한 군사 3,000명으로 군제軍制를 세우고, 육보六步 또는 7보 앞으로 나아가 대열을 정돈하고, 여섯 번 내지 일곱 번 적과 대결할 적마다 진용을 가지런히 하는 전법을 가르쳐 주나라 군사를 목야牧野에 진열시켰습니다.

靖曰, 周之始興, 則太公實繕其法, 始於岐都, 以建井畝, 戎車三百輛, 虎賁三千人, 以立軍制, 六步七步, 六伐七伐, 以敎戰法, 陣師牧野,

그리하여 태공망이 백부장百夫長을 내세워서 군대를 제어케 하여, 무공을 세우고 4만 5천 명의 군사로 주왕紂王의 70만 대병을 이겨냈습니다.

太公以百夫制師, 以成武功, 以四萬五千人, 勝紂七十萬衆.

주나라의 사마법司馬法은 태공망의 병법을 본뜬 것입니다. 태공망이 이미 세상을 떠나자 제齊나라 사람들이 태공망이 끼친 병법을 손에 넣게 되었습니다.

周司馬法, 本太公者也. 太公旣沒, 齊人得其遺法,

나중에 환공桓公이 천하의 패권을 장악하고서 관중管仲을 제상으로 임명하였습니다. 이때 관중이 다시 태공망의 병법을 연구하여 병사를 훈련시켰는데, 이것을 절제 있는 병사라고 하였습니다. 제후들은 그로 인하여 모두들 굴복하였던 것입니다."

至桓公覇天下, 任管中, 復修太公法, 謂之節制之師, 諸侯擧服.

▬

승주칠십만중 (勝紂七十萬衆) 주나라가 70만 대군을 이김.
곤역(閫閾) 문지방.
숙(孰) 누구.
태공망(太公望) 여상. 병서 육도(六韜)를 쓴 사람.
선(繕) 닦음. 배운다는 뜻.
호분(虎賁) 호랑이처럼 날랜 병사.
관중(管仲) 춘추시대 제나라 사람.

벌(伐) 전투.

융거(戎車) 전투용 수레. 병차.

⚙️ 제齊나라의 군軍 편제법 編制法

태종이 말하였다. "유자儒者들은 흔히 말하기를, 관중管仲은 패자霸者의 신하에 불과하다고 하오. 그들은 관중의 병법이 정전법에서 우러났으며, 왕자王者의 제도를 본뜬 것임을 전혀 모르고 있소. 그리고 제갈량은 왕업王業을 보좌할만한 인재이지만, 스스로 자기를 관중과 악의樂毅와 비교했소. 이것으로 미루어보더라도, 관중은 능히 왕업을 보좌할만한 그릇임을 알 수 있소. 다만 주나라가 쇠퇴했을 때 왕이 관중을 중용하지 못했으므로, 관중은 제나라의 군사를 일으키게 하여 천하를 바로잡았던 것이요."

太宗曰, 儒者多言, 管仲霸臣而已, 殊不知兵法乃本於王制也. 諸葛亮,
王佐之才, 自非管樂, 以此知管仲亦王佐也. 但周衰時, 王不能用.
故假齊與師爾.

이정이 재배하고 말하였다. "폐하께서는 신이시고 성인이시어 사람을 이토록 잘 알아보십니다. 노신老臣의 영광은 사후死後라 할지라도 옛날의 현신賢臣에 비해 부끄러울 것이 없습니다. 이제 신이 관중이 제나라를 다스리던 법제에 대하여 말씀드리고자 합니다.

靖再拜曰, 陛下神聖, 知人如此, 老臣雖死, 無媿昔賢也.
臣請言管仲制齊之法,

제나라를 3분하여 3군으로 조직하였습니다. 그리고 다섯 가구를 한 궤軌로 하였으므로 군대에서는 다섯 명을 한 오伍로 정하였습니다. 10궤를 이里로 정하였으므로, 군대에서는 50명을 소융小戎으로 정하였습니다. 또한 4리를 연連

으로 정하였으므로, 군대에서는 2백 명을 졸卒로 하였습니다.

三分齊國, 以爲三軍, 五家爲軌, 故五人爲伍, 十軌爲里, 故五十人爲小戎.
四里爲連, 故二百人爲卒,

10련을 향鄕으로 정하였으므로 군대에서는 2천 명을 여旅로 하였습니다.
또 5향鄕을 1사師로 정했으므로, 군에서는 1만 명을 1군軍으로 하였습니다. 이
것도 사마법에서 한 사단을 다섯 여단으로 나누고, 한 여단을 다섯 졸로 나눈
데서 유래하였습니다. 그러나 결국은 모두가 태공망이 끼친 병법에서 얻어진
것입니다."

十連爲鄕, 故二千人爲旅, 五鄕一師, 故萬人爲軍, 亦由司馬法一師五旅,
一旅五卒之義焉. 其實皆得太公之遺法.

패신(覇臣) 패자의 신하.

왕좌지재(王者之才) 왕업을 보필할만한 인재.

관악(管樂) 관중과 악의(樂毅). 악의는 위(魏)나라 사람. 연나라의 소왕(昭王)이 악의가 현자라
는 소문을 듣고 초빙하여 아경(亞卿)으로 등용함. 후에 제(齊)나라를 격파한 공으로 창국군(昌
國君)으로 봉함을 받음. 소왕이 죽고 그 아들 혜왕(惠王)이 그를 의심하자 조(趙)나라로 피신함.
조나라에서는 악의를 관진(觀津)에 봉하고 호(號)를 망재군(望諸君)이라고 함.

※ 사마법司馬法과 한신韓信

태종이 물었다. "사마법司馬法은 세상 사람들이 양저穰苴가 서술한 것이라
고 말하는데 이것이 사실인가 아닌가."

太宗曰, 司馬法, 人言, 穰苴所述, 是歟, 否也.

이정이 대답했다. "사기史記에 나오는 양저의 전기를 보건대, 제나라 경공
景公 때에 양저는 용병에 능하여 연나라와 진晉나라의 군사를 격파하니, 경공

이 이를 귀히 여기고 그에게 사마 벼슬을 주었기 때문에 사마양저司馬穰苴라 일컫게 되었으며, 자손들도 사마씨라고 부르게 된 것입니다.

靖曰, 接史記穰苴傳, 齊景公時, 穰苴善用兵, 敗燕晋之師.
景公存爲司馬之官, 由是稱司馬穰苴, 子孫號司馬氏,

그 뒤 제나라 위왕威王 때에 와서 옛날의 사마법을 다시 논술하게 되었고, 양저의 배운 바를 책으로 엮어 드디어 사마양저의 병서兵書로 수십 편 남게 되어 오늘날에 전해지고 있습니다. 그리고 후세의 병학자兵學者들은 또 이것을 권모權謀, 형세形勢, 기교技巧, 음양陰陽의 네 가지로 나누고 있는데, 이것은 모두 사마법에서 우러난 것입니다."

至齊威王, 追論古司馬法, 又述穰苴所學, 遂有司馬穰苴書數十篇,
今世所傳. 兵家者流, 又分權謀形勢陰陽技巧四種, 皆出司馬法也.

태종이 묻기를 "무엇을 3문이라고 하는가."

太宗曰, 何謂三門.

하니 이정이 대답하였다. "신이 생각건대, 태공망의 병서는 모두 237편입니다. 그 중에서 모략謀略이 81편인데, 이것은 음모陰謀로써 언어로서는 그 뜻을 다 알 수 없으며 그리고 태공망의 말씀이 71편인데, 이것은 병법으로서는 그 신묘함을 다 헤아릴 수 없으며, 그 병법에 관한 것이 85편인데 이것은 있는 재주를 다 부려도 다 헤아릴 수 없습니다."

靖曰, 臣接, 太公謀八十一篇, 所謂陰謀, 不可以財窮, 此三門也,
太公兵八十五篇, 不可以財窮, 此三門也,

태종이 묻기를 "무엇을 4종四種이라 하는가."

太宗曰, 何謂四種.

이정이 대답하였다. "한漢나라의 임굉任宏의 주장한 바가 그것입니다. 병가들이 권모를 1종一種으로 하고, 형세를 1종으로 하며, 음양을 1종으로 하고, 기교를 1종으로 하니 이것이 곧 4종입니다."

靖曰, 漢任宏所論是也. 凡兵家流權謀爲一種, 形爲一種, 乃音陽技巧爲二種, 此四種也.

태종이 말하였다. "한나라 장량과 한신은 병가의 82가를 운용하고 35가는 전해지지 않고 있다는데 그것은 무엇인가."

太宗曰, 漢長良韓信, 序次兵法, 凡百八十二家. 刪取要用, 定著三十五家, 今失其傳, 何也.

이정이 말하였다. "장량은 태공의 육도삼략의 82가의 운용이고, 한신은 사마양저와 손자의 대체로 4문 4종입니다. 태공의 71편은 병법에 사용되지 않습니다."

靖曰, 長良所學, 太公六韜三略是也韓信所學, 穰苴孫武是也. 然大體不出三門四種而已. 太公言七十一篇, 不可以兵窮,

경공(景公) 춘추시대 제나라 임금.

산취(刪取) 쓸모없는 것을 깎아내고 쓸모 있는 것을 취함.

추론(追論) 후세에 와서 전대의 일을 논함.

권모, 형세, 음양, 기교(權謀形勢陰陽技巧) 한나라 성제(成帝)때 임굉이 병가(兵家)를 4종으로 나눔. 권모(權謀)는 기략(機略)을 뜻하며, 형세는 적과 아군의 강약(强弱)의 모습을 의미하며, 음양은 천시(天時)의 맞고 맞지 않음을 가리키고, 기교는 손발의 훈련과 기계의 사용을 뜻함.

장량(長良) 자(字)는 자방(子房). 한나라 고조(유방)을 도와 진(秦), 초(楚)를 멸함.

한신(韓信) 한나라 고조 때의 명장. 조나라를 격파하고, 제(齊)나라를 정복하였음. 항우(項羽)의 군사를 무찌르고 초(楚)왕으로 봉함을 받았음.

❊ 사냥의 목적

태종이 물었다. "사마법의 책머리에 봄과 겨울의 사냥에 대하여 기록이 있는데 무슨 까닭이요."

太宗曰, 司馬法, 首序蒐狩, 何也.

이정이 대답하였다. "당시에는 천시天時에 따라 무武를 익히기 위하여 사냥을 하고, 또 잡은 것을 신에게 바치는 것은 그 일을 중히 여겼기 때문입니다. 주례周禮에서는 가장 큰 일로 간주하였습니다. 성왕成王때에는 기양의 수렵이 있었고, 강왕 때에는 수렵에 의하여 풍酆의 궁정에 제후들을 모이게 하였으며 목왕 때에는 수렵으로 인하여 도산에 모이게 하였습니다.

靖曰, 順其時, 而要之以神, 重其事也. 周禮最爲大政, 成有崎陽之蒐, 康有酆宮之朝, 穆有塗山之會,

이것은 모두 천자의 일입니다. 주나라가 쇠퇴하게 되자 제나라 환공은 군사를 거느리고 제후들을 소능에 모이게 하여 서약을 시켰으며, 진晉의 문공은 천토에서 제후를 모아놓고 서약을 받았습니다. 이것은 제후가 명을 받아 행하는 것으로 따라서 제 마음대로 할 수는 없는 것입니다.

此天子之事也. 乃周衰, 齊桓有昭陵之師, 晋文有賤土之盟, 此諸侯奉行天子之事也.

위에서 말한 사냥은 실은 사마의 〈구벌九伐의 법〉을 사용하여 왕명을 잘 받들지 않는 제후를 위협하는 것입니다. 혹은 조회의 이름을 빌기도 하고, 순수라는 명목으로 무장시켜 훈련하는 것입니다.

其實用九伐之法, 以威不恪, 假之以朝會, 因之以巡狩, 訓之以甲兵.

나라에 일이 없으면 함부로 기병하지 않고, 농한기에는 군사훈련을 등한히 하지 않았던 것입니다. 그러므로 사마법의 서두에 수렵에 대한 것을 실은 것은 그 뜻이 깊은 것입니다."

言無事兵不妄擧, 必於農隙, 不忘武備也. 故首序蒐狩, 不其深乎.

수(首) 머리. 여기서는 책머리를 가리킴.
수수(蒐狩) 사냥.
성(成) 주(周)의 성(成) 왕.
강(康) 강왕.
도산(塗山) 지명.
천토(賤土) 지명.
불각(不恪) 왕명을 잘 받들지 않는 제후.
조회(朝會) 임금을 뵙다. 봄에 뵙는 것은 조(朝)라 하고, 때에 따라 뵙는 것을 회(會)라 한다.
순수(巡狩) 천자가 제후의 나라를 순시함을 뜻함.
갑병(甲兵) 병사의 갑옷과 병기.

※ 병거대兵車隊의 편제

태종이 묻기를 "춘추시대의 〈초자楚子 이광의 법〉에 의하면, 군중軍中의 백관이 모두 정기금고旌旗金鼓의 지시에 따라 움직이고, 군의 정령政令은 미리 경고를 내리지 않고도 잘 시행되었다고 하는데, 이것도 역시 주나라 법도인가."

太宗曰, 春秋, 楚子二廣之法云, 百官象物而動, 軍政不戒而備,
此亦得周制歟.

이정이 대답하였다. "신이 좌씨전左氏傳의 주장에 따라 생각해 보건데, 초자의 승광乘廣의 법은 한 광廣마다 병거兵車30대를 배치하고, 한 병거마다 한 졸卒, 즉 백 명의 병사를 배치하였으며, 졸마다 편偏이라고 일컫던 한 량兩의 병사를 덧붙여주고, 병거대가 싸울 때에는 각 병거의 멍에채 끝을 바른쪽으로 향하고, 이 명에 채끝으로 대열을 정돈하는 것을 규칙으로 삼았습니다.

靖曰, 接左氏傳, 楚子乘廣三十乘, 廣有一卒, 卒偏之兩, 軍行右轅, 以轅爲法,

그러므로 이 명에 채끝을 끼고 싸웠는데, 이것은 주나라 제도입니다. 신이 생각건대, 백 명을 졸이라 하고 50명을 양이라 하였습니다.

故挾轅而戰, 皆周制也. 臣謂百人曰卒, 五十人曰兩,

승광의 법에는 병거 한 대마다 사졸 150명을 사용하였는데, 이것은 주나라 병제에 비교하면 인원수가 다소 많을 뿐입니다.

此是每車一乘, 用士百五十人, 以周制差多耳.

주나라의 병거 한 대는 보병이 72명, 중무장한 병사 3명을 사용하고, 이것을 나눠 25명으로 1대를 이루며, 모두 3대로 하여 도합 75명이 됩니다. 초나라는 산과 늪이 많으므로 병거의 수가 적은 대신에 여기에 타는 인원수가 많게 마련이었습니다. 그러나 3대로 나누는 것은 주나라 제도와 마찬가지입니다."

周一乘, 步卒七十二人. 甲士三人, 以二十五人爲一甲, 共七十五人, 楚山澤之國, 車少而人多, 分爲三隊, 則與周制同矣.

———

초자(楚子) 초나라의 장왕(莊王).

광(廣) 병차의 이름.

이광지법(二廣之法) 초나라 장왕이 친병(親兵)을 둘로 나눔. 병차 20대 를 1광으로 하고, 2광 60대를 좌우로 나누었다.

상물이동(象物而動) 물(物)은 정기 금고를 가리킨다. 즉 기와 징, 북 등의 지휘에 따라 움직이며 함부로 행동하지 않았다.

좌전(左傳) 주나라의 좌구명이 찬한 춘추좌씨전(春秋左氏傳).

태종이 물었다. "춘추시대 순오笥吳가 오랑캐를 칠 때 병거를 폐하고 보병을 사용했다는데, 이것 역시 정병이라고 해야 하는가, 기병이라고 해야 하는가."

太宗曰, 春秋笥吳伐狄, 毁車爲行, 亦正兵歟, 奇兵歟.

이정이 대답하였다. "순오는 병거법兵車法을 그대로 사용한 것뿐입니다. 설사 병거를 버렸다 하더라도 병거법은 그 속에 내포되어 있는 것입니다.

靖曰, 笥吳用車法耳. 雖舍車, 而法在其中焉,

병거에 사용하는 병사를 나눠서 3대三隊로 하고, 일대는 좌측 전거대戰車隊로 하고, 1대는 우측 전거대로 하며, 또 1대는 중앙 전거대로 합니다. 이것이 1승의 법(一乘의 法)이라고 합니다. 병거가 천 대, 만 대라 할지라도 다 이와같이 합니다.

一爲左角, 一爲右角, 一爲前拒, 分爲三隊, 此一乘法也. 千萬乘皆然.

신이 생각건대, 조조曹操의 신서新書에 의하면 공격용 병거에는 한 대마다 병사 75명을 배치하도록 되어 있습니다. 이 병거를 3대로 나누어서 1대를 전거前拒 병대로 하고, 1대를 좌측 전거대, 일대를 우측 전거대로 합니다. 그리고 방비용 병거로는 1대의 병사를 배치합니다. 즉 취사반 10명, 복장을 간수하는 병사 5명, 우마牛馬 시중을 하는 병사 5명, 나무를 하고 물을 긷는 병사 5명, 도합25명입니다. 그리하여 공격용병거 1대와 방비용 병거 1대에 도합 백 명의 병사를 배치합니다.

臣接, 曹公新書云, 攻車七十五人, 前拒一隊, 左右角二隊, 守車一隊, 炊子十人, 守裝五人, 服養五人, 樵汲五人, 共二十五人, 攻守二乘, 凡百人,

따라서 만일 10만의 군사를 일으킬 경우에는 병거 1천 대를 사용합니다. 즉 경거(輕車-공격용) 1천 대, 중거(重車-방비용) 1천 대 도합 2천 대입니다.

與兵十萬, 用車千乘, 輕重二千,

그런데 이것은 대개 순오의 구법舊法입니다. 그리고 한나라와 위魏나라 사이의 병제를 살펴보면 병거 5대를 1대一隊로 하고, 복사僕射 1명을 두었으며 병거 10대를 일사師로 하고, 솔장率長 1명을 두었으며 병거 1천 대에는 대장과 부장部將을 두어 이를 통제하도록 하였습니다. 병거가 이보다 더 많아도 모두 이에 준하였습니다.

此大率筍吳之舊法也. 又觀漢魏之聞軍制, 五車爲隊, 僕射一人, 十車爲師, 率長一人, 凡車千乘, 將史二人, 多多倣此.

신이 지금 당나라의 군제를 참작하여 배치한다면, 오늘의 도탕대跳盪隊는 옛날의 기병에 해당하고, 오늘의 전봉대戰鋒隊는 옛날의 보병대와 기병대를 같은 수로 편성한 것이고, 오늘의 주대駐隊는 옛날의 보병과 기병 이외의 병거를 곁들여 만들어진 것입니다.

臣以今法參用之, 則跳盪騎兵也, 戰鋒隊步騎相半也, 駐隊兼車乘而出也.

신이 서방의 돌궐을 쳤을 때 몇 천 리의 험준한 산을 넘었지만, 이 군제를 감히 변경한 일이 있었습니다. 고대의 군을 절제하는 방법에 대하여서는 정말로 존중해야 하기 때문입니다."

臣西討突厥, 越險數千里, 此制未嘗敢易, 蓋古法節制, 信可重也.

순오(筍吳) 진(晉)나라 신하.
훼거(毁車) 병차를 폐지함.
적(狄) 오랑캐.

전거(前拒) 앞장서서 막는 부대.

수거(守車) 방위를 위한 병거.

취자(炊子) 취사병.

수장(守裝) 의복과 장비를 지키는 병사.

초급(樵汲) 나무를 하고 물을 긷는 병사.

대솔(大率) 대체로.

복사(僕士) 무관의 이름.

도탕. 전봉대(跳盪. 戰鋒隊) 주대.

주대(駐隊) 모두 당나라 대오(隊伍) 이름.

✸ 오랑캐와 더불어 안주安住하는 길

태종이 영주에 행차하였다가 돌아와 이정을 불러 자리를 권한 다음 "짐이 도종과 아사나사이阿史那社爾등에게 명하여 설연타를 토벌하게 했는데 이때 철륵의 여러 부락이 이것을 보고 두려워하고 한漢의 관아를 두고자 애걸하기에 짐은 그 정을 받아들였소. 연타는 서방으로 도망해버렸지만, 짐은 이것이 후환이 될까 두려워서 이 세적을 파견하여 이를 치게 하였소. 그리하여 지금에 와서는 북녘 황막한 지역은 다 평정되었소. 그러나 여러 부락에는 번인과 한인이 뒤섞여 살고 있소. 어떤 방도로든지 이 양자로 하여금 다 안주하게 하였으면 싶은데 좋은 수가 없겠소."

太宗幸靈州回, 召靖賜坐, 曰, 朕命道宗及阿史那史爾等, 討薛延陀,
而鐵勒諸部, 乞置漢官, 朕皆從其請. 延陀西走, 恐爲後患, 故遣李勣討之,
今北荒悉平. 然諸部番漢難處, 以何道, 經久使得兩全安之.

이정이 대답하였다. "폐하께서 칙령을 내리어서 번인 돌궐에서 회흘에 이르기까지 역사驛舍 66개소를 설치하고, 척후 즉 적정 탐지병을 내왕토록 하였습니다.

靖曰, 陛下勅自突厥, 至回紇部落, 凡置驛六十六處, 以通斥喉,
斯已得策矣,

이것은 좋은 방책이었습니다. 그러나 신의 어리석은 소견으로는 한인의
사졸은 마땅히 1대一隊로 하고, 번인의 부락도 마땅히 1대로 하여, 각각 훈련
을 달리하여 혼동하지 말아야할 줄 압니다. 만일 적이 내습하면 몰래 주장主將
에게 칙령을 내리시어, 전투할 때에 신호를 변경하고 복색服色을 바꾸게 하여
기계奇計를 짜내어 이를 치게 할 일입니다."

延臣遇以謂, 漢戍宣自爲一法, 番落宣自爲一法, 敎習各異, 勿使混同.
或遇寇至, 則密勅主將, 臨時變號易服, 出奇擊之.

태종이 다시 물었다. "어떤 기계奇計요."

太宗曰, 何道也.

이정이 대답하였다. "많은 전략으로 적을 혼란에 몰아넣는 전술을 말하는
것입니다. 번인에게 한인의 옷을 입혀 한인처럼 보이게 하고, 한인에게 번인
의 옷을 입혀 번인처럼 보이게 하면 적은 번, 한의 구별을 할 수 없을 것이며,
아군의 공격이나 방어에 있어서 우리 측의 전략을 알아내지 못할 것입니다.

靖曰, 此所謂多方以誤之之術也. 番而示之漢, 漢以示之番, 彼不知番漢
之別, 則莫能測我攻守之計矣,

용병에 능한 자는 이와같이 우선 적으로 하여금 이쪽 책략을 탐지할 수 없
도록 합니다. 이렇게 되면 적은 그들이 노리는 바가 어긋나게 될 것입니다."

善用兵者, 先爲不可測, 則敵勝其所之也.

태종이 말하기를 "경의 말은 짐의 뜻에 들어맞소. 경은 몰래 변경의 장수

들을 가르치되, 오직 번과 한의 병사가 기호를 달리하고 복장을 바꾸어 기정奇正의 변화를 발휘하도록 하는 전법을 쓰게 하시오."

太宗曰, 正合朕意. 卿可密敎邊將, 只以此番漢便見奇正之法矣.

이정이 재배하고 말하였다. "폐하의 성려聖慮는 하늘이 내리신 것으로 하나를 들으면 열을 아십니다. 신이 어찌 능히 폐하에게 그 설명을 다 해드릴 수 있겠습니까."

靖再拜曰, 聖慮天縱, 門一知十, 臣安能極其說哉.

영주(靈州) 지명.
도종(道宗) 당나라 장군.
설연타(薛延陀) 터키족의 한 분파.
철륵(鐵勒) 북방 유목민의 하나.
이적(李勣) 이세적. 당나라 장군.
북황(北荒) 북방의 변경.
번한(番漢) 외국인과 한족.
회흘(回紇) 중국의 북방.
척후(斥喉) 높은 누대를 세우고 적정을 살피는 것.
천종(天縱) 하늘에서 받음.

❈ 제갈량諸葛亮과 절제 있는 군사軍師

태종이 말하였다. "제갈량이 이런 말을 했다하오. 〈절제 있는 군사는 무능한 장수가 지휘하더라도 적이 무찌를 수 없고, 절제 없는 군사는 유능한 장수가 지휘하다라도 적이 이기게 마련이다.〉라고. 짐은 이 말이 지당하여 변치 않을 극치의 논은 될 수 없다고 의심하는데 경의 생각은 어떠하오."

太宗曰, 諸葛亮言, 有制之兵, 無能之將, 不可敗也, 無制之兵,
有能之將, 不可勝也, 朕疑此談非極致之論.

이정이 말하였다. "제갈량이 격한 나머지 그렇게 말했을 뿐입니다. 신이
생각하기에 손자는 〈군사를 가르치는 도가 분명하지 않고 장교와 사졸의 임
무가 한결같지 않으며, 포진이 종횡으로 엇갈려 있음을 난병亂兵이라 한다.〉
고 말했습니다.

靖曰, 武侯有所激云爾. 臣接孫子有曰, 教習不明, 吏卒無常, 陳兵縱橫,
曰亂.

옛날부터 군의 질서를 문란케 만들어 적이 승리를 거두게 한다는 것은, 자
기 스스로 파멸되는 것으로 결코 적이 강하여 승리를 거두는 것이 아니라는
것을 말합니다.

自古亂軍引勝, 不可勝紀, 夫教道不明者, 言教閱無古法也.

그러므로 제갈량이 말하기를 〈병졸에게 절제가 있으면 평범한 장수가 지
휘하더라도 적에게 패하지 않으며, 병졸이 스스로 문란하게 되면 현장賢將이
지휘 하더라도 위태롭다.〉고 한 것입니다. 무슨 의문이 있을 수 있겠습니까."

吏卒無常者, 言將臣權任無久職也. 亂軍引勝者. 言己自潰散, 非敵勝之也.
是以無侯言, 兵卒有制, 雖庸將未敗, 若兵卒自亂, 雖賢將危之, 又何疑焉.

태종이 "사졸을 교열하는 법을 소홀히 하여서는 안 된다는 것은 두말할 필
요가 없소."

太宗曰, 教閱之法, 信不可忽.

이정이 말하기를 "훈련이 법도에 맞으면 사졸이 모두 기꺼이 말을 듣게 마

련입니다. 만일 사졸에 대한 훈련이 법도에 어긋나면 아침저녁으로 독려하고 책하여도 아무 소용이 없을 것입니다. 신이 옛 군 제도를 애써 수집하여 도표를 만드는 까닭은 절제 있는 병사를 이루고자 하는 것입니다."

靖日, 敎得其道, 則士樂爲用, 敎不得法, 雖朝督暮責, 無益於事矣.
臣所以區區古制, 皆纂以圖者, 庶乎成有制之兵也.

태종이 말하였다. "경은 짐을 위하여 옛날의 진법陳法을 선택하여 모두 다 도표를 만들어 올리도록 하오."

太宗曰, 卿爲我擇古陳法, 悉圖以上.

유제(有制) 절도가 있음.
이(爾) 이와같이.
권임(權任) 직무를 맡음.
용장(用將) 평범한 장수.
홀(忽) 소홀이 함.
구구(區區) 애를 씀.

기마전騎馬戰에 능한 번병藩兵

태종이 말하였다. "번인蕃人의 병사는 오직 준마駿馬로 달려들어 충격하는데, 이것은 기병인가. 그리고 한인漢人의 병사는 강한 활로 적을 양면으로 공격하는데, 이것은 정병인가."

太宗曰, 蕃兵唯勁馬奔衝, 此奇兵歟. 漢兵唯强弩犄角, 此正兵歟.

이정이 대답하였다. "손자가 하는 말이 〈용병에 능한 자는 세勢로써 승리를 구하며 결코 인간의 무능을 책하지 않으므로, 인간을 잘 택하여 그 장기대로 활용하며, 세勢에 따라 세를 이용한다.〉고 하였습니다.

靖曰, 接孫子云, 善用兵者, 救之於勢, 不責於人. 故能擇人而任勢,

소위 인간을 잘 택한다는 것은 번인蕃人과 한인漢人이 각각 장점대로 싸우게 하는 것을 말합니다. 번인 군사는 말을 잘 타는 것이 장기인데 말은 속전속결하는 데에 이점이 있고, 한인 병사는 큰활을 쏘는 데 능합니다. 이 활은 서서히 적과 싸우는 데에 이점이 있는 것입니다.

夫所謂擇人者, 各隨蕃漢所長而戰也. 蕃長於馬, 馬利乎速鬪, 漢長於弩, 弩利乎緩戰,

이것이 번인 군사와 한인 군사의 자연의 이치로서 각각 그 세에 따르는 것입니다. 그런데 기병奇兵과 정병正兵의 구별은 이런 데에 있는 것이 아닙니다.

此自然各任其勢也. 然非奇正所分.

신이 앞에서 번인의 군사와 한인의 군사가 반드시 기호旗號를 변경하고 복장의 색깔을 바꾸어야 한다고 말한 것은 기병과 정병이 상생相生하는 방법입니다. 번인의 기마전에도 정正이 있고, 한인의 활에도 기奇가 있습니다. 어찌 변치 않는 것이 있겠습니까.”

臣前曾述番漢必變號易服者, 奇正相生之法也. 馬亦有正, 弩亦有奇, 何常之有哉.

태종이 말하였다. “과인은 이제 경의 말을 알아듣겠소.” 손자병법에 〈용병의 방법은, 그 지극함에 이르면 무형無形에 있는 것이다. 비록 적에게 어떤 형태로 보이더라도 속셈은 그것이 아니고, 변하기 심하여 적을 어리둥절케 하여 어찌할 바를 모르게 한다. 그러므로 무형無形은 군대 형태의 지극한 것이다.〉 라고 하였소. 또 말하기를 〈주로 적의 형태에 따르고 겸하여 아군의 형태에 따라서, 적을 이길 수 있는 방도를 자기 부하 장졸들에게 일러두지만, 장졸들은 그것이 어떤 까닭인지 알지 못한다.〉고 하였는데 그것은 어디를 두고 하는 말이요.”

太宗曰, 卿東細言其術, 靖曰, 先刑之, 使敵從之, 是其術也. 朔悟之矣. 孫子曰, 形兵之極, 至於無形. 又曰, 因形以措勝於衆, 衆不能之, 其此謂乎.

이정이 “손자가 그렇게 말한 의도는 매우 깊은 것입니다. 그런데 폐하의 성려聖慮는 이미 그 태반을 깨달으셨습니다.”하고 대답하였다.

靖曰, 深乎. 陛下聖慮, 已思過半矣.

—

번병(番兵) 번의 병정.
경마(勁馬) 강한 말.
분충(奔衝) 달려가 적에게 충격을 줌.
의각(犄角) 거센 소의 뿔. 양측에 포진하고 적을 대기함.

❊ 오랑캐로 하여금 오랑캐를 치게 하라

태종이 묻기를 “근래에 거란契丹과 해奚가 모두 속령屬領이 되었으므로 송막松漠과 요락饒樂의 두 도독都督을 두고, 안북도호安北都護로 하여금 이것을 통제케 했소. 짐이 설만철을 임용하고자 하는데 경의 의견은 어떻소.”

太宗曰, 近契丹奚皆內屬, 置松漠饒樂二都督, 統於安北都護. 朕用薛萬徹, 如何.

이정이 대답하였다. “설만철은 아사나사이나 집질사력이나 글필하력만 같지 못합니다. 이 세 사람은 모두 번신蕃臣으로써 용병할 줄 아는 사람들입니다.

靖曰, 萬徹不如阿史那爾, 及執失思力, 契苾何力, 此皆番臣之知兵者也.

신이 일찍이 이 세 사람과 송막 요산의 산천의 형세와 도로의 원조 및 번인들이 당나라에 잘 순응하는지 거스르는지에 대하여 이야기 한 적이 있었는데, 멀리 서역의 십여 부락에 이르기까지 그 사정을 환이 알고 있어 믿음직스러웠습니다.

臣嘗與之言松漠饒樂山川道路, 番情逆順, 遠至於西域部落十數種, 歷歷可信.

신이 이들에게 진법陳法을 가르쳤더니 신의 말을 모조리 납득하고 신복信服하였습니다. 원컨대 폐하께서는 그들을 임명하시되 조금도 의심치 마십시오.

臣敎之以陳法, 無不點頭服義. 望陛下任之勿疑.

만철과 같은 사람은 용기는 있지만 지모가 없습니다. 단독으로 그 사람에게만 중임을 맡기기엔 어렵습니다."

若萬徹, 則勇而無謀, 難以獨任.

태종이 웃으면서 말하였다. "이제 번인들도 경이 손발처럼 부릴 수 있게 되었소. 옛사람도 오랑캐로 하여금 오랑캐를 치는 것이 중국의 기세라고 말하였소. 경은 그 요령을 알고 있소."

太宗笑曰, 番人皆爲卿役使. 古人云, 以蠻夷攻蠻夷, 中國之勢也, 卿得之矣.

글안(契丹) 몽고지방의 고대 민족.
내속(內屬) 속령이 되다.
도호(都護) 관청의 이름.
역역(歷歷) 분명히 알다.
점두(點頭) 고개를 끄덕이다. 이해하다.

02

문대問對 중中

태종은 이편에서 손자병법의 어느 병법보다도 우수함과 참된 의미를 당나라 장수들에게 깨우치게 하라고 이정에게 명하고 이정은 좌씨전, 사마법, 울료자의 군 조직법과 제갈량의 진법陣法을 검토 채택하고, 장수들에게 기奇, 정正의 전술을 가르치는 것이 군을 강화시키는 것이라 답했다. 태종은 자신이 만든 파진의 무악(破陳의 舞樂)을 자랑하고 이정이 그 참뜻을 알고 있음을 치하했다. 태종과 이정은 정병正兵은 태산처럼 육중하고 기병奇兵은 번개처럼 날래서 어떤 것이 정병이고 기병인지 적이 헤아릴 수 없도록 해야함과 상벌의 중요성, 그리고 문덕文德과 무위武威의 효과와 병법에 있어서 주객의 전도主客顚倒, 공격과 방어와 병기의 효율성을 논했다.

❋ 적을 속이되 속지 말라

태종이 말하였다. "과인은 여러 가지 병서를 보았지만 손자병서에서 벗어날 자가 없었으며, 손자 13편도 모두가 허실 편에서 벗어나지를 않았소. 그러기에 용병하는 자가 허실의 세 편을 잘 알고 있을 경우에는 승리는 보장되는 것이요. 오늘날 여러 장수들은 실을 갖추어 허를 쳐야 한다고 말하고 있지만, 적과 부딪쳐서는 그 허실을 파악할 수 있는 자가 적소. 이것은 능히 적을 유치하지 못하고, 도리어 적에게 유치당하는 바가 되기 때문이요. 어떻게 생각하오. 경이 여러 장수를 위하여 그 요긴한 것을 모조리 말해주시오."

太宗曰, 朕觀諸兵書, 無出孫武, 孫武十三篇, 無出虛實.
夫用兵職虛實之勢, 則無不勝焉. 今諸將中, 但能言備實擊虛, 乃其臨敵,則鮮識虛實者. 蓋不能致人, 而反爲所致故也. 如何. 卿悉爲諸將言其要.

이정이 대답하기를 "장수들에게 이것을 가르치려면 우선 기츩와 정正이 서로 변화하는 술법을 가르치고, 그런 다음에 허실의 형태를 말해주는 것이 옳을 것입니다.

靖曰, 先敎之以奇正相變之術, 然後語之以虛實之形可也.

장수들의 대부분은 기병으로써 정병을 삼고, 정병으로써 기병을 삼는다는 것을 모르고 있습니다. 그러니 어찌 적의 허한 것이 도리어 실이요, 실한 것이 도리어 허라는 것을 이해할 수 있겠습니까."

諸將多不知以奇爲正, 以正爲奇, 且安識虛是實, 實是虛哉.

태종이 말하기를 "손자 병서에 따르면, 싸우기 전에 미리 헤아려서 적의 계책을 알고, 군사를 일으키고 도전해 보아서 적의 동정의 이치를 알며, 이쪽 군사의 형태를 보이고서 적의 동태를 살펴, 적이 있는 곳이 죽음과 삶의 어느 편에 속하는 땅인가를 알고, 우리 군사를 적과 접촉시켜 보아서 적의 힘이 남아도는 곳과 모자라는 곳을 알 수 있다고 하였는데, 그렇다면 기, 정은 우리 편에 있고 허, 실은 적에게 있는 것이요."

太宗曰, 策之而知得實之計, 作之而知動靜之理, 形之而知死生之地,
角之而知有餘不足之虛, 此則奇正在我, 虛實在敵歟.

이정이 대답하기를 "아군의 기, 정의 전술은 적의 허, 실을 유발시킬 수 있습니다. 그리고 적의 병력이 실하면 아군은 정병으로 대하고, 적의 병력이 허하면 아군은 반드시 기병으로 엄습합니다.

靖曰, 奇正者, 所以致敵之虛實也. 敵實則我必以正, 敵虛則我必以奇,

그런데 대장된 자가 이 기, 정의 전법을 모르면 적의 허, 실을 안다 하더라도 어찌 능히 적을 유치할 수 있겠습니까. 신은 폐하의 어명을 받들어 다만 여러 장수들에게 기, 정의 전술만을 가르치려고 합니다. 그런 다음에는 허, 실에 대하여 자연히 알게 될 것입니다."

苟將不知奇正. 則雖知敵虛實. 安能致之哉. 臣奉詔, 但敎諸將以奇正, 然後虛實自知焉.

태종이 말하기를 "기병을 정병으로 변화시킨다는 것은 적이 기병으로 싸울 것이라고 생각할 경우에 아군이 정병으로써 이를 공격한다는 것이며, 정병을 기병으로 변화시킨다는 것은 적이 정병으로써 싸울 것이라고 생각할 경우에, 아군이 기병으로써 이를 공격하여 적의 세를 언제나 허에서 벗어나지 못하게 하고, 아군의 세를 언제나 실하게 한다는 것이오. 마땅히 이 전법을 장수들에게 가르쳐서 쉽게 깨닫도록 하여야 할 것이요."

太宗曰, 以奇爲正者, 敵意其奇, 則吾正擊之, 以正爲奇者, 敵意其正, 則吾奇擊之, 使敵勢常虛, 我勢一常實, 當以此法授諸將, 使易曉耳.

하자 이정이 대답하였다. "자고로 병서는 천장만구千章萬句로 헤아릴 수 없이 많지만, 요컨대 적을 유치하되 적에게 유치당하지 않는다는 한 마디에 벗어나지 않습니다. 신은 마땅히 이것을 장수들에게 가르치려고 합니다."

靖曰, 千章萬句, 不出乎致人不致於人而已, 臣當以此敎諸將.

선(鮮) 적다.
치(致) 유치(誘致)하다.
효(曉) 깨닫다.
각(角) 접촉하다.

❄ 적의 망동을 기다려라

태종이 물었다. "짐이 요지 도독搖地都督을 두어 안서도호에게 예속시켰소. 그런데 번인과 한인의 군사는 성격이 같지 않으니 어떻게 처리하면 좋겠소."

太宗曰, 朕置瑤地都督, 以隸安西都護, 番漢之兵, 如何處置.

이정이 대답하였다. "하늘이 인간이 태어나게 할 때, 본시 한인과 번인의 구별을 둔 것은 아닙니다. 그러나 번인이 사는 곳은 멀고 황막하여 곡식이 자라지 않아서 사냥으로 살아가므로 언제나 전투를 익히게 됩니다.

靖曰, 天之生人, 本無番漢之別, 然地遠荒漠, 必以射獵而生, 由此常習戰鬪,

만일 우리가 그들에게 은혜와 신의로써 무휼撫恤하고, 옷과 식량을 주고 구제하게 되면 모두가 한인이 될 수가 있는 것입니다. 폐하께서 지금 이 도호를 두셨으니, 신이 청하건대 한나라 국경 경비대를 철수시켜 내지內地에 주둔시키십시오. 그렇게 되면 식량의 수송을 감소시킬 수 있을 것입니다.

若我恩信撫之, 衣食周之, 則皆漢人矣. 陛下置此都護, 臣請收漢戌卒, 處之內地, 減省糧饋,

이것이 곧 병가에서 말하는 힘을 다스리는 방법입니다. 다만 한인 관리로서 번인의 사정을 익히 아는 자를 택하여, 이들을 분산시켜 여러 성을 지키게 하십시오. 이렇게 하면 오랫동안 우환이 사라질 것입니다. 만일 어떤 사건이 일어나거든 곧 한인 병졸들을 출동시켜 진압토록 하십시오."

此兵家所謂治力之法也. 但擇漢吏有熟番情者, 散守保障, 此足以經久, 或遇有警, 則漢卒出焉.

태종이 묻기를 "손자가 말한 힘을 다스린다는 것은 무엇이오."

太宗曰, 孫子所言治力如何.

하니 이정이 대답하였다. "손자가, 아군은 가까운 데서 적은 멀리서 오는 것을 기다리며, 아군은 편안하게 하고 적이 피로하기를 기다리며, 아군은 배불리 먹고 적이 굶주리기를 기다린다는 것은, 힘을 다스리는 법의 대강을 말한 것입니다.

靖曰, 以近待遠, 以佚待勞, 以飽待饑, 此略言其槩.

용병에 능한 자는 이 세 가지 의의를 확대시켜 여섯 가지가 되게 하였습니다. 즉 아군이 유인하여 적이 따라오기를 기다리고, 아군은 안정하고 적이 소란해지기를 기다리며, 아군은 자중하고 적이 경거망동하기를 기다리고, 아군은 엄중히 경비하고 적이 수비를 게을리 하기를 기다리며, 아군은 질서정연히 하고 적이 문란하기를 기다리고 아군은 굳게 지키고 적이 공격해오기를 기다리는 것을 말합니다.

善用兵者, 推此三義而有六焉. 以誘待來, 以靜待譟, 以重待輕,
以嚴待懈, 以治待亂, 以守待攻,

이에 위배되면 아군의 전력이 미치지 못합니다. 힘을 다스리는 술법을 쓰지 않고 어찌 능히 적과 싸울 수 있겠습니까."

反是則力有弗逮. 非治力之術, 安能臨兵哉.

태종이 말하였다. "오늘날 손자의 병법을 배우는 자는 공연한 글이나 소리를 내어 읽을 뿐, 참된 의미를 널리 추구하는 일이 적소. 모름지기 힘을 다스리는 법을 여러 장수들에게 널리 알리도록 하오."

太宗曰, 今人習孫子者, 但誦空文, 鮮克推廣其義, 治力之法, 宜徧告將諸.

요지(瑤地) 지명. 도독부를 두었음.

황막(荒漠) 거치른 사막.

무(撫) 어루만져 주다.

수졸(戍卒) 국경의 수비대.

보당(保障) 작은 성.

경(警) 사건.

일(佚) 안일.

개(槩) 대강.

편(徧) 널리.

의(宜) 마땅히. 모름지기.

※ 군軍의 편성編成

태종이 묻기를 "늙은 장졸들은 거의 다 죽어버리고, 여러 군사들이 새로이 대치되어 아직 실전의 경험이 없소. 지금 이들에게 훈련을 실시하려면 어떤 방법으로 하는 것이 좋겠소."

太宗曰, 舊將老卒, 凋零殆盡, 諸軍新置, 不經陳敵, 令敎以何道爲要.

이정이 대답하였다. "신이 일찍이 사졸들에게 교련을 실시할 적에 세 단계로 나눠서 하였습니다. 반드시 먼저 5명의 병사를 한 오伍로 하는 방법을 가르치고, 이 훈련이 끝나면 사관士官에게 맡겼습니다. 이것이 첫째의 단계입니다.

靖曰, 臣嘗敎士, 分爲三等, 必先結伍法. 伍法旣成,

사관이 사졸을 교련하는 방법은, 1오를 합하여 10으로 된 1대로 하여 훈련을 실시하고, 다시10오의 군사를 집결시켜 1백 5로 하여 집단으로 훈련을 시켰습니다. 이것이 또 하나의 단계입니다.

授之軍敎, 此一等也. 軍敎之法, 以一爲十, 以十爲百, 此一等也,
授之裨將,

다음은 부장에게 위임합니다. 부장이 여러 사관을 총괄하여, 하나의 진영
을 구성하고 전반적인 훈련을 시켰는데 이것이 마지막 단계입니다. 대장이 세
단계의 훈련을 시찰하고, 다시 열병식을 올린 다음 적부適否를 고찰하고, 어느
쪽을 정병으로 하고, 어느 쪽을 기병으로 할 것인가를 분별하고 나서 맹세를
한 다음에 처벌을 엄격하게 합니다.

裨將乃總諸校之隊, 聚爲陳圖, 此一等也. 太將察此三等之敎, 於是大閱,
稽考制度, 分別奇正, 誓衆行罰.

폐하는 높은 곳에서 이것을 관망하셔서도 모든 것이 완성 있으므로 결함을
발견하실 수 없을 것입니다.”

陛下臨高觀之, 無施不可.

태종이 물었다. “그런데 오伍를 조직하는 방법에 몇몇 병가들의 이설이 있
는데 어느 것이 중요한가.”

太宗曰, 有數家, 孰者爲要.

이정이 대답하였다. “신이 살펴본 바에 의하면 춘추 좌씨전에는 병거를 앞
세우고 보병을 뒤따르게 한다고 하였습니다.

靖曰, 臣接春秋左氏傳云, 先偏後伍,

또한 사마법에 의하면 5명의 군사를 오로 한다고 하였으며, 울료자의 글
에 〈속오령〉이라는 편이 있습니다. 그리고 한漢의 제도에는 척척과 오부가 있
습니다.

又司馬法曰, 五人爲伍, 蔚繚子有束伍令, 漢制有尺籍伍符,

후세의 부적符籍은 종이로 만들어져 있기 때문에 그 제도는 실전失傳되어 버렸습니다. 신이 그 방법을 참작하여 만일 병거로 말하자면 5명의 오를 바꾸어 25명으로 하고, 또 그것을 변화하여 75명으로 하였습니다.

後世符籍, 以紙爲之, 於是失其制矣. 臣酌其法, 自五人而變爲二十五人, 自二十五人而變爲七十五人,

이것이 곧 보병 72명과 무장병 3명을 쓴다는 옛 편성제도를 따른 것입니다.

此則步卒七十二人, 甲士三人之制也.

이것이 곧 〈사마법〉의 5병 5당五兵五當의 제도입니다. 이것으로 보면 여러 병가들의 병법은 오법伍法을 중시한 것입니다. 오법의 소열小列 즉 단위는 5명, 이것을 대열大列로 하여 다섯 갑절로 할 때에는 25명이 됩니다.

是則制家兵法, 有伍法爲要, 少列之五人, 大列之二十五人,

그리고 대열의 수를 석 줄로 하면 75명이 되고, 그것을 다섯 갑절로 하면 375명이 됩니다. 375명 중 300명을 정병正兵으로 하고, 60명을 기병奇兵으로 합니다.

參列之七十五人, 又伍參其數, 得三百七十五人. 三百人爲正, 六十人爲奇,

좌우 병력을 같이하여 한 편으로 기울지 않게 하기 위해서입니다. 사마양저가 5명을 오伍로 하고 10오를 대隊로 한 것을 오늘까지 따르고 있습니다. 이것이 오법伍法의 요점입니다."

蓋左右等也. 穰苴所謂五人爲伍, 十五爲隊, 至今因之, 此其要也.

조령(凋零) 시들어 떨어짐.

진적(陳敵) 전진(戰陳) 대적(對敵). 징을 치고 적과 싸우는 것.

군교(軍校) 군사 110명의 장.

춘추좌씨전(春秋左氏傳) 춘추는 〈좌씨(左氏)〉, 〈공군(公軍)〉, 〈곡양(穀梁)〉 3권이 있다. 좌씨전은 좌구명(左丘明)이 공자로부터 경을 전해 받은 기록이라고 한다. (이에 대하여는 반대의 고증(考證)도 있다. 사기(史記)에는 오월 춘추(十六國春秋)등 춘추의 이름을 붙인 책이 많다.

속오령(束伍令) 울료자 편의 이름. 오.(伍)를 결속하는 법령.

척적(尺籍) 사졸의 성명. 전공 등을 기록한 1척의 판자.

작(酌) 참작한다.

계고(稽考) 옛일을 연구하고 고찰함.

✖ 육화진법六花陳法

태종太宗이 묻기를 "짐이 이세적李世勣 장군과 병법에 대하여 논한 적이 있는데 경의 주장과 같은 것이 많았소. 다만 이세적은 그 주장의 출전出典을 잘 모를 뿐이었소. 경이 창제한 육화진법六花陳法은 어느 전술에 의거한 것이오."

太宗曰, 朕與李勣論兵, 多同卿說, 但勣不究出處爾. 卿所制六花陳法, 出何術乎.

이정이 대답하였다. "신은 제갈량의 〈8진의 법〉에 의거한 것입니다. 대진大陳속에 소진小陳을 포용包容하고, 대영大營속에 소영小營을 포용하면서, 사방의 각 부대가 잘 연결되고. 구비 진 것이 서로 대치하여 대오가 정연합니다.

靖曰, 臣所本諸葛亮八陳法也. 大陳包小陳, 大營包小營, 隅落鉤連, 曲折相對,

옛 진법이 이러하였습니다. 신은 이에 의해 포진의 도표를 제작한 것입니다. 그러므로 그 밖의 육군六軍은 방형方形을 이루고, 중앙의 1군은 원형을 이루어, 마치 여섯 갈래 진 꽃과 같은 형태를 이루게 되는 것입니다.

古制如此. 臣爲圖因之, 故外畫之方, 內環之圓,

이것을 육화의 진이라고 부르게 된 것을 세속 사람들이 그렇게 불렀기 때문입니다."

是成六花, 俗所號爾.

태종이 말하였다. "안은 둥글고 밖은 모지게 한 것은 무엇을 말하는 것이요."

太宗曰, 內圓外方, 何謂也.

이정이 대답하였다. "방형方形은 보법步法의 바르고 곧아야 되는 것에 바탕삼아 생겼고, 원형은 기병의 성회무궁旋回無窮해야 되는 것에 바탕하여 생긴 것입니다.

靖曰, 方生於步, 圓生於奇,

방형은 보법을 방정方正하게 하는 이치이며, 원형은 대오가 아무리 회전하여도 서로 연결되게 하는 이치입니다. 이렇게 하여 보법은 땅을 본받아 정하였는데, 땅이 모졌으니 보법도 모나게 해야 되며, 대오를 연결하는 것은 하늘의 둥근 모습을 따랐으니 대오의 연결은 원형으로 하는 것입니다.

方所以矩其步, 圓所以綴其施, 是以步數定於地, 行綴應於天.

보법이 정해지고 대오의 연결이 가지런해지면, 아무리 변화가 잦더라도 그 군사는 어지러워지지 않는 것입니다. 진을 여섯으로 하는 것은 제갈량의 옛 법을 본뜬 것입니다."

步定綴齊, 則變化不亂, 八陳爲六. 武侯之舊法焉.

대영(大營) 큰 진영.

우락구련(隅落鉤連) 사방이 다 연결되어 단절됨이 없음.

행철(行綴) 행 오의 연락.

❈ 육화진六花陳의 운영運營

태종이 물었다. "방형으로 보법이 방정해야 함을 나타내고, 원형으로 병기의 자유로운 움직임을 나타내게 되어 있소. 즉 보법을 익혀 다리를 움직이는 법을 가르치고 병기 다루는 법을 익혀 손을 놀리는 법을 가르치는 것이요. 손과 발이 재빨리 움직이게 되면 훈련은 반 이상 된 것이나 마찬가지라고 할 수 있지 않겠소."

太宗曰, 畫方以見步點圓以見兵, 步敎足法, 兵敎手法, 手足便利, 思過半乎.

이정이 대답하였다. "오자가 말하기를, 대오가 끊어지더라도 떨어져 나가지 않고, 후퇴하더라도 흩어지지 않는다고 하였습니다. 이것이 보법입니다.

靖曰, 吳起云, 節而分離, 卻而不散, 此步法也.

군사를 훈련시키는 것은, 마치 바둑돌을 바둑판에 놓는 것과 같습니다. 만일 바둑판에 구획한 금이 없으면 어떻게 바둑알을 놓을 수 있겠습니까. 손자가 말하기를 전지가 결정되면 거기 이르는 거리를 알 수 있고, 거리를 알면 양을 알 수 있으며, 그 양을 알면 수를 알 수 있고, 그 수를 알면 피아의 강약을 알 수 있으며, 강약을 알면 승리를 거둘 수 있다. 승리의 군사가 전투에서 이김은, 예를 들어 한일鎰:스물 넉 냥 중의 무게가 저울로 그 480분의 1의 무게가 되는 수銖:무게의 단위를 재는 것과 같다고 일컫고, 패진의 군사가 전투에 패함은 예컨대 수銖의 무게밖에 되지 않는 저울로 일鎰의 무게가 있는 물건을 재는 것과 같다고 하였습니다.

教士猶布棊於盤, 若無畫路, 棊安用之. 孫子曰, 地生度, 度生量, 量生數, 數生稱, 稱生勝. 勝兵若以鎰稱銖, 敗兵若以銖稱鎰.

이것은 모두가 도량度量과 방원方圓, 즉 지형의 이용에서 일어나는 문제입니다."

皆起於度量方圓也.

태종이 말하였다. "손자의 말은 참으로 깊으오. 전투지의 원근과 지형의 넓고 좁음을 헤아리지 못하면, 무엇으로 그 진퇴의 절도를 제어할 수 있겠소."

太宗曰, 深乎孫武之言. 不度之遠近, 形之廣狹, 則何以制其節乎.

이정이 대답하였다. "평범한 대장들 중에는 그 진퇴의 절도를 아는 자가 드물 것입니다. 잘 싸우는 기세가 사납고, 그 진퇴의 절도가 기민합니다. 그 기세는 활을 힘껏 잡아당긴 것 같고, 그 절도는 활을 잽싸게 쏘는 것과 같다고 하였습니다.

靖曰, 庸將罕能知其節者也. 善戰者, 其勢險, 其節短, 勢如彍霍弩, 節如發機,

신이 그 병술을 습득하였습니다. 대오를 세울 때에는 각 대隊의 사이의 간격을 10보로 하고, 주대主隊와 사대師隊의 사이는 20보로 합니다. 1대마다 하나의 전투대를 두고, 전진할 때는 50보를 기준으로 합니다. 제1의 호각으로 각 대가 모두 분산하되 10보 이내에 정지합니다.

臣修其術, 凡立隊, 相去各十步, 駐隊去師隊二十步, 每隔一隊, 立一戰隊, 前進以五十步爲節. 角一聲, 諸隊皆散立, 不過十步之內,

이와같이 제2, 제3, 제4의 호각 소리에 이르기까지 각각 창을 겨누고 대기하고 앉았다가 북을 치면 병사들이 일제히 일어서서 세 번 크게 외치고 세 번 창으로 적을 공격합니다.

至第四角聲, 寵鎗跪坐, 於是鼓之, 三呼三聲,

그 후 적진에서 30보 내지 50보로 나아가 적의 동정의 변화를 제압합니다. 이때 후방의 기병은 배후에서 전진하지만, 역시 적진에서 50보를 한계로 하여 때에 따라 절제를 합니다. 정병을 앞으로 세우고 기병을 뒤에 따르게 하고, 적의 동정을 살핍니다.

三十步至五十步, 以制敵之變. 馬軍從背出, 亦以五十步, 臨時節止. 前正後奇, 觀敵何如,

다시 북을 치면 기병을 앞세우고 정병을 뒤로 돌립니다. 거기서 또 적이 진격해오는 것을 맞아 그 기회를 엿보아 그 허점을 치는 것입니다. 이것이 육화의 진법이며, 대체로 다 이 방법으로 싸우는 것입니다."

再鼓之, 則前奇後正, 復擊敵來, 伺隙擣虛. 此六花大率皆然也.

▄▄▄

각(却) 물러서다.
사대(師隊) 기병대.
주대(駐隊) 병거대와 보병대의 혼성 대.
도허(擣虛) 적의 허술한 곳을 공격함.
확(彍) 활을 재빨리 당김.

✳ 정병正兵과 기병奇兵의 훈련

태종이 물었다. "조조의 신서에 말하기를 포진을 하고 적과 대결을 할 때에는 반드시 우선 푯말을 세워 장교가 병사를 이끌고 각각의 패말에 따라 군사를 배치하고, 만일 한 부대가 적의 습격을 받았는데 다른 부대가 구원을 나서지 않으면 그 부대 사졸들의 목을 벤다고 하였는데, 이것은 무슨 병술이요."

太宗曰, 曹公新書云, 作陳對敵, 必先立表, 引兵就表而陳, 一部受敵, 餘部不進敎者斬, 此何術乎.

이정이 대답하였다. "적을 앞에 놓고 푯말을 세우는 것은 합당치 못한 일입니다. 이것은 단지 평소에 군사를 훈련시킬 때의 한 방법일 따름입니다. 옛날의 용병에 능한 자는, 정병의 전술을 가르쳤지만 기병의 전술은 가르치지 않았습니다.

靖曰, 臨敵立表非也. 此但敎戰時法耳. 古人善用兵者, 敎正不敎奇,

사졸을 구사驅使하기를 마치 양의 무리를 몰듯이 하며, 이들과 함께 진군하고 이들과 함께 후퇴하며, 사졸들은 그 향하는 바를 모르고 다만 장수의 명령에 따를 뿐입니다. 조조는 교만하여 오직 승리만을 즐겼습니다.

驅衆若驅群羊, 與之進, 如之退, 不知所之也. 曹公驕而好勝,

그러므로 당시의 장수들 중에서 〈신서〉를 신봉하는 자는, 신서의 단점을 알고 있으면서도 감히 그것을 비난하지 않았습니다. 또 적과 대치하여 비로소 푯말을 세워 진을 친다는 것은 너무 늦은 감이 없지 않습니다.

當時諸將, 奉新書者, 莫敢攻其短. 且臨敵立表, 無乃晩乎.

신이 폐하께서 제작하신 파진破陳의 무악舞樂을 보건대, 전면에 네 대의 푯말을 세우고 뒤에 여덟 개의 깃발을 늘어놓고, 무인舞人이 좌우로 몸을 꺾으며 돌리는가 하면, 재빨리 달리기도 하고 서서히 거닐기도 하며, 징을 치고 북을 울리는 데 저마다 그 절도가 있습니다.

臣竊觀陛下所製破陳樂舞, 前出四表, 後綴八旛, 左右折旋趨步金鼓, 各有其節.

이것이 곧 팔진도八陳圖의 4두 8미四頭八尾의 제도입니다. 사람들은 다만 무악의 성함을 볼뿐 군용軍容이 그 속에 깃들음이 이러함을 알 수 없을 것입니다."

此則八陳圖四頭八尾之制也. 人間但見樂舞之盛, 豈有知軍容如斯焉.

태종이 말하였다. "한漢나라의 고제高帝가 천하를 평정한 후에 연회석상에서 노래하기를〈어찌하면 용맹한 분을 얻어 사방을 방위할 것인가.〉하였다하오. 대개 병법이란 마음으로 가르칠 수는 있어도 말로는 전할 수는 없는 법이요. 짐이 파진의 무악을 지었는데 오직 경만은 그 참뜻을 알았소. 후세의 사람들도 내가 이 무악을 공연히 지은 것이 아님을 알 것이요."

太宗曰, 昔漢高帝定天下, 歌云, 安得猛士兮守四方, 蓋兵法可以意授, 不可以語傳, 朕爲破陳樂舞, 唯卿已曉其表矣, 後世其知我不苟作也.

표(表) 입표(立表)의 표(表)는 표적으로 하는 말뚝. 표말.

중(衆) 사병들.

교정불교기(敎正不敎奇) 정병은 가르치고 기병은 가르치지 않는다. 조광유(趙光裕)가 말하기를〈정병은 대중이 맞부딪치는 바이다. 그러므로 가르쳐야 한다. 기병의 전술은 적과 대진하여 스스로 짜내는 것이다. 그러므로 가르칠 수 없다.〉

절(竊) 겸손을 나타내는 부사이다.

파진악무(破陳樂舞) 파진은 춤의 음악의 이름. 태종이 아직 진(秦)왕일 때 파진 악무를 만들어 여재지에게 악곡을 짓게 하고 무장한 악공 120명이 병기를 들고 춤추게 하였음. 자기의 전승 기념으로 군용의 미를 표시한 춤과 음악.

철(綴) 연결되는 것.

추(趨) 빠른 걸음.

효표(曉表) 표(表)는 밖. 언어 밖의 진의를 가리킴. 효(曉)는 깨달음.

태종이 이정에게 물었다. "동, 서, 남, 북, 중앙에 세운 청백적흑황색의 다섯 깃발은 정병에 사용하는가. 깃발을 굴절 또는 교차하는 것은 기병에 사용하는가. 여러 대隊를 나누기도 하고 합치기도 하여 기병을 정병으로 변하게 하고, 정병을 기병으로 변하게 하려면, 그 소대小隊의 병력을 얼마로 하면 되는가."

太宗曰, 方色五旗爲正乎. 旛麾折衝爲奇乎, 分合爲變, 其隊數曷爲得宜.

이정이 대답하였다. "신은 옛 병법을 합작하여 씁니다. 3대隊를 합칠 때는 두 깃발을 서로 붙이되 교차시키지 않고, 5대를 서로서로 합치고자 할 때는 두 깃발을 교차시키고, 10대를 합치고자 할 때는 다섯 깃발을 교차시켜 신호합니다.

靖曰, 臣參用古法, 凡三隊合, 則旗相倚而不交, 五隊合, 則兩旗交,

호각을 불고 교차된 다섯 깃발을 열면 앞서 합쳐졌던 대원들이 흩어져서 5대가 됩니다. 서로 붙었지만 교차되지 않은 깃발을 열면 앞서 합쳐졌던 대원은 다시 3을 기병으로 하고, 합치면 곧 분산시키는 것을 또한 기병으로 흩어져 본래의 3대가 됩니다.

十隊合, 則五旗交. 吹角開五交之旗, 則一復散而爲十, 開二交之旗, 則一復散而爲五. 開相倚不交之旗, 則一復散而爲三.

병사가 흩어지면 곧 합쳐지는 것입니다. 또 몇 번이고 반복하여 훈련하여 다시 정병으로 돌아가게 합니다.

兵散則以合爲奇, 合則而散爲奇. 三令五申, 三散三合, 復歸於正.

이렇게 하면 사두팔미의 진법을 가르칠 수가 있을 것입니다.

四頭八尾, 乃可交焉.

이것이 대법隊法의 의당한 것입니다." 태종은 옳은 말이라고 칭찬하였다.

此隊法所宜也. 太宗稱善.

오색오기위정호(五色五旗正乎) 다섯 깃발을 정병에 사용하는가.
방색(方色) 다섯 방향의 색깔. 즉 동쪽은 청색, 서는 백색, 남은 적 색, 북은 흑색, 중앙은 황색.
번휘(旛麾) 번은 긴 깃발, 휘는 짧은 깃발.
갈(曷) 어느만큼.

조조曹操의 기병전술騎兵戰術

태종이 말하였다. "조조曹操의 군사는 전기戰騎, 함기陷騎, 유기遊騎의 세 가지 기병이 있었는데 오늘의 기병은 이중에서 어느 부류에 속하는가."

太宗曰, 曹公有戰騎陷騎遊騎, 今馬軍, 何等比乎.

이정이 말하였다. "신이 보건대, 조조의 신서에는 전기는 언제나 앞서 있고, 함기는 언제나 가운데 있고, 유기는 늘 뒤에 있다고 쓰여 있습니다. 이것으로 보면 다만 이름만 셋으로 나누었을 뿐임을 알 수 있습니다.

靖曰, 臣接新書云, 戰騎居前, 陷騎居中, 遊騎居後, 如此則是各立名號, 分爲三類爾.

기병대의 8기는 병거에 속한 사병 24명에 해당되며, 24기는 병거에 속한 병사 72명에 해당됩니다. 이것은 옛날의 병제兵制입니다. 병거에 속한 병졸은 마땅히 정병의 전술을 가르쳐야 되고, 기병대는 기병奇兵의 전술을 가르쳐야 합니다.

大抵騎隊八馬, 當此徒二十四人, 二十四騎, 當車徒七十二人, 此古制也. 車徒當教以正, 騎隊當教以騎.

조조에 의하면 앞뒤와 가운데로 3분하여 3복三覆으로 하였습니다. 그러나 조조가 좌우 양측에 위치하는 양군兩軍에 대하여 언급하지는 않은 것은, 단지 용병의 일단만을 들어 그 나머지를 말해준 것에 불과합니다.

據曹公, 前後及中, 分爲三覆, 不言兩廂, 擧一端言也.

그런데 후세 사람들이 〈3복三覆〉의 다양한 뜻을 깨닫지 못하고, 전기는 반드시 함기와 유기 앞에 두는데, 이렇게 해서야 어찌 기병을 올바르게 사용할 수 있겠습니까.

後人不曉三覆之義, 則戰騎必前於陷騎遊騎, 如何使用.

신이 이 전법을 사용하는 데 익숙하여, 만일 군사를 돌려 진을 전환시킬 경우에는 뒤에 있던 유기를 앞세우고, 앞에 있던 전기는 뒤로 돌리며, 가운데 있던 함기는 변화에 따라 분할하는 등 유동적으로 사용하는데, 이것이 모두 조조의 전술입니다."

臣熟用此法, 回軍戰陳, 則遊騎當前, 戰騎當後, 陷騎臨變而分, 皆曹公之術也.

태종이 웃으면서 말했다. "조조의 병법에 미혹된 자가 적지 않았었소."

太宗笑曰, 多小人爲曹公所惑.

전기(戰騎) 앞장서서 적과 싸우는 기병.
함기(陷旗) 전기의 뒤를 이어 적을 공격하는 기병.
유기(遊旗) 응원과 보충을 위한 기병.
3복(三覆) 복은 여기서는 뒹군다는 뜻이다. 앞에 있는 것이 뒤에서 따르고, 뒤에 있는 것이 앞서며, 자유로이 회전한다는 뜻.
양상(兩廂) 좌우의 양군을 뜻함.

※ 차車, 보步, 기騎, 혼성대 운용運用

태종이 물었다. "병거와 보병, 기병의 세 가지는 각각의 특색이 있기는 하지만 이를 사용하는 것은 다 마찬가지요, 그것을 사용하는 방법은 역시 사람에게 달렸는가."

太宗曰, 車步騎三者一法也, 其用在人乎.

이정이 대답하였다. "신이 생각하건대, 춘추시대春秋時代의 어려魚麗의 진은 편偏 즉 병거 25대를 앞세우고 오伍 즉 보병을 뒤에 배치하였습니다. 그러니까 다만 병거와 보병을 사용하고 기병은 사용하지 않은 것입니다.

靖曰, 臣接春秋魚麗陳, 先偏後伍, 此則車步無騎.

이것을 좌우거左右拒라고 말하는 까닭은 적을 방위할 뿐 기병奇兵에 의한 전술로 승리를 거두려고 하지 않음을 가리키는 것입니다. 진晉의 순오荀吳가 오랑캐를 정벌할 때 병거를 버리게 하고 보행을 시켰습니다.

謂之左右拒, 言拒禦而已, 非取出奇勝也. 晉荀吳伐狄, 舍車爲行,

이것은 기병이 많아서 유리하였기 때문입니다. 이 경우에는 오직 기병으로써 승리를 거두려고 하였으며, 적을 방위하기에 그친 것은 아니었습니다.

此則騎多爲便, 唯無奇勝, 非拒禦而已.

신은 두 사람의 병술을 균등하게 사용하여 한 기병마다 보병 3명에 해당하는 비율로 하고, 병거와 보병의 수는 기병의 수와 적합하게 해서 3자를 한데 묶어 1대一隊로 하여 사용합니다. 그리고 그것을 사용하는 것은 사람의 재량에 달렸습니다.

臣均其術, 一馬當三人, 車步稱之, 混爲一法, 用之在人.

이를 선용善用하게 되면 적이 어찌 아군의 병거가 과연 어디로부터 진격해 나올 것이며, 보병이 어디서부터 추격해 나오리라는 것을 알 도리가 있겠습니까. 구지九地에 잠기고 혹은 구천九天에서 움직이며, 그 지략이 신神과 같음은 다만 폐하만이 가능한 것입니다. 신이 어찌 이를 헤아릴 수 있겠습니까."

敵安知吾車果何出, 騎果何來, 徒果何從哉. 或潛九地, 或動九天, 其知如神, 唯陛下有焉, 臣何足以知之.

—

춘추(春秋) 춘추시대.

어려진(魚麗陳) 좌전(左傳)의 환공(桓公)이 〈어려의 진〉을 치고 대적하였다. 그 진형이 타원형으로 마치 고기 떼가 줄을 이어 헤엄쳐 나가는 것과 비슷하여 이렇게 불렀음.

거어(拒禦) 방어.

순오(荀吳) 북쪽 번인(蕃人)의 총칭.

거보(車步) 병차와 보병.

안(安) 어찌.

구지(九地) 땅의 가장 깊은 곳.

구천(九天) 하늘의 가장 높은 곳.

※ 태공망太公望의 포진布陣과 전술戰術

태종이 물었다. "태공망의 병서에 보면 진을 칠 때 대진大陣은 사방 600보, 소진小陣은 사방 60보를 필요로 하며, 진지 둘에 12개의 푯말을 박고, 하늘의 12별辰에 응하게 한다고 하였는데 그 전술은 어떻소.

太宗曰, 太公書云, 地方六百步, 或六十步, 表十二辰, 其術如何.

이정이 대답하였다. "태공망이 포진하는 방법으로 말하면 땅을 구획하기를 사방 둘레가 1천 2백 보, 각부(各部-동, 서, 남, 북, 중앙)마다 병사 한 사람이 사방 20보의 땅을 차지합니다. 즉 횡으로 5발짝마다 한 사람을 세우고, 종으로 4

발짝마다 한 사람을 세웁니다. 약 2,500명의 병사를 사방 300보의 정방형을 정井자 형으로 구획한 동, 서, 남, 북, 중앙의 5방으로 나눕니다. 그리고 구석에 공지가 네 군데 있습니다.

靖曰, 畫地方一千二百步, 開方之形也. 每部占地二十步之方,
橫二五步立一人, 縱以四步立一人, 凡二千五百人, 分五方. 空地四處.

이것이 진과 진 사이의 진을 수용할만한 공지空地라는 것입니다. 무왕이 주紂를 칠 때 용사가 각각 3,000명을 관장하고, 진지마다 6,000이 있었으며, 도합 30,000명의 병사가 있었습니다. 이것이 곧 태공망이 땅을 구획하여 포진하는 방법이었습니다."

所謂陳間用陳也. 武王伐紂, 虎賁各掌三千人, 每陳六千人,
共三萬之大衆, 此太公畫地之法也.

태종이 물었다. "경의 육화진은 땅을 얼마만큼이나 구획하오."

太宗曰, 卿六花陳, 畫地幾何.

이정이 대답하였다. "규모가 큰 열병식을 할 땅 사방1200보이며, 그것은 육진이 각각 땅을 400보 차지한다는 뜻입니다. 그리고 동서를 양상兩廂으로 하여 그 사이에 공지 1천 2백 보가 있으며, 이곳을 전투 훈련장으로 합니다.

靖曰, 大閱地方千二百步者, 其義六陳, 各占地四百步, 分爲東西兩廂,
空地千二百步, 爲敎戰之所.

신이 일찍이 군사 30,000명을 훈련시킬 때 진마다 5,000명으로, 그 한 진을 대장 직속의 중영中營으로 하고, 그 밖의 5진을 방형方形, 또는 원형圓形, 곡형曲形, 직형直形, 예형銳形등으로 하여 한 진마다 다섯 번 변화하여 도합 25번 변화하게 됩니다."

臣嘗敎士三萬, 每陳五千人, 以其一爲營法, 五爲方圓曲直銳之形,
每陳五變, 凡二十五變而止.

태종이 물었다. "5행五行의 진이란 무엇인가."

太宗曰, 五行陳如何.

이정이 대답하였다. "본래 5방(五方-동, 서, 남, 북, 중앙)의 색깔에 의해 이런
이름이 생긴 것입니다. 그리고 진지의 형태에 방方, 곡曲, 원圓, 직直, 예銳의 다
섯 가지가 있는 것은 지형地形에서 비롯된 것입니다.

靖曰, 本因五方色立此名. 方圓曲直銳, 實因地形使然.

병사가 평소 이 다섯 가지 지형에 대하여 배우지 않고 어떻게 적과 싸울
수 있겠습니까. 용병의 도는 일종의 사기詐欺이기도 하므로, 굳이 오행五行이
라는 이름을 붙이고, 이를 수식修飾하되 오행의 술수로 하고, 〈상생상극相生相
剋〉의 의의를 취하였던 것입니다.

凡軍不素習此五者, 安可以臨敵乎. 兵詭道也, 故强名五行焉,
文之以術數相生剋之義,

그러나 사실상은 병사의 대형은 물의 흐름으로 상징되고, 물의 흐름은 지
형에 따라 제약을 받습니다. 이것이 진법의 근본이 되는 것입니다."

其實兵形象水, 因地制法, 此其旨也.

태공서(太公書) 강태공의 병서.

방600보(方六百步) 사방 각 600보. 1보는 주(周)의 6척.

십이진(十二辰) 진(辰)은 해와 달이 교차된다는 곳. 음력 초하루에 해와 달이 있는 위치를
말함. 〈십이진〉은 자(子), 축(丑), 인(寅), 묘(卯), 진(辰), 사(巳), 오(午), 미(未), 신(申), 유

(酉), 술(戌), 해(亥)를 이르며, 황도(黃道)를 12등분 한 것으로, 오늘의 천문학상의 12궁(宮)에 해당된다.

호분(虎賁) 맹호가 날뛰는 듯한 병사. 「서경(書經)」에 〈호분 3천인〉이라는 말이 있으나 이 〈호분 사천인〉이란 그 출처를 알 수 없다.

삼만지대중(三萬之大衆) 유인(劉寅)이 말하기를 〈태공망이 4만5천의 군사로 주(은나라 마지막 왕)의 70만 대군과 싸워 이겼다.〉는 말이 있다.

동서양상(東西兩廂) 6진을 나눠서 동서를 2부로 하고, 동에 3진, 서에 3진을 둔다.

상생상극(相生相剋) 목화토목금수(木火土木金水)의 5행이 상생하고, 상극함을 가리킴. 목이 화를, 화가 토를, 토가 수를, 수가 화를, 화가 금을, 금이 목을 극함이 상극이다.

✖ 복병법伏兵法

태종이 물었다. "이적이 전에 빈모牝牡, 방원方圓, 복병伏兵의 법에 대하여 말한 적이 있는데, 옛 병법에 그런 것이 있는가."

太宗曰, 李勣言牝牡方圓伏兵法, 古有是否,

이정이 말하였다. "빈모의 법은 속전俗傳에서 나온 것으로, 실은 음과 양의 두 가지 뜻이 있을 뿐입니다.

靖曰, 牝牡之法, 出於俗傳, 其實陰陽二義而已.

범여가 말하기를, 만일 뒤에 처져있기를 바라거든 음을 사용하고, 앞장서고자 원하거든 양을 사용할 것이며, 적의 양기가 다 탕진하고, 아군의 음기가 충만하기를 기다렸다가 적을 무찌르라고 하였습니다.

臣接范蠡云, 後則用陰, 先則用陽, 盡敵陽節, 盈吾陰節而奪之.

이것이 병가의 음양을 사용하는 미묘한 법입니다. 범여는 또 말하기를, 오른쪽에 진을 치는 것을 빈牝이라 하고 오른쪽에 증원하는 것을 모牡라 하며, 혹은 아침 일찍이 하고, 혹은 저녁 늦게 하여 천도天道를 따른다고 하였습니다.

此兵家陰陽之妙也. 范蠡又云, 設右爲牝, 益左爲牡, 早晏以順天道.

이렇게 오른쪽, 혹은 왼쪽, 혹은 일찍이, 혹은 늦게 한다는 것은 때에 따라 똑같은 것이 아니고, 병가에서 사용하는 기奇와 정正의 변화 속에 있는 것입니다. 좌우는 인간의 음양이고, 아침 저녁은 하늘의 음양이며, 기정奇正은 하늘과 인간이 서로 변화하는 음양입니다.

此則左右早晏, 臨時不同, 左乎奇正之變者也, 左右者人之陰陽,

만일 이것은 음 저것은 양이다 하는 식으로 하나만 고집하여 변통할 줄 모르면, 음과 양은 함께 아무 쓸모가 없게 될 것입니다.

早晏者天之陰陽, 奇正者天人相變之陰陽, 若執而不變, 則陰陽俱廢,

어찌 빈모의 진형陣形만을 고수해서야 되겠습니까. 그러므로 아군이 어떤 형태로 적을 미혹시키려면 기병을 사용하는데, 아군의 정병이 아닌 것입니다. 그리고 승리를 거두려면 정병으로 적을 쳐야하는데, 아군은 기병이 아닙니다. 이것을 가리켜 기병과 정병이 때에 따라 서로 변화하는 것이라 하는 것입니다.

如何守牝牡之形而已. 故形之者, 以奇示敵, 非吾正也. 此謂奇正相變.

군대에 있어서의 복병이란, 비단 산골짜기나 초목 속에 몸을 엎드려 숨는 것만을 복병이라 하는 것이 아닙니다.

兵伏者, 不止山谷草木伏藏, 所以爲伏也.

정병은 산처럼 육중하고, 기병은 번개처럼 날래어 적과 대면한다 할지라도 아군이 정병인지 기병인지 헤아릴 수 없도록 해야 합니다. 여기에 이르면 무슨 형태라는 것이 있을 수 있겠습니까."

其正如山, 其奇如雷, 敵雖對面, 莫測吾奇正所在. 至此夫何形之有哉.

—

빈모(牝牡) 암컷과 수컷. 길짐승은 빈모라 하고, 날짐승은 자웅(雌雄)이라 함.

출어속전(出於俗傳) 속전에서 나오다. 속전에 〈빈모의 진형〉이 나와있음.

음양(陰陽) 음양의 뜻은 매우 다채롭다. 천지 만물을 만들어내는 상반되는 두 가지 기운을 가리키며, 모든 적극적인 것을 양(陽)이라 하고, 소극적인 것을 음(陰)이라 한다. 예컨대 강(强)은 양(陽)이고, 약(弱)은 음(陰)이며, 동(動)은 양(陽)이고, 정(靜)은 음(陰)이다. 진(進)은 양(陽)이고 퇴(退)는 음(陰)이다.

조안(早晏) 아침과 저녁.

막측(莫測) 추측하지 못함.

※ 탐욕貪慾하고 우매愚한 자를 부리는 법

태종이 물었다. "사수四獸즉 용, 호, 조, 사龍虎鳥蛇의 사진四陳을 한편 상, 우, 치, 각商羽緻角의 네 음音을 본뜬 것이라는 설도 있는데 그것은 무슨 까닭인고."

太宗曰, 四獸之陳, 又以商羽微角象之, 何道也.

이정이 대답하였다. "그것은 궤도詭道입니다."

靖曰, 詭度也.

태종이 말하였다. "그러면 이것을 폐기해야 하는가."

太宗曰, 可廢乎.

이정이 "그 이름을 그대로 두는 것이 이를 곧 폐기하는 것이기도 합니다. 만일 이것을 폐기하면 또 다른 것이 더 성행하게 됩니다."

靖曰, 存之所以能廢之也. 若廢而不用, 詭愈甚矣.

그러자 태종이, "그것은 무슨 까닭인고."

太宗曰, 何謂也.

이정이 "사진은 용, 호, 조, 사의 네 가지 짐승 이름을 빌려오고, 다른 사진은 천지풍운天地風雲의 이름을 빌었으며 또한 상금商金, 우수羽水, 치화緻火, 각목角木을 사진으로 해당하는 것은 모두 옛날부터 병가兵家들이 사용하는 사도邪道입니다.

靖曰, 假之以四守之陳, 乃天地風雲之號, 又加商金羽水微火角木之配, 此皆兵家自古詭道.

이것을 그대로 두면 다른 사도가 증가할 것입니다. 그리고 이것을 폐기하면 탐욕스럽고 우매한 자를 부리는 술법을 무엇으로 하여 베풀 것입니까."

存之則餘詭不復增矣. 廢之則使貪使愚之術, 從何而施哉.

태종이 한참 잠자코 있다가 입을 열었다. "경은 이것을 비밀로 해두오. 밖에 누설치 마시오."

太宗良久曰, 卿宣秘之. 無泄於外.

━━

사수(四獸) 용호조사. 즉 청룡(靑龍), 백호(白虎), 주작(朱雀), 현무(玄武).

※ **신상필벌**信賞必罰

태종이 물었다. "법을 엄격히 하고 법을 준혹俊酷하게 세우면, 사졸들로 하여금 적을 두려워하지 않게 한다고들 하는데, 짐은 이 말을 매우 의아하게 생각하오. 옛날에 광무제는 의로운 군사로 왕망王莽의 100만 대군을 당해냈소.

그 당시에는 형벌을 가지고 사병들에게 임한 것도 아니요. 그 연유는 어디에 있소."

太宗曰, 嚴刑峻法, 使人畏我, 而不畏敵, 朕甚或之. 昔光武以孤軍,
當王莽百萬之衆, 非有刑法臨之, 此何由乎.

이정이 대답하였다. "병가의 승패에는 그 정상이 천차만별千差萬別하여 어느 한 가지 사실로 미루어 생각할 성질의 것이 못됩니다.

靖曰, 兵家勝敗, 情狀萬殊, 不可以一事推也,

옛날에 진승과 오광이 진秦나라 군사를 무찌를 것 같은 것도, 어찌 그들의 형법이 진나라의 그것보다 능히 더하다고 할 수 있겠습니까. 광무제가 승리하여 흥하게 된 것은 더구나 왕심이나 왕읍은 병법을 몰랐으며 쓸데없이 병졸의 머리 수가 많은 것만 과시하고 있었던 것입니다.

如陳勝吳廣敗秦師, 豈勝廣刑法, 能加於秦乎. 光武之起,
蓋順人心之怨莽也. 況王尋王邑, 不曉兵法, 徒誘兵衆, 所以自敗.

손자가 말하기를, 장수가 사병들과 아직 친숙해지기 전에는 그 잘못을 처벌하면 그들이 진심으로 복종하지 않으며, 이미 친숙해진 다음에 잘못을 처벌하지 않으면 쓸모없는 병사가 된다고 하였습니다.

臣接孫子曰, 卒未親附, 而罰之, 則不服, 已親附, 而罰不行, 則不可用,

이것은 무릇 장수된 자는 사졸들과 사랑으로 결합된 연후에 처벌을 엄중히 할 것을 역설한 것입니다. 만일 사졸들에게 사랑을 베풀기 전에 법만 엄중하게 한다면, 잘 이루어지는 것이 없을 것입니다."

此言凡將先有愛結於士, 然後可以嚴刑也. 若愛未加, 而獨用峻法,
鮮克濟焉,

태종이 물었다. "상서尚書에 기록하기를 위엄이 자애를 이기면 반드시 일을 이루고, 자애가 위엄을 이길 때에는 반드시 성공할 수 없다고 하였는데, 이것은 무슨 뜻이요."

太宗曰, 尚書云, 威克厥愛允濟, 愛克厥威允罔功, 何謂也.

이정이 "자애는 먼저 하고 위엄은 나중에 해야 합니다. 이에 반대되어서는 안 됩니다. 만일 위엄을 먼저하고 자애를 나중에 하여 상대방을 구재하려는 것은 무익한 짓입니다.

靖曰, 愛設於先, 威設於後, 不可反是也. 若威加於前, 愛救於後,
無益於事矣.

상서의 말은 그 종말을 신중히 하고 경계하라는 뜻이며, 시초始初에 꾀하라고 하는 뜻이 아닌 것입니다. 그러므로 손자의 병법은 만대에 변치 않는 것입니다."

尚書所以愼戒其終, 非所以作謀於始也. 故孫子之法, 萬代不刊.

광무(光武) 후한(後漢)의 세조(世祖) 광무황제. 성은 유(劉), 이름은 수(秀), 자는 문숙(文叔).
왕망(王莽) 한(漢)을 찬탈하여 국호를 신(新)으로 한 참왕(僭王).
선(鮮) 적다.
상서(尚書) 서경(書經). 오경(五經)의 하나. 세계 최고의 역서(曆書). 오늘의 상서는 28편.
윤(允) 진실로.
망(罔) 없다.

✿ 문덕文德과 무벌武伐

태종이 물었다. "경이 소선을 평정하였을 때, 여러 장수들은 모두 그 신하의 가산을 몰수하여, 사졸들에게 시상하라고 하였는데 경만이 그들의 의견에 따르지 않았소. 아마도 경은 옛날의 간신 괴통이 한의 고조에게 살육을 당하지 않은 것을 상기하였던가 보오. 이윽고 강한 일대의 백성들은 그 조치에 감격하여 귀순하였소. 짐이 이걸로 미루어 생각건대, 옛날 사람들의 말에 〈문덕文德은 사졸들을 붙좇게 하고, 무위武威는 적을 위협하여 굴복시킨다.〉고 하였는데 이것은 경의 이번 일과 같은 경우를 두고 하는 말인가."

太宗曰, 卿平蕭銑, 諸將皆慾籍僞臣家, 以賞士卒, 卿獨不從,
以爲蒯通不戮於漢. 旣而江漢歸順, 朕由是思, 古人有言, 曰, 文能附衆,
武能威敵, 其卿之謂乎.

이정이 대답하였다. "한나라 광무제가 도적의 무리 적미赤眉를 평정할 때 항복한 그들의 병영에 들어가 순찰한 적이 있습니다. 적이 말하기를, 소왕은 자기의 성심을 사람의 뱃속에 밀어 넣는다고 했습니다.

靖曰, 漢光武平赤眉. 入敵營中接行, 賊曰, 簫王推赤心於人腹中,

이것은 광무제가 인간의 본성은 본디 악을 즐겨 저지르는 것이 아님을 알고 있었기 때문입니다. 어찌 미리 이에 대하여 생각하지 아니하고 함부로 행동 하였겠습니까.

此蓋先料人情本非爲惡. 豈不豫慮哉.

신이 근자에 돌궐을 쳤을 때에 번인과 한인의 장졸을 모두 이끌고 천리나 나갔지만, 아직껏 한 사람의 양간楊干도 죽이는 일이 없었으며, 한 사람의 장가莊賈도 참한 일이 없었습니다. 역시 진정으로 그들을 대했고, 지극한 봉공심奉公心만이 있었을 따름입니다.

臣頃討突厥, 總審漢之衆, 出塞千里. 未嘗戮一楊干. 斬一莊賈. 亦推赤誠.
存至公而已矣.

폐하께서 잘못 들으시고 신을 발탁하여 분에 넘치는 작위를 주셨습니다. 또 신이 문무를 겸비하였다고 하시는 것 같음은, 신이 어찌 감당할 수 있겠습니까."

陛下過聽, 擢臣以不次之位, 若於文武, 則何敢當.

———

소선(蕭銑) 양(梁)나라 장수. 수(隨)의 공제(恭帝) 때 군사를 파 능에서 일으켜 스스로를 양왕(梁王)이라 칭함. 이정에게 멸망됨.

적(籍) 몰수함.

괴통(蒯通) 한(漢)나라 사람. 한신(韓信)더러 유방(한의 고조)에게 반기를 들라고 권유했으나 한신이 불응, 나중에 한신이 죽임을 당하고 나서 괴통도 처형될 참이었으나 자기 자신을 변명하여 용서를 받았다.

육(戮) 형벌 육시를 하다. 죽임을 당함.

적미(赤眉) 한나라 말기 때 도적의 무리.

경(頃) 근자에.

탁(擢) 발탁함.

양간(楊干) 진(晋) 탁공의 동생.

불차지위(不次之位) 분에 넘는 지위.

※ 소의小義를 버리고 대환大患에서 벗어나라

태종이 말하기를 "옛날에 당검唐儉이 돌궐에서 사자로 갔을 때, 경은 그 기회를 타서 돌궐을 쳐 패배시켰소. 사람들은 경을 당검을 재물로 하는 간첩으로 삼았다고 말하였소. 과인은 지금껏 이 일을 의아하게 생각하는데 경의 견해는 어떠하오."

太宗曰, 昔唐儉使突厥, 卿因擊而敗之, 人言卿以儉, 爲死間, 朕至今疑焉. 如何.

이정이 대답하였다. "신은 당검과 더불어 어깨를 나란히 하여 군주를 섬겼습니다. 신은 당검의 설득으로는 돌궐의 마음을 유화시키고, 복종하게 하지는 못하리라고 생각했습니다.

靖再拜曰, 臣與儉, 比眉事主, 料儉設必不能柔服,

그래서 신은 군사를 놓아 돌궐을 쳤던 것입니다. 이것은 큰 우환을 면하기 위하여 소의를 돌보지 않은 것이라 하겠습니다. 사람들이 당검을 재물로 하는 간첩으로 삼았다고 하는 것은 신의 본의는 아니었습니다.

故臣縱兵擊之, 所以去大患, 不顧小義也. 人謂以儉爲死間, 非臣之心.

신이 생각하건대 손자의 용간 편에 있는 책략은 가장 하책입니다. 일찍이 신의 견해를 끝머리에 밝혀 이르기를 〈물은 능히 배를 띄울 수도 있고, 또 능히 배를 뒤집어 놓을 수도 있다. 이와 마찬가지로 간첩을 파견하여 성공을 거둘 수도 있고, 간첩의 말을 믿고 싸움에 실패하는 경우도 있다.〉했습니다.

接孫子用間最爲下策, 臣嘗著論其末云, 水能載舟, 亦能覆舟,
或用間以成功, 或憑間以傾敗.

단정히 속발束髮하고 군주를 섬기고, 조정에서는 안색을 올바로 지니며, 충성된 마음으로 신하의 절의를 다 하고, 신의를 지켜 성의를 다하면, 적국에 유능한 첩자가 있다 할지라도 어찌 감히 범접할 수 있겠습니까. 당검을 사지에 몰아넣은 것은 불의이지만, 작은 일에 지나지 않습니다. 생각해 보십시오. 폐하께서 의아하게 생각할 일이 아닌 줄 압니다."

若束髮事君, 當朝正色, 忠以盡節, 信以竭誠, 雖有善間, 安可用乎,
唐儉小義, 陛下何疑.

태종이 말하였다. "인의대도仁義大道에 입각하지 않는 한, 첩자를 사용할 수가 없다는 것은 옳은 말이요. 소인들이 능히 할 수 있는 것이 아니요. 주공周

公은 대의大義에 의해 친족을 멸하였소. 그러니 어찌 한 사람의 사자쯤이야 문제가 되겠소. 이것은 명백한 사실로 조금도 의심할 여지가 없소."

太宗曰, 誠哉. 非人義不能使間. 此豈織人所爲乎. 周公大義滅親,
況一使人乎, 灼無疑矣.

——

당검사돌궐(唐儉使突厥) 정관(貞觀) 4년 당검을 사자로서 돌궐에 보내어 항복을 권고하고 나서, 이정과 이세적이 돌궐에 갑자기 쳐들어가 무찔렀다.

사간(死間) 사지(死地)에 보내는 간첩.

요(料) 헤아리다.

종병(從兵(종병) 병졸을 푸는 것.

속발(束髮) 한인(漢人)의 단정한 머리 매무새.

작(灼) 환이. 분명히.

※ 주객主客의 전도轉倒

태종이 물었다. "용병에 있어서는 아군이 주(主-자기 나라 안에서 싸움)가 되어 싸우기를 원하고, 객(客-남의 나라 안에서 싸움)이 되어 싸우기를 원하지 않으며, 속전속결을 원하고, 지구전을 원하지 않는다는 것은 무슨 말인가."

太宗曰, 兵貴爲主, 不貴爲客, 貴速不貴久, 何也.

이정이 대답하였다. "군사는 부득이한 경우에만 사용합니다. 어찌 남의 나라에서 싸우거나 오래 싸우기를 원하겠습니까.

李靖曰, 兵不得已而用之, 安在爲客且久哉.

손자가 말하기를 〈원정을 가서 먼 곳에 군량을 수송하게 되면 백성은 반드시 빈곤함을 면치 못한다.〉고 하였습니다.

孫子曰, 遠輸則百姓貧,

이것은 남의 나라에서 싸울 때 일어나는 폐단입니다. 다시 손자가 말하기를 〈병역은 두 번 호적을 살펴 백성을 징발하지 않고, 군량은 출정할 때와 개선할 때만 수레에 싣고 세 번 이상 수레에 싣지 말아야 한다.〉고 하였습니다.

此爲客之弊也. 又曰, 役不再籍, 糧不三載,

이것도 모두 지구전을 해서는 안 된다는 표시입니다. 신이 주객主客의 군세軍勢를 비교해보건대, 이것은 고정된 것이 아니라 주객이 서로 전도되는 전술이 있는 것입니다."

此不可久之驗也. 臣較量主客之勢, 則有變客爲主, 變主爲客之術.

태종이 말하였다. "그것은 무슨 말인가."

太宗曰, 何謂也.

이정이 대답하였다. "양식을 적시에 조달하는 것은 즉 객을 주로 변화시키는 것입니다.

靖曰, 因粮於敵, 是變客爲主也.

적의 군량이 넉넉한 계책으로 결핍되게 하고, 적군의 정력이 넘치는 것을 계책을 써서 피로하게 만드는 것, 그것이 곧 주객을 전도시키는 것입니다. 그러므로 용병에 있어서 주객이나 지속遲速에 관계없이 군사를 발동함에 반드시 절도에 맞도록 하는 것이 의당한 것이라고 말하는 것입니다."

飽能饑之, 佚能勞之, 是變主爲客也, 故兵不拘主客遲速, 惟發必忠節, 所以爲宜.

태종이 말하였다. "옛 사람들에게서 이런 것을 볼 수 있는가."

太宗曰, 古人有諸.

이정이 말하였다. "옛날에 월나라가 오나라를 칠 때, 월이 좌우 2군으로 북을 치며 진군하자 오나라에서 군사를 두 곳으로 나누어서 이를 방위하였습니다. 이때 월이 중군을 몰아 몰래 강을 건너 북을 치지 않고 습격하여 오의 군사를 무찔렀습니다.

靖曰, 昔越伐吳, 以左右二軍, 鳴鼓而進, 吳分兵禦之. 越以中軍潛涉, 不鼓襲敗吳師,

이것은 객을 주로 변화시킨 보기입니다. 석륵이 회담과 싸울 때, 회담의 군사는 먼 길을 진격해왔습니다. 석륵은 그 부장인 공장을 시켜 전위대를 삼아 회담의 군사를 역습하도록 하였습니다. 이윽고 공장이 짐짓 후퇴하자 회담이 이를 추격하였습니다.

此變客爲主之驗也. 石勒於姬擔戰, 擔兵遠來, 勒遺孔萇爲前鋒, 逆擊擔軍. 孔萇退走, 擔來追,

그러자 석륵은 복병으로 와서 이를 공격하니 회담의 군사가 크게 패하였습니다. 이것이 피로한 군사를 편안한 군사로 만드는 보기입니다. 옛사람들에게서도 이와같은 것을 많이 찾아볼 수 있습니다."

勒以伏兵來擊之, 擔軍大敗, 此變勞爲佚之驗也, 古人如此者多.

태종이 물었다. "철질려鐵蒺藜나 행마는 태공망이 창제한 것이라는데 그런가."

太宗曰, 鐵蒺藜行馬, 太公所制, 是乎.

이정이 대답하였다. "그렇습니다. 그러나 그것들은 적을 방어하는데 그칩니다. 그러나 용병에 있어서는 이쪽에서 능동적으로 대처하는 것이 중요하며, 결코 방어코자 하는 것이 아닙니다.

靖曰, 有之, 然拒敵而已, 兵貴致之, 非欲拒之也,

태공망의 육도에서는 방어하는 무기에 대해서만 주장했을 뿐, 공격전에 대하여 주장한 바가 없습니다."

太公六韜, 言守禦之具爾, 非攻戰所是也.

━━

양(粮) 식량.
지속(遲速) 지구전과 속결전.
섭(涉) 강을 건너다.
철질려(鐵蒺藜) 납가세 열매 모양의 쇠붙이를 지상에 살포하여 적의 침입을 방지하는 것.
행마(行馬) 못을 박은 말뚝.

03

문대問對 하下

이위공문대는 육도六韜, 손자孫子, 오자吳子, 사마법 등 병법을 복습하듯 당태종과 이정이 묻고 대답하여 그 시대에 군사軍事적으로 채택하여 효과적인 활용을 연구하는 내용이다. 병사들의 지휘는 지세에 따라 전술적으로 유리한 지형의 확보와 용병술, 적을 공격해야 하는 시기와 적으로부터의 방어법, 자기를 아는 것이 적을 아는 것임을 강조하고 군사의 사기, 신하의 임용과 명군과 명장의 자격 등을 강태공, 손자, 오자, 제갈량 등 병법가들의 예를 들고, 그리고 태종 자신의 후계에 대하여 이정에게 묻는다. 결론으로 태종은 병兵이란 부득이한 방법이지 목적이 아니며 인명을 살상하는 것이 전쟁인 만큼 싸우지 않고 승리하는 것이 최상책이고 병법은 함부로 전할 것이 아니라고 하였다.

※ 전쟁戰爭과 지세地勢

태종이 묻기를 "태공망은 보병으로 병거대나 기병과 싸우려면 반드시 구릉이나 분묘 또는 그밖의 험준한 곳에서 의거하라고 하였고, 손자는 자연히 생긴 험한 지대나 구릉과 분묘, 옛 성지 같은 곳에는 군사가 머물러 있어서는 안 된다 하였으니 어찌된 일이요."

太宗曰, 太公云, 以步兵與車騎戰者, 必依丘墓險阻, 又孫子曰, 天隙之地, 丘墓古城, 兵不可處, 如何.

이정이 "많은 사졸들을 지휘하려면 마음이 하나가 되어 있어야 합니다. 사졸들의 마음을 하나로 만드는 길은 불길한 유언비어를 금하고, 불안을 제거하는 데 있는 것입니다.

靖曰, 用衆在乎心一, 心一在乎禁祥去疑.

만일 주장되는 자가 어떤 불안이나 기피忌避하는 무엇이 마음속에 있으면 사졸들의 마음도 이에 따라 흔들리게 되는 것입니다. 그렇게 되면 적은 이런 틈을 타서 쳐들어오게 됩니다. 진영을 편안히 하고, 좋은 곳에 의거하는 것이 행동을 편안케 할 따름입니다.

儻主將有所疑忌, 則群情搖, 群情搖, 則敵乘釁而至矣. 安營據地,
便乎人事而已.

계곡이나 늪지대나 움푹 꺼져 들어간 땅이나, 땅이 갈라진 곳이나 또는 감옥 같고 그물 속 같은 곳은 행동이 자유스럽지 못합니다. 그러므로 병가兵家들은 군사들을 이끌고 이를 피하며, 적군이 아군의 부자유스러운 틈을 노리지 못하도록 방지합니다.

若澗井陷隙之地, 及如牢如羅之處, 人事不便者也. 故兵家引而避之,
防敵乘我.

구릉이나 분묘, 옛 성터는 다시없이 험난한 곳이 아닙니다. 아군이 그런 곳을 얻으면 도리어 편리한 곳이 됩니다.

丘墓古城, 非絕驗處, 我得之爲利,

어찌 반대로 이런 곳을 함부로 버릴 수 있겠습니까. 태공망의 주장은 용맹의 지극한 요체要諦입니다.”

豈宜反去之乎. 太公所設, 兵之至要也.

───

천극지지(天隙之地) 자연적으로 갈라진 곳.

구묘고성(丘墓古城) 구릉, 분묘, 옛 성. 이 말은 손자의 글에 없음. 작자의 착오.

당(儻) 만일.

군정(軍情) 병사들의 상태. 마음.

흔(釁) 틈이 벌어짐.

✵ 미신迷信을 타파打破하라

태종이 말하였다. "짐이 알기로는 병사보다 더한 흉기는 없는 것 같소. 군사를 일으킬 경우에 진실로 어떤 이점이 있다면, 무엇을 꺼리고 의아하게 생각하는 일이 있어서는 안 되오. 앞으로 장수들에게 음양陰陽의 길흉吉凶을 꺼리고 그것에 구애되어 좋은 기회를 놓치는 자가 있거든, 경은 마땅히 이를 타이르시오."

太宗曰, 朕思凶器甚於兵者, 行兵苟便於人事, 豈以避忌爲疑. 今後諸將, 有以陰陽拘忌, 失於事宜者, 卿當丁寧誡之.

이정이 대답하였다. "신이 알아본 바에 의하면, 울료자가 말하기를 〈황제는 덕으로써 자신을 지켰고, 형벌로써 적을 쳤다. 이것을 형덕刑德이라고 한다. 결코 음양가들의 시일의 길흉을 말함이 아니다.〉라고 하였습니다.

靖再拜謝曰, 臣接蔚繚子云, 黃帝以德守之, 以刑伐之, 是謂刑德, 非天官時日之爲也.

그런데 용병에 있어서의 사도邪道는 이것을 연유하도록 하는 것은 좋지만, 그 내막을 알려서는 안 됩니다. 그런데 후세의 평범한 장수들은 음양의 길흉에 구애되어 그 때문에 패배한 경우가 많습니다. 이것은 경계하지 않으면 안 됩니다.

然詭道可使由之, 不可使知之. 後世庸將, 泥於術數, 是以多敗, 不可不誠也.

폐하의 높으신 가르침은 신이 여러 장수들에게 잘 알리도록 하겠습니다."

陛下聖訓, 臣宜宣告諸將.

구(苟) 진실로.
음양구기(陰陽拘忌) 음양설을 꺼리고 구애됨.
사의(事宜) 거사할 좋은 기회.
형(刑) 여기서는 무덕을 뜻함.
천관(天官) 음양사.
용장(庸將) 평범한 장수.

▒▓ 병력兵力의 집합集合과 분산分散

태종이 묻기를 "용병할 경우에 분산하는 수도 있고, 집결하는 수도 있는데 각각 의당한 것을 귀히 여기오. 전대前代의 사적事跡가운데서 이에 능한 사람은 누구였소."

太宗曰, 兵有分有聚, 各貴適宜, 前代事跡, 孰爲善此者.

이정이 대답하였다. "부견符堅이 백만 대군을 거느리고 비수淝水에서 패배한 것은 용병에 있어서 집결은 잘했지만 분산에 서툴렀기 때문에 그렇게 된 것입니다.

靖曰, 符堅總百萬大衆, 而敗於淝水,

오한이 공손술을 치는 데 부장部將유상과 군사를 나눠서 서로 20리쯤 떨어져서 진을 쳤습니다. 이윽고 공손술이 군사를 이끌고 와서 오한의 군을 공격하자, 유상이 군사를 몰아 오한과 합세하여 쳐들어가서 공손술을 크게 무찔렀습니다.

吳漢討公孫術, 與副將劉尙分屯, 相去二十里, 述來攻漢, 尙出合擊,
大破之,

이것은 군사를 분산시켰다가 잘 합쳤기 때문에 그렇게 된 것입니다. 태공이 이르기를 〈분산코자 하여도 분산되지 않는 군사를 미군(麋軍-묶여있는 군사)이라 하고, 집결코자 하는데 집결되지 않는 군사를 고려(孤旅-외로운 군사)라 한다.〉고 하였습니다."

此兵分而能合之所致也. 太公曰, 分不分爲麋軍, 聚不聚爲孤旅.

태종이 말하였다. "그렇소. 부견은 처음에 병법에 밝은 왕맹을 얻었기 때문에 드디어 중국 전체를 손에 넣을 수 있었소. 그러나 왕맹이 죽자 부견은 과연 패하고 말았소. 이것은 미군이라고나 할까. 오한은 광무제의 신임을 얻어 용병에 조정의 제약을 받지 않고 자기 재량껏 대처해 나갔기 때문에 과연 촉나라를 평정할 수 있었는데, 이것을 고려에 빠지지 않은 것이라고 할까. 오한과 부견의 하나는 성공하고 하나는 실패한 사적을 만대에 거울삼기에 족하오."

太宗曰, 然. 符堅初得王猛實知兵, 遂取中原, 及猛卒, 堅果敢,
此麋軍之謂乎. 吳漢爲光武所任, 兵不搖制, 故漢果平蜀,
此不陷孤旅之謂乎. 得實事迹, 是爲萬代鑒.

———

부견(符堅) 전진(前秦) 부웅(符雄)의 아들. 자립하여 대진천왕(大秦天王)이라 칭함.
오한(吳漢) 한(漢)나라 광무제(光武帝)의 신하.
공손술(公孫術) 촉(蜀)나라 임금.
왕맹(王猛) 부견의 신하.
감(鑒) 비추어 봄. 거울을 삼음.

태종이 말하였다. "짐이 병서의 천장만구千章萬句를 보았지만, 요컨대 많은 방책을 강구하여 적을 그르치게 한다는 한 구절에 벗어나지 않을 뿐이요."

太宗曰, 朕觀千章萬句, 不出乎多方以誤之一已.

이정이 한참동안 묵묵히 있다가 말했다. "실로 폐하의 말씀대로입니다. 용병에 있어서 만일 적이 작전을 그르치지 않으면 우리 군사가 어찌 승리를 거둘 수 있겠습니까. 이것을 바둑에 비유한다면 피차의 판국이 비슷할 때, 한수만 실수하더라도 끝내 구할 수 없는 것과 같습니다.

靖良久曰, 誠如聖語. 大凡用兵, 若敵人不誤, 則我師安能克哉.
譬如奕棊兩敵均焉, 一著或失,

이처럼 예로부터 이제까지의 전쟁에 있어서의 승패는 대개가 하나의 실수로 인할 따름입니다. 하물며 실수가 많은 자라면 더 말할 나위가 없습니다."

意莫能救. 是古今勝敗, 率由一誤而已. 況多失者乎.

태종이 묻기를 "적을 공략하고 방위하는 것은 결국 하나로 귀착되지 않는가. 손자는 〈적을 잘 공격하는 자는 적이 어떻게 방위해야 될지 모르게 하고, 적이 어디를 공격해야 할지 모르게 된다.〉고 하였소. 그런데 적이 와서 아군을 공격하면 아군도 역시 적을 공격하고, 아군이 만일 방위하면 적도 역시 방위하는 데 대하여서는 논급을 하지 않고 있소. 서로 치고 서로 지킴에 있어 피아의 세력이 어중간 균형을 이룰 때에는 어떤 전술로 대처해야 하오."

太宗曰, 攻守二事, 其實一法歟. 孫子言善攻者, 敵不知其所守, 善守者,
敵不知其所攻, 則不言敵來攻我, 我亦攻之, 我若自守, 敵亦守之.
攻守兩齊, 其術奈何.

이정이 대답하였다. "지나간 시대에는 〈아군도 공격하고 적도 공격하며 또 아군도 방위하고 적도 방위하는 식〉의 전투가 많았습니다. 그리고 모두 손자의 말을 인용해서 〈방위함은 전력이 부족하기 때문이고, 공격함은 전력이 남아돌기 때문이다.〉라고 했습니다.

靖曰, 前代似此相攻守者多矣, 皆曰, 守則不足, 攻則有餘,

오로지 부족하다는 것은 약하다는 것이며, 남아도는 것은 강하다는 것으로 일렀습니다. 그러나 이것은 공격하고 방위하는 방법을 잘 깨닫지 못한 소치입니다.

便謂不足爲弱, 有餘爲强, 蓋不悟攻守之法也.

신이 알기로 손자는 〈승리할 가망이 없을 경우에는 방위하고, 승리할 자신이 있을 경우에는 공세를 취하라.〉고 한 것입니다. 이 말은 적을 아직 이길 가망이 없으면 아군은 한동안 수비하고, 적을 이길 수 있는 기회를 기다렸다가 이를 공략하라는 뜻이며, 힘이 강하고 약하다는 뜻으로 하는 말이 아닙니다.

臣接孫子云, 不可勝者守也, 可勝者攻也. 謂敵未可勝, 則我且自守, 待敵可勝則攻之爾, 非以强弱爲辭也.

후세 사람들은 그 진의를 깨닫지 못하고 공격에 나서야 하는데도 수비하고 수비해야 할 경우에도 공격을 하는 경우가 많습니다. 이렇게 공격과 방어의 두 가지 역할이 분명히 다르므로 그 두 가지 방법을 하나로 할 수는 없는 것입니다."

後人不曉其義, 則當攻而守, 當守而攻, 二役旣殊, 故不能一其法.

태종이 말하였다. "정말 그러하오. 손자가 말하는 남아도는 것과 부족하다는 말은, 사람들로 하여금 강하고 약함을 의미하는 것이라고 잘못 알게 하였소. 그리하여 그들은 방위하는 방법을 요컨대, 적에게 아군의 병력이 부족한

듯이 보여주는 것이며, 공격하는 법은 요컨대, 적에게 아군의 병력이 남아도는 듯이 보여주는 것임을 까맣게 모르는 것이요. 적에게 아군의 병력이 부족한 듯이 보이면 적이 반드시 쳐들어 올 것이니 이것은 적이 공격할 바를 모르는 것이요. 또한 적에게 아군의 전력이 남아도는 것처럼 보이면 적은 반드시 스스로 지킬 터이니 이것은 적이 방위할 바를 모르는 것이요. 공격과 방어는 본디 하나의 법인데, 적과 아군이 갈라져서 상대하게 되므로 둘로 갈라지는 것이요. 만일 아군의 공방이 성공적이면 적의 공격은 실패하고, 적의 공격이 성공적이면 아군의 공방이 실패하는 것이요. 이득과 손실로, 또는 성공과 실패로 피차간의 일이 둘로 나눠지는 것이요. 그러나 사실은 공격과 방어는 하나이지 둘이 아니요. 그 하나를 얻으면 즉 공격과 방어가 하나가 되면, 백전백승 하는 것이요. 그러므로 손자는 〈적의 허실과 아군의 강약을 알면 백 번 싸워도 위태로울 것이 없다.〉고 하였소. 이것은 공격과 방어가 하나의 법이라는 것을 알고 한 말이 아니겠소.”

太宗曰, 信乎, 有餘不足, 使後人惑其强弱, 殊不之守之法,
要在示敵以不足, 攻之法, 要在示敵以有餘也. 示敵以不足, 則敵必來攻,
此是敵不知其所攻者也. 示敵以有餘, 則敵必自守, 此是敵不知其所守者也.
攻守一法, 敵與我分, 而爲二事. 若我事得, 則敵事敗, 敵事得, 則我事敗,
得失成敗, 彼我之事分焉. 攻守者一而已矣, 得一者, 百戰百勝, 故曰,
知彼知己, 百戰不殆, 其知一之謂乎.

이정이 재배하고 말하였다. “옛 성인의 용병법은 정말 심원하기 이를 데 없습니다. 공격하는 것은 방어하기위한 기회를 찾고자 함이요, 방위하는 것은 공격하기 위한 책략을 얻고자 함이니, 공격과 방어는 한결같이 승리를 도모하는 데 귀착합니다.

靖再拜曰, 深乎, 聖人之法也. 攻是守之機, 守是攻之策, 同歸乎勝而已矣.

만일 적을 공격할 줄만 알고 방위할 줄 모르며, 방위할 줄만 알고 공격할 줄 모르면, 오직 공격과 방위를 두 갈래로 분리할뿐더러 공격과 방위의 직분도 갈라놓게 될 것입니다.

若攻不知守, 守不知攻, 不唯二其事, 抑又二其官.

비록 입으로는 손자나 오자의 병법을 술술 외지만, 마음에 그 오묘한 이치를 생각지 않는다면 폐하께서 말씀하신 공수攻守가 같다는 말씀을 과연 그것이 그렇다고 능히 납득할 수 있겠습니까."

雖口誦孫吳, 而心不思妙, 攻守兩齊之說, 其能知其然乎.

———

다방이오지(多方以誤之) 많은 계략으로써 적으로 하여금 그르치게 함
양구(良久) 한참동안.
경(竟) 필경. 끝내.
솔(率) 모두.

※ 지피지기知彼知己면 백전불태百戰不殆

태종이 말하기를 "사마법에 〈나라가 크더라도 전쟁하기를 좋아하면 반드시 멸망하고, 천하가 태평을 누린다 할지라도 전쟁을 잊어버리면 위태하다.〉고 하였소. 이것도 공수 합일의 주장인가."

太宗曰, 司馬法言, 國雖大, 好戰必亡, 天下雖安, 忘戰必危,
此亦攻守一道乎.

이정이 대답하였다. "나라를 갖고 집을 지닌 자 치고 공수의 도道에 대하여 강구하지 않는 자가 없습니다. 공격에 있어서는 비단 적의 성곽을 공격하고, 적의 진지를 공격하는 데 그치지 않고 반드시 적의 마음을 공격하는 전술이

있습니다.

靖曰, 有國有家者, 曷嘗不講乎攻守也. 夫攻者, 不止攻其城擊其陳而已,
必有攻其心之術焉.

방위에 있어서는 그 성벽을 온전케 하고 그 진지를 굳게 지키는 것만이 아
니라 반드시 아군의 사기를 지켜 기회가 오기를 기다려야 합니다. 이것은 크
게 말하면 군주의 도이고, 작게 말하면 장수의 법입니다.

守者, 不止完其壁堅其陳而已, 必也守吾氣, 以有待焉. 大而言之,
爲君之道, 小而言之, 爲將之法.

마음을 공격하는 것은 손자가 말한 〈적을 아는 자〉이며, 자기의 사기를 지
키는 것은 손자가 말한 〈자기를 아는 자〉입니다."

失攻其心者, 所謂知彼者也, 守吾氣者, 所謂知己者也.

태종이 말하기를 "정말 그러하오. 짐이 전에 전지에 나갔을 때도 우선 적
의 조심성과 나의 조심성과 어느 쪽이 더 자상한가를 저울질해 본 다음에야
적의 허실을 알 수 있었소. 그리고 적의 사기와 아군의 사기가 어느 쪽이 더
강하고 약함을 알 수 있었소. 이로써 보더라도 적을 알고 자기를 아는 것이 병
가의 가장 중요한 것이요. 오늘의 장수나 신하들이 비록 적의 허실을 모른다
할지라도 진실로 아군의 강약을 잘 안다면 승리를 놓치는 것은 결코 없을 것
이요."

太宗曰, 誠哉. 朕嘗臨陳, 先料敵之心與己之心孰審, 然後彼可得而知焉,
察敵之氣與己之氣孰治, 然後我可得而知焉. 是以知彼知己, 兵家大要,
今之將臣, 雖未知彼, 苟能知己, 則安有失利者哉.

하니 이정이 "손자가 말한 〈우선 자신이 적이 승리할 수 없도록 충분한 대

비를 한다.〉는 것은 바로 자기를 아는 자입니다. 또 〈적을 이길 수 있는 기회를 기다린다.〉는 것은 적을 아는 자입니다.

靖曰, 孫武所謂先爲不可勝者, 知己者也. 以待敵之可勝者, 知彼者也.

손자가 또 말하기를 〈적이 아군을 이길 수 없는 것은 아군의 방비가 충실하기 때문이고, 아군이 적을 이길 수 있는 것은 적에게 허점이 있기 때문이다.〉라고 하였습니다. 신은 잠시도 감히 이 훈계를 저버리지 않고 있습니다."

又曰, 不可勝在己, 可勝在敵. 臣斯須不敢失此誡.

———

갈(曷) 어찌.

사수(斯須) 잠시.

❊ 사투死鬪와 혈기血氣

태종이 말하였다. "손자는 삼군의 사기를 가히 뺏을 수 있는 법을 말하여, 〈아침은 사병들의 사기가 날카롭고 성하며, 낮에는 그 사기가 차츰 태만해지며, 저녁에는 권태를 느껴 막사에 돌아가 쉬기를 원한다. 용병에 능한 자는 그 예기를 피하고, 그 권태를 느껴 막사에 돌아가 쉬려는 적을 공략한다.〉고 했는데 이 주장에 대하여 어떻게 생각하는가."

太宗曰, 孫子言三軍可奪氣之法, 朝氣銳, 晝氣惰, 暮氣歸, 善用兵者, 避其銳氣, 擊其惰氣, 如何.

이정이 말하였다. "생명이 있고 피가 있는 생물이 일단 용기를 내어 적과 싸우게 되면 죽음도 돌보지 않는 것은 혈기가 그렇게 시키는 것입니다.

靖曰, 夫含生稟血, 鼓作鬪爭, 雖使不省者, 氣使然也.

그러므로 용병하는 법은 반드시 아군 사졸들의 마음을 자세히 관찰하고, 반드시 이기겠다는 아군의 사기를 격발시키고 나서야 적을 칠 수 있는 것입니다. 오기의 사기는 예기銳氣를 가장 존중했습니다. 딴 길은 없습니다.

故用兵之法, 必先察吾士衆, 激吾勝氣, 乃可以擊敵焉. 吳起四機,
以氣機爲上. 無他道也,

각자가 스스로 용전분투勇戰奮鬪케 하면, 그 예기를 당해낼 자가 없습니다. 이른바 아침에 사기가 예리하다는 것은 단지 시각만을 두고 그런 것이 아니고, 하루의 시작과 종말이 있음을 들어 사기의 처음과 종말의 성쇠가 있음을 비유한 것입니다.

能使人人自鬪, 則其銳莫當, 所謂朝氣銳者, 非眼時刻而言也,
舉一日始末爲喩也.

무릇 세 번이나 북을 쳐가며, 오랫동안 싸웠는데도 적의 사기가 쇠하고 떨어지지 않는다면, 어찌 낮에 태만하고 저녁에 돌아가게 할 수가 있겠습니까. 대체로 오늘날 병서를 배우는 자들은 공연히 공문空文만 암송할 뿐, 그 진의를 모르기 때문에 적의 꾐에 빠지게 되는 것입니다.

凡三鼓而敵不衰不竭, 則安能必使之惰歸哉. 蓋學者徒誦空文, 而爲敵所誘.

진실로 그들이 적의 사기를 뺏는 데 대한 이치를 깨닫는다면 군사軍事를 맡길 수 있을 것입니다."

苟悟奪之之理, 則兵事可任矣.

품(稟) 지님.
고작(鼓作) 고무하고 진작시킴.

태종이 이정에게 말했다. "경이 전에 이적이 병법에 능하다고 말했는데, 그를 앞으로 오래도록 요직에 맡겨두어도 되겠는지. 어떻소. 짐의 어거와 제지가 아니면 부릴 수 없을 터인데. 후일에 태자 치는 그를 어떻게 제지해야 되겠소."

太宗曰, 卿嘗言, 李勣能兵法, 久可用否. 然非朕控御, 則不可用也.
他日太子治, 若何御之.

이정이 말했다. "신이 폐하를 위하여 말씀 드리는 건데 이적을 일단 멀리 좌천시켰다가 태자로 하여금 다시 등용시키는 것이 상책입니다. 그렇게 되면 반드시 태자의 은혜를 고맙게 여기고 보답코자 할 것입니다. 이치로 따지더라도 손해 볼 것이 없습니다."

靖曰, 爲陛下計, 莫若黜勣, 令太子復用之. 則必感恩圖報,
於理何損乎.

태종이 말하기를 "그것이 참 좋겠소. 짐은 결코 경의 말을 믿어 의심치 않을 것이요. 그런데 만일 이적이 장손무기와 함께 국정을 장악하게 되면, 후일에 아무 일이 없을까."

太宗曰, 善. 朕無疑矣. 李世勣, 若與長孫無忌, 共掌國政, 他日如何.

이정이 대답하였다. "이적의 충성심은 신이 보장하는 바입니다. 장손무기로 말하면 당조唐朝의 창업에 큰 공이 있으며, 폐하께서는 당신의 근친이기 때문에 천자를 보좌하는 직분을 맡겼던 것입니다.

靖曰, 勣忠義, 臣可保佐也. 無忌佐命大功, 陛下以肺腑之親, 委之輔相.

그러나 그의 외모는 현신賢臣에게 겸손하게 구는 것 같지만, 내심은 현신을 질투하고 있습니다. 그러므로 을지경덕은 무기의 단점을 면전에서 공박하고서 드디어 은퇴하였습니다.

然外貌下士, 內實嫉賢, 故蔚遲敬德, 面折其短, 遂引退焉,

그리고 후군집은 그가 옛 우정을 잊어버린 것에 원한을 품고 그로인하여 반역하였던 것입니다. 이것이 모두 무기의 탓으로 그렇게 된 것입니다. 폐하께서는 신을 믿고 자문하시므로, 감히 거리낌 없이 그런 말씀을 드리는 것입니다."

侯君集恨其忘舊, 因以犯逆, 皆無忌致其然也. 陛下詢及臣, 臣不敢避其說.

태종이 말하였다. "이 말은 입 밖에 내지 마시오. 짐이 서서히 그 일 처리안을 생각해 보겠소."

太宗曰, 勿泄也, 朕徐思其處置.

공어(控御) 억눌러 단속함.
출(黜) 내치는 것.
좌명지대공(佐命之大功) 하늘의 명령을 도운 큰 공. 즉 혁명을 하늘의 뜻으로 보고, 건국 창업에 큰 공이 있다는 뜻.
폐부지친(肺腑之親) 매우 친밀한 사이를 말함.

✸ 비정非情의 사나이 유방劉邦

태종이 물었다. "한漢나라 고조高祖는 장수의 장수인 명군이었다고들 하오. 그런데 한신과 팽월은 사형당하고, 소하는 투옥되었소. 이와같은 건 어찌 된 까닭이오."

太宗曰, 漢高組能將將, 其後韓彭見誅, 簫河下獄, 如故如此.

하니 이정이 대답하였다. "한漢나라 고조高祖는 초의 항우를 두고 보건대 모두 장수의 장수인 명군이 아닙니다.

靖曰, 臣觀劉項, 皆非將將之君,

진秦나라가 멸망하게 되자 장량은 조상이 대를 이어 한韓을 섬기는 터에 진시황이 한을 멸했으므로 원수를 갚고자 하였으며, 진평이나 한신은 모두 초楚가 크게 써주지 않음을 원망하였습니다. 그런 까닭에 한漢의 힘을 빌려 스스로 분발하였습니다.

當秦之亡也, 長良本爲韓報仇, 陳平韓信, 皆怨楚不用, 故假漢之勢,
自爲奮爾.

그리고 소하, 번쾌, 관영, 등에 이르러서는 모두가 처음엔 망명객으로서 뒤에 한으로 왔습니다. 그런데 고조는 이들의 힘으로 천하를 손에 넣게 된 것입니다. 만일 6국을 뒤에 다시 세웠던들 그들은 각자가 고국을 생각하게 되었을 것입니다.

至於簫曹樊灌, 悉由亡命. 高組因以得天下, 設使六國之後復立,
人人各懷其舊,

그러므로 설사 고조가 장수가 될 만한 재능이 있었다 하더라도 이들이 어찌 한나라를 섬기게 되었겠습니까. 신이 생각하기에는 한나라가 천하를 손에 넣게 된 것은 장량이 젓가락을 빌어 6국을 다시 일으키려는 움직임을 저지시킨 모책謀策과 소하가 배와 수로를 사용하여 식량을 운반한 공로라고 생각합니다.

則雖有能將將之才, 豈爲漢用哉, 臣謂, 漢得天下, 由長良借著之謀,
蕭河漕輓之功也.

이것으로 미루어 말하면, 한신과 팽월이 고조에게 사형 당한 것과, 범증이
항우에게 중용되지 못한 것은 모두가 같은 것입니다. 그러기 때문에 신은 고
조와 항우가 다같이 장수 중의 장수인 명군이 아니라는 것입니다.

以此言之, 韓彭見誅, 范增不明, 其事同也. 臣故謂劉項皆非將將之君.

태종이 묻기를 "광무제가 한나라를 중흥하여 고조의 실패를 거울삼아 능
히 공신을 보전하고, 이들로 하여금 국가 행정에 관여하지 못하게 하였소. 그
는 장수 중의 장수라고 할 수 있는 명군인가."

太宗曰, 光武中興, 能保全功臣, 不任以事吏, 此則善於將將乎.

이정이 대답했다. "광무제는 비록 조상의 유업遺業에 기대어 쉽게 수복의
공을 이루었지만, 왕망의 흉포한 기세는 항우 못지않았으며, 등우와 구순의
재능은 소하나 조삼보다 낫지 못하였습니다.

靖曰, 光武雖籍前構, 易於成功, 然莽勢不下於項籍, 鄧寇未越於蕭曹,

그러나 광무제는 자신의 성심으로 남의 환심歡心을 샀고, 유화책柔和策을 썼
기 때문에 공신들이 그의 몸을 보전할 수가 있었습니다. 그러므로 고조보다 훨
씬 뛰어났다고 하겠습니다. 이로써 장수 중의 장수가 되는 도에 대해 논평하고
보면, 신의 생각으로는 광무제光武帝만이 그 도를 얻었다고 할 수 있습니다."

獨能推赤心, 用柔治, 保全功臣, 賢於高祖遠矣, 以此論將將之道, 臣謂
光武得之.

장장(將將) 장수 중의 장수.

한팽(漢彭) 한신(韓信)과 팽월(彭越).

유항(劉項) 한나라 유방과, 초나라 항우.

차저지모(借著之謀) 유세가 역이기가 한나라 유방에게 6국의 부흥을 권유함에 장량이 식사 중인 유방의 젓가락으로 그 부당함을 설명하였다 함.

조만(漕輓) 조는 물길 운송, 만은 육로 운송.

범증(范增) 초나라 장수, 항우에게 추방됨.

전구(前構) 전대의 사람이 이룬 업(業).

항적(項籍) 항우.

구순(寇恂) 둘 다 광무제의 공신.

유치(柔治) 온유하게 다스림.

※ 대장 임명식大將任命式에 대하여

태종이 물었다. "옛날에는 군주가 출병하고 장수를 임명할 경우, 사흘 동안 목욕재계한 후에 종묘에 고하고, 도끼날을 위로 하고 〈앞으로는 위로 하늘에 이르기까지 장군이 재량껏 처리하라.〉고 말하고, 다시 도끼날을 아래로 해서 주며 〈앞으로는 아래로 땅에 이르기까지 장군이 재량껏 처리하라.〉고 말하며 또한 친히 대장이 탈 수레바퀴를 밀며 〈군사의 진퇴를 때를 맞춰서 하라.〉고 명하였소. 이리하여 대장이 출동한 다음에 3군은 오직 대장의 명령만을 듣고 군주의 명령이라도 이를 듣지 않았소. 짐이 생각하기에는 이러한 예禮는 오랫동안 폐지되어 있소. 이제 경과 함께 옛법을 참작하여 대장을 전지로 파견하는 예禮를 제정하고자 하오. 어떻게 하는 것이 좋겠소."

太宗曰, 古者出師命將, 齊三日, 授之以鉞曰, 從此至天, 將軍制之.
又授之以斧曰, 從此至地, 將軍制之, 又推其轂曰, 進退唯時. 旣行,
軍中但聞將軍之令, 不聞君命, 朕謂此禮久廢, 今欲與卿參定遺將之義,
如何,

이정이 대답하였다. "신이 조용히 생각하건대, 옛 성인의 예의를 제작하는 데 있어 목욕재계하고 종묘에서 근신케 한 것은 신의 위엄을 빌고자 한 까닭입니다.

靖曰, 臣竊謂, 聖人制作, 致齊於廟者, 所以假威於神也,

도끼를 내리고 또한 수레의 바퀴통을 미는 것은 생살의 대권을 대장에게 맡기는 까닭입니다. 그런데 지금 폐하께서는 출병하는 일이 있을 적마다 반드시 중신들과 의론하고 종묘에 고한 다음에 파견하십니다.

授斧鉞, 又推其轂者, 所以委寄以權也, 今陛下每有出師, 必與公卿, 議論, 告廟以後遺,

이것은 신의 위령을 맞이하는 지극한 행사입니다. 대장을 임명하는 일이 있을 때마다 그 대장으로 하여금 군사에 대한 전권을 맡기시어 일을 하는 데 대하여 편의를 도모해주셨습니다. 이것은 대장의 권위를 크게 세워 주시는 일입니다.

此則邀以神至矣. 每有任將, 必使之便宜從事, 此則假以權重矣.

이와같이 하시니 어찌 옛날의 종묘에 재계하고 근신하여, 수레의 바퀴통을 밀어주는 예법에 비하여 다를 것이 있겠습니까. 모두가 옛날의 예법에 부합하고 그 의의가 동일합니다. 그러므로 꼭이 옛법을 참작하여 다시 제정할 필요가 없다고 봅니다."

何異於致齊推轂耶. 盡合古禮, 其義同焉, 不須參定,

태종이 이 말을 듣고 "옳은 말이요." 하고 수긍하였다. 이리하여 측근의 신하에 명하여 종묘에 고하는 일과, 대장으로 하여금 일을 하는 데 대하여 편의를 도모해준다는 두 가지 사항을 기록하게 하여 후세의 법을 삼았다.

上曰, 善. 乃命近臣, 書此二事, 爲後世法.

——

참정(參定) 참작하여 제정함.

✳ 음양술수陰陽術數 부하를 부리는 사도邪道

태종이 묻기를 "음양의 술수는 폐지하는 것이 좋지 않은가."

太宗曰, 陰陽術數, 廢之可乎.

하니 이정이 "안 됩니다 용병이란 본시 사도邪道입니다. 전투에서 음양 술수에 의존하면 탐욕스러운 자도 부릴 수 있고, 우매한 자도 이용할 수 있습니다. 그러므로 이를 폐지해서는 안 됩니다."

靖曰, 不可. 兵者詭道也. 託之以陰陽術數, 則使貪使遇, 玆不可廢也.

태종이 "경은 전에 음양가의 시일의 길흉설은 현명한 장수는 그걸 법식으로 삼지 않고, 어리석은 장수는 이에 구애된다고 하지 않았소. 폐지하는 것도 괜찮지 않겠소."

太宗曰, 卿嘗言, 天官時日, 明將不法, 暗將拘之, 廢亦宜然,

하니 이정이 "은 나라 주왕은 갑자 일에 망하고, 주나라 무왕은 갑자 일에 흥하였습니다. 음양가의 시일로 말하면 갑자일은 한 가지입니다. 그렇지만 은 나라의 정치는 문란하고 주나라의 정치는 안정이 되어 있었기 때문에 흥망이 서로 달랐던 것입니다.

靖曰, 紂以甲子日亡, 武王以甲子日興. 天官時日, 甲子一也. 殷亂周治, 興亡異焉.

그리고 송나라 무제는 가면 망한다는 왕망일王亡日에 군사를 일으키자, 장교들이 그것을 말렸으나 무제는 말하기를 〈내가 가면 그가 망한다.〉고 말했습니다. 그는 승리했습니다.

又宋武帝, 以往亡日起兵, 軍吏以爲不可. 帝曰, 我往彼亡, 果克之.

이것으로 미루어 말하면 음양가의 길흉설은 폐지해야 옳은 것이 명백한 사실입니다. 그러나 제나라 전단의 군사가 연나라 군사에게 포위당했을 때, 전단은 한 사졸에게 명하여 군신軍神으로 삼고서 손수 배례하며, 재를 지냈습니다. 그러나 군신은 연나라를 패할 수 있다고 말했습니다.

由此言之. 可廢明矣. 然而田單爲燕所圍, 單命一人爲神, 拜而祠之. 神言燕可破,

전단은 화우火牛 즉 쇠뿔에 칼을 꽂고, 꼬리에 불을 붙여 내보내어 연나라 군사를 공격하여 크게 무찔렀습니다. 이것이 이른바 병가의 사도邪道라는 것입니다. 음양가의 시일의 길흉설도 이와같은 성질의 것입니다."

單於是以火牛出擊燕, 大破之. 此是兵家詭道, 天官時日, 亦猶此也.

태종이 또 "전단은 신의 괴상함을 빌어 연나라를 격파하고, 태공망은 뜸풀과 거북 등을 불살라 버리어 음양을 사용하지 않고 주왕을 멸망시켜 버렸소. 양자는 서로 상반되는데 둘 다 전공을 세운 것은 어쩐 일이오."

太宗曰, 田單託神怪而破燕, 太空楚蓍龜而滅紂. 二事相反, 何也.

이정이 "그 기를 잘 이용한 점은 같습니다. 혹은 기구로 이를 사용하기도 하고 혹은 기구로 이를 사용하기도 합니다. 양자가 곧 그것입니다. 옛날에 태공망이 무왕을 도와 목야에 이르자 소나기를 만나 깃발과 북이 모두 파손되었습니다.

靖曰, 其機一也. 或逆而取之, 或順而行之, 是也. 昔太公佐武王,
至木野, 遇當雨, 旗鼓毀折.

그러자 장수 산의생은 거북점을 쳐 보고 길조가 있으면 계속해서 진군하
자고 주장하였습니다. 이것은 사병들이 의구심을 갖기 때문에 꼭이 거북점의
힘을 빌려 신에게 물어보려고 한 것입니다.

散宜生欲卜吉而後行, 此則因軍中疑懼, 必假卜以問神焉.

태공망이 말하기를 〈썩은 풀이나 마른 뼈 따위에 무엇을 물을 수 있겠는
가. 또 신하로서 군주를 치려는 것이다. 점괘가 불길하다고 해서 어찌 후일 다
시 일으킬 날을 기다릴 수 있겠는가.〉하고 진격하여 주왕을 멸망시켰습니다.
그러나 산의생이 기를 먼저 발하고, 태공망은 그 기機를 나중에 이룬 것을 보
면, 순서는 다르더라도 그 이치는 마찬가지입니다.

太公以爲, 腐草枯骨無足問, 且以臣伐君, 豈可再哉.
然觀散宜生發機於前, 太公成機於後, 逆順雖異, 其里致則同.

신이 말한 것은 대체로 그 기機가 아직 싹트기 전에 있게 하고, 때에 임하
여 쓰지 못하도록 하고자 하는 것뿐입니다. 그러나 성공여부로 말하자면 인간
의 노력 여하에 달린 것입니다."

臣前所謂術數不可廢者, 蓋存其機於未萌也. 及其成功在人事而已矣.

──────

갑자지일(甲子至日) 천지(天支)를 맞춰서 60일째 되는 날. 음양가는 이날에 거병하면 망한다
고 한다.
왕망일(往亡日) 음양가가 가면 망한다는 흉일(凶日).
전단(田單) 전국시대 제나라의 대장. 연나라와 싸우게 되자 흑성이 연나라 대장 기겁에게 포위
되어 전세가 위태롭게 되었다. 전단은 성중의 사병들에게 명령을 내려 식사할 적마다 뜰에서
조상에게 제사를 드리도록 하였다. 그러자 날아가는 새들이 모두 성안으로 날아들었다. 연나라

군사들은 이것을 보고 의아하게 생각을 하였다. 전단은 군신(軍神)이여, 나타나 나에게 전법을 가르치라고 외쳤다. 그리고 한 병사를 군신으로 삼고, 그 앞에 절을 하고 모시었다. 이리하여 군신에게 전쟁의 결말에 대하여 문의하니, 군신은 연나라 군사가 반드시 패한다는 것이었다. 이에 전단은 소 천 마리의 뿔에 검을 동여매고 그 꼬리에 갈대를 매달고 불을 질렀다. 그러자 소가 쏜살같이 연나라의 적진에 달려나갔고, 그 기회를 잡아 적병을 크게 무찔렀다.

시귀(蓍龜) 톱풀과 거북 등. 시(蓍)는 톱풀. 구(龜)는 거북.

부초(腐草) 썩은 풀. 톱풀.

고골(枯骨) 마른 뼈.

미맹(未萌) 싹트기 전.

목야(牧野) 무왕과 주왕이 승패를 결정한 곳.

산의생(散宜生) 주(周)나라를 일으킨 10대 원훈(元勳)의 한 사람.

절제節制 있는 전쟁戰爭

태종이 묻기를 "오늘날의 장수는 오직 이적李勣, 도종道宗, 설만철薛萬鐵 세 사람 뿐이오. 그런데 도종은 왕가의 친속이므로 논외로 하고, 나머지 두 사람 중에서 누가 대임을 감당할 수 있겠는가."

太宗曰, 當今將帥, 唯李勣, 道宗, 薛萬徹, 除道宗以親屬外. 孰心大用.

이정이 "폐하께서 일찍이 말씀하시기를, 이적과 도종은 전쟁을 하여 크게 승리하지도 못하고 또 크게 패하지도 않았지만, 만철은 만일에 크게 승리하지 않으면 크게 패할 것이라고 하셨습니다.

靖曰, 陛下嘗言, 勣道宗用兵, 不大勝, 亦不大敗, 萬徹若不大勝, 則須大敗.

신이 폐하의 말씀을 생각해 보건대, 큰 승리를 구하지도 않고 또 크게 패하지도 않는 것은 절제 있는 군사입니다.

臣遇思聖言, 不求大勝, 亦不大敗者, 節制之兵也.

그러나 크게 승리하기도 하고, 크게 패하기도 하는 자는 요행수로 공을 이루는 자입니다. 그러므로 손자가 이르기를, 용병에 능한 자는 불패의 위치에 의거하고, 적을 패배시킬 기회를 놓치지 않는다고 하였습니다. 이것은 자신에게 절제가 있음을 말하는 것입니다."

或大勝, 或大敗者, 幸而成功者也. 故孫武云, 善戰者, 立於不敗之地, 而不失敵之敗也, 節制在我云爾.

도종(道宗) 태종의 손자. 강하왕(江夏王).
설만철(薛萬徹) 당나라 우위 대장군. 태종이 죽은 뒤 고종의 영휘 4년에 반역죄로 사형당함.

※ 싸우지 않는 것은 내게 달렸다

태종이 말하기를 "적과 아군의 두 진영이 서로 대치하게 되면, 비록 싸우지 않으려고 하더라도 어찌 그렇게 될 수가 있겠소."

太宗曰, 兩陣相臨, 欲言不戰, 安可得乎.

하니 이정이 "옛날에 진晉나라 군사가 진秦나라를 공격한 일이 있었는데, 그때 두 나라 군사가 군대를 후퇴시켰습니다. 사마법에 의하면 〈패주하는 적을 멀리 추격하지 말고, 후퇴하는 적을 쫓되 끝까지 추격하지 말라.〉고 하였습니다.

靖曰, 昔晋師伐秦, 交綏而退. 司馬法曰, 逐奔不遠, 縱綏不及,

신이 생각하건대 〈수綏〉란 군마를 어거하는 자갈의 끈입니다. 아군이 이미 진퇴의 절제를 지니고 있으며, 적군 역시 대오의 움직임이 정연하다면 어찌 감히 함부로 싸울 수가 있겠습니까. 그러므로 교전하다가 서로 물러서고, 적군이 후퇴해도 추격하지 않는 경우가 있습니다.

臣謂綏者御之轡索也, 我兵旣有節制, 彼敵亦正行伍, 豈敢輕戰哉.
故有出而交綏, 退而不逐,

이것은 서로 비겁하기 때문이 아니고 실패가 있을 것을 방지하기 위해서입니다.

各防其失敗者也.

손자가 말하기를 〈적의 당당한 진영을 함부로 공격하지 말고, 질서정연한 적의 깃발을 맞아 섣불리 대항하지 말라〉고 하였습니다. 만일 아군과 적 두 진영의 안전태세가 비슷하고, 전투력이 동등할 때, 만일 한 번 경거망동하여 일을 그르쳐 적이 그것을 편승하게 되면, 혹 크게 대패할 경우도 있습니다.

孫武云. 勿擊堂堂之陳, 無擊正正之旗. 若兩陣體均勢等, 苟一輕肆,
爲其所乘, 則或大敗,

이것은 이치가 그렇게 시키는 것입니다. 이러하므로 용병에 있어서는 싸우지 않는 수도 있고, 반드시 싸워야하는 경우도 있습니다. 싸우지 않는 것은 우리 측에 달렸고, 싸우는 것은 적측에 달렸습니다."

理使然也. 是故兵有不戰, 有必戰, 夫不戰者在我, 必戰者在敵.

태종이 물었다. "싸우지 않는 것은 우리 측에 달렸다는 말은 무슨 뜻인가."

太宗曰, 不戰在我, 何謂也.

이정이 대답하였다. "손자가 말하기를 〈내가 싸우기를 원치 않을 때에는 단지 땅위에 금 하나만을 그어 놓고, 방위하더라도 적이 아군과 싸우지 못함은 그럴 형편이 되지 못하기 때문이다.〉라고 하였습니다.

靖曰, 孫武云, 我不欲戰者, 畫之而守之, 敵不得與我戰者, 乘其所之也.

만일 적측에 명장이 있다면, 서로 퇴각할 경우에도 허점을 찾아내어 공격할 엄두도 내지 못하는 것입니다. 그러므로 싸우지 않는 것은 우리 측에 달렸다고 하는 것입니다. 그리고 반드시 싸우는 것은 적측에 달렸다고 하는 것은,

敵有人焉, 則交綏之間, 未可圖也, 故曰, 不戰在我. 夫必戰在敵者,

손자가 말하기를 〈적을 잘 움직이는 명장은 적에 대하여 어떤 태세를 드러내 보이면, 적은 반드시 그에 따라 움직일 것이며, 적에게 어떤 작은 이득을 제시하면, 반드시 이것을 취할 것이다. 이러한 이득을 제공하여 적을 유치하는 한편, 아군은 근본태세를 갖추고 이를 대기해야 한다.〉고 하였습니다.

孫武云, 善動敵者, 形之敵必從之, 予之敵必取之, 以利動之, 以本待之,

적 측에 명장이 없다고 하면, 반드시 경솔하게 내습할 것이니 아군은 그에 편승하여 적을 능히 무찌를 수 있을 것입니다."

敵無人焉, 則必來戰, 吾得以乘而破之, 故曰, 必戰者在敵.

태종이 말하기를 "절도 있는 군대란 그 뜻이 심오하도다. 그 방도를 터득하면 나라가 흥성할 것이고, 그 방도를 터득하지 못하면 나라가 망할 것이오. 경은 대대로 군사를 절도 있게 부린 명장에 대한 기록을 편찬하고, 그 세밀한 도표를 만들어 짐에게 바치도록 하오. 짐은 그중 정미한 것을 선택하여 후세에 전하고자 하오."

太宗曰, 深乎, 節制之兵, 得其法則昌, 失其則亡.
卿爲纂術歷代善於節制者, 具圖來上, 朕當擇其精微, 垂於後世,

이정이 "신이 전에 황제와 태공망이 제작한 두 개의 진형도와, 사마법과 제갈공명의 기정奇正의 병법을 폐하에게 진상한 적이 있습니다. 그것은 이미 정밀을 다한 것입니다.

靖曰, 臣前進黃帝太公二陣圖, 幷司馬法諸葛亮奇正之法, 此已精悉,

역대의 명장들 중에는 그 한두 가지를 선택하여 공을 이룬 자도 많습니다. 다만 사관 중에는 병법에 밝은 자가 극히 드물어 그 실천을 능히 기록하지 못하였던 것입니다.

歷代名將, 用其一二成功者亦衆矣. 但史官鮮克知兵, 不能紀其實跡焉.

신이 어찌 감히 어명을 받들지 않을 수 있겠습니까. 편찬하여 상주하겠습니다."

臣敢不奉詔, 當纂術以聞.

—

수(綏) 물러감. 수레의 고삐를 잡듯 편함.
색(索) 동아줄.
괴(乖) 어긋남.

❋ 병법을 함부로 전하지 말라

태종이 묻기를 "어느 병법이 제일 심오하오."

太宗曰, 兵法孰爲最深者.

이정이 "신은 전에 손자의 시계편 중의 경지오사輕地五事의 다섯 가지, 즉 도, 천, 지, 장법을 3단계로 나누어 배우는 자로 하여금 점차 깊은 이치에 도달하도록 하였습니다.

靖曰, 臣嘗分三等, 使學者當漸而至焉.

첫째는 도道이고, 둘째는 천지天地이며, 셋째는 장법將法이 그것입니다. 〈도〉라는 것은 지극히 정밀 하고 지극히 미묘한 것으로 주역周易에서 말하는 이른바 총명예지聰明叡智와 신무神武를 아울러 지녀 백성을 해치지 않고 다스리는 것이 그것입니다.

一曰道, 二曰天地, 三曰將法. 夫道之說, 至精至微, 易所謂聰明叡智, 神武而不殺者, 是也.

〈천〉이라는 것은 음양을 말하며, 〈지〉라는 것은 지세의 험하고 평평한 것을 말하는 것입니다. 즉 용병에 능한 자는 〈음〉으로 〈양〉을 빼앗고 〈험〉으로 〈이〉를 치는 것입니다.

夫天地說陰陽, 地之說險易. 善用兵者, 能以陰奪陽, 以險攻易,

맹자가 천시天時와 지리地理를 말한 것이 그것입니다. 그리고 〈장법〉이라는 것은 요컨대 사람을 잘 임용하고 병기를 이용하는 것입니다.

孟子所謂天時地理者, 是也. 夫將法之說, 在乎任人利器,

삼략에 좋은 인재를 얻는 나라는 번창한다고 하였고, 관중의 글에 무기는 튼튼하고 성능이 좋아야 한다고 한 것이 그것입니다."

三略所謂得士者昌, 管仲所謂器必堅利者, 是也.

태종이 말하기를 "그렇소. 짐의 생각에는 적과 싸우지 않고, 자연히 적을 굴복시키는 것은 상등이며, 백전백승百戰百勝하는 자는 중등이며, 참호를 깊이 파고 성을 높이 쌓아 방위하는 자는 하등이요, 이로써 비교 재량해보면 손자의 병서에는 이 세 등분이 다 갖추어져 있소."

太宗日, 然. 吾謂不戰而屈人兵者, 上也, 百戰百勝者, 中也, 深溝高壘以自守者, 下也. 以是校量, 孫武著書, 三等皆具焉.

이정이 말하였다. "옛사람들의 글을 보고 그 행적을 살펴보면 역시 차별을 둘 수가 있습니다.

靖日, 觀其文, 迹其事, 亦可差別矣.

장량과 범여와 손무 등이 공을 세운 후에 아무런 미련 없이 초연히 은퇴하여 간 곳이 묘연한 것은, 도가 무엇인지 알지 못하고서는 그렇게 할 수가 없는 것입니다.

若長良范蠡孫武, 脫然高引, 不知所往, 此非知道, 安能爾乎.

악의나 관중이나 제갈량이 싸우면 반드시 이기고, 지키면 반드시 견고했던 것은, 천시와 지리를 자세히 살피지 않고서는 불가능한 일입니다.

若樂毅管仲諸葛亮, 戰必勝, 守必固, 此非察天時地利, 安能爾乎, 其次,

그다음 왕맹이 진秦을 보전하고, 사안이 진晉을 잘 지킨 것은 명장을 선임하고 재사를 선택하며, 병기의 수선을 완비하고, 스스로 방위태세를 견고히 하지 않았던들 어찌 그렇게 될 수가 있겠습니까. 그러므로 병법을 익힐 경우, 반드시 하에서 중으로 중에서 상에 이르게 하면 점차로 깊이 깨닫게 됩니다.

王猛之保秦, 謝安之守晉, 非任將擇才, 繕完自固, 安能爾乎. 故習兵之學, 必先系下以及中, 系中以及上, 則漸而深矣.

만일 그렇게 하지 않으면 작자는 쓸데없는 빈말만 드리울 뿐이며, 익히는 이는 헛되이 기억하고 암송하는 것밖에 되지 않는 것으로 족히 취할 바가 아닙니다."

不然, 則垂空言, 徒記誦, 無足取也.

태종이 말하였다. "도가道家는 3대에 걸쳐서 장수가 되는 것을 기피하오. 그러므로 병법은 사람들에게 함부로 가르칠 것이 못되오. 그러나 역시 전하지 않을 수도 없소. 경은 신중히 생각하여 전할 사람을 택하시오."

太宗曰, 道家忌三世爲將者, 不可妄傳也, 亦不可不得也. 卿其愼之.

이정은 재배하고 나와 이적에게 그 병서들을 모조리 전하였다.

靖再拜出, 盡傳其書與李勣.

___

학자(學者) 여기서는 배우는 자라는 뜻이다.

점(漸) 점차로 나아짐.

도천지장법(道天地將法) 손자 의〈시계편〉에 나오는 5사의 조항에 있다. 그러나 손자의 말과 다소 차이가 있다.

총명예지(聰明叡智) 총(聰)은 듣지 않은 것이 없다는 뜻. 명(明)은 보지 않은 것이 없다는 것. 예(叡)는 통하지 않은 것이 없다는 것. 지(智)는 모르는 것이 없다는 것. 이 네 가지는 성인의 덕으로 주역에 있는 말이다.

신무(神武) 신(神)은 변화막측(變化莫側)을 가리키는 말이고, 무(武)는 화난(禍亂)을 평정하는 것을 말한다.

불살(不殺) 전쟁을 하지 않고 만민을 귀복(歸服)시키는 것을 말함.

이험공이(以險攻易) 아군은 지세가 험한 곳에 진 치고, 평탄한 곳의 적을 공략하는 것.

도가(道家) 노자 계통의 학문을 숭상하는 자.

부록 병법 36계

만천과해 瞞天過海

하늘을 가리고 바다를 건넌다.

스스로 방비가 잘 되었다고 하는 사람은 적을 경시하는 그릇된 생각을 갖기 쉽다. 평소에 늘 보아오던 것은 별로 의심을 품지 않게 된다. 비계秘計는 드러나 있는 사물 속에서 공공연한 형식과 서로 배치한다는 것은 아니다. 지극히 공공연한 것 중에 이따금 매우 큰 비밀이 숨겨져 있는 것이다. 비계를 성공시키려면 쓸데없이 사람이 없는 데서 사용해서는 안 된다. 밤중에 물건을 훔치고 변방의 뒷골목에서 사람을 죽이는 것은 어리석은 행동이며 모사謀士가 하는 일은 아니다. 음은 양의 내부에 존재하는 것이지 양의 상대적인 것으로 존재하는 것은 아니다. 몹시 양은 몹시 음인 것이다.

備周則意怠, 常見則不疑, 陰在陽之內, 不在陽之對, 陰謀作爲 不能于背時秘處行之. 夜半行窮 僻巷殺人 愚俗之行 非謀士之所爲也. 太陰, 太陽.

―――

만천과해(瞞天過海) 교묘하게 착각을 일으키게 하여 군사적인 행동을 하는 것을 뜻함. 본래는 황제를 속여 그로 하여금 무사히 강을 건너가게 한 데서 유래되었다.

비주의태(備周意怠) 아무리 방비를 주도면밀하게 하여도 적의 공격을 오래 기다리게 되면 사졸들의 경각심은 풀어지게 됨을 말함.

음양(陰陽) 음(陰)은 기밀이니 감추어져 들어나지 않는 것을 말하며, 양(陽)은 공개적인 것을 말한다. 병법가들은 군사적 기밀을 엄격하게 지키는 것이 적을 이길 수 있는 원칙 가운데 하나라고 생각하였다.

위위구조 圍魏救趙

위나라를 포위하여 조나라를 구하다.

집중하고 있는 강적을 치느니보다 적을 분산시킨 후에 치는 것이 좋다. 아군의 역량을 드러내어 공격을 가하느니보다는 적의 공격을 기다려 후에 제압하는 것이 좋다. 전쟁은 물을 다스리는 것과 같다. 물을 작은 수로로 끌어들이는 것처럼 약점을 잘 포착하여 적을 소멸함을 도모한다. 공적共敵은 분산시킨 다음 쳐야 한다. 적과 싸움에 있어 양陽을 채택하지 말고 음을 채택해야 한다. 그러므로 제나라에서 조나라를 구할 때에 손빈이 전기에게 〈섞여서 어지럽고 엉켜있는 것을 푸는 사람은 공연히 퉁기거나 거들지 말고, 싸움을 말리는 사람은 그들을 때리지 말라. 목덜미를 치고 허공을 두드리면 자연히 풀어진다.〉라고 말했다.

共敵, 不如分敵, 治兵如治水 銳者 避其鋒 如異流 弱者 塞其虛 如筑堰. 敵陽不如敵陰. 故當齊救趙時 孫子謂田忌曰 夫解雜亂糾紛者 不控舉 救鬪者 不搏擊, 批亢搗虛 形格勢禁 則自爲解耳.

위위구조(圍魏救趙) 위나라를 포위하고 조나라를 구하다.

공적(共敵) 적의 병력을 집중시키는 것을 뜻함.

분적(分敵) 적의 병력을 분산시킴.

적양적음(敵陽敵陰) 적양은 먼저 군사를 일으켜 적의 기세를 장악함을 말하고, 적음은 상대가 먼저 군사를 일으킨 뒤에 상황을 살펴 적의 허점을 노려 적을 장악하는 것을 말함.

치병여치수(治兵如治水) 병법가들은 병을 다루는 것을 물을 다루듯 함.

차도살인借刀殺人

남의 칼로 사람을 죽인다.

적의 동태는 이미 명백하고 우군의 태도는 동요하고 있다. 이런 경우는 우군을 끌어들여 적을 공격케 하고 자신의 힘 소모를 피한다. 〈역〉의 손괘의 이치에 의거, 일을 계획하고 추진 확대해야 한다. 적은 이미 명백하건만 친구는 아직 결정을 못 내리고 있거든 친구를 끌어들여 적을 죽이게 하여 자신은 힘을 쓰지 않고서 적을 치는 것이다. 자공이 노나라를 지키고 제나라를 교란시키고 오나라를 격파하고, 진나라를 강하게 하는 것과 같은 것이다.

敵已明, 友未定, 引友殺敵, 不自出力, 以損推演. 敵象已露 而另一勢力 更張 將有所爲 應借此力以毁敵人. 如子貢之存魯 敵齊. 破吳. 强晋.

차도살인(借刀殺人) 자기의 칼을 사용하지 않고, 다른 사람의 칼을 사용하여 남을 죽이는 방법을 말한다. 자신을 숨기고 위험을 당하여서도 남에게 화를 전가시킬 수 있음을 말한다. 자신의 안전을 위하여 다른 나라의 힘으로 적을 깨치는 계략이다.

인우살적(引友殺敵) 우방과 연합하여 적을 상대하는 것을 말함

자공(子貢) 기원전 520년~? 공자의 제자이며 이름은 단목사(端木賜) 춘추시대 위나라 사람이다. 그는 문장을 잘 꾸몄고, 장사를 잘하여 많은 돈을 벌었다. 공자는 제나라 군사가 문수에 진격하여 장차 노나라를 칠 것을 염려하여 자공을 각 나라에 보내어 전쟁의 작전을 바꾸게 하였다.

손(損) 손괘는 나와 연합한 우군이 적을 침공하여 손실을 입을 수 있음을 말한다. 그러나 이것은 아군에 유리할 수 있다.

제4계

이일대로 以逸待勢

쉬다가 피로에 지친 적과 싸워라.

적을 곤경에 빠지게 하려면 반드시 공격할 필요는 없다. 요컨대 강적을 피로케 하여 그 기세를 약화시킬 것이다. 그러므로 아군은 열세에서 우세로 전환시킬 수가 있다. 바로 술책 속으로 빠뜨리는 방법이다. 병법에서 말하였다. 〈먼저 전장에 도착하여 적을 기다리면 손쉬운 싸움을 할 수 있으나 뒤늦게 전장에 도착하여 허둥지둥 응전하면 고통스러운 싸움이 되는 것이다. 싸움에 능한 사람은 적에게 당하는 사람이 없다.〉 병서에 말하고 있는 것은 손쉬운 상황과 고통스러운 상황을 말하는 것이다. 이 경우는 전쟁의 주도권을 장악하는 술수이다. 그 목적은 지형을 골라 적을 기다린다는 것은 아니다. 소수를 운용해서 다수를 견제하는 것, 작은 움직임을 운용해서 큰 움직임을 견제하는 것, 즉 주도권을 장악하여 주위의 정세를 견제하는 목적이다.

因敵之勢, 不以戰, 損剛益柔 此 則致敵之法也. 兵書云, 凡先處戰地 而待敵者佚 後處戰地 而趨敵者 勞. 故善戰者 致人 而不致于人. 兵書論敵 此爲論勢 則其旨 非澤地以待敵 而在以簡馭繁 以不變應變 以小變應大變 以不動應動 以小動應大動 以樞應環也.

이일대로(以逸待勢) 전쟁 중에 유리한 지형을 차지하고 있다가 한편으로는 방어하고 한편으로는 정예를 길러 적군의 사기가 약해질 때를 기다려 공격하는 계략.

세(勢) 표면에 들어나는 군사의 역량을 말함.

불이전(不以戰) 구태여 싸움을 하지 않는다.

진화타겁 趁火打劫

상대의 위기를 틈타 공격한다.

적측이 위기에 처해 있으면 그 틈을 타서 무력을 행사하여 승리를 취하지 않으면 안 된다. 이는 강자가 추세趨勢를 타서 꼼짝달싹도 할 수 없는 적을 쳐부수는 전략이다. 적측에 내우가 있다면 그 영토를 점령하고, 외환이 있다면 그 백성을 탈취한다. 그리고 내우외환이 있으면 그 국가를 점령한다.

敵之害大, .就勢取利, 剛決柔也. 敵害在內 則怯其他 敵解在外 則怯其民 內外交害 則怯其國.

진화타겁(趁火打劫) 타인의 집에 불이 나서 혼란한 틈을 타서 그 집의 물건을 훔치는 것을 뜻한다. 즉 적의 위기를 틈타 공격함을 말한다.

강결유야(剛決柔也) 강한 것이 유한 것을 끊어버린다. 굳건하고 결단력이 있다.

제6계

성동격서 聲東擊西

동쪽에서 소리치고 서쪽을 공격한다.

전쟁에서 적군의 지휘가 어지러우나 그 까닭을 알 수 없어 대응할 수가 없다. 이것은 못池의 수위가 불어 언제 무너져 터질지 모르는 위험의 조짐이다. 적이 통제력을 상실한 시기를 이용하여 소멸消滅을 꾀할 것이다.

敵志亂萃, 不虞, 坤下兌上之象, 利其不自主而取之.

성동격서(聲東擊西) 동쪽에서 소리치고는 갑자기 서쪽에 나타나 공격하여 상대를 혼란에 빠지게 함. 동쪽을 공격하는 체 하면서 기실은 서쪽을 친다.

난췌(亂萃) 군대가 혼란에 빠져 병사들이 초췌하게 됨을 말함.

불우(不虞) 준비와 방비가 없어 의외의 일이 일어남을 말함.

곤하태상(坤下兌上) 하괘가 곤괘이며 상괘가 태괘인 췌괘를 말한다. 〈주양(周易) 췌(萃)의 괘사에 췌는 왕이 사당에 이르나니 대인을 보는 것이 이로움이 있으니 형통하고 곧은 것이 이롭다. 큰 희생을 써서 제사하는 것이 길하고 계속 일하는 것이 이롭다.〉

주(主) 일을 주도하거나 장악하는 것을 말함.

무중생유無中生有

무에서 유를 창조한다.

거짓 모습으로 적을 속이지만 그러나 끝까지 속이는 것이 아니라 허에서 실로 변하여 적을 착각시키는 것이다. 크고 작은 거짓 모습으로 참모습을 가려 속이는 것이다. 없는 것을 있는 것처럼 보여주는 것을 속이는 것이라고 한다. 속이는 것은 오래 가지 않으며 언젠가는 적에게 탄로나는 것이므로 없는 상태를 처음부터 그대로 두어서는 안 된다. 유有의 상태로 바꾸는 것, 이것이 가짜에서 진짜로, 허에서 실로 바뀌는 것이다. 무無로는 적을 이길 수 없지만 유有로 바꾸면 적을 이길 수 있다.

당대唐代 영호조가 옹구를 포위했을 때 성내 수비 장군 장순은 사병에게 명령하여 짚인형을 천 개 만들게 하고 이에 검은 옷을 입혀 새끼줄로 묶어서 성벽 밑으로 내려뜨리도록 했다. 영호조의 사병은 사람이 내려오는 것으로 잘못 알고 이에 화살을 쏘아댔다. 그리하여 장순은 수십만의 화살을 속여서 빼앗았다. 그 후에 장순은 정말로 사병을 내려 보내니 영호조의 군사는 웃기만 하고 아무런 대비를 하지 않았다. 이리하여 장순은 오백여 명의 결사대로 영호조의 군영을 습격하여 불태우고 도망가는 영호조의 군을 천여 리나 추격해서 타격을 가했다.

誑也, 非誑也, 實其所誑也, 無而示有 誑也 誑不可久而易覺. 故無不可以終無. 無中有生 則由誑而眞 由虛而實矣. 無 不可以敗敵 生有 則敗敵矣. 如令狐潮圍雍丘 張巡 縛稿爲人千餘 披墨衣 夜縋城下 潮兵爭射之 得箭數十萬. 其後 復夜縋人 潮兵笑 不設備 乃以死士五百砍潮營 焚壘幕 趨奔千餘里.

무중생유(無中生有) 무에서 유가 생긴다. 병법의 허허실실 전략을 뜻한다.

광(誑) 속이다. 두 적이 서로 원수 사이라면 다의 말을 서로 믿을 수가 없다. 만약 믿는 사람이 있다면 그는 반드시 어리석은 장수이다. 오직 지혜로운 장수는 다른 사람에게 속지 않고 능히 다른 사람을 속일 수 있다.

암도진창暗渡陳倉

기습과 정면 공격을 함께 한다.

공격하는 것으로 보이게 하고 적이 그렇게 생각해 버리고 수비를 굳힌 시기를 포착, 다른 방향에서 적의 허점을 친다. 기습는 승리를 얻는다. 이것은 통상의 용병에 한한다. 기습는 정正에서 나온다. 정이 없다면 기를 낼 수 없다. 들어내놓고 잔도를 닦지 않는다면 은밀히 진창으로 건널 수 없다. 옛날 위나라 장군 등애가 백수의 북쪽에 주둔하고 있을 때, 촉나라 강유는 백수의 남쪽에 진을 쳤다. 등애는 장수들에게 "유는 지금 갑자기 왔다. 우리 군대는 적다. 법을 따른다면 오기 전에 다리를 만들어 닦아 놓았을 것이다. 유는 화化로 하여금 우리를 지키게 하여 돌아갈 수 없게 하고는 틀림없이 자신은 동東으로 가서 조성洮城을 습격할 것이다."하고 등애는 밤에 몰래 군을 샛길을 통하여 조성에 이르니 강유도 과연 오고 있었다. 그러나 등애가 먼저 성에 도착했기 때문에 성을 점령할 수가 없었다. 이것은 바로 강유가 〈동에서 소리를 지르고 서를 친다.〉는 계략을 알았기 때문이다.

示之以動, 利其靜而有主, 益動而巽.奇出于正, 無正 則不能出奇 不明修棧道 則不能暗道陳倉, 昔 鄧艾屯白水之北 姜維遣寥化 屯白水之南 而結營焉. 艾謂諸將日, 維 今卒還. 吾軍小 法當來渡 而不作橋. 此 維使化持我, 今不得還 必自東襲取洮城矣, 艾卽夜潛軍 徑到洮城 維果來渡. 而艾先之 据城 得以不破. 此則是姜維 不善于用暗渡陳倉之計

———

암도진창(暗渡陳倉) 본래의 뜻은 구름다리 길이 복구되기를 기다리지 않고 다른 외곽도로를 따라서 우회하여 진창의 땅을 빼앗는 것을 말한다. 한나라 고조 유방은 장량의 계략에 따라 하나뿐인 길 잔도를 불 태워 항우를 안심시키고, 아무도 모르는 진창의 길을 터서 안심하고 있던 항우를 공격하였다.

익동이손(益動而巽) 주로 움직임을 보이면서 적을 우회하여 공격하게 되면 반드시 유익할 수 있음을 뜻한다.

제9계

격안관화 隔岸觀火

적의 위기는 강 건너 불 보듯 한다.

　　적측의 이반자離反者가 발생하여 질서가 어지러워졌으면 이쪽은 조용히 보며 변란이 일어나기를 기다려라. 그런 때 적은 증오심을 표면화시켜 복수전으로 날을 보내며 필연적으로 자멸의 길을 걷는다. 적의 특징에 초점을 맞추어 책략을 쓸 경우 역시 적정敵情의 변화에 순응, 기회를 보아서 일을 도모하는 것이 중요한 것이다. 적이 저희끼리 배척하고 있는 분위기가 노출되었을 지라도 접근해서는 안 된다. 멀찌감치 물러나 있으면 반드시 저희들끼리 변란이 일어난다.

　　삼국시대 원상, 원희는 사람과 말 수천 기를 거느리고 요동 땅으로 도망했다. 처음에 요동태수 공손강은 자기의 거점이 멀리 떨어진 지점이므로 조조에게 복종하려 하지 않았다. 조조가 오환을 쳐부순 다음 승세를 타고 마침내 공손강을 정벌하고 원씨 형제를 잡으라고 진언하는 사람이 있었다. 조조는 말했다.

　　"나는 지금 공손강에게서 원상, 원희의 머리를 기다리고 있는 중이다. 구태여 원정을 나가 군을 피로하게 할 필요 없다." 9월(207년)이 되어 조조가 대군을 이끌고 유성에서 철수해오자 과연 공손강은 원상, 원희의 머리를 베어 보내왔다. 여러 장군들이 그렇게 된 까닭을 물었다. 조조는 "저들은 평소에 원상과 원희를 두려워하였다. 내가 만약 급하게 하였다면 그들은 힘을 합하였을 것이다. 내버려두니 반목이 생긴 것이다. 이것이 자연히 되어가는 모습이라고 하는 것이다." 어떤 이가 말하였다. 이것은 병서에 말하는 '화공법'의 원리라고 말하였다.

陽乖序亂, 陰以大逆, 暴戾恣睢, 其勢自斃. 順以動豫, 豫順以動. 乖氣
浮張 逼則受擊 退而遠之 則亂自起. 昔 遠尚. 遠熙 奔遼東衆尚有數千
騎. 初 遼東太守公孫康 恃遠不服 及曹燥破烏丸 或說遭遂征之 尚兄弟
可擒也 操曰, 吾方使康 斬送尚熙首來 不煩兵矣 九月 操引兵自柳城還
康卽斬尚熙 傳其首. 諸將問其故 操曰 彼素畏尚等 吾急之 則幷力 緩之
則相圖 其勢然也. 或曰, 此 兵書火攻之道也. 按兵書〈火攻篇〉前段 言
火攻之法 後段 言愼動之理 與隔岸觀火之義 亦相吻合.

격안관화(隔岸觀火) 바람을 사이에 두고 불을 구경하면서 승리를 취한다. 전쟁 중에 적과
싸움을 벌이지 않고서 승리를 취하는 것으로, 적의 상황을 살펴 두 적들 간의 싸움을 보고
있다가 둘이 모두 지쳐 있을 때 승리를 취하는 것이다. 이것은 마치 산에서 두 마리의 호
랑이가 싸우는 것을 구경하다가 두 마리 모두 중상을 입는 것을 보고는 호랑이를 잡는 것
과 같다.

괴(乖) 난리, 폭동 등을 말한다. 오자의 도국(圖國)에 〈나라는 혼란에 빠지고 백성들은 피로
하나 일을 시켜 많은 백성들을 동원시키는 것을 역〉이라고 하였다

폭려자휴(暴戾恣睢) 폭려는 잔혹 포악한 것을 말하며, 자휴는 성난 눈으로 서로 흘겨보는
것을 말한다.

순이동예. 예순이동(順以動豫 豫順以動) 순리에 맞게 행동하는 것이 예이다. 그러므로 예
는 순리에 맞게 움직이는 것이다.

원상. 원희(遠尚. 遠熙) 삼국시대 원소(遠紹)의 두 아들이다. 원소가 죽은 뒤에 그의 다른
아들인 원담(遠譚)이 남피성에서 조조에게 죽게 되었고 원상, 원희는 위나라 장수인 초촉에
게 패하여 요서 지역의 오황으로 도망을 갔다.

소리장도 笑裏藏刀

웃음 속에 칼날이 숨어 있다.

적에게 믿게 만들어 방심시키고, 깔보도록 하여 이쪽은 은밀히 방책을 세워 충분히 준비를 마친 다음 행동으로 나간다. 적에게는 절대로 변화를 가져오게 하지 말라. 이것은 은밀히 살기殺氣를 숨기고 겉으로는 부드럽게 보이는 책략이다. 병서에서 말하고 있다. 〈적의 행동이 너무 겸손하면 이쪽을 공격하려는 준비를 하고 있는 것이다. 구체적인 약속이 없이 화평을 구하는 자는 실은 달리 노리는 것이 있는 것이다.〉

그러므로 적이 말을 교묘하게 하고 얼굴빛을 잘 가지는 사람은 모두 사람을 해칠 기미를 가진 사람이다.

信而安之, 陰以圖之, 備而後動, 勿使有變, 剛中柔外也. 兵書, 辭卑而益者 進也. 無約而請和者 謀也. 故 凡敵人之巧言令色 皆殺機之外露也.

소리장도(笑裏藏刀) 웃음 속에 칼이 숨어 있다. 웃음 속에 비수가 숨어 있다. 겉으로는 온화하게 하여 적들을 안심시키고는 속으로 철저히 준비를 하여 기회가 오기를 기다렸다가 기회가 오면 갑자기 출동하여 적을 섬멸시키는 것을 말한다.

음이도지(陰以圖之) 은밀하게 도모함.

강중유외야(剛中柔外也) 겉으로는 약한 것 같지만 속으로는 강한 것을 말한다.

사비익자 진(辭卑益者進) 비굴하게 말하면서 더욱 낮추는 사람은 전진하려는 자이다.

이대도강李代桃僵

오얏나무가 복숭아를 대신해 죽는다.

전국戰局의 발전에 따라 필연적으로 손실이 생기는데, 그 경우 한 가지 부분만 생각하지 말고 그것을 전 국면으로 바꾸는 것이 중요한 것이다.

피아 쌍방은 서로 장단이 있다. 전쟁에서는 모든 면에서 적을 이기기는 어렵다. 전쟁의 승패는 쌍방의 힘의 상호 비교로써 결정되며 우세를 차지하는 쪽이 흔히 승리를 거두지만 힘이 비교에서 열세인 쪽이 우세인 쪽에 이기는 교묘한 방법도 있다.

예로써 하등의 말로 상등의 말에 대응하고, 상등의 말로 중등의 말에 대응하고 중등의 말로 하등의 말에 대응한다는 사례는 군사가의 특유한 모략이다. 정상적인 생각으로 추측할 수 있는 것이 아니다.

勢必有損, 損陰以益陽. 我敵之情 各有長短. 戰爭之事 難得全勝 而勝負之決 卽在長短之相較 乃有以短勝長之秘訣. 如以下駟敵上駟 以上駟敵中駟 以中駟敵下駟之類 則誠兵家獨具之詭謀 非常理之可推測者也.

이대도강(李代桃僵) 갑(甲)으로 을(乙)을 대체하는 전략을 말한다.

손음이익양(損陰以益陽) 음을 덜어내어 양을 보탠다. 즉 국부적인 손실을 입으므로 해서 전체적인 이익을 얻거나 큰 이익을 챙기는 것을 말한다.

장단(長短) 장점과 단점.

순수견양 順手牽羊

기회를 틈타 양을 슬쩍 끌고 간다.

조그마한 실수라도 이용하고 조그마한 이익일지라도 손에 넣어라. 적의 하찮은 부주의를 아군의 조그마한 승리로 연결하는 것이 중요한 것이다.

적의 대군이 전개하는 곳에는 반드시 맹점이 있다. 이 기회를 타서 승리를 차지하는 것은 반드시 정규전을 필요로 하지 않는다. 이런 전법은 승자는 물론 패자도 운용할 수가 있다.

큰 군사가 움직이면 틈이 많으니. 그 틈을 이용하여 이익을 취하고, 굳이 싸울 필요가 없는 것이다. 승리란 쓸 만하지만 패하는 것도 이용할 수가 있다.

微隙在所必乘, 微利在所必得, 大軍動處, 其隙甚多, 乘間取利, 不必以 戰. 勝固可用, 敗亦可用.

순수견양(順手牽羊) 기회를 보아 양을 훔쳐간다. 이것은 적은 수의 유격대원으로 적의 심장 부에 들어가 적을 교란시켜 승리를 얻어내는 전략이다.

미극(微隙) 작은 틈을 말한다.

미리재소필득(微利在所必得) 작은 이익이라도 반드시 취하라. 즉 작은 승리라도 반드시 취 하라. 큰 둑이 무너지는 것도 작은 개미구멍(微隙)에서부터이다. 또한 큰 승리도 작은 승리 (微利)에서부터이다.

승간취리(乘間取利) 기회를 잡아 승리를 탈취한다.

타초경사打草驚蛇

풀을 쳐서 뱀을 놀라게 한다.

미심쩍은 정황이 있으면 정찰에 의해 확인하고 정황을 완전히 장악한 다음 행동한다. 정찰을 반복하는 것은 숨은 적을 발견하는 중요한 수단이다. 적의 병력이 나타나지 않고 있는 것은 음모를 숨기고 있는 증거이다. 무턱대고 전진할 것이 아니라 그 선봉을 두루 살필 필요가 있는 것이다. 병서에 군의 진로에 험한 지형이나 소택, 수초가 우거진 늪, 숲이나 풀로 덮여 있는 땅은 신중히 적을 탐색할 필요가 있다. 이것은 모두 적이 숨겨진 계략이 있을 우려가 있기 때문이다. 정찰을 반복하여야 할 곳이다.

疑以叩實, 察而后動, 復者, 陰之媒也.敵力不露, 陰謀深沈, 未可輕進, 應遍探其鋒, 兵書云, 軍芳有險阻, 蔣潢并生蘆葦, 山林翳薈, 必謹索之, 此伏奸之所藏處也.

타초경사(打草驚蛇) 한 사람을 때려서 다른 사람을 두려움에 떨게 하는 것을 말한다. 풀을 쳐서 풀 속에 숨어 있는 뱀을 놀라게 하여 뱀이 풀 속에서 나오게 하여 잡는 것을 말한다.

고(叩) 두드리다. 검사하다.

찰(察) 적의 상황을 상세하게 수집하고 분석하는 것을 말한다.

복(復) 반복하다. 계소하여 적의 동태를 살피는 것을 뜻함.

필근색지(必謹索之) 반드시 삼가하여 찾음.

매(媒) 매개. 이것으로 인하여 저것으로 미치는 것을 말함. 중매.

봉(鋒) 선봉. 주력부대.

병서운(兵書云) 손자병법의 행군편(行軍篇)을 말함.

장황(藏潢) 수초가 가득한 웅덩이.

예회(翳薈) 초목이 무성한 모양.

제14계

차시환혼借尸還魂

죽은 영혼이 다른 시체를 빌려 부활하다.

쓸모 있는 사람은 이용할 수 없으나 쓸모없는 사람은 실은 이쪽의 원조를 구하고 있는 것이니, 쓸모없는 사람을 이용하라. 이것은 이쪽이 상대를 이용하는 것이 아니라 저쪽이 절실하게 이쪽을 의존하고 있는 것이다. 왕조王朝가 교체 될 때는 거의가 망국군주亡國君主의 자손을 세운다. 이는 물론 시체를 빌고 혼을 돌려주는 모략에 속한다. 또 무력으로 남을 지지하고 더구나 공격이나 방어를 대신 떠맡아주는 것도 이 또한 기회를 타서 남을 지배하려는 계산에서 이 모략을 운용하고 있는 것이다.

> 有用者, 不可借, 不能用者, 求借, 借不能用者而用之, 匪我求童蒙, 童蒙求我, 煥代之際, 粉立亡國之后者, 固借尸還魂之意也. 凡一切奇兵權于人, 而代其攻守者, 皆此用也.

───

차시환혼(借尸還魂) 이미 죽어있는 시신을 빌려 환생하는 것을 말한다. 군략으로는 무엇이든지 이용하여 자신의 군사적인 의도를 실현함.

유용(有用) 능력이 있는 자는 부리기 어렵기 때문에 이용할 수 없음.

불능용(不能用) 유용의 반대로 쓸모가 없음을 말한다. 쓸모없는 것은 어떤 조건에는 이외의 효과를 거둘 수 있다.

비(匪) 비(非)와 통한다. 부정을 나타내는 것.

비아구동몽 동몽구아(匪我求童蒙 童蒙求我) 내가 동몽에게 구하는 것이 아니라 동몽이 나에게서 구한다. 〈어린애는 무지하므로 스승의 가르침을 따라 자립할 수 있도록 하지 않으면 안 된다는 것의 비유〉

조호리산 調虎離山

산 속에서 호랑이를 유인해 낸다.

자연조건을 이용하여 적을 괴롭히고 사람을 위장에 의하여 적을 꾀어낸다. 침공하는 것은 위험이 기다리고 있는 만큼 적이 침범해 준다면 도리어 이쪽이 유리해진다.

병서에 성을 공격하는 것은 하책이라고 말하고 있다. 무턱대고 공격하는 것 같은 작전은 스스로 실패를 초래하게 되는 것이다. 적이 유리한 지형을 차지하고 있는 이상 빼앗으려고 해서는 안 된다. 하물며 적이 준비를 갖추고 있고 병력도 많다면 더더구나 말할 것도 없다. 적은 준비를 갖추고 있고 이익으로 꾀어내는 것이 아닌 한 침공해올 리가 없다. 적은 병력이 많은 것이다. 자연과 인위人爲의 조건을 결합시켜 이용하지 않는 한 승리를 거둘 수 없다.

후한後漢 말기 우후의 군대는 진창陳倉의 효곡에서 강족羌族의 군대 수천에게 가는 길을 저지당했다. 어쩔 도리가 없게 되자 그는 원병을 청하고 그 도착을 기다려 전진하겠다는 소문을 퍼뜨렸다. 강족은 이 소문을 듣고 원병이 오기 전에 일을 분담하여 부근 현懸을 습격, 약탈을 하려고 생각했다.

이리하여 강족이 분산하자 우후는 곧장 군을 진격시켜 주야로 하루에 백리 이상이나 전진했다. 그뿐더러 휴식 때마다 병사에 명하여 각자 아궁이를 둘씩 만들게 하고 날이 바뀔 때마다 그 수를 배증시켰다.

이를 본 강족은 원군이 온 것으로 생각하고 감히 공격하지 않게 되었다. 이리하여 우후는 봉쇄를 격파하고 강족을 대패로 몰아넣었던 것이다. 이때 우후가 원병을 기다려 소문을 퍼뜨린 것은 강족을 이익으로 꾀어내고 분산시켜 재물의 약탈로 방향을 돌리려 하는 계획에서였다. 밤낮으로 군을 급행시킨 것은 시간상, 공간상 강족을 수동적으로 만들려는 계략에서였다. 또 아궁이를 증가시킨 것은 강족을 속여 원병이 온 것으로 착각시키려는 계략에서였다.

待天以困之, 用人誘之, 往蹇來反, 兵書云, 下政攻城, 若攻堅, 則自取敗亡矣, 敵旣得地利, 則不可以爭基地, 且敵有主而大勢大. 有主, 則非利, 不來趨, 勢大, 則非天人合用, 不能勝. 漢末, 羌率衆數千, 遮虞詡于陳倉崤谷, 詡則停軍不進, 而宣言上書精兵, 須到乃發, 羌, 聞之, 乃分抄旁縣, 詡因其兵散, 日夜進道, 兼行百餘里, 令軍士各作兩竈, 日倍增之, 羌不敢逼遂大破之. 兵到乃發者, 利誘之也, 日夜兼進者, 用天時以困之也, 倍增其竈者, 惑之以人事也.

조호리산(調虎離山) 호랑이를 산에서 끌어내어 잡는 것을 말한다. 적을 유리한 지형에서 또는 견고한 진지에서 아군의 유리한 지점으로 유인하여 적을 약화시켜 공격하여 섬멸시킨다는 뜻이다.

천(天) 자연현상을 말한다. 전쟁에서 기후의 변화는 피아간에 유, 불리한 점이 있을 것이다. 이런 기후의 현상을 아군에게 유리하게 이용하는 것이다.

왕건래반(往蹇來反) 앞으로 나아가 적을 공격하면 위험하고 적군을 유인하여 공격하면 유리하다는 뜻이다.

지리(地利) 유리한 지형을 말한다.

하정공성(下政攻城) 성을 공격하는 것은 하급의 전략이다.

욕금고종欲擒故縱

큰 것을 얻기 위해 작은 것을 풀어준다.

추격이 도가 지나치면 적의 반격을 받는다.

적을 도주시키기만 한다면 적의 세력은 약해지는 것이다. 바싹 적의 뒤를 추격은 하지만 그러나 휘몰아서는 안 된다. 체력을 소모시키고 그 투지를 와해시켜 적이 산산이 흩어지는 것을 기다려 붙잡도록 한다. 이러한 용병이라면 유혈을 면할 수가 있다. 완만하게 대응하고 세심하게 실행해서 적을 와해시켜라. 그래야만 우리 편에 유리할 것이다.

여기서 풀어준다는 것은 적을 내버려두라는 것이 아니라 완만한 추격방법을 취하라는 것이다. 〈포위하는 군대는 반드시 비우고 궁구는 뒤쫓지 말라〉고 손자는 말하고 있다. 쫓지 말라는 것은 뒤를 쫓지 않는다는 것이 아니고 너무 지나치게 휘몰아 쫓아서는 안 된다는 의미이다.

삼국시대 제갈량은 〈일곱 번 풀어주고 일곱 번 붙잡는다.〉는 계략을 사용했는데, 이것은 맹획을 석방하고는 다시 그럴 때마다 먼 곳으로 지역을 확대해간 책략이다. 일곱 번 풀어준, 그의 의도는 영토의 확대에 있었던 것으로 맹획을 모범으로 만들어 만족蠻族을 항복시킨 것이었다.

그러나 이러한 계략은 전쟁에 쓰이는 병법은 아니다. 만약 전쟁이었다면 사로잡은 자는 다시 놓아주는 것이 아니다.

逼則反兵, 走則減勢, 緊隨勿迫, 累其氣力, 消其鬪志, 散而後擒, 兵不血刃. 需, 有孚, 光. 所謂縱者, 非放之也. 隨之, 而稍松之耳, 窮寇勿追, 亦卽此意. 蓋不追者, 非不隨也, 不迫之而. 武侯之七縱七擒, 卽縱而躡之. 故展轉推進, 至于不毛之地. 武侯之七縱, 其意, 在拓地, 在借孟獲以服諸蠻, 非兵法也. 若論戰, 則擒者, 不可復縱.

욕금고종(欲擒故縱) 적을 와해(瓦解), 연화(軟化)시키려면 적을 놓아주지 않으면 안 된다는 책략.

핍(逼) 무력으로 적을 압박하는 것.

병불혈인(兵不血刃) 적의 기력을 꺾고 투지를 없애서 흩뜨려놓은 다음에 붙잡으면 칼에 피를 묻히지 않는다는 뜻.

수, 유부, 광(需, 有孚, 光) 국면을 완화시켜 적을 쟁취하고 적을 신복(信服)시키고 투항시키는 것이다.

궁구물추(窮寇勿追) 곤궁에 처한 도적을 뒤쫓지 말라. 즉 너무 휘몰아치지 말라. 도망갈 길이 없으면 약한 적일지라도 목숨을 걸고 최후까지 반항할 것이다. 손자의 군쟁편에 적의 군사를 포위하면 반드시 붕괴되는 쪽이 생긴다. 그러하니 곤궁에 처한 적은 뒤쫓지 말라.(圍師必缺, 窮寇勿追)

포전인옥拋磚引玉

돌을 던져서 옥을 얻는다.

비슷한 것으로 적을 유혹하는 것이 어리석은 이를 다스리는 방법이다.

적을 유혹하는 방법은 많다. 가장 좋은 방법은 비슷하면서도 비슷하지 않은 방법을 사용하는 것이 아니라 유사한 방법으로 적을 유인하는 것이다.

기치旗幟를 올리고 징이나 북을 쳐서 적을 유혹하는 것은 비슷한 것으로 적을 유혹하는 방법이다. 노인이나 병자나 패잔병 및 마초나, 땔감 같은 종류로 적을 유혹하는 것은 같은 종류로 유혹하는 것이다.

類以誘之, 擊蒙也, 誘敵之法, 甚多. 最妙之法, 不在疑似之間, 而在類同以固其惑. 以旌旗金鼓, 類敵者, 疑似也, 以老弱糧草, 誘敵者. 則類同也.

포전인옥(抛磚引玉) 돌을 던져 옥을 얻다. 적을 와해, 연화(軟化)시키려면 먼저 적을 놓아두지 않으면 안 된다는 책략.

류(類) 동류(同類). 비슷함.

격몽(擊蒙) 어리석음을 깨우쳐주다.

의사(疑似) 참 같기도 하고 거짓 같기도 함. 옳은 것 같으면서도 잘못된 것 같은 의심스러움을 말함.

류동(類同) 흡사함을 말함. 〈여씨춘추의사(疑似)〉에 옳은 것 같으면서도 그른 것은 살피지 않을 수 없다.(疑似之迹, 不可不察).

정기금고(旌旗金鼓) 깃발과 징, 북을 말함. 전쟁 중에 지휘, 통신 연락을 할 때 쓰이는 것이다.

금적금왕擒賊擒王

적을 잡으려면 우두머리부터 잡아라.

적의 주력을 때려 부수고 적의 우두머리를 체포하면 적 전체의 힘을 와해시킬 수 있다. 이것은 용이 대해를 떠나 육지에서 싸우면 그들이 갈 수 있는 길이 궁핍하기 때문이다. 적에 이겼으면 승세를 타고 더욱 전과를 올리지 않으면 안 된다. 만약 작은 승리에 만족하고 큰 승리를 차지할 시기를 놓친다면 병兵의 손실은 줄일 수 있을지 모르지만 적의 주력은 격파되지 않으므로 오히려 지휘관에게 우려와 재난만을 불러다주며, 그때까지의 성공을 단숨에 무無로 해버릴 위험도 있다. 승리를 거둔 기분에 도취되어 적의 주력을 때려 부수지 않고 적의 수령을 잡지 않는다면 그것은 호랑이를 풀어 산으로 돌려보내는 것이다. 적의 수령을 잡으려면 기치를 분별할 뿐만 아니라 적진에 있어서는 누가 주된 지휘관인가를 관찰해야 한다.

> 摧其堅 奪其魁 以解其體. 龍戰于野 其道窮也. 攻勝則利不勝取. 取小遺大, 卒之利 將之累 帥之害 功之虧也. 全勝而不摧堅擒王 是縱虎歸山也 擒王之法 不可圖辨旌旗 而當察其陣中之首動.

금적금왕(擒賊擒王) 도적을 잡으려면 먼저 도적의 두목을 사로잡아야 한다는 계략이다.
용전우야. 기도궁야(龍戰于野. 其道窮也) 용이 들판에서 싸우는 것은 그 앞길이 곤궁하기 때문이다.
종호귀산(縱虎歸山) 호랑이를 풀어주어 산으로 보내다.

부저추신釜低抽薪

가마솥 밑에서 장작을 꺼낸다.

힘으로 대항할 수 없다 하더라도 적의 기세를 약화시킬 수는 있다. 즉 유연하게 강세를 이기는 방법으로 적을 굴복시키는 것이다.

물의 비등은 일종의 힘, 즉 화력에 연유한 것이다. 불기운이 강성하면 할수록 물은 격렬하게 끓어오르며 이 세력을 저지하기는 어렵다. 장작은 화력의 원료, 거기에는 커다란 힘이 저축되어 있다. 그러나 장작 자체는 결코 흉포한 것은 아니며 가까이 한다하여 이것에 해를 입는 일은 없다. 그런 만큼 강한 힘을 저지할 수 없다 하더라도 그 기세는 약화시킬 수 있는 것이다. 울료자는 이렇게 말하고 있다. 〈사기가 왕성하거든 전쟁에 돌입하라. 하지만 사기가 부족하거든 적을 피하라.〉적의 사기를 약화시키는 방법은 정치공세의 운용에 달렸다.

후한 초년 오한吳漢이 대사마大司馬였을 때 어두운 밤에 적이 군영을 습격한 일이 있었다. 그때 온 부대가 매우 당황하여 쩔쩔매는데도 오한만은 태연히 침상에 누운 채 끄덕도 하지 않았다. 병사들은 이같은 오한의 침착한 태도를 전해 듣고 이내 평정을 되찾았다. 곧 오한은 정예부대를 선발하여 야음을 타고 반격하여 적을 쳐부수었다. 이것이 즉 직접 적을 저지하지 않고서 계략에 의하여 적의 기세를 꺾는 방법이다.

적과 적이 대립하고 있는 틈을 타 이쪽이 한 쪽 적의 약점을 찔러버리면 승리의 기회를 잡을 수 있다. 이런 방법도 〈솥 밑에서 장작을 꺼내는〉계략의 운용이다.

不敵其力, 而消其勢, 水沸者, 力也, 火之力也, 陽中之陽也, 銳不可當.
薪者, 火之魄也, 則力之勢也 陽中之陰也 近而無害. 故力不可撞 而勢猶
可消. 蔚繚子曰, 氣實則鬪 氣奪則走 而奪氣之法 則在攻心. 昔 吳漢 爲
大司馬 有寇夜攻漢營 群衆驚擾 漢堅臥不動. 軍中聞漢不動 有傾乃定
乃選精兵反擊 大破之 此則不直當其力 而撲消其勢也. 敵與敵對 搗强敵
之虛 以敗其將成之攻也.

▄▄▄

부저추신(釜底抽薪) 가마솥 밑에서 장작을 꺼낸다. 〈장작을 꺼내어 끓는 것을 그치게 하고, 풀
을 없애려면 뿌리를 제거해야 한다.〉(抽薪止沸 剪草除根)

양중지양(陽中之陽) 양(陽) 두 개가 서로 더해질 것을 말한다. 화력이 강하게 되어 물이 끓는
것을 뜻한다.

공심(攻心) 심리전을 뜻하는 것으로 정신적으로 적군을 와해시키는 전략이다.

혼수모어 混水模魚

물을 흐려놓고 고기를 잡는다.

적의 내부에 혼란이 일어났으면 이 기회를 이용하여 그들의 힘이 약하고 주관이 없는 것을 이용하여 이편에 복종케 하라. 이는 마치 땅거미가 지기 시작하면 사람은 집에 들어가서 휴식을 취할 필요가 있는 것과 마찬가지이다.

쉴 새 없이 내분으로 격동하고 있는 국면에서는 충돌하는 힘이 여럿 존재한다. 약소한 부분은 누구를 따르고, 반대할 것인지 태도를 분명히 하고 있으며 더군다나 적은 눈이 어두워져 이를 깨닫지 못하니, 이편은 틈을 주지 말고 그 부분을 빼앗아야 하는 것이다. 「육도」의 병징兵徵에 이렇게 말하고 있다. 〈전군이 몇 번이나 호된 꼴을 당하고 군대의 마음은 뒤죽박죽되어 있다. 서로 귀를 맞대고 눈으로 수긍하며 뜬소문이 난무하고 거짓말을 믿어버린다. 군령軍令을 두려워하지 않게 되고 장수를 존중하지 않는다. 이런 것은 모두 겁약(怯弱 - 겁을 먹고 약함의 징후)이다.〉

이러한 고기는 혼전 때 기회를 잡아야 한다. 유비劉備가 형주와 서천을 손에 넣은 것은 이 계책을 썼기 때문이다.

乘其陰亂. 利其弱而無主. 以向晦入宴息. 動蕩之際 數力沖撞 弱者依違 無主 敵蔽而不察 我隨而取之. 六韜 曰, 三軍數驚 士卒不齊 相恐以敵强 相語以不利. 耳目相觸 妖言不止 衆口相惑. 不畏法令 不重其將 此弱征 也 是 魚 混戰之際 擇此而取之. 如劉備之得荊州 取西川 皆此計也.

혼수모어(混水摸魚) 두 적군이 서로 치열하게 전쟁을 하고 있을 때 한 번에 두 적군을 소멸시키는 전략을 뜻한다. 병법원기(兵法圓機) 혼(混)에 비어 있는데 섞여 있으면 적군은 어

느 곳을 공격해야 할지를 모르며 차 있는 것에 섞여 있으면 적군은 어느 곳을 공격해야 할지를 알지 못할 것이요, 기이함과 정도에 섞여 적군은 변화를 알지 못할 것이요, 군사에 섞이고 장군에 섞여 있으면 적군은 표시해놓은 것을 알지 못할 것이다. 적의 장수를 혼란케 하여 적의 성과 진영을 얻을 수 있다. 적군의 깃발과 똑같이 하며 적군의 갑옷과 같이 하고 적군의 행장 모양과 같이 장식하여 기회를 틈타 잠입하여서 적의 중심부에서 군사를 일으켜 내부를 공격하면 적군은 식별 못하나 아군은 스스로 식별할 수 있으니, 적군이 식별할 수 없는 것은 매우 혼란하기 때문이다.

수, 이향회입연식(隨, 以向晦入宴息) 수는 따른다는 뜻으로 사람이 천시(天時)를 따라 집에 들어가 휴식을 취함을 말한다.

의위(依違) 의는 타인에게 의지하는 것을 말하고, 위는 상대를 배반하거나 반대함을 말한다.

어(魚) 수렵의 대상으로 목표를 나타낸다.

금선탈각 金蟬脫殼

매미가 허물을 벗다.

형상을 잘 보존하고 위세를 과시하여 우군에게 의심을 일으키지 않게 하고, 적에게는 공격할 용기를 내지 못하게 하고서 이쪽은 비밀리에 주력을 다른 곳으로 이동하여 적을 속인다.

우군이 연합하여 적과 싸우는 경우, 적과 우군과 우리 세 방면의 태세를 자세히 관찰해두지 않으면 안된다. 만약 딴 곳에서도 적을 발견하였으면 본래의 전투태세를 보존 유지하면서 군사를 나누어 맞아 싸울 필요가 있다. 〈금선 金蟬의 껍데기를 벗어난다.〉는 계략은 단순이 벗어난다는 것만이 아니라 추측컨대 분신分身 의 법술法術인 것이다.

그러므로 우리 쪽은 대군을 이동시킨 후에도 기치를 높이 올리고 징과 북을 치며 위협적으로 본래의 전투태세를 유지하지 않으면 안 된다. 이같이 해서 적에게 망동할 생각을 없게 하고 우군에게도 의심을 품게 하지 않도록 할 수 있는 것이다. 다른 적을 치고 왔을 때 비로소 우군이나 적이 그것을 알아차리거나 또는 여전히 알아차리지 못한다는 것이다. 〈금선의 껍데기를 벗는다.〉는 것은 적과 싸울 때 은밀히 정예부대를 빼내어 다를 적을 습격하는 기책인 것이다.

存其形 完其勢 友不疑 敵不動. 異而止 蠱 . 共友擊敵 坐視其勢. 倘另有一敵 則須去而存勢. 則金蟬脫殼者 非徒走也. 蓋爲分身之法也. 故我大軍 轉動 而旌旗金鼓 儼然原陣. 使敵不敢動 友不生疑 待以摧他敵而返. 而友敵始知 惑猶且不知. 然則金蟬脫殼者 在對敵之際 而抽精銳 以襲別陣也.

금선탈각(金蟬脫殼) 매미가 허물을 벗다. 적군 몰래 아군의 주력을 옮겨 기습공격을 하여 적을 격파하는 전략을 비유한 것이다.

손이지(巽而止), 고(蠱) 고(蠱) 괘는 공손하고 위 괘는 그칠 줄 아는 형상을 나타낸 괘이다.

엄연(儼然) 위엄 있는 모양을 말한다.

관문착적 關門捉賊

문을 잠그고 도적을 잡는다.

약한 적은 섬멸하지 않으면 안 된다. 단말마斷末魔의 몸부림을 치는 적은 만약 놓쳐버렸다가 다시 이를 추격하는 것 같은 짓을 한다면 극히 불리하다.

도둑을 잡는 데 문을 잠그라는 것은 도둑의 도주를 두려워해서가 아니라 놓친 도둑이 딴사람의 손에 건너가 이용될 것이 두려워서이다. 물론 도주한 도둑을 찾아 쫓아가서는 안 된다. 이는 도둑의 계략을 피하기 위해서이다. 도둑이라는 것은 돌연이 내습하는 신출귀몰神出鬼沒의 적을 말한다. 그들은 우리를 지치게 하고서 자신의 의도를 실현, 도모하고자 하는 것이다.

오자吳子가 말하였다. 〈필사적인 도둑 한 사람이 광대한 들판에 숨었다 하자. 설사 천 명이 이를 쫓아갔다고 해도 떠는 쪽은 쫓는 쪽이다. 왜냐, 도둑이 느닷없이 나타나 습격해올지 모르기 때문이다. 따라서 만약 죽음을 무서워하지 않는 사람이 한 사람만 있다면 그는 천 명의 병사를 벌벌 떨게 할 수가 있다.〉고 말하였다. 도둑을 추격하는 것은 도둑이 도망갈 기회를 가지면 반드시 필사적으로 싸우기 때문이다. 따라서 만일 퇴로를 차단했으면 틀림없이 도둑을 잡지 않으면 안 된다. 그게 불가능하다면 일시적으로 도주를 못 본 체하는 것도 불가피한 일이다.

小敵困之. 剝 不利有攸往. 捉賊而必關門者 非恐其逸也. 恐其逸而爲他
人所得也. 且逸者 不可復追 恐其誘也 賊者 奇兵也 遊兵也 所以勞我者
也. 吳子 曰. 今使一死賊 伏于廣野 千人追之其 不梟豺狼顧 何者. 恐其
暴起而害己也. 是以一人投命 足懼千夫. 追賊者 賊有脫逃之機 勢必死
鬪. 若斷其去路 則成擒矣. 故小敵 必困之 不能 則放之 可也.

관문착적(關門捉賊) 문을 잠그고 도적을 잡는다. 규모가 작은 적을 치기 위하여 적을 포위하는 것을 말함.

소적(小敵) 전력이 약한 적군을 말함.

박불리유유왕(剝不利有攸往) 박은 깎는다는 뜻이다. 군자가 일을 계속하는 것은 이롭지 않다.

일(逸) 도망가 숨는 것을 뜻한다.

일자 불가부추(逸者不可復追) 도망친 적은 다시 쫓아서는 안 된다.

유병(遊兵) 기동성을 갖춘 부대를 뜻한다.

효시랑고(梟視狼顧) 효시는 올빼미가 밝은 대낮에 물건을 보아도 볼 수 없는 것을 말한다. 랑고는 여우가 길을 갈 때 자주 뒤를 돌아보는 것으로 의심이 많은 것을 뜻한다.

투명(投命) 죽음을 두려워하지 않고 목숨을 던지다.

원교근공 遠交近攻

먼 나라와 사귀고 이웃 나라를 공격한다.

막힌 지형에서 공격을 받았을 때는 가까운 곳의 적을 공격하는 것이 유리하며 떨어져 있는 적을 공격하는 것은 해가 있다. 불은 위로 타오르고 물은 밑으로 흐른다. 같은 적이라도 대책은 달리 해야 하는 것이다.

혼전의 국면에서는 누구나 수단을 가리지 않고 배반하기도 하고 우리 편에 붙기도 하고, 임기응변으로 자신의 이익을 탐내는 것이다. 그런 만큼 먼 나라를 침공해서는 안 된다. 오히려 이익으로 유혹하여 외교관계를 맺어야 할 것이며 가까운 이웃 나라는 외교관계를 맺는다면 오히려 변란을 낳을 위험이 있다.

刑禁勢格 利從近取 害以遠隔. 混戰之局 縱橫捭闔之中 各自取利. 遠不可攻 而可以利相結 近者 交之 反而使變生肘腋.

원교근공(遠交近攻) 먼 나라와는 외교를 맺고 가까이 있는 나라는 공격한다. 손길이 미치지 않는 나라는 잠시 내버려두고 가까운 적부터 공격을 취하라는 전략을 말한다.

형금세격(刑禁勢擊) 형세가 한계에 부딪쳤음을 말한다.

종횡패합(縱橫捭闔) 때로는 뭉쳤다가 때로는 공개하고 때로는 비밀리에 하여 적을 공격하는 것을 말한다. 전국시대 소진(蘇秦)의 여섯 나라가 연합하여 진나라에 저항하는 합종(合縱)과 장의(長儀)의 여섯 나라를 와해시켜 진나라에 병합시키려는 연횡(連橫)책이 있다.

주액(肘腋) 팔꿈치와 겨드랑이 같이 전쟁에 있어서 중요한 곳을 말한다.

가도벌괵假途伐虢

기회를 빌미로 세력을 확장시킨다.

적과 우리 두 대국 사이에 낀 소국은 적이 그 소국을 굴복시키려 한다면 우리 쪽은 즉각 군사를 내어 위력을 과시하고 구원하지 않으면 안 된다. 곤란에 직면한 이런 나라에 대해서는 입으로만 말할 뿐 실제 행동으로 나서지 않는다면 신뢰를 획득할 수 없다.

길을 빌어 군대를 사용하는 이러한 용병술은 말을 잘한다고 속여 넘길 수는 있는 것이 아니다. 이러한 형세에 있는 소국은 어느 쪽에든 한 쪽의 위협을 받지 않는다면 쌍방의 틈에 끼기 때문이다. 이 상황에서는 적은 틀림없이 무력으로 밀고 들어올 것이므로 우리 쪽은 이익을 침범치 않는다는 미끼로 유혹한다. 존립을 원하는 소국의 심리를 이용, 즉각 세력을 확장하고 국면을 장악하는 것이다. 적은 진을 쳐보지도 못하게 된다. 그러면 전투를 치르지 않고서도 이를 소멸시킬 수가 있는 것이다.

> 兩大之間 敵脅以從 我假以勢. 假地用兵之擧 非巧言可誑. 必其勢不受一方之脅從 則將受雙方之夾擊. 如此境 境況之際 敵必迫之以威 我則誑之以不害 利其幸存之心 速得全勢 彼將不能自陣. 故不戰而滅之.

───

가도벌괵(假途伐虢) 길을 빌려 괵 나라를 친다. 중간에 있는 나라를 거쳐서 먼 나라를 친다.
곤. 유언불신(困. 有言不信) 곤란한 지경에 빠졌을 때에는 다른 사람의 빈말을 쉽게 믿어서는 안 된다는 뜻이다.

투량환주偸梁換柱

대들보를 훔치고 기둥을 빼 낸다.

일시적으로 결맹한 부대에 대해서는 몇 번이고 진용陣容을 바꾸어 그 주력을 빼돌리고 일부러 실패한 듯이 꾸미며 그 다음에 기회를 엿보아 세력 밑에 둔다. 수레바퀴를 조종하면 수레의 운행 방향을 조종할 수 있음과 같다.

진형陣形을 만듦에는 동서와 남북의 방위가 있다. 양 뒤에 상당한 천형天衡의 구축은 말하자면 진형의 기둥에 해당한다. 보통 대들보와 기둥의 방위는 모두 주력부대가 담당하고 있다. 따라서 적의 진용을 관찰하려면 주력의 소재를 찾아낼 수 있다.

다른 부대와 협동하여 싸울 때에는 몇 번이고 그 진용을 바꾸게 하여 은밀히 그 주력을 빼내고 또한 이편 부대와 교체시켜 그들을 대신해야 한다. 이러면 그 부대는 진지를 지킬 수 없게 되므로 이편은 이를 곧장 겸병전투에 투입한다. 이는 이쪽의 적을 쳐서 병합, 다른 적을 공략하는 중요한 계책이다

頻更其陣 抽其勁旅 待其自敗 而後勝之. 陣有縱橫 天衡爲梁 地軸爲柱. 梁柱 以精兵爲之. 故觀其陣 則知其精兵之所在. 共戰他敵時 頻更其陣 暗中抽換其精兵 惑竟代其爲梁柱 勢成陣塌 遂兼其兵 幷此敵以擊他敵之首策也.

투량환주(偸梁換柱) 대들보를 훔치고 기둥을 빼낸다.
천형(天衡) 전쟁에서 진을 칠 경우 맨 앞과 맨 뒤에 있는 부대를 말한다.
지축(地軸) 전쟁에서 진을 칠 경우 중앙을 관통하고 있는 부대를 말한다.
진탑(陣塌) 진영이 무너짐.

지상마괴 指桑罵槐

뽕나무를 가리키며 회나무를 욕한다.

 강대한 사람이 약한 사람을 감복시키려면, 경고 방법으로 상대를 복종케
해야 한다. 적당히 강하면 상대를 심복시킬 수 있을 것이다. 그때까지 복종치
않았던 세력을 통솔하여 적과 싸울 경우 배치를 바꾸어도 거들떠보지도 않을
것이며 금전으로 매수한다면 오히려 상대의 의심을 유발할 것이다.
 이런 때 고의로 오해, 남의 과실을 비난하고 슬며시 경고를 발하라. 이것
은 강경하고도 과단성 있는 수단을 사용하여 상대를 복종시키는 방법이다. 또
이것은 부하를 부리는 방법이라 해도 좋다.

 大凌小者 驚以誘之. 剛中而應 行險而順. 率數未服者以對敵. 若策之不
 行 而利誘之 又反啓其疑. 于時 故爲自誤 責他人之失 以暗驚之. 驚之者
 反誘之也 此蓋以剛險驅之也. 或曰, 此遣將法也.

———

지상매괴(指桑罵槐) 뽕나무를 가리키며 회나무를 욕한다. 암시적인 방법으로 아랫사람에
게 명령하는 것을 가리킨다.
릉(凌) 속이고 모욕을 주다.
경(驚) 경고하다. 경계심을 갖게 하다.
강중이응 행험이순(剛中而應 行險而順) 강하면서 중도에 맞게 하고 어려움을 행하여도
순리에 맞다.

가치부전假痴不癲

어리석은 척 하되 미친 척하지 마라.

오히려 우둔을 가장, 행동하지 않는 것이 좋다. 총명하게 보여 주어 경거 망동해서는 안 된다. 침착하게 행동하여 조금도 기밀을 흘리지 않는다. 마치 겨울에 번개를 품은 구름이 힘을 저축했다가 시기를 타 움직이듯 하라.

바보인 척하고 있으나 죄다 간파하고 있다. 소경을 가장하고 있으나 실제 는 행동해서는 안 된다는 판단을 하고 있다. 시기가 오기를 기다리고 있는 것 이다.

삼국시대 사마의司馬懿는 노환으로 인하여 죽는 것처럼 가장하고 있다가, 조상曹爽이 경계심을 풀게 하여 그를 죽이는 데 성공했다. 또 제갈량諸葛亮이 보내온 부인의 목걸이며 의상을 받고 일부러 본국의 지시를 요망함과 동시에 또 수비를 견고히 하여 촉군이 피로해지기를 기다렸다. 공격하여 성공할 수 있었다. 한편 촉의 강유姜維의 경우 아홉 번이나 중원中原에 침공격 하였으나 그 방법이 졸렬하다는 것을 알면서도 더 한층 경거망동을 한 것이니 바로 그 때문에 패망한 것이다. 병서에 〈교묘히 싸워 승리를 거두는 사람은 지모智謀의 명성을 얻으려 하지 않으며 그 용감함을 가지고 공로를 자랑하지 않는 것이 다.〉 싸움의 기운이 무르익지 않았을 때에는 말없이 대기하여 소경처럼 보여 준다. 미치광이처럼 행동했다가는 싸움의 기운을 폭로할 뿐만 아니라 그 미치 광이 같은 행동으로 사람들의 의혹을 불러일으키게 될 것이다. 그렇기 때문에 소경처럼 가장하는 사람은 이기지만 광인처럼 날뛰는 사람은 패한다는 것이 다. 혹자는 말하였다. 〈어리석은 척하는 자는 적을 상대할 수 있으며 아울러 용 병을 잘 할 수 있다〉

寧僞作不知不爲 不僞作假知妄爲. 靜不露機 雲雷屯也. 假作不知 而實之 假作不爲 而實不可爲 惑將有所爲. 司馬懿之假病昏 以誅曹爽 受巾幗假請命 以老蜀兵 所以成功. 姜維九伐中原 明知不可爲而妄爲之 則似痴矣 所以破滅. 兵書曰, 善戰者之勝也 無智名 武勇功. 當其機未發時 靜屯似癡. 若假癲 則不但露機 且亂動而群疑. 故假痴者 勝 假癲者 敗. 或曰, 可痴 可以對敵 并可以用兵.

───

가치부전(假痴不癲) 어리석은 체는 해도 미친 짓은 하지 마라. 군사상 위장전술.

운래둔야(雲雷屯也) 번개를 품은 구름이 힘을 저축했다가 기회를 타 움직이듯 하라.

강유구벌중원(姜維九伐中原) 삼국지에 나오는 강유가 아홉 번 중원을 정벌하였다.

상옥추제 上屋抽梯

지붕에 올려놓고 사다리를 치운다.

일부러 파탄破綻을 보여 적의 전진을 교사, 유인하여 선두 부대와 후미 부대의 사이를 끊어버리고 전 적군을 사지에 몰아넣는다. 멸망의 비극을 맞는 것은 동작이 적합하지 못하기 때문이다.

교사한다는 것은 상대를 이익으로 유도한다는 뜻이다. 만약 작은 이익으로 유혹할 뿐 방법을 강구하지 않는다면 적은 주저하고 나오지 않을 것이다. 그러니까 지붕에 올라가게 하고 사닥다리를 떼어버리는 계략을 사용하려면 우선 사닥다리를 설치하고 또한 이를 보라고 암시하여 적이 눈치를 채지 않도록 하지 않으면 안 된다.

이를 속임에 교묘한 방법으로 교사하여 전진하도록 하며 그 구원의 길을 끊어 사지에 몰아넣는다. 재난을 만나게 하려면 그 시기를 잘 잡아야 한다.

假之以便 唆之使前 斷其援應 陷之死地. 遇毒 位不當也.唆者 利使之也. 利使之 而不爲之便 或猶且不行. 故抽梯之局 須先置梯 或示之以梯.

상옥추제(上屋抽梯) 지붕으로 유인한 뒤 사다리를 치운다. 적군을 깊이 유인, 철저히 포위하여 공격하는 것을 말한다.

사지(死地) 도망갈 곳이 없는 곳. 죽음의 땅.

우독. 위부당(遇毒, 位不當) 어려운 일을 만나는 것은 지위가 적당하지 않기 때문이다.

국(局) 국면. 전쟁에서 생긴 구체적인 정치, 군사적 상황을 말한다.

수상개화 樹上開花

나무에 꽃을 피운다.

타군이 국면을 빌어 유리한 진형을 만들고 병력은 약소할지라도 진용을 강대하게 보여줄 수 있다. 기러기가 하늘 높이 줄을 지어 나르는 모양을 보라. 깃털이 풍부한 두 마리가 날개를 펼침으로써 의기 왕성하게 보여주고 있다.

원래 꽃이 피지 않는 나무일지라도 꽃을 피우게 할 수는 있다. 빛깔이 화려한 비단을 꽃잎 모양으로 만들어 달면 세밀히 살피지 않는 이상 알지 못하기 쉽다.

아름다운 꽃잎이 나뭇가지로 인하여 광채를 빛내 교묘하고 그럴듯한 국면을 만들어 주는 것이다. 여기서는 우군의 배치 대비가 위세 있게 보이게 하고 그럼으로써 적을 위압하라고 하는 것이다.

此局布勢 力小勢大. 鴻漸于陸 其羽可用爲儀也. 此樹本無花 而樹則可以有花. 剪彩粘之 不細察者 不易覺. 使花與樹 交相輝映 而成玲瓏全局也. 此蓋布精兵于友軍之陣 完其勢以威敵也.

수상개화(樹上開花) 꽃이 피지 않는 나무에 꽃을 피움을 말함. 다른 나라의 군사를 빌려 자기의 주력부대와 결합하여 적을 굴복시킴을 말함.

홍점우륙, 기우가용위의(鴻漸于陸.其羽可用爲儀) 기러기가 점점 구름사이로 날아가니 그 날개가 남들에게 의칙(儀則)이 될 수 있다.

영롱(玲瓏) 교묘하고 정밀하여 아름다움을 말함.

전국(全局) 전쟁이 진행되고 있는 전반적인 상황을 말함.

반객위주 反客爲主

손님이 주인 된다.

적의 빈틈을 이용하여 그 틈에 나의 다리를 들여놓고 주된 기세를 장악하여 점진적으로 나가라. 다른 사람에게 부림을 당하는 사람은 종이 되고, 다른 사람에게 존경을 받는 사람은 손님이 된다. 다리를 세울 수 없는 사람은 잠시 머무는 손님이 되고 다리를 세울 수 있는 사람은 오래 머물 수 있는 손님이 된다. 손님이 되어 오래 있으면서도 일을 주관하지 못하는 사람은 천한 손님이 되고 일을 주관할 수 있으면 가히 기미와 요령을 장악하게 되어 주인이 될 것이다.

예를 들면 수나라 이연이 천하를 얻기 이전에, 그는 이밀에게 편지를 보내어 그를 존경하는 척하였으나 뒷날 이밀은 이러한 것 때문에 이연에게 패망하게 되었다. 다른 예로는 한나라 고조가 항우를 감당할 수 없었을 적에 자기의 몸을 낮추어 항우에게 신임을 얻었다. 그러나 그 후 점점 항우의 세력을 깎아먹어 해하에 이르러서 한 번의 싸움으로 항우를 멸망시키었다.

乘隙揷足 扼其主機. 漸之進也. 爲人驅使者 爲奴 爲人尊處者 爲客 不能立足者 爲暫客 能立足者 爲久客 客久而不能主事者 爲賤客能主事 則可漸握機要 而爲主矣. 如李淵書尊李密 密卒以敗 漢高祖勢未敵項羽之先卑事項羽 使其見信 而漸以侵其勢 至垓下一役 一擧亡之.

반객위주(反客爲主) 손님이 도리어 주인 노릇을 한다. 아군의 세력을 넓혀 객군(客軍)이 도리어 주군(主軍) 되게 하는 계략을 말한다.

주기(主機) 계획을 세우거나 명령을 내리는 주된 기관을 말한다.

점지진야(漸之進也) 순서에 따라 점점 앞으로 나가는 것을 말한다.

주사(主事) 일을 주관함을 말한다.

악기(握機) 군사상의 모든 권한을 장악함을 말한다.

제31계

미인계 美人計

아름다운 여자를 이용하라.

    병력이 강하면 그 장수를 공격하고 장수가 지혜로운 군대는 적의 약점을
쳐라. 장수가 약하고 병사들의 사기가 퇴락하면 그들의 형세는 자연히 시들기
마련이다. 도적을 막아내는 것이 이로운 것은 도리에 맞게 서로 보호하였기
때문이다. 병사는 강하고 장수가 지혜로운 군대는 상대할 수 없으니 형세상
잠시 그들을 섬겨야 한다. 토지로 그들을 섬겨 그들의 형세를 증가시키는 것,
이것은 마치 전국시대에 육국이 진나라를 섬기는 것과 같으니 계략 중에 가장
낮은 계략이다. 비단으로 그들을 섬겨 그들의 부를 증가시키는 것, 이것은 송
나라가 요, 금나라를 섬기는 것과 같으니 이것도 낮은 계략이다. 오직 미인으
로 그 장군을 섬겨 그의 마음을 안일하게 하여 그의 몸을 약화시키고 그들의
아래 사람들의 원망을 증가시키는 것이다. 이것은 월나라 왕 구천이 당시의
미인이었던 서시와 귀한 보물로 오왕 부차를 섬겨 그에게 기쁘게 하여 패전
을 승리로 바꾼 것이다.

> 兵強者 攻其將 將智者 伐其精. 將弱兵頹 其勢自萎. 利用御寇 順相保也
> 兵強將智 不可以敵 勢必事之. 事之以土地 以增其勢 如六國之事秦 策
> 之最下者也 事之以布帛 以增其富 如宋之事遼金 策之下者也 惟事之以
> 美人 以佚其志. 以弱其體, 以增其下之怨 如句踐以西施增寶 取悅吳王
> 夫差 乃可轉敗爲勝.

미인계(美人計) 아름다운 여인이나 물질적인 것으로 적을 유혹하여 적으로 하여금 안일과
향락에 빠져 투지를 잃게 하여 적의 내분을 유발하여 승리를 얻어내는 계략을 말함.

장지(將智) 장수가 지혜로움.

벌기정(伐其精) 적의 실정을 파악하여 적의 투지를 꺾어버림.

이용어구, 순상보야(利用御寇, 順相保也) 도적을 막아내는 것이 이로운 것은 도리에 맞게
서로 보호하였기 때문이다.

공성계 空城計

빈 성으로 유인해 미궁에 빠뜨린다.

　비어 있는 것은 비어 있게 하라. 의심 중에 의심이 생겨난다. 강한 것과 부드러운 것이 만나게 되니 기이하고 또 기이하다. 빈 것은 빈 척 하고 차 있는 것은 차 있는 척 하라. 전쟁의 일이라 늘 같은 형세가 있는 것은 아니다. 비어 있는 데 비어 있음을 보이는 계략은 제갈량 이후 적지 않다.

　虛者虛之. 疑中生疑. 剛中柔際 奇而復奇. 虛虛實實 兵無常歲 虛而示虛 諸葛以後 不乏其人.

공성계(空城計) 성을 비우게 하는 계략이다. 허허실실의 전술로써 적의 공세를 약화시키는 전략이다.

강유지제(剛柔之際) 강한 것과 부드러운 것이 만나다.

병무상세(兵無常勢) 병법을 사용하는 데 일정한 방법이 있는 것이 아니다.

반간계 反間計

적의 간첩을 역이용하라.

의심하는 가운데 의심이 생긴다. 남을 돕기를 자신으로부터 하면 스스로 잃지 않는다. 사이가 벌어지게 한다는 것은 적들로 하여금 스스로 서로 의심하게 만드는 것이다. 반간한다는 것은 적의 벌어진 틈으로 적들을 이간한다는 것이다.

疑中之疑 比之自內 不自失也. 間者 使敵自相疑也 反間者 因敵之間 離間之也.

───

반간계(反間計) 적의 간첩을 역으로 아군이 이용한다는 것.
비지자내, 부자실야(比之自內, 不自失也) 남을 돕기를 자신으로부터 하면 스스로 잃지 않는다.

고육계 苦肉計

자신을 희생하여 적을 안심시키다.

사람이 스스로 해를 당하지 않더라도 반드시 해를 당하는 경우가 있다. 참된 것을 거짓같이 하고 거짓을 참과 같이 하여 적을 이간하여 행하라.

사이가 벌어지게 한다는 것은 적으로 하여금 서로 의심하게 하는 것이요, 반간이란 적의 의심으로 인하여 그들의 의심을 확실하게 하는 것이다. 고육계는 아마도 자신이 사이가 벌어진 척 하여 적들의 사이를 벌어지게 하는 것이다.

人不自害 受害必眞 假眞眞假 間離得行 間者 使敵人相疑也 反間者 因敵人之疑 而實其疑也. 苦肉計者 蓋假作自間 以間人也.

고육계(苦肉計) 자신을 고생시켜 적의 신임을 얻어내는 계략.

연환계連環計

여러 가지 계책을 연결시킨다.

장수도 많고 병사도 많으면 상대할 수가 없다. 그들로 하여금 스스로 피곤하게 만들어 그들의 형세를 약하게 하라.

방통이 조조로 하여금 전함을 연달아 묶게 한 다음 불을 질러 배를 태워 한 배도 탈출하지 못하였다. 그러니 연환계라는 것은 그 방법이 적으로 하여금 스스로 자신들을 구속하게 만든 뒤에 공격을 도모하는 것이다.

將多兵衆 不可以敵 使其自累 以殺其勢. 龐統 使曹操戰艦勾連 而後 縱火焚之 使不得脫 則連環計者 其法在使敵自累 而後圖之 蓋一計累敵 一計攻敵 兩計 扣用 以摧强勢也.

연환계(連環計) 여러 계책을 연결하여 사용하는 계략.

쇄(殺) 감소시키다. 약화시키다.

주위상 走爲上

도망가는 것이 상책이다.

군사를 온전하게 하고 적을 피하라. 군사를 후퇴시키는 것이 허물이 없는 것은 떳떳한 도리를 잃지 않았기 때문이다.

적의 형세가 전승을 거둘만하고 나는 싸울 수 없는 상황이라면 항복을 하거나 평화조약을 맺거나 아니면 도망을 가야 한다. 항복하면 완전히 지는 것이요, 평화조약을 맺으면 패하는 것이요, 도망가면 패하지 않는 것이다. 패하지 않는다면 승리의 발판을 만들 수 있다.

全師避敵. 左次無咎 未失常也. 敵勢全勝 我不能戰 則必降必和必走. 降則全敗 和則半敗 走則未敗. 未敗者 勝之轉機也.

주위상(走爲上) 도망가는 것이 상책이다. 상황이 열세에 놓여 있을 때에 도망가는 것이 상책이라는 의미이지, 36계 중에서 최고로 좋은 전술이라는 말은 아니다.

사(師) 많은 군사를 말한다. 옛날 병세에 이천오백 명의 사병이 사이고, 사가 다섯 개 모이면 군(軍)이 된다고 하였다.

피적(避敵) 적군을 피한다.

좌차무구, 미실상여(左次無咎, 未失常也) 군대를 후퇴시키는 것이 허물이 없는 것은 떳떳한 도리를 잃지 않았기 때문이다.